LOS FANTASMAS DE LA ABADÍA
Autora: Úrsula Llanos

Bemasoft Ediciones S.L
.

Septiembre de 2016. Edición 2º
ISBN 978-84-944974-1-4
Depósito legal M-11369-2016

# LOS FANTASMAS DE LA ABADÍA

## ÚRSULA LLANOS

EDICIONES BEMASOFT S.L.

*A mi hermana Mari Carmen*

# AGRADECIMIENTOS

Me resulta difícil expresar con palabras la impresión que me produjo la abadía de Pelayos de la Presa la primera vez que la visité. Hay emociones imposibles de describir. Ese silencio tan hondo, tan impenetrable, que parece envolver la que antaño fue la morada de los monjes de la Orden Cisterciense produce una sensación de absoluta irrealidad, de haber retrocedido a los días, ya lejanos, en los que la habitaron. Entonces las bóvedas de los distintos estilos arquitectónicos que se aúnan en el complejo cubrirían las dependencias que ahora se hallan expuestas a las inclemencias del tiempo, pero no por eso han perdido su grandeza. Aún pervive en ellas el ambiente que respiraron esos monjes, el recato con el que recorrerían en hileras el claustro gótico o la conmoción con la que acogerían en la sala capitular la noticia, transmitida por el abad, de que debían abandonar la que había sido su casa durante siglos, como consecuencia de la ley de desamortización de Mendizábal.

Por ello quiero agradecer en primer lugar a don Mariano García Benito, prestigioso arquitecto, las obras de restauración de la abadía que acometió y a las que dedicó gran parte de su vida, sin las que probablemente habría quedado reducida a la nada, con lo que consecuentemente habríamos perdido esta joya arquitectónica de nuestra región que ahora podemos seguir admirando. Ya no está entre nosotros, pero su memoria perdurará, unida para siempre a la insigne tarea que realizó.

Por los mismos motivos tengo que dar las gracias al Ayuntamiento de Pelayos de la Presa, que ha continuado los trabajos de consolidación que aquél dejó inacabados y a la Asociación de Amigos del Monasterio de Pelayos de la Presa por la ayuda que me ha prestado en todo momento, sin la cual no me hubiera sido posible conocer a fondo la abadía ni sus leyendas.

Igualmente tengo que manifestar mi gratitud a mi editor, siempre paciente y comprensivo, así como al corrector de mis novelas, don Salvador Ruiz de Zuazu por su desinteresada eficiencia y su gran conocimiento del idioma castellano.

Y por último quiero animar a los que aprecian el arte y la belleza a que visiten la abadía de Pelayos de la Presa, la más antigua de la Comunidad de Madrid, en la que se encierran siglos de historia dentro de sus muros. Puedo asegurarles que no correrán el menor peligro, porque los fantasmas no agreden a los vivos. Aunque reconozco que me hubiera gustado vivir alguna experiencia extrasensorial en ese entorno, no puedo por menos de admitir que no he oído nunca cantar a doña Elvira en el interior de la fundación monacal en la que tomó los hábitos el que fuera su marido ni los gemidos de éste lamentándose de su infortunio al regresar del más allá para transitar en la oscuridad por las estancias, ahora sin techo, de la que fue su casa. Quizás obedezca esa circunstancia a que no he estado en el monasterio en las noches de plenilunio, en las que hay quien asegura haber escuchado la triste canción de ella, ni tampoco me he acercado por sus proximidades después de la puesta de sol, en la que dicen que la silueta difusa de él, apenas entrevista y sin contornos definidos, se perfila desdibujada en las tinieblas. Pero lo cierto es que algo de los dos perdura aún en la abadía. Se siente su presencia en el aire que se respira dentro de los paredones de este monasterio, al que el paso de los años, el viento que se ha ido filtrando por los huecos de sus ventanas y la lluvia que ha ido derrumbando las bóvedas que cubrieron las distintas dependencias ha ido transformando en un añorante vestigio de lo que fue.

# CAPÍTULO I

La puerta estaba entreabierta. La luna que ascendía por el firmamento aclaraba las sombras inciertas del camino pedregoso que se extendía al otro lado de la valla y que se prolongaba como una cinta para morir en las ruinas, que apenas podían adivinarse desde allí, perfilándose en negro en la oscuridad. Diego le señaló la cancela.

—Mira. Los obreros se han olvidado de cerrarla. ¿Entramos a echar un vistazo?

Con los ojos muy abiertos abarcó Alicia lo que podía distinguir de la extensión de terreno solitario que en su día cultivaran los frailes del monasterio. Una finca, cercada por una valla de piedra y ahora yerma, desde que aquellos se vieron obligados a abandonar la abadía durante la primera mitad del siglo dieciocho. Se habían iniciado ya las obras de restauración del complejo arquitectónico y la puerta que tenían frente a ellos y que daba acceso a la finca en el que estaba enclavado permanecía siempre herméticamente cerrada, por lo que anteriormente se había contentado ella con echar una ojeada a través de sus barrotes de hierro, cuando se acercaba por allí con sus amigas en bicicleta. Apenas si se divisaba desde ese lugar algo de lo que en su día fuera una próspera abadía, pero emanaba de esos vestigios del pasado algo que Alicia no acertó a precisar, pero que en ese instante le erizó el vello de los brazos.

—No, no, vámonos. Es muy tarde ya y además… —buscó una excusa para negarse a trasponer la puerta sin decepcionarle ni reconocer el miedo que le inspiraba aquel entorno—… es que ya sabes que Irina se preocupa si me retraso.

— ¿Tu hermanita?

—Sí, claro.

—Tendrás que presentármela un día de estos. Imagino que tendrá aspecto de oso gruñón.

Con el ceño fruncido evocó Alicia la juvenil imagen de la aludida, a la que en absoluto le cuadraba el calificativo que Diego le había aplicado. Su hermana se le parecía mucho y era espigada, como ella. La expresión de su rostro además era dulce, aunque en su opinión pecaba de regañona, o al menos a ella se lo parecía, pues últimamente tenía la sensación de que se había abierto un abismo entre las dos. No podía precisar Alicia el motivo ni la fecha de ese distanciamiento. Anteriormente y, pese a los años que mediaban entre ambas, eran inseparables, pero en el presente Irina se había convertido en una especie de cancerbero, que se excedía al imaginar los peligros que podían acecharla a ella a la que consideraba una alocada, por lo que no le permitía regresar a casa de madrugada ni siquiera en verano. Trataba de averiguar siempre y en toda circunstancia con quién salía, aunque el mes anterior había cumplido ella los dieciocho. Ya era mayor, por tanto. En septiembre comenzaría a asistir a la escuela de enfermería, por lo que en su opinión no necesitaba una niñera como la otra parecía creer.

Aunque se llevaban doce años, Irina podría pasar por una jovencita de su misma edad. Con su melena castaña y lisa y sus grandes ojos dorados de mirada inocente, nadie adivinaría al verla que poseía un carácter fuerte y que era una profesora muy considerada en el instituto donde daba clases de historia del arte. Todas sus horas libres las dedicaba a preparar la oposición para acceder como funcionaria al puesto de instituto que desempeñaba interinamente, de la que le quedaba por superar el último ejercicio. Estaba convocado para principios del otoño, por lo que ese verano apenas si había levantado la cabeza de los libros, mientras que, por el contrario, Alicia disfrutaba alegremente de las delicias de la estación.

—No, no tiene aspecto de oso gruñón— le rebatió—. En realidad se parece mucho a mí o, mejor dicho, yo me parezco mucho a ella. Lo que ocurre es que es demasiado responsable. Si estuviera aquí en este momento nos recordaría que en las propiedades ajenas no se entra sin permiso del dueño y que…

Diego se echó a reír desdeñosamente.

—Sí, claro. Y añadiría también que no se deben visitar las ruinas sin ir acompañados del encargado de las obras y protegidos con un casco, porque se corre el riesgo de que te pueda caer una cornisa en la cabeza. ¿A que tu hermana diría eso también?

No tuvo Alicia necesidad de reflexionar para darle una respuesta.

—Sí, también lo diría.

—Porque debe ser un pesadísimo rollazo.

Aunque le molestó su comentario, no permitió que aflorara a su semblante la contrariedad que le había producido. En silencio clavó su mirada en lo que podía distinguir del rostro del muchacho a la pálida luz de la luna, apreciando el indiscutible atractivo que poseía. Le había conocido ese verano y desde la mañana en la que apareció con otros chicos de la pandilla a bañarse en el pantano, en cuya orilla se encontraba ella con varias amigas, había hecho lo imposible, a la par que las demás, para que se fijase en ella. Diego acababa de cumplir los diecinueve y era el único del grupo que disponía de una moto en la que paseaba a la afortunada jovencita que elegía en cada ocasión. Ese verano había flechado a todas sus amigas. Todas hubieran dado algo por salir a navegar con él por el pantano, pues también sus padres eran propietarios de un velero, o porque les propusiera acompañarle al cine de verano como había hecho con ella esa tarde por primera vez. Se lo había sugerido unas horas antes en la heladería y, aunque a Alicia  le horrorizaban las películas de acción en las que el protagonista repartía mandobles a diestro y siniestro, había aceptado sin dudarlo. Al finalizar la película, la había llevado hasta la cerca de la finca que rodeaba la abadía, cuya puerta, siempre cerrada, habían encontrado inexplicablemente abierta y acababa de proponerle trasponerla y aventurarse en el enigma que encerraban los semi derruidos muros que siglos atrás constituyeron la morada de la orden monacal. Desde el lugar en el que se hallaban, se destacaban en negro contra un firmamento tachonado de estrellas y clareado a trechos por la luna. Su apariencia a esas horas de la noche era fantasmal, pero si se negaba a acompañarle perdería puntos en su estimación y quizás la relegase al ostracismo en favor de otra chica de la pandilla más decidida, Por esa razón no quería decepcionarle.

En ese momento la contemplaba con expresión burlona al preguntarle:

— ¿Cuántos años tiene tu hermana?

—Treinta. Doce más que yo.

—Ya, un vejestorio. Y te trata como si fuera tu madre, ¿a que sí?

Aunque también a Alicia le parecían viejos todos los que pasaban de veinticinco, le fastidió nuevamente que se refiriera a Irina de una forma tan despectiva, pero no se atrevió a contradecirle, diciéndose que probablemente también perdería el incipiente interés que había manifestado por ella si se daba cuenta del apego que sentía por su hermana y la conceptuaba como una chiquilla a medio crecer.

—Bueno, sí. Creo que sabes que mi padre es diplomático y que le destinaron al extranjero hace varios años. Ahora está en la embajada de Kuwait, con mi madre. Cuando le ofrecieron ese puesto, Irina estaba estudiando en la universidad y yo en el colegio, por lo que pensaron que era mejor que nosotras nos quedáramos en casa. Mi hermana se ha ocupado de mí desde entonces y… es natural ¿no?

Diego se encogió de hombros como si la explicación que acababa de darle le aburriera soberanamente.

—Pues… no sé, supongo que sí, pero no se va a enterar de que esta noche, por casualidad, se han olvidado de cerrar la puerta como acostumbran, con lo que nos han permitido vivir la aventura de pasearnos por una finca misteriosa y de visitar una abadía legendaria, siempre cerrada al público. Nos acercaremos a las ruinas y echaremos una ojeada. Tenemos la suerte además de que esta noche hay luna llena, así que a lo mejor vemos al fantasma.

— ¿Al fantasma. ¿A qué fantasma?

Diego volvió a reír.

— ¿Nos has oído hablar en el pueblo de ese fantasma, de doña Elvira?

Movió Alicia negativamente la cabeza, reprimiendo un estremecimiento.

—No.

— ¿Es que es este el primer verano que vienes a Pelayos de la Presa?

—No, que va. Veraneábamos aquí con mis padres cuando éramos pequeñas, en la misma casa en la que vivimos ahora. Es nuestra. Luego la alquilaron y cuando Irina y yo nos quedamos solas, en verano íbamos a la playa. El inquilino nos avisó a finales de mayo que se marchaba y entonces decidimos volver a pasar aquí los meses de julio y agosto. ¿Qué fantasma es ese?

—Se trata de una leyenda. Al parecer sucedió hace muchos años. Creo que fue un escultor del siglo dieciséis, casado con una señora que se llamaba doña Elvira, quien mató por celos a un aprendiz de su taller y que para escapar de la justicia se refugió en este monasterio donde tomó los hábitos y purgó su pecado. Se dice que su espíritu vaga aún por la abadía lamentándose de una forma estremecedora y que algunos le han visto de noche caminando por el claustro. También se dice que el abad le permitió salir del convento al tener conocimiento de que su amada, doña Elvira, que estaba en la miseria, se encontraba al borde de la muerte. Fue a buscarla y no se separó de ella hasta que pasó a mejor vida. A su muerte volvió él al monasterio y el espíritu de ella le siguió y se aposentó en esta abadía donde canta entre las ruinas en las noches de plenilunio una canción muy triste, así que no podemos perder la oportunidad de oírla.

Le escuchó ella con sus grandes ojos muy abiertos.

— ¿Y tú crees que es verdad?

—Claro que no. También dice la gente del pueblo que al anochecer se oyen ruidos dentro del monasterio e incluso las voces de los frailes que lo habitaron siglos atrás.

— ¡Jesús!—se alarmó ella.

— ¡Bah!, tampoco creo que sea verdad.

—Entonces, si no lo crees, ¿por qué quieres pasearte por la abadía?

La envolvió él en una mirada de suficiencia.

— ¿Qué por qué? Para verla de cerca.

—Pero tengo entendido que la van a abrir al público dentro de poco.

— ¿Y qué? No será lo mismo. Lo que a mí me divierte es experimentar el gusto de lo prohibido. ¿No te divierte a ti contravenir las normas?

No se lo había planteado Alicia anteriormente, pero comprendió que si reconocía que la tenebrosa mole del monasterio le producía escalofríos, la consideraría una chica asustadiza y tonta que no se merecía que se interesase por ella, por lo que antes de afrontar ese riesgo optó por dejar escapar una risita.

—Sí, por supuesto que sí. ¿Pero no crees que está muy oscuro? No vamos a distinguir nada a estas horas.

—Claro que sí, ¿no ves lo que alumbra la luna? Pero además llevo una linterna en la moto— le dijo señalándola.

La había recogido Diego esa noche para ir al cine, que distaba de la urbanización en la que se enclavaba su casa cerca de un kilómetro, y al finalizar la película habían pasado por delante de la valla que circundaba la finca de la abadía para detenerse frente a la puerta que le daba acceso. Se acababan de bajar de la moto para aproximársele y asirse a los barrotes de hierro de su tercio superior a atisbar lo poco que podía distinguirse de las ruinas desde allí. No tardó más de unos segundos en extraerla del portaequipajes y en mostrársela, para decirle con una sonrisa irónica:

—Si te preocupa que tu hermana pueda recriminarte por volver tarde a tu casa, lo mejor será que no perdamos más tiempo. Vamos.

Ambos otearon los alrededores para comprobar que estaban solos y que no se veía un alma por las cercanías. Terminó él entonces de abrir la puerta de un empujón y la traspuso con Alicia pegada a sus talones, echando a andar sigilosamente por el sendero que se alargaba solitario y oscuro entre dos hileras de árboles que agitaban suavemente las ramas a su paso. Era el único sonido que podía oírse. La naturaleza entera dormía aletargada y el monótono chirrido de los grillos y de las cigarras no se percibía ya en aquel silencio tan hondo, tan absoluto. Una ráfaga de viento alborotó su melena y se perdió luego con un sordo murmullo, a la par que Alicia se preguntaba estremecida por qué no se habría negado a acompañarle pretextando algún argumento más sólido que la posible riña de Irina. Aunque la noche era calurosa sintió frío. Vestía un vaquero y una blusa de cuadritos blancos y azules sin mangas, que al salir de su casa le había parecido que era la indumentaria adecuada y que no necesitaría echar mano de una chaqueta dada la temperatura reinante, pero en ese momento hubiera agradecido alguna prenda con la que poder abrigarse. Diego parecía despreciar cualquier manifestación de autoridad y ella deseaba no desmerecer a sus ojos, aunque por su gusto hubiera dado media vuelta y regresado a la seguridad de su casa, renunciando a la exploración de la abadía y de su fantasma en favor de otras personas más aventureras.

Los guijarros del sendero crujían bajo sus pies y la tenue luz de la luna envolvía en su azulado resplandor las sombras que danzaban entre los árboles, mientras caminaban a paso ligero cuesta arriba y Alicia reprimió un escalofrío al distinguir a lo lejos los perfiles de la negra mole que debía ser el monasterio destacando contra el cielo estrellado. El silencio que les rodeaba parecía haberse acentuado, era excesivo, y notó ella que un sudor frio le corría por la espalda conforme se iban aproximando a la semi derruida edificación. Encendió Diego en ese momento la linterna. Debió pensar que ya nadie que paseara al otro lado de la valla que circundaba la finca distinguiría el haz de luz. Ya no veían el portón que habían encontrado entreabierto al doblar el último recodo del sendero, por lo que iluminó el tramo del camino que recorrían y luego el suave altozano que lo remataba y en el que se enclavaba la abadía. Sus ojos brillaban excitados y Alicia llegó a la conclusión de que estaba disfrutando intensamente con la idea de introducirse en el monasterio sin permiso de su dueño y que era precisamente contravenir esa regla lo que constituía para él el mayor aliciente.

Le dio la mano a Alicia para ayudarla a subir por el talud y luego se adelantó hasta la edificación iluminándola con la linterna. La puerta principal estaba herméticamente cerrada, por lo que con ayuda de la linterna fueron rodeando la inmensa mole de piedra. Las obras de restauración habían avanzado más en la fachada posterior que en el resto del edificio y distinguió ella un sólido portón al que Diego se dirigió sin vacilar. A diferencia del principal, estaba entreabierto.

— ¿Vamos a entrar?— le preguntó ella con un hilo de voz.

—Claro— replicó Diego jactanciosamente con un tonillo condescendiente—. No nos hemos dado esta caminata a la luz de la luna por el gusto de estirar las piernas. Tenemos que aprovechar además la suerte de que los obreros se hayan dejado abierta esta puerta. Tengo entendido que era la que daba acceso a la residencia del abad, así que…

Volvió a cogerla de la mano para obligarla a trasponer el umbral, pero una vez dentro del desempedrado recinto en el que se introdujeron la soltó para inspeccionarlo a la luz de su linterna. Se encontraban en lo que antaño debió ser un zaguán, ahora a la intemperie, que conservaba los muros de piedra, pero no la techumbre, que se había desplomado tiempo atrás cubriendo el suelo de cascotes, entre los que crecían los hierbajos. La luna brillaba en lo más alto en un firmamento negro y a su débil resplandor sorteó ella los pedruscos para seguirle hasta lo que quedaba de un claustro, cuya parte superior había desaparecido por completo. Aunque apenas si podían apreciarse sus detalles arquitectónicos, percibió la belleza de sus ventanas ojivales que se abrían a lo que supuso que sería un patio descubierto y la grandeza de los vestigios del arte gótico de sus columnatas que se elevaban hacia el cielo. No se oía allí el menor sonido, pero el silencio la transportó al pasado, a los tiempos en los que los frailes caminaban en hileras arrastrando sus hábitos por el pavimento de piedra en el que aún perduraban las antiguas y desiguales losas. Los sintió tan próximos que un estremecimiento la recorrió entera. Algo quedaba en el ambiente de los monjes que lo habían habitado. Antaño esa larga galería conservaría la bóveda y por los huecos de las arcadas no penetraría el viento que la recorría de extremo a extremo, pero el escenario, sin los destrozos del tiempo, sería el mismo y respirarían también el mismo aire de recogimiento que aún perduraba.

Diego caminaba delante de ella y le alcanzó dando tropezones para susurrarle atemorizada:

— ¿Por qué no nos vamos ya?

—Porque no. Quiero ver lo que queda de la sala capitular, que me han dicho que está por aquí.

— ¿Por aquí?, ¿por dónde?

Sin volver la cabeza hacia ella, replicó lacónicamente tanteando el suelo con el pie:

—Por aquí.

—Pero es que nos vamos a matar en esta oscuridad.

Volvió hacia ella la cabeza para mirarla por encima del hombro.

—Si no quieres venir, siéntate en una piedra y espérame. En cuanto eche una ojeada nos marcharemos.

Quedarse sola en el claustro le pareció todavía más horripilante que caminar a tientas detrás de él, por lo que negó vigorosamente con la cabeza.

—No, voy contigo, pero vamos a darnos prisa.

Se negó él a que le acompañara.

—No, caminas a trompicones y no me dejas explorar esto cómodamente sin tener que ayudarte dándote la mano para que no te caigas. Siéntate en una piedra o no te sientes, pero déjame un ratito tranquilo. No tardaré.

Le dolió su tono desdeñoso, pero no se atrevió a contradecirle. Era una chica ágil y nadie anteriormente la había tildado de lastre en las excursiones que organizaba la pandilla. Pero esas excursiones las habían realizado siempre de día y podía ver con claridad donde ponía los pies, no como en el lugar en el que se hallaba en ese momento, en el que solo a trechos la luna aclaraba las sombras danzantes entre los huecos que dejaban los paredones. Diego, por el contrario, con absoluta ausencia de la más elemental cortesía, dirigía el haz de luz de su linterna en su exclusivo beneficio iluminando el suelo delante de él, por lo que se resignó a dejarle marchar y a quedarse sola allí.

Le oyó alejarse mientras se apoyaba en un muro del claustro junto a lo que quedaba de un arco ojival. ¿Aguantaría su peso o se derrumbaría de improviso arrastrándola consigo? Por miedo a esto último se dejó caer sentada sobre un pedrusco plano y se abrazó las rodillas con los brazos temblando de miedo. Un murciélago pasó volando y se alejó en busca de un techo practicable del que poder colgarse sin reparar en ella, que continuaba inmóvil, luchando por traspasar las tinieblas con la mirada y asegurarse de que no cobraban existencia corpórea los difusos perfiles que la luna aclaraba y que parecían danzar de un lado para otro. ¿Existiría verdaderamente ese fantasma del que tanto hablaban los lugareños? Y si existía, ¿la echaría de las ruinas que constituían su morada desde tiempo inmemorial? La sola idea bastó para ponerle los pelos de punta. ¿Es que no iba a regresar nunca Diego? ¿Cuánto tiempo podía haber transcurrido desde que se había marchado con su linterna dejándola a oscuras?

Entonces la oyó. Era una voz de mujer. Sonaba lejana y triste entonando una canción de la que no logró desentrañar el sentido de sus palabras, pero que le provocó un estremecimiento, al tiempo que de un salto se ponía en pie luchando por traspasar con la vista las tinieblas que la rodeaban. Creyó localizar el sonido al otro lado del gran patio, circundado por el claustro en el que se hallaba. ¿O lo habría imaginado?

Angustiada se giró en redondo escudriñando la oscuridad. ¿Habría oído Diego a la mujer que cantaba y se encontraría en ese momento a pocos pasos de ella, petrificado de espanto? Porque algo tenía que haberle sucedido para que tardara tanto en regresar. O quizás se hubiera olvidado de ella, se dijo con una amarga sensación de frustración, unida al pánico que hacía temblar sus rodillas. Sabía que era una chica atractiva, con una figura armoniosa y una bonita y lisa melena que le resbalaba hasta media espalda. En su rostro destacaban, sobre todo por lo bronceado de su piel, sus grandes ojos, bordeados de pestañas negras y rizadas, que abanicaba convenientemente siempre que pretendía conseguir algo de los chicos con los que salía, lo que solía darle muy buenos resultados. Ninguno la había tratado anteriormente de una forma tan humillante. Se marcharía, aunque el monasterio en el que se hallaba distara más de un kilómetro de su casa, y no resultaba apetecible recorrer sola y de noche ese trayecto, a la luz de las farolas que alumbraban de trecho en trecho el paseo que llevaba hasta el pueblo. Y no volvería a dirigirle la palabra, aunque él fuera tan especial… tan diferente a todos los que había conocido…

En ese momento oyó algo que volvió a erizarle el vello de los brazos, el sonido de las pisadas de alguien que se acercaba, por lo que retrocedió a tientas por el claustro en dirección al zaguán de entrada. La claridad de una luz se aproximaba también y se detuvo unos instantes indecisa hasta que oyó su voz.

—Alicia, ¿estás ahí? ¿Dónde te has metido?

Con un suspiro de alivio se abalanzó hacia él.

—Diego, ¿eres tú? ¿Por qué has tardado tanto?

—No he tardado. He estado explorando la sala capitular que está hecha una pena y he venido a buscarte para que visitemos juntos el refectorio de los monjes, o sea, el comedor.

Le interrumpió inquietísima.

— ¿La has oído?

La voz de él denotó su extrañeza.

— ¿A quién?

—A esa mujer. Cantaba una canción muy triste.

— ¡Bah!— se burló él—. ¿Me estás hablando de doña Elvira? Yo no he oído nada. Ven por aquí y procura no caerte.

Le tendía una mano para ayudarla y Alicia se aferró a ella olvidando al sentir su contacto que instantes antes le había calificado in mente de patán y se había prometido a sí misma no volver a quedar con él en toda su vida. La actitud de Diego era ahora más solícita, como si se hubiera dado cuenta sin que nadie se lo hiciera notar, que el comportamiento que había mantenido con ella hasta ese momento era incalificable.

Salieron del claustro para atravesar lo que Alicia creyó identificar como una ruinosa cocina y recalaron a continuación, trasponiendo un arco, en un recinto rectangular del que solo quedaban en pie las paredes. Adosadas a éstas distinguió un murete bajo, derruido a trechos, que él le señaló.

—Mira, ahí se sentaban los frailes para comer y probablemente el fantasma también, cuando aún estaba vivo. ¿No te parece emocionante?

No, no se lo parecía. La alusión al fantasma en aquel lugar poblado de sombras danzantes en el que reinaba además un silencio demasiado denso, volvió a erizarle el vello de los brazos. Para que no lo advirtiera él, emitió una risita falsa.

—Sí, bueno, sí, pero…

Se había dejado caer Diego en el poyete con la linterna a su lado y Alicia intentó aproximársele, pero no llegó a dar más de un par de pasos al tropezar con un bulto grande que estaba en el suelo y en el que en aquella oscuridad no había reparado. Se cayó de bruces sobre él, al tiempo que Diego la iluminaba con la linterna y se ponía en pie riéndose para ayudarla a levantarse.

—Eres una patosa. ¿No te has dado cuenta de que…?

No llegó a terminar la frase al dirigir el haz de luz sobre lo que en un primer momento había pensado que era un saco olvidado por los obreros. Incrédulamente lo fue alumbrando de los pies a la cabeza, desde las deportivas azul marino que calzaba, pasando luego por el pantalón de hilo blanco, después por el polo amarillo que vestía para terminar iluminando su cabeza. Porque era un hombre. Estaba tumbado boca arriba con el rostro extrañamente pálido.

Dejó escapar él una exclamación de sorpresa a la par que Alicia se llevaba ambas manos a la boca.

— ¿Será un obrero que se ha caído y ha perdido el conocimiento?— se preguntó Diego en un susurro—. Puede que ni el encargado ni los demás se hayan dado cuenta y se hayan marchado dejándole aquí.

No perdió ella el tiempo en conjeturas. Aún no había comenzado a estudiar enfermería, pero la medicina le había atraído desde niña y había asistido a cursillos sobre primeros auxilios, por lo que se arrodilló en el suelo junto al cuerpo para  tomarle el pulso en el cuello. Luego levantó su atemorizada mirada hacia él.

—Está muerto— musitó con un hilo de voz.

— ¿Muerto?

En ese preciso instante oyó Alicia algo a su espalda y se volvió para distinguir una sombra que se movía y que alcanzó la salida del refectorio para fundirse luego con la oscuridad.

# CAPÍTULO II

Le costó a ella recuperar el uso de su voz y cuando lo logró le salió temblona de la garganta.

— ¿Qué ha sido eso?

— ¿El qué?

—Me ha parecido haber visto a alguien que salía corriendo. Déjame la linterna.

Se la entregó él y Alicia fue girándose para iluminar a su espalda el arco que antaño enmarcaría la puerta del refectorio y lo traspuso. En la antigua cocina no había nadie, pero ella hubiera asegurado… El haz de luz no alcanzaba a alumbrar con claridad ese recinto, que parecía estar envuelto en una negrura total, tan solo aclarada a trechos por la luz de la luna que trazaba sombras danzantes. Tras unos segundos de dirigir la linterna en todas direcciones, regresó al refectorio y se la devolvió a Diego con los ojos agrandados por el miedo.

—No sé, me ha parecido…

—Habrá sido un conejo al que le habremos asustado— insinuó él con voz no mucho más firme—. Tenemos que marcharnos de aquí.

—Pero es que ese hombre está muerto, Diego— repitió—. Debemos avisar a alguien.

— ¿A alguien?, ¿a quién?— inquirió él en un casi inaudible susurro.

—Pues… pues no sé. Al hospital más cercano. ¿Cuál es el hospital más cercano?

Como no le contestó, extrajo Alicia su teléfono móvil del bolsillo de su pantalón vaquero e hizo intención de buscar el número de emergencias en su agenda, pero Diego se lo impidió con un inquieto manotazo.

— ¿Qué haces?

—Ya te lo he dicho, intento llamar para que manden una ambulancia o para que avisen a un médico o para que…

Emitió él lo que pretendió que fuera una risita sarcástica, que no pasó de ser un lamentable remedo.

— ¿No acabas de decir que está muerto? Cómo lo está, no podrían hacer nada por él ya.

—No, no podrían. Es posible que tengas razón. En ese caso llamaremos a la policía.

— ¿Para qué?

—Para que lo recojan y se hagan cargo de este hombre. No podemos quedarnos de brazos cruzados dejándole tirado en el suelo.

Se había vuelto hacia Diego al decir esas últimas palabras y le sorprendió la expresión de su rostro. Un rayo de luna iluminaba sus atrayentes facciones que no traslucían la jactancia que tanto le caracterizaba y que ella había admirado secretamente. Por el contrario, le temblaba la barbilla y unos círculos oscuros sombreaban sus pupilas agrandadas por el miedo.

—No podemos llamar a nadie, ¿no lo entiendes?— susurró casi sin voz—. Tenemos que largarnos de aquí inmediatamente y mantener en secreto que hemos estado en la abadía esta noche.

Había extraído del bolsillo de su pantalón una cajetilla y encendió nerviosamente un cigarrillo sin mirarla olvidando ofrecerle, lo que a decir verdad no le importó demasiado. Aunque no le gustaba, había empezado a fumar ese verano porque creía que contribuía a prestarle a su imagen un mayor interés. Imitaba disimuladamente al expeler el humo a las artistas de cine y procuraba no toser, pese al picor que le producía en la garganta, pero casi en el acto lo pensó mejor y extrajo la cajetilla y el mechero del bolsillo de su pantalón. Necesitaba calmar la inquietud que experimentaba. Estaba desconcertada además por la metamorfosis que parecía haberse operado en él. Desde que le había conocido ese verano le había dado la impresión en toda circunstancia de ser un chico tan seguro de sí mismo... hasta podría decirse que un tanto endiosado cuando se reunía con los demás muchachos de la pandilla con su moto, que todos envidiaban. En cambio ahora, con los hombros inclinados y encogido como si tuviera frío, parecía personificar la imagen del pánico más absoluto en la postura que mantenía y en la forma con la que dirigía de soslayo miradas al cuerpo del desconocido.

—No estaría bien que lo dejáramos ahí tirado, poniendo pies en polvorosa— objetó Alicia tímidamente.

— ¿Por qué no? Si estuviera enfermo o herido sería distinto, pero está muerto, ¿entiendes? Lo que hagamos no va a devolverle la vida y no nos conviene ni a ti ni a mí que se entere nadie de que nos hemos colado en el monasterio sin permiso.

En silencio lo consideró ella y llegó a la conclusión de que tenía razón.

—Pues entonces podríamos llamar a la policía por el móvil para avisarla, una vez que hayamos salido de la finca. Sería una llamada anónima y no podrían relacionarla con nosotros.

Se había apartado unos pasos de ella, pero al regresar a su lado el resplandor de la luna iluminó su cabello oscuro que en ese momento le resbalaba sobre la frente, cuando meneó enérgicamente la cabeza en sentido  negativo.

—No. Tengo entendido que la policía puede identificar el lugar desde donde se efectúan las llamadas telefónicas. Todas. Las de los teléfonos fijos y las de los móviles y no podemos correr el riesgo. Si Álvaro se entera de que he estado aquí esta noche...

Volvió a sorprenderle a Alicia que su actitud denotase con tanta claridad que temía en grado sumo la reacción de su hermano si llegara a tener conocimiento de su aventura nocturna. Incluso su semblante parecía otro al del muchacho que media hora antes se había burlado de los que se avenían a cumplir las reglas y que incluso se había jactado de que contravenirlas constituía para él un acicate. Otro del que acababa de reírse de ella al referirle en el claustro que había oído cantar a una mujer.

—Pero nosotros no le hemos hecho nada a este hombre—alegó Alicia señalando el bulto que tenía a sus pies—. Lo hemos encontrado aquí, en el refectorio de los frailes, por casualidad. La puerta de la abadía estaba entreabierta y…

—Y hemos allanado una propiedad del Ayuntamiento y nos hemos paseado por las ruinas, pese a que está terminantemente prohibido—masculló él—. ¿Qué crees que diría tu hermana si se enterara?

— ¿Irina?

—Sí, ese vejestorio de hermana que tienes, que debe de tener un genio de mil demonios. Pondría el grito en el cielo.

Visualizó en su mente Alicia la apacible imagen de la aludida y llegó a la conclusión de que Diego tenía razón, pues desde que ella alcanzara la adolescencia no parecía que su hermana fuese capaz de comprender que la vida se había hecho para disfrutarla.

—Sí, pero…

—Y a mí Álvaro me quitaría la moto durante el resto del verano— continuó él con el rostro crispado—. Mis padres son otra cosa, pero están de viaje. Siempre se toman unas vacaciones largas en verano y me dejan con mi hermano, que, aunque se independizó hace años, se instala en casa conmigo hasta que regresan. Ya me ha amenazado varias veces con ese castigo en otras ocasiones mucho menos trascendentes y esta vez lo cumpliría.

— ¿Tu hermano es muy autoritario?— balbuceó Alicia, que en sus sueños románticos le había adornado a él con la madurez propia de un hombre hecho y derecho y con unas cualidades heroicas de las que indiscutiblemente carecía—. No me has hablado nunca de él.

—Ni tú a mí de tu hermana— replicó Diego aspirando ávidamente el humo de su cigarrillo, lo que le hizo toser. Irritado lo tiró al suelo, pisándolo seguidamente con el talón de su sandalia, al tiempo que ella hacía lo mismo. Luego la tomó del brazo empujándola hacia la salida del refectorio—. Vámonos de una vez

También Alicia deseaba alejarse cuanto antes de aquellas ruinas silenciosas en las que, pese a no oírse el menor sonido, podía percibirse aún el susurro de los hábitos de los frailes que las habían habitado, por lo que le siguió y a la luz de la linterna atravesaron la antigua cocina corriendo. También ahora, al desembocar en el claustro, le pareció a Alicia detectar una presencia cercana. Allí experimentó nuevamente con mayor intensidad si cabe la impresión de que el tiempo se había detenido. El silencio era absoluto y sin embargo… Tropezando una y otra vez con los pedruscos que habían formado parte del techo y que constituían ahora otros tantos obstáculos, los fueron salvando sin que Alicia dejara de mirar a su espalda. No logró distinguir otra cosa que sombras movedizas a través de las arquerías góticas que resistían el paso de los años y la negrura total al fondo de la larga crujía, oscura como boca de lobo. Sombras por todas partes.

Con el corazón en la garganta atravesaron el zaguán que antaño había dado acceso a las dependencias del abad y alcanzaron el portón por el que habían entrado poco antes para salir corriendo al exterior. La luna brillaba en lo más alto, iluminando el sendero que se extendía plateado hasta lo lejos, por lo que Diego se detuvo un instante para apagar la linterna y seguidamente echó a correr de nuevo sin detenerse ni un segundo hasta que llegó sin aliento a la puerta de la finca. Alicia se había quedado algo rezagada, pero se le reunió un instante después y sin intercambiar palabra se encaramó al asiento posterior de la moto, detrás de él, que la arrancó y tomó la dirección de la casa de ella, un chalet de dos plantas, algo alejado del pantano y rodeado por un pequeño jardín.

En cuanto la detuvo junto a la acera, al otro lado de la valla, sin descender de la moto se despidió de ella en un apagado susurro.

—De lo de esta noche, ni una palabra a nadie, ¿lo has entendido?

—Pero…— intentó objetar Alicia.

—A nadie— remachó él, al tiempo que arrancaba de nuevo y se alejaba calle abajo.

Le vio ella marchar con unas incontenibles ganas de llorar. A la conmoción que había sufrido ante la extraña canción que había oído y el hallazgo del cadáver se aunaba algo que se asemejaba a una vaga sensación de aturdido remordimiento por haber salido corriendo, abandonando a aquel hombre allí, tumbado boca arriba, sobre las losas de lo que fuera el refectorio, como si a Diego y a ella les preocupara únicamente evitar que pudieran castigarles sus respectivos hermanos por haberle encontrado. Ciertamente aquel hombre estaba muerto y, como había dicho él, nada podían hacer ya para remediar esa realidad.

Diego tenía razón, se dijo tratando de justificarle y de justificarse, mientras introducía la llave en la cerradura del portón de la casa. De haber avisado a la policía, saldría a la luz que habían entrado subrepticiamente en la abadía contraviniendo esa prohibición y, como consecuencia, a él le privaría su hermano de su moto durante el resto del verano y a ella le dedicaría Irina un aburrido sermoncito. Hasta era posible que le restringiera su paga semanal con lo que no podría participar en la mayoría de las actividades de la pandilla. Le arruinaría las vacaciones, porque para su hermana las diversiones no constituían el eje de su existencia y no parecía entender que lo fueran para ella. Ese verano dedicaba todo su tiempo a empollar libros gordísimos con los que preparaba el último examen de su soporífera oposición sin permitirse darse un respiro para bañarse en el pantano ni para relacionarse con la gente de su edad. Tampoco en Madrid, durante las restantes estaciones, daba la impresión de necesitar a nadie. Acudía puntualmente por las mañanas al instituto donde daba clase y por las tardes continuaba estudiando incansablemente.

Entró de puntillas en el vestíbulo de la casa, un estrecho y largo pasillo sin ventana, con dos puertas en la pared de la izquierda, a cuyo fondo comenzaba una escalera adosada a su paño derecho. Su único mobiliario era una butaca en el escaso espacio que dejaba ésta libre, con un espejo pendiendo sobre la misma. Al advertir que había luz en el salón, se dirigió hacia esa habitación, a la que se accedía por la puerta de dos hojas que se hallaba en primer término. Irina estaba sentada frente a una mesa atestada de papeles, en pijama y de espaldas a ella, pero al oírla entrar se giró de medio lado con gesto interrogante, a la par que se quitaba unos tapones de los oídos. Se parecía mucho a Alicia, aunque por su desaliñado aspecto pudiera no apreciarse esa semejanza al primer golpe de vista. Se apartó de la cara los mechones de cabello que se le escapaban de la goma con la que se había recogido la melena en lo alto de la coronilla. Siendo también una chica atractiva, daba la impresión al verla que le tenía sin cuidado lo que a ese respecto pudieran pensar de ella los demás y que lo único que le interesaba era el cerro de papeles que tenía sobre la mesa.

— ¡Hola!, ¿vienes del cine?— le preguntó.

Hizo un esfuerzo Alicia para que su rostro no trasluciera el estado de nervios en el que se hallaba por los acontecimientos de esa noche.

—Sí, claro.

—Pues ha durado mucho la película, ¿no? ¿Qué has visto?

—Una de puñetazos— repuso lacónicamente Alicia, avanzando unos pasos para apoyarse con la mano en el respaldo de una silla.

— ¿De puñetazos?— se admiró Irina—. Me has repetido hasta la saciedad que esas películas no te gustan.

—Y no me gustan.

— ¿Entonces…?

Parpadeaba su hermana al clavar sus ojos en ella como si hubiera pasado la tarde estudiando y no fuera ya capaz de fijar la vista. Con el pijama de color rosa que vestía, que pedía a gritos ser desechado, sin pintar en absoluto y con su cabello escapándosele del rodete con el que se lo había recogido en la coronilla, cualquiera que no la conociera habría pensado al verla que acababa de levantarse de la cama y que no había tenido tiempo de arreglarse. Todo lo contrario que Alicia, que lucía una lisa y brillante melena castaña que le resbalaba hasta media espalda, así como el bronceado de su piel, producto de sus largas horas de exposición al sol. En su agraciado semblante destacaban sus ojos color miel que llevaba cuidadosamente sombreados. Comparada con la chiquilla, Irina aparentaba ser en ese momento una versión desaliñada de su hermana, con aquel viejo pijama, que sin duda había conocido tiempos mejores y el cansancio que afloraba a su semblante por tantas horas de estudio.

—He ido al cine con Diego— le aclaró Alicia—. Es a él al que le gustan las películas de puñetazos.

—Y como a ti te gusta él, has decidido acompañarle y aguantar el rollazo de espectáculo que ha elegido— resumió Irina amontonando en un pináculo los papeles que leía y aprestándose a ponerse en pie.

Aunque no latía el menor reproche en el tono de su voz, experimentó Alicia la sensación de que su hermana adivinaba el motivo por el que llegaba tan tarde, como si poseyera un sexto sentido y una mirada clarividente. Mantenía fijos en ella sus ojos sin que a su rostro aflorara ninguna emoción, pero quizás porque se sentía culpable experimentó Alicia la sensación de que la estaba viendo en el monasterio con Diego en el momento en el que habían hallado el cadáver. Luego le pareció oírle a él cuando le oía especular sobre la reacción de Irina si llegaba a tener conocimiento de su aventura nocturna e inconscientemente se aprestó a defenderse y a defenderle.

—Es un chico agradable— balbuceó enrojeciendo—. Además tiene moto y un velero con el que de vez en cuando paseamos por el pantano. Supongo que a ti, que lo único que te gusta es estudiar, te parecerá una frivolidad.

Parpadeó Irina de nuevo, sorprendida por el reproche que latía en el comentario de su hermana. La relación entre las dos había sido inmejorable mientras Alicia fuera una niña, pero desde que ésta había alcanzado la adolescencia sufría repentinos cambios de humor y a menudo se desahogaba arremetiendo contra ella como si por ser excesivamente responsable fuera difícil de soportar.

— ¿A mí? En absoluto. Y tampoco sé por qué dices que lo único que me gusta es estudiar. Estudio porque quiero ganar la oposición, no porque sea mi deporte favorito. De hecho preferiría también pasearme en moto, en velero y hasta en bicicleta, igual que tú, pero tengo que asegurar mi futuro, ¿no lo entiendes?

Bajó Alicia la cabeza, disgustada consigo misma por el exabrupto que se le había escapado, a la par que se preguntaba si no debería referirle lo sucedido esa noche, descargándose así del peso que parecía llevar sobre sus hombros y que le oprimía también algo por dentro. Irina era muy resolutiva y sabría qué inventar para justificar la visita que Diego y ella habían hecho a la abadía poco antes. Le pareció que volvía a oír la triste canción de la señora que cantaba, a la par que veía el rostro de Diego exigiéndole que guardara silencio, lo que la obligó a recapacitar. Terminó por morderse los labios. Con seguridad perdería él el interés que le demostraba últimamente o incluso era posible que se enfadara seriamente con ella y que le retirara la palabra.

—Sí, claro que lo entiendo. Perdona, es que estoy cansada. Lo mejor será que nos vayamos a la cama. Mañana hemos previsto la pandilla pasar el día en una playa del pantano, cercana al fiordo. Por cierto, ¿podrías prepararme una tortilla de patata? Hemos quedado en que todos llevaríamos algo de comer.

Reprimió Irina un suspiro de desaliento. Dirigió una mirada a los papeles que había recogido y que se hallaban sobre la mesa, otra a su hermana y terminó por encogerse de hombros.

— ¿Una tortilla de patata?, ¿para cuantos?

—Pues no lo sé. Seremos unos doce o tal vez quince.

— ¿Y pretendes que haga una tortilla gigante para ese montón de amigos?

Incómoda, dejó Alicia descansar todo su peso sobre un pie y luego sobre el otro. Se sentía tan mal que no era capaz de analizar el motivo por el que los comentarios de su hermana la irritaban.

—Sí, ¿por qué no? Dos o tres tortillas serían mejor que una. Quiero dejar admirado a Diego y a todos los demás y sabes que a mí no me salen bien. Al darle la vuelta, se me escurren del plato y al final se me cae al suelo el revoltijo de las patatas y de los huevos y lo pongo todo perdido.

Volvió a mirar Irina sus temas como si fueran un objeto deseable, tratando de calcular el tiempo que perdería para complacer a su egoísta hermana menor. Quizás no lo fuera más que las otras chicas de su edad, se dijo, intentando disculparla. Quizás no se imaginara siquiera el esfuerzo que a ella le suponía preparar aquella dichosa oposición, porque, como la mayoría de los jóvenes, consideraba natural que los mayores no desearan divertirse y aprovecharan sus escasos ratos libres para sacrificarse por ellos. La había mimado en exceso desde que su padre fuera destinado al extranjero y su madre le acompañara. Probablemente ni siquiera había calculado el tiempo que le llevaría pelar las patatas, freírlas y cuajar luego la tortilla en la sartén, mientras ella vagueaba en la cama, para bajar luego de su dormitorio con el tiempo justo para guardarla en una tartera e introducir ésta en una bolsa de lona con la que salía siempre cargada por las mañanas.

—De acuerdo— se resignó al fin—. De acuerdo, siempre que lo prepares todo tú y que yo me limite al toque final. Estoy segura de que si pusieras atención no se te escurriría del plato la tortilla al darle la vuelta en el plato. No es tan difícil.

La agobiante inquietud que aún experimentaba Alicia se acrecentó al escucharla y reaccionó de una forma absurda, transfiriendo contra su hermana su propio desasosiego, por lo que torció el gesto envolviéndola en una mirada desdeñosa.

—Precisamente porque a ti no te parece difícil, es por lo que te lo he pedido, pero ya veo que eres incapaz de molestarte por nadie y por mí menos aún. Te importa un rábano que quede mal con mis amigos. Seguramente por esa razón no tienes ninguno, ¿verdad?

Aunque estaba acostumbrada a sus frecuentes salidas de tono, en esa ocasión sus palabras le calaron hondo a Irina y notó que algo húmedo le ascendía hasta los ojos.

— ¿Por qué dices eso?

—Porque es la verdad. Ya eres muy mayor, se te ha pasado la edad, pero cuando tenías la mía podías haber tenido algún novio o haber salido con algún chico en lugar de pasearme a mí por el parque del Retiro como si fueras mi niñera.

—Por aquel entonces tú tenías nueve años y yo veintiuno— replicó sin expresión—. ¿Qué querías que hiciera contigo? ¿Qué te dejara sola en casa y me marchara de picos pardos?

—Podías haberme buscado una canguro— sugirió Alicia con mordacidad.

—Sí, podía haberlo hecho, pero no nos sobraba el dinero y tú ponías el grito en el cielo cuando pretendía organizar mis ratos libres sin tí. En una ocasión invité a cenar a casa a un amigo, pero te comportaste de una forma tan desagradable que él no volvió a llamarme ni hizo intención de salir conmigo en lo sucesivo.

Le pareció a Irina que retrocedía a aquellos tiempos conforme iba pronunciando esas palabras. Tomás era licenciado en ciencias exactas y daba clase de matemáticas en el mismo instituto que ella. Entonces desempeñaba el puesto interinamente y preparaba  la oposición para acceder como funcionario a ocuparlo, por lo que solían dar una vuelta antes de regresar a sus respectivas casas, dado que Alicia comía en el colegio. Acostumbraban a tomar asiento en un banco o en un café cuando llovía y ella le tomaba los temas que debía desarrollar en el examen. Se le había insinuado en un par de ocasiones y a raíz de que esa relación se hiciera más íntima, tuvo ella la ocurrencia de invitarle a cenar una noche en su casa. La cena fue un desastre. Acostumbrada como estaba Alicia a acaparar en toda circunstancia la atención de su hermana, se mostró francamente grosera con el invitado, que a partir de entonces y sin una explicación dejó de esperarla a la salida del instituto. Alicia tenía por aquel entonces nueve años y debió pensar él que faltaban muchos para que la chiquilla se hiciera mayor e Irina pudiera independizarse  o para que regresaran sus padres del extranjero y se hicieran cargo de la niña. Sin duda llegó a la conclusión de que con toda seguridad les amargaría el noviazgo y el subsiguiente matrimonio, por lo que a partir de ese momento sustituyó a Irina por la profesora de gramática que era hija única y que también le tomaba pacientemente los temas de la oposición.

Alicia ni siquiera llegó a sospechar que había ahuyentado entonces al pretendiente de su hermana, por lo que ahora frunció el ceño intentando traer a su memoria la fisonomía de ese hombre, pero a su mente solo acudieron en forma desordenada las distintas vivencias en las que Irina la ayudaba a preparar los exámenes, la acompañaba a comprar su ropa o la consolaba cuando volvía disgustada del colegio. Durante esos años la había admirado ilimitadamente. ¿Cuándo y por qué había comenzado ella a rebelarse contra sus anticuadas opiniones y a echarle en cara su incomprensión, cuando no había sido ella para Irina más que una pesada carga que le había impedido disfrutar durante los años de su primera juventud? Disgustada consigo misma, decidió poner fin a la conversación y se dirigió hacia el vestíbulo.

—Perdona si te he molestado. Estoy nerviosa y... Lo mejor será que me vaya a la cama y que no te diga más impertinencias.

Por la escalera que comenzaba en el vestíbulo subió Alicia a su dormitorio, contiguo al de Irina, y se acostó inmediatamente, pero no logró dormirse. Una y otra vez le venía a la memoria la imagen de aquel hombre caído en el suelo del refectorio, a la vez que la canción que creía haber oído, entremezclados ambos con las sombras que la envolvían en el claustro danzando de un lado para otro al compás de los caprichos de la luna, pero sobre todo, la imagen apenas entrevista que se había desgajado de la oscuridad y había salido del comedor atravesando la cocina para fundirse nuevamente en la negrura del claustro sin dejar rastro de su paso. En el lecho dio vueltas y más vueltas sin lograr conciliar el sueño, por lo que cuando al fin lo consiguió y la despertó la luz del sol que penetraba por la ventana, estaba ya muy avanzada la mañana.

Sobresaltada comprobó la hora. Los sucesos de la noche anterior desfilaron por su mente en un atropellado desfile mientras se incorporaba en el lecho. Creyó verse a sí misma tropezando con aquel hombre inerte y a Diego enfocándolo con la linterna para iluminar su semblante, pálido como la cera. Y la angustiada desazón del chico al encender un cigarrillo junto al cuerpo que yacía en el suelo para calmar sus nervios. Sintió también ella una punzada de pánico al recordarlo y al notar como todos sus sentidos se ponían en alerta al percibir la presencia de algo o de alguien no muy lejos de donde ellos se encontraban. Había desaparecido como por encanto, pero estaba segura de que esa sombra sin perfiles definidos había existido y de que su proximidad no auguraba nada bueno. ¿Pertenecería a la señora cuya voz había escuchado entonando una melancólica canción?

Con una opresión en el pecho que le impedía respirar con normalidad, comprobó la hora en su reloj de pulsera. Se le había hecho tarde. Apenas si tendría tiempo de reunirse con la pandilla en el embarcadero, por lo que, luchando por relegar esos recuerdos a un lugar de su mente en el que no le molestaran, se levantó de un salto y se arregló en el cuarto de baño en un tiempo record. Con un pantalón corto de color blanco y una camiseta naranja sobre el bañador, descendía poco después la escalera, saltando los peldaños de dos en dos, pero en la planta baja no encontró a Irina. Se había dirigido en primer lugar al salón que estaba desierto, con los papeles de su hermana sobre la mesa, tal y como los había dejado ésta la noche anterior. Pasó luego a la cocina, contigua al salón, a la que se accedía también desde el vestíbulo, y se preparó apresuradamente el desayuno cuando se convenció de que la otra no se le había anticipado para realizar ese cometido. Tampoco había dejado preparada la tortilla y ella no tenía tiempo ya de pelar patatas. Se presentaría a la excursión de esa mañana sin aportarla y alegaría cualquier excusa, se dijo. Lo importante era distraerse para no recordar los sucesos de la noche anterior. Además vería nuevamente a Diego, que probablemente habría recuperado su aire arrogante y la seguridad de sus ademanes. Sin duda, la personificación de un chiquillo asustado al que le temblaban las manos y la barbilla, que había creído ver en él en el monasterio, no había sido más que un espejismo.

Se disponía a volver a subir la escalera para recoger su bolsa de lona en la que introducir la toalla de playa, el móvil y las llaves de la casa, cuando oyó el sonido de la puerta de la casa al abrirse y se giró sobre sí misma para comprobar que se trataba de Irina. Volvía ésta de la calle y vestía un pantalón vaquero y una camiseta de color rosa y llevaba suelta su bonita melena castaña, más corta que  la de su hermana, pues le llegaba solo hasta los hombros. Con esa indumentaria se vio obligada Alicia a reconocer que Diego, que la había llamado vejestorio, se quedaría asombrado si llegaba a conocerla, pues su apariencia no difería de la de cualquiera de las chicas de su pandilla. También Alicia consideraba vejestorios a los que pasaban de los veinte, pero tuvo que admitir en ese momento que su hermana era una excepción a la regla general. Arrastraba tras ella un carrito de la compra y se lo señaló.

—Te has olvidado de la tortilla de patata, ¿verdad?— le preguntó acusadoramente Alicia, aproximándosele.

Irina meneó la cabeza en sentido negativo. Parecía alterada, cosa muy poco frecuente en ella.

—No, no me he olvidado, pero cuando me he levantado me he dado cuenta de que se habían acabado las patatas y he salido a comprarlas. Está todo el pueblo alborotado y por esa razón me han entretenido en el supermercado. Al parecer los obreros que están restaurando la abadía han encontrado a un hombre muerto entre las ruinas.

Sintió Alicia que un aldabonazo le repercutía dentro del pecho, a la par que el corazón arrancaba a latirle aceleradamente.

— ¿A un hombre muerto?— consiguió articular con una voz sin inflexiones.

—Si, a un hombre de mediana edad. Han llamado a la policía local y ésta ha avisado a la guardia civil. Creo que están esperando a que el juez acuda a levantar el cadáver para que se lo lleven a practicarle la autopsia. En el pueblo no se habla de otra cosa.

Al notar que le flaqueaban las piernas, se asió Alicia disimuladamente a la barandilla de la escalera para sostenerse, procurando que a su rostro no asomase la inquietud que experimentaba y le preguntó:

— ¿Y se sabe quién es ese hombre?

—La cajera no lo sabía, pero no creo que la policía tarde en averiguarlo. Ni tampoco que se demore en detener al culpable.

— ¿Al culpable? ¿Es que…?

—Sí, una señora que acababa de comprar cebollas y que ha pagado en la caja delante de mí, estaba muy enterada y nos ha dicho que a ese hombre le habían dejado en el sitio dándole un golpe en la cabeza.

— ¿Y cómo lo sabe ella?

—Porque el obrero que ha encontrado el cadáver le hace a ella chapuzas en su casa y le ha referido el hallazgo con pelos y señales. También le ha dicho que los dos guardias civiles que se han presentado en el monasterio han encontrado una pista de los probables culpables. Deben de haberle agredido dos tipos muy descuidados, porque han tirado las colillas junto al cadáver, después de fumarse un cigarrillo.

Como en un fogonazo creyó ver Alicia en su mente los nerviosos movimientos de Diego al extraer el paquete de tabaco de su bolsillo y al arrojar poco después ese cigarrillo al suelo aplastándolo con el pie y los suyos propios imitándole.

— ¿Y cómo sabe la policía que esas colillas pertenecen a los que han atacado a ese pobre hombre?—farfulló desdeñosamente— Pueden haberlas tirado al suelo del refectorio los obreros.

Al darse cuenta del desliz que acababa de cometer estuvo a punto de llevarse una mano a la boca, pero Irina no pareció reparar en que su hermana sabía en qué lugar de la abadía había sido encontrado el cadáver, pese a que ella no se lo había dicho. Impasible se había dirigido hacia la cocina arrastrando el carrito y Alicia la siguió para escuchar lo que le decía.

—No, todos han dicho que últimamente no habían trabajado en el refectorio y por lo visto se trata de unas colillas muy recientes, porque esta mañana aún estaba húmedo el papel que envuelve el tabaco. La guardia civil se las ha llevado para analizarle el ADN.

— ¿Y con esa prueba lo van a averiguar?— inquirió Irina con voz trémula.

—No lo sé. Supongo que si esos tipos están fichados, sí.

— ¿Y si no lo están?

—Pues imagino que en ese caso lo tendrán más difícil. Otro vecino del pueblo además les ha informado a los dos guardias civiles que anoche, cuando se dirigía a su casa con su coche, pasó por delante de la valla que rodea la finca del monasterio y que vio una moto junto a la puerta, atada a un árbol con una cadena. Por lo visto retuvo en su mente el número de la matrícula.

Creyó Alicia que el corazón se le detenía de repente.

—Y...— empezó con voz apenas audible—. Esa moto puede pertenecer a alguien que la estacionó allí para dar un paseo. Es posible que no tenga nada que ver con la muerte de ese hombre.

—Es posible, sí— reconoció Irina, mientras depositaba las patatas sobre la encimera— pero es una pista que van a investigar. La abadía dista al menos dos kilómetros del pueblo y se halla enclavada en un lugar muy solitario. No parece probable que el dueño de esa moto haya decidido dar un paseo a esas horas por una zona tan alejada de la civilización por el mero placer de estirar las piernas. De todas formas, si su ADN no coincide con el de las colillas que han encontrado ni es una persona sospechosa, supongo que la policía lo entenderá así.

Le pareció a Alicia que veía en su mente la moto de Diego asegurada con una cadena a un árbol cercano a la puerta de la abadía. ¿Cómo podían haber actuado los dos de una forma tan irreflexiva?, se preguntó. Y para colmo, después de encontrar el cadáver en el antiguo refectorio de los frailes, no se les había ocurrido otra cosa mejor que fumar un cigarrillo y arrojar la colilla a sus pies. Los dos habían dejado en el refectorio una pista que permitiría identificarles, pero suponía que él se comportaría como un caballero y que no la delataría. Si la policía llegaba a interrogarle, declararía que, al terminar la película, al salir del cine de verano la había dejado en su casa y que luego había dado un paseo a pie cerca de la abadía para estirar las piernas. Callaría que le había acompañado esa noche para no comprometerla.

Intranquila, pasó una mano por su frente retirándola húmeda de sudor. Por fortuna Irina continuaba de espaldas a ella vaciando el contenido del carrito de la compra sobre la encimera, ignorante por completo de la ansiedad que experimentaba su hermana menor. Porque... ¿Qué podría alegar Diego en lo que se refería a las colillas? Tenía que hablar con él esa misma mañana, tenía que advertirle sobre ese particular para que inventara alguna explicación plausible. Era muy probable que la policía no le tomase una muestra para analizar su ADN si negaba haber traspasado la noche anterior la valla de la finca que antaño perteneció a los frailes.

Extrañada del mutismo de la otra, Irina que estaba buscando un cuchillo en el cajón para pelar las patatas, volvió la cabeza hacia su hermana.

— ¿Me ayudas? Terminaremos antes si lo hacemos entre las dos.

Alicia negó con la cabeza.

—No, no, olvídate de la tortilla. He dormido mal y se me ha hecho tarde, así que hoy me presentaré en el embarcadero con las manos vacías e inventaré cualquier excusa. Pero dime una cosa, ¿has estado alguna vez en esa abadía?

Con una mirada soñadora, desvió Irina los ojos hacia la ventana a través de la cual entraba el sol a raudales.

—No, aunque me encantaría. Es el monasterio más antiguo de Madrid y el único cisterciense. Se le considera una verdadera joya, aunque tengo entendido que su estado es lamentable.

—Sí, está prácticamente en ruinas.

Irina se volvió sorprendida hacia ella.

— ¿Por qué dices eso? ¿Es que lo has visitado?

Se recriminó interiormente Alicia por haberlo dejado escapar. Tenía que llevar más cuidado. Había cometido ya dos deslices esa mañana y aunque su hermana no parecía haberlos advertido, sus amigos o incluso la policía si la interrogaba, podrían ponerla en un aprieto.

— ¿Yo?, no, qué va. Lo digo, porque es lo que se ve desde la valla de la finca y a veces hemos paseado hasta allí en bicicleta mis amigos y yo. He oído que el claustro es una maravilla.

—Sí, lo he estudiado y sé que es de estilo gótico con arquerías ojivales, pero no están decorados en su parte superior con calados de piedra como suele ser lo habitual. Es posible que lo estuvieran en su día y que al derrumbarse la bóveda de crucería haya derribado también esos calados.

— ¿Y qué más sabes sobre ese monasterio? Se comenta que alberga un fantasma que se pasea por las noches por ese claustro y que tomó los hábitos para purgar el pecado que cometió a causa de doña Elvira.

Mantuvo fija Irina su mirada en su rostro con las cejas enarcadas por la sorpresa y luego se echó a reír.

— ¿Dicen eso? Supongo que también se comentará que por las noches se oyen sonidos de ultratumba dentro de sus muros.

—Pues sí. Y que en el plenilunio doña Elvira canta una canción muy triste.

—Es que a la gente le gustan esos cuentos y la abadía es romántica y misteriosa. La abandonaron los frailes en 1836 tras casi tres siglos desde su fundación, a consecuencia de la ley de desamortización de Mendizábal, y entonces comenzó su ruina, porque hasta entonces fue un monasterio sumamente floreciente. A lo largo de los años se habían ido añadiendo nuevas dependencias a la construcción original y por esa razón pueden verse todos los estilos arquitectónicos en el complejo. Sé que está presente el estilo románico en la iglesia y también el mudéjar, el gótico y el renacentista hasta llegar al barroco en las restantes dependencias, todos ellos armoniosamente conjugados.

Disimuló Alicia un bostezo. A ella el arte en general y la arquitectura en particular la aburrían soberanamente.

—Imagino que disfrutarías muchísimo si la visitaras.

Se apresuró Irina a darle la razón.

—Por supuesto. Me gusta todo lo que es bello, pero es que además el arte y su historia es mi profesión.

Consultó su reloj de pulsera y al comprobar la hora que era animó a su hermana a marcharse sin pérdida de tiempo.

—Oye, como sigamos hablando de mi tema preferido vas a llegar tarde.

—Sí, tienes razón. No me esperes, porque no sé cuándo volveré esta tarde.

Esbozó Irina un gesto de asentimiento.

—De acuerdo, ¿llevas el móvil? No dejes de llamarme si surge algún imprevisto.

Era muy propio de su hermana preocuparse por ella en toda circunstancia, se dijo Alicia mientras salía de la casa con la bolsa de lona al hombro y pedaleando en su bicicleta atravesaba el jardín. ¿Qué opinaría si llegara a enterarse de que la noche anterior habían entrado a escondidas Diego y ella en la abadía aprovechando que los obreros se habían dejado la puerta de la finca entreabierta y que habían sido ellos los primeros en encontrar el cadáver de aquel hombre? Con toda seguridad se ocuparía de que su travesura no tuviera consecuencias. Pero también era posible que pusiera el grito en el cielo, la obsequiara con un interminable sermoncito e incluso que se empeñara en llevarla al puesto de la guardia civil, en el pueblo cercano, para que declarara lo que sabía. O lo que no sabía, porque ni Diego ni ella podían aportar ninguna pista a las fuerzas de seguridad sobre la muerte de aquel hombre.

Trató de olvidarlo pensando que no tardaría en volver a verle a él y que podría alertarle sobre lo que debería declarar ante la policía en el caso de que le identificaran como propietario de la moto. Aprovecharía para comentárselo los momentos en los que navegaran por el pantano en dirección al fiordo, ya que sin duda le propondría que fuera su acompañante en el velero, mientras los demás alquilaban las correspondientes motoras, pero no le vio en el embarcadero al aproximarse a los barcos que estaban allí amarrados, flotando sobre la tranquila superficie del agua. El sol brillaba en lo más alto cuando se bajó de la bicicleta y la dejó amarrada a un árbol para descender hacia el agua por la arenosa cuesta. No distinguió tampoco allí a los restantes chicos de la pandilla.

Tan solo dos de sus amigas se hallaban sentadas en el muelle, con pantalones cortos y sus mochilas al hombro y Mariló se puso en pie al verla acercarse echando a correr hacia ella. Era una chica de su misma edad, gordita y con el rostro cubierto de pecas, que llevaba el cabello recogido en una coleta en lo alto de la coronilla. Su aspecto era poco agraciado y quizás porque no resultaba muy popular entre los chicos de la pandilla admiraba profundamente a Alicia y la seguía como un perrito fiel.

—¿Llego tarde?— le preguntó ésta temiendo que Diego y los restantes muchachos que faltaban se hubieran marchado sin ella.

—Sí, pero no importa, porque la excursión se ha suspendido— replicó la otra con un mohín de disgusto—. ¿No te has enterado de lo que ha sucedido en la abadía?

Respiró hondo Alicia antes de contestar. Luego consiguió dar a su voz el oportuno matiz indiferente y que a su semblante no asomase la inquietud que nuevamente experimentaba.

—¿Te refieres a que han encontrado los obreros allí a un  hombre que estaba muerto?

—Sí, está todo el pueblo revuelto. La policía local ha llamado a la guardia civil, que está tratando de descubrir la identidad de ese hombre preguntando a los vecinos.

—¿Y han averiguado quién era?

Levantándose del lugar en el que estaba sentada en el muelle y aproximándose también a las otras dos, contestó a la pregunta Susana, una chica delgada y muy morena, de ojos grandes y oscuros. Probablemente hubiera sido bonita de no poseer unas cejas tan tupidas y un gesto tan suficiente. Acostumbraba a decir lo que le pasaba por la mente en un exceso de sinceridad que nadie apreciaba y que la mayoría de la gente consideraba impertinente. En esa ocasión se limitó a informar a la recién llegada de los últimos rumores.

—Aún no. Al parecer no vivía en este pueblo. Puede que se trate de un veraneante.

Volvió Alicia a hacer un esfuerzo por permanecer imperturbable.

— ¿Y por esa razón se ha suspendido la excursión?

—Claro. En este pueblo pasan tan pocas cosas que el suceso lo ha conmovido hasta sus cimientos y no se habla de otra cosa. La guardia civil ha averiguado además que la moto de Diego estuvo anoche atada a un árbol junto a la puerta de la abadía aproximadamente a la hora en la que debió morir ese hombre y han ido a buscarle a su casa para interrogarle. Comprenderás que no nos íbamos a marchar los demás de excusión dejándole que se las apañase.

Aunque el sol relucía en todo su esplendor sobre el agua del pantano y un sinnúmero de veleros se iban alejando del embarcadero con las velas desplegadas, le pareció a Alicia que el cielo se nublaba de repente y que se acababa de cubrir de negros nubarrones.

— ¿Le han acompañado los demás?— inquirió con un hilo de voz.

—Sí, Ismael y Jorge, sus dos amigos íntimos, pero se han quedado fuera, en la plaza del pueblo aguardándole. La guardia civil se ha aposentado en el despacho de la policía local, en el Ayuntamiento, porque ya sabes que en este pueblo no hay cuartelillo. ¿No te parece emocionante?

No era ese el calificativo que le aplicaría Alicia a los sucesos de la noche anterior ni a los que estaban acaeciendo esa mañana, pero no exteriorizó la ansiedad creciente que sentía. Para colmo, Susana se había quedado mirándola con una fijeza excesiva y sus ojazos negros brillaron excitados al preguntarle:

—Oye, ahora que recuerdo, anoche fuiste al cine con Diego. ¿Os acercasteis después en su moto a fisgonear por los alrededores de la abadía? Al regreso os pillaba de paso.

Sintió Alicia nuevamente que un sudor frío le corría por la espalda.

— ¿Yo?, no, claro que no. Cuando terminó la película me dejó en casa. No sé lo que hizo él más tarde, pero no creo que se paseara por ese lugar. ¿Para qué habría de haber ido allí?

Se sintió analizada por los grandes ojos oscuros de la otra, que no pareció sentirse satisfecha con su respuesta.

—No sé. Me parece raro que a esas horas decidiera deambular solo por los alrededores de la finca de los frailes. Hubiera sido natural en cambio que contigo diera un paseo romántico por ese lugar, ¿no te parece?

—A Irina no le gusta que vuelva tarde a casa por las noches— objetó escuetamente ella, aunque con el corazón en la garganta.

—No, claro, ni a mis padres tampoco— convino Mariló—. Deberían darse cuenta de que hemos cumplido los dieciocho años y que por lo tanto ya somos mayores. ¿A que tengo razón?

Susana se apresuró a asentir.

—Por supuesto que sí. Los chicos en eso tienen más suerte que nosotras, porque sus progenitores no son tan estrictos con ellos. Fijaos en Diego, por ejemplo. Anoche, después de dejarte a ti en tu casa— dijo volviéndose hacia Alicia— se fue a pasear por los alrededores de la abadía a las tantas de la noche y nadie le reñiría cuando volviera a la suya— Desvió su mirada hacia las verdosas aguas del pantano que reverberaban bajo los rayos de sol, antes de añadir—: Qué suerte tienes, Alicia. Ya me gustaría a mí que me hubiese propuesto él ir al cine, a tomar un helado o a pasear. Es tan guapo y tan seguro de sí mismo… Parece tan valiente…

Al oírla se sintió transportada Alicia al refectorio de los frailes bajo la luz movediza de la luna y creyó verle fumando un cigarrillo con dedos torpes junto al hombre caído en el suelo. Le temblaba la mano, le temblaba convulsivamente la barbilla y sus ojos traslucían auténtico terror. ¿Mantendría Susana la misma opinión sobre él si le hubiera visto como ella, sobrecogido de espanto, enfocando con su linterna el semblante de aquel hombre? Probablemente sí, porque la visión del desconocido, con los ojos abiertos, con los que parecía mirar fijamente la negrura del firmamento, hubiera conmovido a cualquiera. Más le hubiera impactado a su amiga que manifestara tanto temor ante la previsible regañina de su hermano, como le había sucedido a ella.

—Sí que lo es— convino Mariló, ajena por completo a lo que Alicia estaba elucubrando—. Y por cierto, creo que deberíamos acercarnos al Ayuntamiento a enterarnos de si la guardia civil ha terminado de interrogarle. Seguramente encontraremos en esa plaza a toda la pandilla.

—Tienes razón— aprobó Mariló—. Vamos para allá.

Retrocedieron sobre sus pasos para recuperar sus respectivas bicicletas, que también las otras dos habían dejado sujetas a un árbol con una cadena, y pedaleando regresaron al pueblo dirigiéndose directamente hacia la plaza aludida, pequeña y pintoresca, abrasada a aquellas horas por la calígine estival. Al no ver a los chicos allí, la atravesaron para bordear el consistorio, a cuya espalda solían reunirse en una cafetería. Sus amigos se hallaban sentados en esa terraza y entre los dos estaba Diego, que se reía con ganas refiriéndoles el interrogatorio de que había sido objeto. Ni tan siquiera levantó la cabeza de su cerveza para mirar a Alicia cuando ellas se les reunieron.

—Hola— les saludó Susana con desenvoltura, a la par que desmontaba de la bicicleta y la apoyaba contra la pared—. ¿Nos dejáis sentarnos con vosotros? Estamos inquietas por Diego y hemos venido a que nos deis noticias.

El aludido le sonrió con aparente despreocupación.

—Por supuesto— repuso sin vacilar— Pero hay poco que contar. Me han preguntado qué hacía yo anoche por los alrededores de la abadía con mi moto a la una de la madrugada.

— ¿Y qué les has contestado?— inquirió Mariló, dejando su bicicleta junto a la de su amiga y tomando asiento frente a él, entre los otros dos chicos, en la mesa que ocupaban.

—Que Alicia y yo estábamos dando un paseo— repuso levantando la mirada hacia la aludida en una muda advertencia que ella captó en el acto.

— ¿Con Alicia?— se sorprendió Susana clavando en la aludida una acusadora mirada no exenta de perplejidad—. Pero si en el embarcadero nos ha dicho que la dejaste en su casa en cuanto salisteis del cine…

Enrojeció ella hasta las orejas preguntándose qué podría inventar para salir del atolladero. Había esperado que Diego la dejara al margen de lo que sucediera la noche anterior para no perjudicarla, pero se dio cuenta por la expresión de su rostro que ni tan siquiera se le había ocurrido. Susana esperaba su respuesta y empezó titubeante:

—Sí, pero…

No pudo terminar de darle una explicación, improvisándola sobre la marcha, porque Diego se le adelantó, para comentar con aire intrascendente:

—Hacía una noche estupenda y al salir del cine nos apeteció estirar las piernas, pero fue solo un  momento.

—Pero cuando estábamos en el embarcadero, tú me has dicho que no te habías acercado a las ruinas— insistió Susana dirigiéndose a Alicia— ¿Por qué me has dicho eso si no era verdad?

Le costó a ésta que las palabras acudieran a sus labios. Además no se le ocurría nada.

—Pues porque… porque no te he entendido bien y, como ha dicho Diego, nos bajamos de la moto y caminamos durante un trecho corto por allí cerca. Lo había olvidado.

— ¿Lo habías olvidado?— inquirió incrédulamente la otra.

—Pues…

—Precisamente a la misma hora en la que un par de desaprensivos estaban asesinando a ese pobre hombre en las ruinas de la abadía, según te ha dicho la guardia civil—la interrumpió Ismael, un muchacho zanquilargo y de alborotada pelambrera castaña, dirigiéndose a Diego.

—¿A la misma hora?— se alarmó Mariló—. ¿Es que le han practicado ya la autopsia?

—Aún no, pero han hecho un cálculo aproximado por el estado del cuerpo.

—Ya— musitó Mariló con voz apenas audible— Pues qué horror.

—Sí, los obreros le han encontrado esta mañana a eso de las siete, tirado en el suelo del refectorio del monasterio.

— ¿A qué habría ido ese hombre a la abadía?— se preguntó en voz alta Susana, antes de volverse hacia Diego y a Alicia para preguntarles—: ¿A que no se os pasó por la cabeza que, mientras dabais un paseo por los alrededores de la finca de los frailes, estaban asesinando a un hombre a pocos pasos de vosotros? ¿No oísteis gritos?

—Claro que no— musitó Alicia con una voz que no era la suya.

— ¿No le oísteis gritar o no se os ocurrió?

—Ninguna de las dos cosas.

— ¿Y se sabe ya quién era ese hombre?— quiso saber Mariló sin reparar en el semblante demudado de Alicia que intentaba ocultar el temblor de sus manos ocultándolas bajo la mesa.

Fue Jorge el que se lo aclaró. Era el más alto de los tres y a primera vista hubiera podido pasar por extranjero pues era muy blanco de piel y con el cabello de un color rubio pajizo. Se inclinó sobre la mesa para explicárselo.

—Sí, era un veraneante. Un jubilado, que había alquilado este verano el chalet contiguo al de Diego.

Frunció el ceño Alicia para intentar traer a su memoria la casa a la que el otro acababa de aludir, pero solo logró vislumbrar la de Diego, que era la más ostentosa de la calle y probablemente de todas las urbanizaciones del pueblo, con sus dos plantas rematadas por un tejado de pizarra y con un amplio jardín en el que el bien cuidado césped se asemejaba a un verdoso manto y en el que campeaba una piscina inmensa donde en ocasiones invitaba aquel a bañarse a los miembros de la pandilla. No consiguió recordar en cambio la de ese vecino al que se había referido Jorge. Solo consiguió entrever difusamente la valla de piedra donde en ocasiones había apoyado su bicicleta y la altura de las arizónicas que la bordeaban protegiéndolo de las miradas de los curiosos que transitaban por la calle e impedían divisar el edificio.

—Se llamaba Eusebio Varas— continuó Jorge— y había sido juez, pero hacia unos seis meses que se había jubilado. Era viudo y no tenía hijos.

—O sea, que vivía solo— trató de puntualizar Susana—. ¿Y tenía amigos en el pueblo?

—Eso no lo sé— continuó Jorge riéndose— Si sé en cambio que con Diego se llevaba fatal y que más de una vez fue a quejarse de él a sus padres.

Nuevamente retrocedió Alicia con la mente a la noche anterior y creyó ver de nuevo a aquel hombre tumbado boca arriba en el suelo del refectorio y a Diego en pie a su lado sin apartar la mirada de su lívido semblante. No recordaba que en ningún momento hubiese dado éste señal alguna de haberle reconocido, por lo que levantó los ojos hacia su rostro y analizó su expresión. Sonreía con indiferencia, pero notó ella que a duras penas conseguía controlar el temblor de sus manos.

—¿Y por qué te llevabas mal con tu vecino?— inquirió vacilante, preguntándose por primera vez si su empeño en pasearse por las ruinas obedecería a un propósito determinado, distinto al de contravenir la prohibición de colarse sin permiso en los restos del viejo monasterio.

—Porque era un tipo odioso— repuso Diego encendiendo un cigarrillo con un mechero dorado. Invirtió más tiempo del necesario en esa operación, pero al expeler el humo sonrió con aire intrascendente al comentar—: Le molestaba la música, cuando nos reuníamos en casa por las noches, ¿no os acordáis? Y también le fastidiaba por las mañanas, porque a mí me gusta ducharme oyéndola.

—Y la pones siempre bien alta— se rió Jorge.

—¿Y por qué no? Se supone que en mi casa puedo hacer lo que quiero.

—Y por esa razón le gastamos al pobre hombre algunas bromas pesadas— siguió Ismael recordándolo con el semblante contrito— En una ocasión en la que comprobamos que había salido de la casa con su coche, le tiramos piedras a su piscina por encima de la valla común.

—Y también unos cuantos huevos— añadió Jorge—. Cuando regresó y se dio cuenta del desaguisado, se presentó en casa de Diego como un energúmeno. Por fortuna ya se habían marchado sus padres de viaje y le recibió su hermano Álvaro, que no se lo tomó muy en serio, aunque le pidió mil disculpas. Luego nos echó una bronca a nosotros tres, pero la cosa no pasó de ahí.

—Por parte de Álvaro, no— comentó Ismael— pero don Eusebio, en cambio, intentó vengarse de los tres abriéndole la puerta del jardín a sus perros cuando íbamos s por la calle, azuzándolos contra nosotros. Tiene, o mejor dicho tenía, dos mastines enormes que nos persiguieron y a mí me alcanzó uno con una dentellada donde la espalda pierde su casto nombre, que me impidió sentarme en una semana.

Le había escuchado Alicia atentamente intentando reproducir nuevamente en sus recuerdos los acontecimientos de la noche anterior, pero no consiguió deslindar en la asustada expresión de Diego el menor gesto que denotase que hubiese identificado como su vecino al hombre que yacía en el suelo del refectorio. ¿Por qué habría de habérselo ocultado?, se preguntó. Si veraneaba en el chalet contiguo y había tenido con él varios encontronazos, nada más natural que manifestar sorpresa ante el hallazgo y aludir a la belicosa relación que habían mantenido. Con aire intrascendente volvió su rostro hacia él.

—Así que conocías a ese hombre que ha aparecido muerto.

—En el supuesto de que fuera Eusebio Vargas, sí— admitió Diego con el semblante sin expresión mientras sacudía la ceniza de su cigarrillo en el suelo.

—Claro que era Eusebio Varas— afirmó Jorge—. Se lo he oído decir a uno de los guardias municipales—. Ahora siento que ayer le gastáramos la broma que habíamos planeado para fastidiarle y que al urdirla nos pareció tan graciosa. En este momento la encuentro bastante pesada.

— ¿A qué te refieres?— se interesó Mariló intrigada.

—Pues a lo de la gasolina— continuó el chico sin captar la mirada de advertencia de Diego— Ese hombre acostumbraba a dar un paseo a pie por las tardes a la caída del sol y ayer no fue una excepción. Lo habíamos ideado entre los tres y nos escondimos tras unos arbustos para verle salir, aguardando a que se alejase en dirección al pueblo. Entonces Diego saltó la valla de su jardín. Tal y como habíamos averiguado, no solía cerrar don Eusebio con llave la puerta del garaje, por lo que Diego aprovechó para vaciarle la gasolina del depósito de su coche y llenar con ella una lata que llevaba preparada y que tenía previsto utilizarla en su moto. La gasolina que no le cupo en la lata la tiró al suelo y le dejó el depósito completamente vacío con la intención de que don Eusebio no pudiera arrancar su viejo cacharro hoy para ir al supermercado, como hacía cada mañana. No sabíamos, claro está, que el pobre hombre no iba a ver más la luz del día— terminó cariacontecido—. En este momento me parece una broma macabra.

—Y de pésimo gusto— masculló ácidamente Susana por lo bajo.

—Tienes razón— convino Ismael— Pero es que no podíamos imaginar que ese hombre encontraría su final de una forma tan inesperada.

— ¿Y Jorge y tú qué hicisteis mientras tanto?— quiso saber la chica.

—Esperarle en la calle— replicó éste—. Nos quedamos aguardando a Diego al otro lado de la valla, vigilando para avisarle si aparecía algún transeúnte.

— ¿Y le vio alguien?

—A nosotros dos, no. Pero lo malo fue que aunque la señora que le hace las faenas domésticas a don Eusebio… quiero decir la que se las hacía.

—Sí, bueno, ¿qué es lo que le pasó a esa señora?

—Pues que aunque suele dar por concluido su trabajo a eso de las cuatro de la tarde, ayer, en contra de lo que acostumbraba, no se marchó y desde la ventana de la cocina vio a Diego trasteando en el depósito del coche de don Eusebio. Cuando salió al jardín hecha una hiena y Diego echó a correr hacia la puerta del jardín con la lata en la mano, le cubrió de improperios y le amenazó con decírselo al dueño de la casa para que le denunciase ante la policía por haberle robado la gasolina.

— ¿Y don Eusebio ha denunciado a Diego?

—El pobre no ha tenido tiempo. Creemos que no, aunque no estamos seguros de lo que hizo ayer desde que salió de su casa, a eso de las siete de la tarde. No sabemos si regresó después o si fue a encontrarse con alguien en el monasterio y esa persona le mató, por lo que en ese caso no llegaría a haber hablado con su doméstica y no habría tenido conocimiento de lo que hicimos. Mejor dicho, de lo que hizo Diego. ¿Te ha comentado algo la guardia civil?— inquirió Ismael girándose hacia él.

El aludido meneó negativamente la cabeza.

—No, únicamente me ha preguntado por el motivo por el que estaba mi moto aparcada de madrugada junto a la valla de la abadía.

Aturdida, intentó Alicia descifrar lo que podía esconder Diego tras su inescrutable expresión. Fumaba indolentemente, pero los músculos atirantados de su cuello desmentían el estudiado aire relajado que pretendía aparentar.

—¿Y qué has hecho con la lata de gasolina?— le preguntó clavando en él su mirada, en la que latía un mar de dudas.

—¿Que qué he hecho?— repitió con una risita sarcástica— Pues ya te lo puedes imaginar, llenar con ella el depósito de mi moto. Con la paga mensual que me han asignado mis padres, no llego a fin de mes en verano. Luego la he tirado en el punto limpio del pueblo.

—Muy cívico— ironizó Susana indignada, con los ojos centelleantes, olvidando que hasta ese momento le había considerado el héroe de sus sueños románticos y que había envidiado a Alicia por ese motivo—. Eres capaz de birlarle a ese pobre hombre que ha sido asesinado la gasolina de su coche, pero eso sí, después llevas el cuerpo del delito al punto limpio como un buen ecologista, para no ensuciar el planeta. Me parece encomiable.

Respingó sobresaltado Diego, poco acostumbrado a que nadie se dirigiese a él en un tono tan áspero y luego parpadeó antes de fijar la vista en ella como si no consiguiera enfocarla bien.

—Tienes que tener en cuenta que yo no sabía que iba a ser asesinado pocas horas después— replicó con mordacidad, aunque la voz le tembló lastimosamente—. De todas formas, ya no iba a necesitar más esa gasolina, así que no pretendas que me sienta culpable.

Trató de dar a su comentario un tono festivo, pero se expandió en el silencio de la plaza como una burla macabra, lo que irritó aún más a Susana.

—No, claro. Lo que me pregunto es a quien vas a hacer ahora blanco de tus iras, puesto que él ya no está en este mundo.

Con la cabeza de medio lado la observó Diego desdeñosamente durante unos segundos.

—¿Qué pasa?— masculló mordiendo las palabras— ¿Te has empeñado esta mañana en convertirte en mi conciencia? Te advierto que ya soy mayorcito para que me vengas con sermones. Para eso ya tengo a mis padres y a Álvaro, que está en casa desde que se fueron ellos y que se da unos aires insoportables de hermano mayor, así que tú harías mejor en cerrar el pico.

Su agria recomendación sonó tan desagradable que los demás se rebulleron incómodos en sus respectivas sillas. Ismael tosió y con la mejor de las intenciones Jorge se apresuró a decir lo primero que le pasó por la mente con la finalidad de quitarle hierro a la situación.

—Porque Álvaro…, que es su hermano mayor y el único que tiene…, se olvidará enseguida de que en agosto todo el mundo toma vacaciones y se marchará a Madrid a trabajar, que es lo que más le gusta. ¿A que sí?

La torpeza con la que se expresó incrementó el embarazo de los presentes. Solo Diego pareció no percibir el enrarecido ambiente que les envolvía y repuso sin dejar de mirar a Susana con una expresión de odio reconcentrado:

—No, se marchará a Mallorca unos días, pero después de que hayan regresado mis padres.

—Porque para eso es un potentado— remachó Jorge, que no acertaba con las palabras oportunas y ensartaba bobada tras bobada—. Es un potentado lo mismo que tus padres y que toda tu familia.

—Menos yo— comentó Diego en tono de chanza— Yo no tengo ni para pagar la gasolina de mi moto.

—Pues en ese caso podías corretear en bicicleta como hacemos los demás, en lugar de atronar las calles con sus rugidos, dándote importancia— farfulló Susana poniéndose en pie—. Y perdonad, pero tengo que marcharme.

Incapaz de soportar por más tiempo una situación tan tensa en la que apenas si reconocía al ídolo que había fabricado en su imaginación, Alicia la imitó.

—Yo también tengo que marcharme. Ya nos veremos esta tarde.

—¿Y tú por qué te vas ahora?— se enfadó Diego, fulminando a Alicia con la mirada—. Deja que esa tonta se largue sola a donde le parezca. ¿O es que tienes que regresar a tu casita para que no se enfade el vejestorio de tu hermana?

Se volvió a medias Alicia luchando por encontrar la réplica oportuna, pero le fallaron las palabras. Fue Susana la que le contestó por ella levantando ríspidamente el tono de su voz.

—Irina no es ningún vejestorio. Tendrá una edad similar a la de tu hermano Álvaro.

—Que es otro vejestorio— se burló él.

— ¿Sí?, pues me parece preferible ser un vejestorio a un cretino como tú— se enfureció Susana—. Eres un estúpido y un engreído que te crees superior a los demás porque dispones de una moto. Si estuviera yo en el caso de don Eusebio te habría denunciado ya por ladrón y por imbécil. Suerte has tenido con que el pobre no pueda hacerlo ya.

—Puedes denunciarme tú— apuntó él sarcásticamente.

Le envolvió Susana en una mirada de desprecio.

—No me des ideas, porque me están entrando unas ganas enormes de seguir tu consejo. ¿Cómo te sentirías si tus padres o tu hermano te privaran de la moto y te vieras obligado a montar en bici como todos nosotros?

Pese a lo tostado que estaba el chico por el sol del verano, notó Alicia que palidecía. Pese a todo le contestó petulantemente:

—Yo de ti no me atrevería a acercarme a la policía con el cuento. Podrías encontrarte con un disgusto serio uno de estos días.

Aunque la muchacha permaneció imperturbable, mirándole retadoramente con la barbilla levantada, notó Alicia que la amenaza que encerraba la respuesta de Diego le había afectado.

Pretendiendo poner fin a aquella escena tan tensa, Jorge dejó escapar una risita que quiso ser conciliadora, pero que sonó a falsa.

—Será mejor Susana que no le denuncies, porque Diego tiene un abogado inmejorable que además veranea aquí.

Un amigo de su hermano que le está sacando de no pocos atolladeros

Vaciló la chica durante unos segundos, parpadeó luego aturdida y finalmente se encaminó hacia la pared de la cafetería donde había apoyado su bicicleta. Alicia la siguió con una vaga desazón que no llegó a concretar.

—Tenemos prisa. Hasta luego— les dijo sin volver la cabeza y a modo de despedida.

Cuando salieron de la plaza pedaleando y se alejaron lo suficiente alcanzó a Susana y acompasó su velocidad a la de ella para mirarla de refilón. Tenía el semblante enrojecido y parecía estar a punto de llorar.

—No le hagas caso a Diego— le recomendó—. Está muy alterado por el interrogatorio de la policía y se ha pasado contigo.

—¿Pero no has visto los aires de matón que se gasta?— farfulló Susana—. Y no sé qué le ves tú. A Mariló también se le cae la baba cuando le mira, pero yo creo que es un impresentable. ¿Vas a seguir saliendo con él?

También Alicia se lo preguntó a sí misma. Algo se le había tambaleado por dentro esa mañana. Ya la admiración que había sentido por el chico había sufrido un rudo golpe la noche anterior y esa mañana la imagen del héroe romántico con la que le veía parecía haber acabado de derrumbarse estrepitosamente, aunque pese a ello no podía evitar que su inmenso atractivo perturbase sus ideas y le impidiera razonar. Había algo en él tan diferente… irradiaba tanto magnetismo…

—No lo sé—repuso pensativamente—. Hace un rato se ha portado contigo como un imbécil y…

—Es que es un imbécil— la interrumpió la otra—. Sus padres no se suelen enterar de lo que hace su retoño, porque viajan mucho, pero a su hermano le tiene muy preocupado.

—¿Su hermano vive aún con la familia?— fingió interesarse para desviar la conversación por otros derroteros,

—No, únicamente pasa unos días en verano en esa especie de mansión en la que veranean sus padres y de la que presume tanto Diego, pero sé que está muy preocupado por éste.

— ¿Y eso cómo lo sabes?

Porque me lo ha contado mi hermana mayor, con la que sale de cuando en cuando. Por lo visto, trae frito a ese amigo de Álvaro que veranea también aquí y que es abogado, para que le saque de los líos en los que se mete el angelito. Creo que, aunque es un tipo raro que apenas sale de su casa, es muy bueno en su profesión.

— ¿Quién, Álvaro?

—No, estoy hablando del abogado. La culpa de todo la tienen los padres de Álvaro y de Diego por haber malcriado tanto a éste último. Como vino al mundo cuando ya eran mayores y le han consentido hasta lo indecible accediendo a todos sus caprichos, se ha creído que es el rey del mundo. Su madre se quedó embarazada cuando Álvaro tenía ya catorce años, así que se han comportado con él como si fueran sus abuelos.

Inconscientemente aminoró Alicia la marcha, preguntándose si Susana opinaría de ella lo mismo, dado que su situación familiar era muy similar. Cuando ésta frenó su bicicleta para esperarla y ella la alcanzó nuevamente se lo preguntó:

— ¿Piensas que yo también soy una chica malcriada? También yo vine al mundo doce años más tarde que Irina, que me trata como si estuviera aún a medio crecer.

Susana sonrió como para sí misma, antes de responderle con la franqueza que le caracterizaba:

—Tu hermana es una santa y desde luego no te la mereces. No eres una imbécil engreída como Diego, porque tienes bastante sentido común y muchos menos posibles económicos. De no saber que le acompañabas cuando anoche paseasteis por los alrededores de la valla de la finca de los frailes, estaría segura de que él habría saltado esa valla y cometido algún desaguisado en las ruinas.

— ¿Antes o después de que mataran a su vecino?— le preguntó Alicia con un hilo de voz.

—Eso no lo sé, pero da igual. Te considero lo bastante sensata como para que, en el caso de que te hubiera propuesto Diego visitar lo que queda del monasterio a la luz de la luna, te hubieras negado rotundamente. Es una enorme suerte que saliera contigo anoche, porque considero que en caso contrario sería muy capaz de haber entrado a la abadía a perseguir al fantasma e incluso de robarle la sábana.

A su pesar se echó Alicia a reír.

— ¿Crees tú en la existencia de ese fantasma?

Habían llegado frente al chalet de Susana y las dos frenaron en la calle sus bicicletas junto a la puerta del jardín, sin desmontar de ellas, para continuar charlando.

— ¿En el fantasma?

—Sí, ¿crees que ha podido tener algo que ver en la muerte de don Eusebio Varas?

La otra frunció dubitativamente sus espesas cejas como si ese gesto le ayudara a dar con la respuesta adecuada.

—No creo en los fantasmas, aunque considero posible que existan. ¿Por qué no habría de poder volver alguno del más allá después de haberse muerto?

Lo consideró en silencio Alicia y terminó por encogerse de hombros.

— ¿Y para qué habría de volver?

—Pues no sé para qué. Para visitar a sus seres queridos, para regresar al lugar en el que había vivido, para… se me ocurren mil razones para que alguno deseara materializarse y regresar al mundo de los vivos. De lo que estoy segura es de que el fantasma de la abadía no mató a ese pobre hombre.

Como un relámpago cruzó por la mente de Alicia la sombra apenas entrevista que creyó vislumbrar escapando del refectorio la noche anterior y sintió un escalofrío.

— ¿Te ocurre algo?— le preguntó la otra.

—No, no, no me sucede nada.

—Es que te has puesto muy pálida de repente.

Dudó Alicia en referirle la aventura que habían corrido Diego y ella la noche anterior, pero no se decidió. Se lo había prometido a él y probablemente Susana la recriminaría por inconsciente y le haría ver la imprudencia que habían cometido.

—Me voy a casa— le dijo en cambio—. No creo que Diego me llame esta tarde porque es un engreído y después de vuestra discusión se desquitará prescindiendo de nosotras por el momento, así que, si te apetece, podemos ir esta tarde a bañarnos al pantano con Mariló.

Susana se apresuró a aceptar.

—Me parece bien. Recógeme a eso de las cinco.

Asintió Alicia con la cabeza y girando en la calle con su bicicleta continuó camino hacia su casa.

# CAPÍTULO III

Encontró a Irina en el salón, acodada sobre la mesa y estudiando con la cabeza baja sobre unos papeles. Se enderezó en el acto al oírla entrar y su rostro expresó sorpresa ante la inesperada aparición de su hermana, mientras se quitaba los tapones de los oídos.

— ¿Cómo has regresado tan temprano? No te esperaba a comer.

Se le acercó Alicia vacilante con la sensación de llevar un peso sobre los hombros que le impedía mantenerse erguida. Deseaba tanto compartir ese peso con alguien que la comprendiera y que la ayudara a minimizar las consecuencias que podía acarrearle su estúpida aventura de la noche anterior… Le había prometido a Diego no referírsela a nadie, pero éste no tenía por qué enterarse. Además, después de haberle oído fanfarronear en la cafetería sobre lo que él consideraba hazañas y no eran más que gamberradas, no era capaz ya de discernir si continuaba admirándole incondicionalmente. Sabía tan solo que había descendido muchos puntos en su estima, sobre todo por el riesgo que conllevaba secundarle en las locuras que ideaba. Debería haberse negado la noche anterior a trasponer la valla de la finca y, aunque no podía dejar de pensar en él a todas horas, temía las consecuencias que podía suponerle compartir con él las aventuras en las que pudiera involucrarla en el futuro.

—He vuelto porque se ha suspendido la excursión— repuso, dejándose caer en una silla a su lado—. La guardia civil ha ido a buscar a Diego a su casa para interrogarle y no hemos querido marcharnos sin él.

—Claro, claro— convino distraídamente Irina levantando a su pesar los ojos de los temas de su oposición para interesarse por lo que su hermana le estaba contando—. Y ese Diego con el que fuiste al cine anoche y al que te acabas de referir... Ese Diego es el hermano menor de Álvaro Latorre, ¿verdad?

—Sí, al igual que nosotras dos, se llevan muchos años. Yo he visto de lejos a Álvaro en el pueblo un par de veces y aunque físicamente se parecen, el mayor es el polo opuesto a Diego. ¿Le conoces?

Meneó negativamente Irina su brillante melena castaña.

—No, personalmente no. He oído hablar de él y de ese chico con el que sales tú.

— ¿Y qué has oído?

Se mordió los labios Irina sin decidirse a contestarle. Alicia reaccionaba mal cuando pensaba que su hermana se metía en sus asuntos y más aún cuando criticaba a alguno de sus amigos, por lo que terminó por encogerse de hombros.

—No, nada, habladurías supongo.

— ¿Y qué dicen esas habladurías?

Esbozó Irina un gesto de exasperación levantando ambos brazos para luego dejarlos caer a lo largo del cuerpo.

—Tengo mucho que estudiar, Alicia, y no quiero iniciar una discusión contigo. Ya te he dicho que no conozco a esos hermanos más que de oídas, así que no puedo darte una opinión sobre ninguno de los dos.

Pensó Irina que había dado el asunto por zanjado, pero su hermana deseaba tanto descargar la angustia que la mantenía en vilo que levantó la voz para que la atendiera cuando hizo intención de bajar nuevamente la cabeza sobre los temas de su oposición.

—No puede ser tan terrible lo que hayas oído sobre ellos. Pertenecen a una familia muy adinerada y veranean aquí en Villa María, un chalet imponente donde nos hemos reunido algunas noches para bailar y donde también nos hemos bañado en la piscina cuando no estaban sus padres, que afortunadamente viajan mucho. El padre está jubilado, pero creo que fundó una editorial importante y que se relaciona con gente de mucho nivel, por lo que no le gusta que aparezcamos por su casa cuando tiene invitados, que es casi siempre. Tiene un genio de mil demonios.

—Sí, eso tengo entendido— musitó Irina con una mirada añorante a sus papeles. El deseo que sentía de retomar el estudio de sus temas le impulsó a sugerirle a su hermana, girándose de medio lado hacia ella —: ¿Por qué no vas a la cocina y preparas tú la comida? Así podría terminar de estudiarme mientras tanto el tema diecisiete que es bastante complicado y que…

Dejó escapar Alicia un resoplido de exasperación. ¿Por qué no era capaz Irina de captar la espantosa desazón que sentía en esos momentos? Entre sus libros y sus papelotes conseguía aislarse de la realidad hasta unos extremos inconcebibles y sumamente irritantes y ella necesitaba que la escuchara y que la ayudara a encontrar una solución al aprieto en el que se encontraba.

—No, no— la interrumpió—. Deja de estudiar un rato, si es que puedes, y escúchame. Es que estoy tan preocupada que no sé qué es lo que debo hacer—. Cruzó y descruzó nerviosamente las manos—. Pero por favor, no te enfades. Sé que no debimos hacerlo, pero ninguno de los dos imaginábamos lo que íbamos a encontrar y…

La expresión soñolienta desapareció como por encanto del semblante de Irina. Se giró totalmente hacia ella en la silla con las cejas enarcadas y sus grandes ojos ambarinos muy abiertos.

— ¿Te estás refiriendo a Diego y a ti?

—Sí.

— ¿Y qué es lo que habéis hecho?

Alicia se mordió los labios antes de comenzar a hablar.

—Pues fue anoche, a la salida del cine. Hacía una temperatura muy cálida y dimos una vuelta en la moto. Al pasar por delante de la finca de los frailes del monasterio vimos que la puerta estaba entreabierta y él me propuso que entráramos a echar una ojeada.

— ¿Entrasteis en la finca y os paseasteis por las ruinas de la abadía?— inquirió expectante Irina, aunque con el semblante absolutamente inexpresivo.

—Sí, Diego se empeñó A mí no me apetecía nada porque de noche e iluminada tan solo por la luz de la luna, esa abadía tiene un aspecto fantasmal. Como si en cualquier momento pudiera surgir un fraile de entre las ruinas y agarrarte por el cuello, ¿me entiendes?

—Sí, claro. Y si no te apetecía, ¿por qué no te negaste?

Se encogió Alicia de hombros incapaz de explicarle que Diego era el ídolo de la pandilla y no podía exponerse a que no volviera a acercarse a ella.

—Lo intenté, pero se empeñó en que resultaría emocionante explorar el lugar y comprobar si efectivamente el fantasma del que tanto se habla en el pueblo se pasea de noche gimiendo por el claustro. Como además había luna llena pensó que tal vez oiríamos cantar a doña Elvira.

Parpadeó Irina disimulando su expresión de incredulidad.

— ¿Y la oísteis?

—Pues… sí, no, no lo sé. No estoy segura.

—Ya— musitó apenas su hermana—. ¿Y visteis al fantasma?

—Al fantasma, no. Bueno… tampoco estoy muy segura. El caso es que alguien que pasaba por allí vio la moto atada con una cadena a un árbol cercano y reconoció por la matrícula la moto de Diego. Por esa razón le ha interrogado la guardia civil esta mañana. Él les ha dicho que estuvimos los dos dando un paseo a pie por los alrededores.

Sin que a su rostro asomara emoción alguna, Irina meneó afirmativamente la cabeza al preguntarle:

— ¿Y qué más pasó?

—Que terminamos de empujar la puerta. Diego llevaba en la moto una linterna y conseguimos entrar en la abadía por la puerta de la fachada posterior que también estaba abierta, la que daba acceso antaño a las dependencias del abad. De allí, pasamos a un claustro y luego quiso Diego ver el refectorio de los frailes, donde tropezamos con el cadáver de ese hombre que han encontrado esta mañana. Yo no le había visto nunca, pero, según he sabido hace un rato, era un juez jubilado que había alquilado este verano el chalet contiguo al de los padres de Diego, entre los que media tan solo una valla metálica, oculta bajo un seto de arizónicas. Lo curioso es que anoche Diego, cuando enfocó el cuerpo con su linterna, no dio señal en ningún momento de haberle reconocido.

Sosteniendo su mirada permaneció Irina unos segundos sin decir palabra.

—Ya— musitó al fin en tono apenas audible.

— ¿Eso es todo lo que se te ocurre decir?— se impacientó Alicia.

—No, se me ocurren muchas cosas, pero voy a esperar a que termines de contármelo. ¿Qué hicisteis ante el hallazgo de ese hombre? ¿Le tocasteis?

Se estremeció Alicia al rememorar la visión del cuerpo de ese hombre a la luz de la linterna que portaba Diego.

—Solamente yo. Aunque nos quedamos los dos como paralizados por la impresión, le tomé el pulso y comprobé que estaba muerto ¿comprendes? Diego tardó en reaccionar. Con el semblante desencajado consiguió encender un cigarrillo para calmar sus nervios. A mí no me ofreció, porque en ese momento ni siquiera era consciente de que yo estuviera a su lado, pero lo peor es que le imité. Saqué la cajetilla del bolsillo de mi pantalón e intenté fumar también, aunque como me dio un golpe de tos, apagué el mío casi inmediatamente arrojándolo al suelo. Él hizo lo mismo poco después y a continuación nos marchamos de allí corriendo y no nos detuvimos hasta que salimos de la finca y nos montamos en su moto, en la que me trajo a casa.

—Ya— repitió Irina absolutamente impasible.

—¿Por qué no dices nada?— se enfadó Alicia—. Puedes reñirme porque lo tengo merecido. Me he comportado como una estúpida. Ya te he dicho que me avine a lo que me propuso por no contrariarle, porque no sentía el menor interés en acercarme a esas ruinas tan sombrías y fue él que se empeñó en que realizáramos esa excursión nocturna. Le secundé para no desmerecer ante sus ojos y creo que me he metido en un buen lío. La guardia civil sabe que Diego y yo estuvimos anoche por las inmediaciones de la finca y temo que una vez que analicen el ADN del cigarrillo de él me tomarán una muestra a mí y comprobarán que coincide con el ADN del segundo cigarrillo. Pensarán que Diego y yo asesinamos a ese hombre que se llamaba Eusebio Varas, ¿no lo entiendes?

Sin apartar la mirada del semblante de su hermana, Irina meneó imperceptiblemente la cabeza.

—Claro que lo entiendo. Es que estoy intentando pensar qué es lo que debemos hacer. ¿Diego ha declarado que no entrasteis en la finca?

—Sí, le ha dicho a la guardia civil que únicamente estuvimos dando un paseo a pie por los alrededores.

—Comprobarán entonces que les ha mentido en cuanto obtengan el resultado del análisis— consideró Irina como si hablase consigo misma—. Y sí, lo probable es que seguidamente te tomen una muestra a ti con la misma finalidad— Pasó cansadamente una mano por su frente al añadir—: No sé qué sería lo más conveniente en un caso como éste, por lo que creo que deberíamos hablar con un abogado que nos aconseje y que en caso de necesidad se ocupara de tu defensa. Lo malo es que no conozco a ninguno. ¿A quién crees que podríamos preguntarle?

Los ojos de Alicia brillaron esperanzados durante una décima de segundo.

—Hace unos minutos me ha hablado Susana de un amigo de Álvaro Latorre que veranea aquí y que es muy bueno en su profesión. Me ha dicho que ha sacado a Diego de muchos de los problemas en los que se ha metido últimamente, pero no sé cómo se llama ni donde vive. ¿Quieres que la llame al móvil y que se lo pregunte? De todas formas he quedado en recogerla a eso de las cinco para ir a bañarnos al pantano.

—No, no, llámala ahora mismo— la apremió Irina aunque con el semblante sin expresión— Iré a ver a ese abogado esta misma tarde, si es que accede a recibirme, porque supongo que estará de vacaciones y que no sentirá el menor deseo de que se le importune.

Desvió Alicia la mirada hacia los temas que se amontonaban desordenadamente sobre la mesa junto a la que estaba sentada su hermana y objetó:

—Pero tú tienes que estudiar. No puedes perder toda la tarde por mi culpa. Iré a verle yo.

Irina meneó negativamente la cabeza, a la par que a asomaba a su semblante su acostumbrada expresión de hermana mayor.

—No. Debemos dar impresión de normalidad y alguien podría sospechar si nos ve a las dos dirigirnos a la casa de ese abogado. En cambio, yo podría ir a consultarle con la excusa de que me asesore sobre algún tema legal que invente y que no tenga nada que ver con el monasterio ni con ese pobre hombre que ha muerto, así que lo mejor es que hagas lo que tenías proyectado y te vayas con Susana a bañarte al pantano. Ya te contaré luego.

—Pero…

—No hay pero que valga. Llama ahora mismo a tu amiga y después te ocupas de preparar la comida para que yo mientras tanto pueda aprenderme el tema diecisiete, que no consigo que me entre en la cabeza, ¿has entendido?

—De acuerdo— convino resignadamente Alicia— ¿Y qué motivo le doy a Susana para necesitar tan repentinamente los servicios de ese abogado?

—Dile que es un problema que tengo yo. Se lo creerá si tú sigues con el plan que os habíais propuesto y os vais juntas a bañaros.

—Está bien— admitió obedientemente la chica extrayendo el móvil de su bolsa de lona al tiempo que salía al vestíbulo, como acostumbraba a hacer siempre que hablaba por teléfono con alguno de sus amigos. En ese momento no había razón para que Irina no escuchase lo que hablaba con Susana, pero prefirió hacerlo así y regresó al salón poco después.

—Me ha dicho que no lo sabe. Que es un amigo de Álvaro Latorre y que puedes preguntárselo a él. Yo sé el número del móvil de Diego, pero no el del teléfono fijo de Villa María.

—No, a Diego no podemos decirle nada— decidió resueltamente Irina—. Averigua tú dónde tiene proyectado ir ese chico esta tarde y la hora en la que va a salir de su casa y yo me acercaré a preguntarle al hermano cuando él se haya ausentado.

—Pero no le conoces— le recordó Alicia dubitativamente.

—No, ya te he dicho antes que no.

— ¿Y no sospechará nada?— se preocupó Alicia—. Puede que después se lo cuente a Diego y que éste la pague conmigo.

—Inventaré una historia convincente— replicó Irina propinándole unas palmaditas en la espalda con las que pretendió infundirle seguridad, aunque en ese instante no se le ocurría nada.

— ¿Y el abogado no se lo dirá a Álvaro y éste a Diego?

—El abogado está obligado a guardar en secreto lo que yo pueda contarle, así que no te preocupes y dame la dirección de ese chico.

Con un ademán de asentimiento se encaminó Alicia a la cocina mientras Irina intentaba infructuosamente estudiar el tema que no conseguía aprenderse. Le resultó imposible porque las letras le bailaban ante los ojos confundidas con la imagen de la abadía. La imaginó bañada por la luz de la luna y aunque no la había visitado anteriormente, le pareció transitar con los ojos cerrados por el claustro, sin otro techo que un firmamento negro tachonado de estrellas, para recorrerlo y recalar más tarde en el refectorio de los frailes y tropezar con el cuerpo de aquel desconocido. ¿Cómo podían haber sido Alicia y Diego tan irreflexivos?, se preguntó. Si hubieran llamado a la policía en el mismo momento, probablemente no serían ahora sospechosos de la muerte de ese hombre y aquélla se limitaría a tomarles declaración sobre el hallazgo.

Horas más tarde cerraba Irina a su espalda la puerta de la casa. Alicia se había marchado ya para, como había proyectado, ir a bañarse al pantano con toda su pandilla, incluyendo a Diego, al que había llamado también para proponérselo, y atravesaba el pequeño jardín con un estudiado aire de despreocupación, pese a que no era fácil que a esas horas pudieran verla los habitantes de las villas cercanas ni que se cruzara por la calle con ningún transeúnte desocupado, porque un sol achicharrante brillaba en lo más alto de un firmamento intensamente azul y la mayoría de los veraneantes dormían plácidamente la siesta sin atreverse a desafiar la calígine reinante. Para causarle buena impresión al abogado, cuyos servicios iba a solicitar, se había puesto un traje estampado de tirantes que se había comprado ese verano. Era fresco y le sentaba bien, ya que lucía una piel tostada por el sol a consecuencia de los largos ratos que pasaba en el jardín estudiando. Se había encaramado también a unos zapatos de tacón que no usaba apenas y se había acicalado convenientemente. Casi no se reconoció cuando al terminar se miró en el espejo y le sonrió a la imagen que éste le devolvía. La de una joven esbelta con una bonita melena castaña y unos ojos color miel que destacaban en su moreno semblante. No se olvidó de las gafas oscuras que, además de protegerle la vista de los rayos solares, le ayudarían a pasar desapercibida, y caminó ligera por la calle sin olvidar cerrar la puertecilla del jardín, lo que era una manía suya, ya que podía abrirse desde el exterior con solo introducir la mano entre los barrotes de madera para descorrer el pestillo.

Hacía tanto calor que mientras se dirigía hacia el chalet que le había indicado Alicia se preguntó si no debería haber aguardado a que comenzara a atardecer para presentarse sin previo aviso en casa de los Latorre. Era muy posible que Álvaro se hubiera acostado también a dormir la siesta. Hubiera sido más oportuno esperar a que refrescara, porque podía incomodarle que se presentara intempestivamente en su casa. Incluso cabía que no la recibiera. Pero no podía esperar, se dijo. Tal y como temía Alicia, era muy posible que la guardia civil se presentara de un momento a otro en su casa para que la acompañara a prestar declaración en la jefatura y necesitaba que una persona entendida en leyes le aconsejara lo que debía decir su hermana antes de que aquélla las sorprendiera sin haber preparado la explicación que deberían darle.

Mientras recorría la calle con hotelitos a ambos lados rebosantes de flores, se sintió abrumada ante esa eventualidad que se presagiaba próxima. Durante los años en los que habían vivido solas, había intentado concienciar a Alicia sobre el comportamiento que debería seguir en toda circunstancia, inculcándole un fuerte sentido de responsabilidad y durante varios años su hermana había seguido sus consejos, pero de improviso y sin una razón aparente se había ido alejando de su lado, como si los años que iban cumpliendo se interpusieran entre ellas y constituyeran un abismo infranqueable entre las dos. Sabía, porque le había visto por el pueblo, que Diego Latorre era un joven muy atractivo, pero no le parecía a Irina motivo suficiente para que Alicia se hubiera dejado llevar por los alocados caprichos de ese chico hasta el extremo de haberle acompañado la noche anterior a asaltar las ruinas de la abadía, simplemente por disfrutar del placer de lo prohibido.

Al doblar la esquina de la calle apresuró el paso repitiendo mentalmente la excusa que había ideado para precisar tan de improviso los servicios de un abogado. Lo importante era que sonase verosímil y que Álvaro no le refiriese posteriormente a Diego el objeto de su visita, pues en caso contrario no tardaría éste en atar cabos y en enfurecerse con Alicia por haberse ido de la lengua. Aunque no había hablado nunca con él, por su manera de conducirse le había conceptuado ella como un chiquillo malcriado, acostumbrado a hacer siempre su voluntad y a salirse con la suya cuando le llevaban la contraria. No podía negar que era bien parecido y que emanaba de él cierto magnetismo. Para Alicia probablemente sería como un héroe de cuento, pero en su opinión debería ella ser capaz de razonar con la cabeza en toda circunstancia. ¿Sería que en la adolescencia eso no era posible?

Apenas si recordaba de la suya otra cosa que el aire enrarecido de la biblioteca donde iba a estudiar. Sus padres aún vivían con ellas entonces, pero estaban siempre tan ocupados, él con su trabajo y ambos con sus relaciones sociales, que no disponían de tiempo para interesarse por las inquietudes de sus hijas, que crecieron al margen de sus vidas. A ellas en aquellos tiempos no les importó. Pese a la diferencia de edad, se tenían la una a la otra y quizás por ese motivo, porque Alicia se sintió postergada cuando ella invitó a cenar a su casa a Tomás, el profesor de matemáticas del instituto, se interpuso entre los dos como una niña malcriada y él no volvió a pretender acompañarla al término de las clases, pese a que se le había insinuado en varias ocasiones y que incluso unos días antes la relación que mantenían había alcanzado un grado más formal.

Al hacerse mayor, Alicia la había sustituido a ella por sus amistades, pero Irina se había quedado sola. En ese momento hubiera dado algo por poder contar con sus padres o con algún hermano mayor. O con cualquiera, aunque no perteneciera a la familia, que estuviera dispuesto a cargar con el peso que su hermana le había echado sobre los hombros, plenamente convencida de que ella era una especie de bastión. Anticuada y gruñona, en su opinión, pero como un baluarte capaz de resistir cualquier ataque. Probablemente se habría sorprendido de haber sido capaz de captar la angustia que sentía desde que le había referido su aventura nocturna de la noche anterior. Ahora estaría bañándose en el pantano con Susana y con los demás chicos, incluyendo a Diego, al que había llamado para que las acompañara y asegurarse así de que no estaría en su casa cuando Irina se presentara para hablar con Álvaro, sin imaginar siquiera que su admirada hermana mayor notaba la garganta cada vez más seca conforme se iba aproximando a la casa a la que se dirigía.

Se detuvo frente a la puertecilla del jardín cuando llegó frente al número trece de la calle de los Olivos y oprimió el timbre. Mientras aguardaba a que le abrieran, se ahuecó la melena, carraspeó, tragó saliva y volvió a atusarse la melena antes de oír el menor sonido al otro lado de la puerta. ¿Habría salido también Álvaro, estaría durmiendo o simplemente habría decidido no atender al molesto visitante que le estaba importunando a esas horas de la tarde?

Con la frente húmeda de sudor llamó nuevamente al timbre y esperó durante lo que le parecieron unos minutos interminables antes de oír una voz de hombre en el jardín.

—Un momento, que ya voy.

Creyó percibir después unos pasos que se aproximaban desde el otro lado de la valla y finalmente un joven en bañador con una toalla sobre los hombros abrió la puerta y se la quedó mirando sorprendido. En un primer momento creyó Irina que se trataba de Diego, pero no, se dijo. Se le parecía, aunque éste era mayor, algo más alto y más ancho de hombros y, como su hermano, estaba muy tostado por el sol y poseía una espesa pelambrera castaña con algún mechón más claro que le resbalaba húmedo sobre la frente. Debía haberle sacado ella intempestivamente de la piscina. Sin duda y a su pesar había salido del agua al oír el timbrazo de la puerta y ahora parpadeaba, observándola deslumbrado por el sol que le daba de lleno en el rostro, obligándole a guiñar sus ojos castaños.

—Perdón— murmuró ella—. Soy Irina Hontanares, hermana de Alicia, que es amiga de Diego y quería hablar con Álvaro Latorre. ¿Eres tú?

Meneó él afirmativamente la cabeza y siguió mirándola con las cejas enarcadas.

—Sí, pero…

—Será solo un momento— le interrumpió antes de que pudiera negarse a dejarla pasar—. Me ha surgido de improviso un problema jurídico importante y Alicia me ha dicho que tú tienes un amigo que es un magnífico abogado y que veranea aquí, en Pelayos de la Presa. Quería que me dieses su dirección o su teléfono o… o las dos cosas— balbuceó con dificultad.

Le dio la impresión de que él asimilaba con lentitud sus palabras, porque tardó en reaccionar. Antes de contestarle parpadeó nuevamente como si no acabara de entender lo que le estaba proponiendo.

— ¿De Carlos Falcón?— le preguntó al fin.

—Pues no sé, no sé si se llama Carlos. Alicia tampoco lo sabía.

Se retiró él las greñas mojadas de la frente y ese gesto debió de despejarle las ideas porque terminó por sonreír.

—Es el único amigo abogado que tengo que veranee aquí, así que sí, que debe tratarse de Carlos. Pero pasa, pasa.

Se había retirado de la puerta para dejarla entrar e Irina le siguió dentro de un inmenso jardín, cuyo césped relucía de verdor bajo las inclemencias del sol de la tarde. A lo lejos y medio oculta por un grupito de sauces, distinguió una piscina donde debía de haberse estado bañando el hombre que le había abierto instantes antes. Le señaló él el edificio que tenía a su espalda, un ostentoso chalet de dos plantas, precedido por una terraza protegida del sol por una pérgola, sobre la que colgaban enredaderas cuajadas de flores, que trepaban también por la fachada.

—Ven, siéntate un momento conmigo ahí, a la sombra, y cuéntame esa historia con más detalle. Tengo que advertirte que Carlos es penalista y que no acepta casos de otra naturaleza. Además, está de vacaciones y…

—Todo eso ya lo sé— le interrumpió Irina siguiéndole para tomar asiento bajo la pérgola en una butaca de plástico blanca que con otras tres rodeaba una mesa del mismo material—. Es que me ha llamado el vecino del piso de abajo de mi casa de Madrid amenazándome con demandarme o denunciarme, no lo sé aún— empezó a inventar—. Al parecer la rotura de una cañería de mi cuarto de baño le ha inundado la casa y pretende llevarme ante los tribunales.

—Eso es un asunto civil, no penal— objetó Álvaro que se había sentado frente a ella y la observaba con curiosidad mal disimulada.

Vaciló Irina preguntándose en qué consistiría la diferencia y buscó un argumento en su desordenada mente que pudiera justificar la inmediata necesidad de un abogado. Al fin articuló aparentemente tranquila:

—Sí, pero es que dice que lo he hecho a propósito, porque le tengo manía.

— ¿Y le tienes manía?— inquirió Álvaro inclinándose ligeramente hacia adelante como si necesitara mirarla de cerca para comprobar la veracidad de sus palabras.

— ¿Yo?, no, claro que no, pero quiero preguntarle a tu amigo qué debo hacer. Si presenta una demanda contra mí…

—Los tribunales civiles no funcionan en agosto— volvió a interrumpirla él con una chispita de diversión en sus ojos—. Puedes esperar a que termine el verano.

Se rebulló inquieta en su butaca de plástico que en ese momento le pareció sumamente dura e incómoda y se colocó mecánicamente el tirante de su vestido sobre su hombro derecho intentando extraer una objeción razonable de su desorden mental.

—Pero… pero, aunque no funcionen, me quedaría más tranquila si pudiera hablar con tu amigo para que él me aconsejara sobre lo que debo hacer. ¿O es que es uno de esos abogados prepotentes que solo reciben a las personas importantes como si les hiciera un gran favor?

Frunció Álvaro el ceño como si intentara determinar si su amigo pertenecía o no al gremio que Irina le acababa de describir.

— ¿Carlos? Bueno, sí, es un poquito raro, pero no le considero prepotente. Es más bien un solitario. En verano se viene aquí, a la sierra, a un chalet de su propiedad del que no sale más que para hacer la compra en el supermercado. Alguna tarde me llama y la pasamos juntos en la terraza de su casa recordando tiempos pasados. Fuimos juntos al colegio.

— ¿Y dónde vive?

—Arriba, en la zona más alta del término municipal de Pelayos, en la urbanización enclavada junto a la antigua estación de ferrocarril que ahora está abandonada. ¿Has venido andando?

—Sí, tu casa y la mía están cerca.

—Pues la de Carlos está lejos y cuesta arriba, así que deberíamos coger el coche.

Se le quedó mirando Irina sin saber cómo interpretar sus palabras.

— ¿Quieres decir que…?

—Que te llevaré, sí, porque si vas sola Carlos no te abriría la puerta. Le llamaré previamente por teléfono para advertírselo.

Seguía observándola intrigado con una fijeza excesiva e Irina empezó a sentirse nerviosa.

— ¿Eres abogado tú también?— le preguntó para romper la tensión que creía notar en el ambiente.

—No, qué va, soy economista. ¿Y tú?

—Me licencié en historia del arte y doy clase en un instituto. De momento ocupo interinamente el puesto que desempeño, pero me he presentado a la oposición para acceder al mismo como funcionaria de carrera y me queda por aprobar el último ejercicio. Me ha dado la impresión de que sabes mucho Derecho.

Con un ademán de su mano le quitó él importancia a lo que acababa de decir Irina.

—Pues no. Sé lo más elemental para desenvolverme en mi profesión. Trabajo en la editorial que fundó mi padre. La dirijo en el presente, porque él se ha jubilado y desea que se incorpore también Diego cuando termine la carrera, aunque de momento…

—De momento no es un buen estudiante— terminó Irina por él—. ¿Es eso?

Lo admitió Álvaro con un gesto pesaroso.

—Sí, es eso. Le hemos mimado entre todos demasiado y me parece que le hemos malcriado. Solo piensa en divertirse, en corretear con su moto por el pueblo y en hacer toda clase de disparates. En parte me siento responsable.

— ¿Tú?, ¿por qué?

—Porque le llevo muchos años y he cooperado también con mis padres en consentirle todos sus caprichos. Llegó por sorpresa cuando ya por la edad de mi madre no era probable que tuviesen más hijos. Yo tenía unos catorce años entonces y para mí fue como un juguete. El caso es que entre todos hemos criado a un irresponsable, que nos mantiene en vilo y que va de trastada en trastada.

Había desviado los ojos del rostro de ella y parecía contemplar ahora las flores azules de una ipomea que colgaba de la pérgola y que se balanceaba a impulsos de la cálida brisa como si le interesara su inusual colorido, por lo que Irina pudo analizar su semblante. Daba la impresión de estar verdaderamente preocupado por su hermano, lo que la relajó íntimamente. Era consolador tener cerca a una persona que se hallaba en su mismo caso y con el que consiguientemente en ese momento se sentía compenetrada.

—También yo le llevo muchos a Alicia, doce para ser exactos— murmuró en voz muy baja—y también estoy preocupada por ella.

Salió Álvaro de su abstracción y se olvidó de la flor de la ipomea para mirarla sorprendido.

— ¿Doce años? Nadie lo diría. Pareces una jovencita. Mucho más jovencita— se corrigió—. Al verte he pensado que tendrías uno año o dos más que ella.

Sintió Irina que enrojecía bajo su mirada admirativa y para sentirse en un terreno más seguro arrancó a hablar atropelladamente.

—Pues no, he cumplido ya los treinta. Antes nos entendíamos de maravilla, pero de un tiempo a esta parte ha cambiado ella de actitud y parece considerarme una entrometida de ideas arcaicas que pretende inmiscuirse en su vida. Me lo repite casi todos los días. Eso y que su vida es solo suya.

La observó en silencio durante unos segundos. El cabello le goteaba sobre el rostro y se lo secó enérgicamente con la toalla que llevaba sobre los hombros.

—Pero pretenderá en cambio que le resuelvas sus problemas, ¿verdad?

Le pareció a Irina que había encontrado un alma gemela que expresado en voz alta lo que ella había rumiado para sus adentros.

—Sí, claro.

— ¿Vivís las dos solas?

—Sí, mi padre es diplomático y se marchó con mi madre a Kuwait cuando le destinaron a él allí hace varios años. Solemos reunirnos por Navidad.

—Y durante el resto del año eres tú, exclusivamente tú, la que cargas con tus problemas y los de tu hermana — aventuró él.

Lo había expresado con total exactitud, por lo que Irina dejó escapar un imperceptible suspiro de alivio.

—Sí.

Sonrió ahora Álvaro con cierta sorna, mientras le decía:

—Y quieres ver a Carlos para que saque a tu hermana del previsible atolladero en el que se ha metido por culpa de Diego, ¿no es eso?

—¿Del atolladero?— repitió ella con expresión inocente.

—Sí, el de la visita a la abadía que seguramente hicieron los dos anoche— le aclaró él—. Diego no me lo ha contado, pero mucho me extrañaría que hubiese dejado la moto encadenada a un árbol para pasearse con Alicia por los alrededores de la finca, como ha declarado a la policía. Conociéndole como le conozco, imagino que saltaría la valla y que ayudaría a tu hermana a hacer lo mismo. Después se pasearían por las ruinas pisoteando los escombros y hasta es posible que tropezaran con el cadáver de Eusebio Varas.

—¿Tú crees?— inquirió Irina abriendo desmesuradamente los ojos con fingida inocencia.

—Ojalá me equivoque— replicó pesarosamente él—. Pero no creo que me equivoque, porque ha sido Diego el que esta misma mañana, cuando ha regresado a la hora de comer, me ha pedido que visitáramos a Carlos en su casa. Hemos ido los dos y les he dejado solos un rato para que éste le aconsejara. Es por esa razón por la que quieres verle tú también, ¿verdad?

Meneó Irina afirmativamente la cabeza.

—Sí. Ella tampoco me ha contado nada—mintió con los ojos fijos en la punta de sus dedos— pero estoy temiendo que en cualquier momento se presente la guardia civil en mi casa y se la lleve al cuartelillo a declarar. Aunque estoy segura de que ni Diego ni Alicia tienen nada que ver con la muerte de ese hombre que han encontrado en la abadía, me preocupa que ella diga alguna tontería que pudiera ser mal interpretada. Por eso quiero hablar con tu amigo, para que nos aconseje lo que debemos hacer y para que, en su caso, la asista en las dependencias de la policía, ¿comprendes?

—Naturalmente.

— ¿Y entonces…?

—Entonces, voy a llamar a Carlos ahora mismo. Espérame aquí que voy a subir a mi cuarto a vestirme.

Aún le chorreaba el bañador y el cabello cuando se puso en pie y entró en el inmenso vestíbulo de brillante pavimento de mármol del edificio que tenía a su espalda y que Irina atisbó girándose de medio lado en la butaca en la que estaba sentada. Se hallaba en semi penumbra, pero logró distinguir los perfiles de algunos modernos muebles de diseño y el verdor de una planta que se elevaba entre un sofá blanco y el sillón gemelo. Destilaba opulencia como todo el chalet, y durante unos segundos se sintió disminuida al compararlo mentalmente con el suyo, funcional y necesitado de reformas, con el aire característico de una casa de verano destinada durante muchos años al alquiler.

Al calcular mentalmente el coste que le supondría remozarlo, le asaltó un nuevo motivo de preocupación. ¿Le presentaría el amigo abogado de Álvaro una minuta astronómica por aconsejar a Alicia y asistirla en su declaración, si llegaba el caso? Para no serle gravosa a sus padres, había rechazado su ayuda económica desde que ella empezara a dar clase en el instituto y, aunque gozaba de un sueldo decente, no se encontraba en disposición de realizar un gasto extra de la magnitud que asociaba al nivel de Villa María, en cuya terraza se hallaba en ese momento. Claro que era posible que la casa del abogado fuese pequeña y vieja y que, pese a su prestigio profesional, viviese modestamente y no pretendiese cobrarle una fortuna.

El regreso de Álvaro la sacó de sus elucubraciones. Volvía vestido con un pantalón vaquero y una camisa de manga corta azul eléctrico. El empapado cabello le resbalaba aún sobre la frente y le hizo un gesto con la mano de que se pusiera en pie y le siguiera.

—Ya he hablado con Carlos y nos espera.

— ¿Le has llamado?

—Sí, sí, ya te lo he dicho. Me ha gruñido un poco, pero le he convencido enseguida de que no podías esperar para consultarle a que finalizaran sus vacaciones, así que iremos en mi coche y os dejaré solos para que le expliques el caso. Mientras tanto daré un paseo por el jardín. Luego te llevaré a tu casa y, si Carlos lo considera conveniente, puedes quedar con él mañana para que Alicia le dé su versión de los hechos, si es que, como sospecho, saltaron la valla de la finca de los monjes para pasearse por las ruinas y encontraron ellos el cadáver de Eusebio. En caso contrario no creo que sea necesario.

Le siguió Irina, bordeando el edificio hasta su fachada posterior, donde se abría la puerta del garaje y se introdujo en el vehículo que Álvaro le indicó, un Jaguar rojo que estaba estacionado junto a otros dos automóviles, cuyas marcas desconocía.

— ¿Es éste tu coche?— le preguntó cuándo se dejó caer en el asiento del copiloto.

—Sí, ¿te gusta?

—Sí, claro.

No le dijo que le parecía ostentoso de más, como se lo había parecido también la casa, propiedad de sus padres, en la que veraneaba. Lo que bullía en su mente se le escapó entre los labios antes de que su mente le advirtiera que el comentario era inadecuado.

—Tu familia tiene mucho dinero, ¿verdad?

Se mordió los labios a continuación y se recriminó a sí misma por no haber sabido controlar sus palabras sin analizarlas previamente, pero al dirigirle una mirada de soslayo vio que se reía, mientras conduciendo el coche salían a la calle y el vehículo la enfilaba cuesta arriba.

—Bueno, sí. La editorial va muy bien y no nos podemos quejar. Yo trabajo como un negro desde que mi padre, que, como ya te he dicho, fue el fundador, se jubiló. Ahora se da la gran vida y viaja con mi madre constantemente. Espero que cuando yo llegue a su edad pueda hacer lo mismo.

Observó ella su perfil con curiosidad ahora que, atento a conducir, no podía mirarla.

— ¿Tú no te das la gran vida?

—No, ya te he dicho que trabajo como un negro desde que me puse al frente de la empresa. Quizás más adelante pueda sustituirme Diego y me quede tiempo para hacer todo lo que me gusta.

— ¿Y qué es lo que te gusta?

Frunció el ceño Álvaro como si se lo estuviera preguntando a sí mismo.

—La verdad es que no lo sé. Me gusta el trabajo que hago.

— ¿Solo te gusta trabajar?

Esbozó un gesto vago con la mano que el volante le dejaba libre.

—No, no solo. Disfruto navegando y también juego al tenis y al golf para compensar haciendo ejercicio las muchas horas que paso sentado en la oficina. Me llevan casi todo mi tiempo. Incluso ahora que estoy de vacaciones ando pegado al móvil, dando órdenes incesantemente al personal que sigue en la oficina. Deben estar de mí más que hartos.

Se reía al decírselo, pero se puso serio repentinamente al comentarle:

—También ese pobre hombre que ha muerto era un adicto al trabajo. Se había jubilado recientemente y reconocía que los días se le hacían eternos y que le faltaba algo con lo que llenarlos.

— ¿Te refieres al que han encontrado en la abadía esta mañana?

—Sí, era vecino nuestro, un juez muy estricto en la interpretación de las normas. Podría decirse incluso que antipático, aunque yo me llevaba bien con él.

— ¿Le conocías?

—Sí, bastante. También era un hombre solitario y quizás porque estaba muy solo mantuvimos una cierta relación. Nos conocimos a raíz de una trastada de Diego, que la tenía tomada con él. Con dos amigos de los que no se separa y a los que maneja y que le siguen como corderillos, a comienzos del verano le tiró piedras a su piscina, arrojándoselas por encima de la valla. Se presentó Eusebio en nuestra casa como un energúmeno y le recibí yo, porque mis padres habían salido y Diego desapareció como por encanto. No regresó hasta la hora de la cena, en la que supuso que ese hombre se habría cansado de esperarle y aun así entró a escondidas por la puerta de la cocina.

— ¿Y entonces os hicisteis amigos?

—Yo no diría tanto. En esa ocasión me costó que aceptara mis excusas, porque quería denunciar a mi hermano por los daños que le había ocasionado, con la intención de que se los indemnizara y a ser posible le condenaran a realizar trabajos para la comunidad. Debí permitir que lo hiciera, porque quizás Diego hubiera aprendido la lección, pero ya te he comentado que también yo le he mimado demasiado desde que nació.

— ¿Y qué hiciste?

—Contraté a dos hombres y se los mandé a Eusebio para que retiraran las piedras de la piscina y de momento se apaciguó, pero solo de momento.

— ¿Y tus padres se enteraron?

—No, no les dije nada. Hace tiempo que me independicé y vivo ahora en Madrid en un piso en la calle de Alberto Aguilera, pero suelo pasar el mes de agosto con ellos aquí, en la sierra, y era el único que me encontraba en la casa cuando apareció Eusebio convertido en un energúmeno.

— ¿Y le reñiste a Diego?

—Sí, claro, pero el arrepentimiento le duró poco y unos días después le gastó a nuestro vecino otra de sus bromas pesadas. Ismael y Jorge secundan todas sus travesuras y él se siente como una especie de héroe, coreado por los dos. A mí me respeta y yo diría que hasta me teme, pero a pesar de todo no consigo hacer carrera de él. Es complicado ser el hermano mayor, cuando hay tanta diferencia de edad.

—Desde luego— corroboró Irina.

— ¿También tienes tú esa clase de problemas?

Desvió la muchacha la mirada hacia el paisaje que podía ver a través del cristal de la ventanilla, rememorando las salidas de tono de Alicia cuando intentaba hacerle comprender que debería ser más juiciosa. La imaginó en su mente explorando con la ayuda de la linterna de él las ruinosas estancias del monasterio y la sorpresa de ambos al hallar el cadáver de aquel hombre en el suelo del refectorio.

—Parecidos— admitió con un suspiro de resignación— aunque Alicia es más responsable. No suele hacer disparates, pero no me permite que le aconseje en ninguna circunstancia.

Habían dejado atrás la urbanización en la que se enclavaban las viviendas de los dos y atravesaban ahora una plaza del pueblo, en cuyo centro y sobre una especie de pedestal podía verse el monumento de un burrito portando a un labriego, el tío Honorio, único propietario del burro, según rezaba la placa adosada a su base.

Lo bordeó Álvaro con su coche y enfiló una calle que comenzaba enfrente y que ascendía cuesta arriba en dirección a la antigua estación de ferrocarril. Una estación absurda en medio de la nada, pues no prestaba ese servicio ni ninguno, ya que hacía años que esa línea había sido clausurada y que el autobús era el único medio de transporte público por el que podía accederse al pueblo. Se había llegado a inaugurar el servicio de tren en 1934, pero realizó un único viaje, pues, tras los destrozos ocasionados por la guerra civil, el ferrocarril quedó abandonado para siempre. Subsistía aún el ruinoso edificio de viajeros, desmantelado, en el que resistían los tabiques que habían configurado las distintas dependencias, cubiertos de pintadas y de grafitis, bajo un techo ennegrecido. Hacía tiempo que las puertas habían desaparecido, así como los cristales de las ventanas, por cuyos huecos penetraba ahora el viento y la lluvia. La escalera por la que se accedía antaño a la planta superior se había derrumbado años atrás y los cascotes se apilaban sobre el pavimento de cemento, por lo que no era factible ya acceder a la misma. Sin raíles que discurrieran frente al edificio ni tren que circulara por ellos, se erguía solitario como el único y añorante vestigio de un transporte que solo existió en su ceremonia inaugural y que parecía sostenerse en pie de milagro.

Irina se lo señaló a Álvaro.

—Es bonito, ¿verdad?

— ¿A qué te refieres?

—Al edificio de la estación. Tiene un aire romántico y melancólico, como si echara de menos el pitido del tren y a los viajeros que descenderían antaño de él tirando de sus maletas. ¿No te gustan los trenes?

Le dirigió una mirada de soslayo antes de asentir.

—Claro que sí.

—A mí también, pero me parece absurdo que ese edificio permanezca ahí, a escasa distancia de la acera de una avenida y que continúe abandonado sin ninguna utilidad, dando nombre a la urbanización más próxima, en un pueblo al que no llega el ferrocarril.

Lo dejaron también atrás para continuar por el mismo paseo, cuyos chalets parecían haberse encaramado sobre un farallón de piedra, del que colgaban la hiedra y las enredaderas. Algo más allá tomó Álvaro una calle lateral y detuvo después el coche frente a la valla de un chalet. Atisbó Irina con curiosidad lo poco que podía verse del edificio cuando se bajó del vehículo detrás de él y luego clavó su mirada en el hombre que les abrió la puertecilla del jardín. Era de estatura mediana, delgado y muy moreno, con unos penetrantes ojos oscuros algo hundidos. Sus facciones angulosas se distendieron en una sonrisa de bienvenida dedicada a su acompañante, aunque seguidamente la incluyó también a ella.

—Me alegro de veros, os estaba esperando.

Se hizo a un lado para dejarles pasar e Irina entró precediendo a Álvaro en un descuidado jardín de escasas dimensiones en el que el césped crecía a rodales y en un par de arriates crecían hierbajos ahogando lo que en otros tiempos debieron ser rosales. Tampoco el edificio de dos plantas parecía estar en mejor estado. Delante de la fachada, un sombrajo que soportaba una parra protegía del sol a la terraza que la precedía y los recién llegados siguieron al dueño de la casa, cuando les indicó unas butacas de mimbre que rodeaban una mesa del mismo material, en las que tomaron asiento.

—Quiero disculparme por venir a molestarte sabiendo que estás de vacaciones— empezó Irina— pero es que es un tema urgente y no puedo esperar. Tengo entendido que eres un abogado penalista y estoy en un apuro.

Se sintió analizada por su mirada que parecía traspasarla para ver en su interior el curso de sus pensamientos. Como no pronunció ni una sola palabra, carraspeó insegura.

—Verás, es que, se trata de mi hermana.

Álvaro se puso en pie en el acto con la intención de dejarles solos, y desde la puerta de la casa le comunicó a él:

—Voy a fisgonear un rato en la biblioteca. Si encuentro algún libro de mi gusto me lo llevaré.

Con un ademán de su mano, pareció indicarle Carlos que tenía carta blanca a ese respecto y cuando el otro desapareció dentro del vestíbulo se volvió hacia Irina.

—Imagino que el asunto que quieres consultarme guarda relación con la muerte de ese hombre, de Eusebio Varas. Álvaro me ha llamado esta mañana cuando la guardia civil se ha presentado en su casa para pedirle a Diego que les acompañara al despacho de la policía local del pueblo para tomarle declaración, así que conozco el tema en sus puntos esenciales. Por lo que tengo entendido, tu hermana le acompañaba anoche.

Meneó Irina afirmativamente la cabeza.

—Sí, pero… no sé qué te habrá contado Diego y yo quisiera saber…

—Lo que me ha contado ese chico no te lo puedo decir— la interrumpió Carlos con cierta brusquedad.

—Eso ya lo sé, pero es que me temo que él se haya callado algo que es esencial. Quiero pedirte, en primer lugar, que defiendas a mi hermana en el caso de que también la interrogue  la guardia civil y que de alguna manera esté implicada.

— ¿En la muerte del juez Varas?— inquirió él con voz neutra.

Había fruncido el ceño incrédulamente y pese a la inquietud que sentía, se dio cuenta Irina que era un hombre muy atractivo. Llevaba un pantalón vaquero y una camisa amarilla que ponía una nota de color en sus oscuras mejillas en las que apuntaba una barba tan negra como su cabello, algo ondulado. Pero lo más atrayente eran sus ojos negrísimos que parecían taladrar hasta sus más íntimos pensamientos. Por si efectivamente era tan clarividente como aparentaba ser, abatió los suyos simulando sacudirse una mota de polvo de la floreada falda de su vestido.

—No, no me he explicado bien— replicó nerviosa sin levantar la vista de esa inexistente partícula que acaparaba su atención— No sé lo que te habrá referido Diego y supongo que se habrá callado lo que pueda perjudicarle, pero quiero que sepas cómo sucedió todo en realidad. Mi hermana menor, la única que tengo, fue anoche con él al cine en la moto de Diego y cuando finalizó la película se acercaron a la valla de la finca que fue propiedad de los frailes hasta que la abandonaron en el siglo diecinueve.

—Sí, eso ya lo sé—la interrumpió.

Continuó Irina como si no le hubiese oído.

—Encontraron la puerta abierta y a él se le ocurrió la idea de dar un paseo a la luz de la luna por las estancias que habitaron aquellos. De la luz de la luna y de la linterna que llevaba— se corrigió—. El caso es que en el refectorio tropezaron con el cadáver y para calmar sus nervios del impacto que el hallazgo les produjo encendió cada uno un cigarrillo, que luego arrojaron al suelo pisándolo para apagarlo con el tacón del zapato.

Había enarcado él las cejas al oírla.

—¿Se fumaron un cigarrillo allí mismo? Sé que la guardia civil había encontrado dos colillas junto al cuerpo de Varas, pero no tenía noticias de que hubieran sido ellos.

—¿Diego no te lo ha contado?

Esbozó Carlos un ademán evasivo para no responder a su pregunta.

—Lo que Diego me haya dicho no lo puedo repetir.

Levantó ahora la vista hacia él para analizar su expresión. La miraba impasible, pero intuyó más que vio un puntito de alarma en sus ojos oscuros.

—Tienes razón, perdona— se excusó Irina—. Sé que a Alicia le ha dicho, que él ha declarado que estacionó la moto cerca de la puerta de la valla y que dieron un paseo a pie, pero ha negado que traspusieran la puerta y que exploraran la abadía.

Como no efectuó él ningún comentario, ni esbozó el menor gesto, aguardó Irina alguna reacción por su parte, hasta que comprendió que su intención era limitarse a seguir escuchándola en silencio con los ojos clavados en su rostro. Carraspeó por tanto, antes de continuar:

—Eso es lo que me preocupa. Le ha mentido a la guardia civil y cuando por el análisis del ADN de los cigarrillos compruebe ésta que no solo entraron en la finca sino que anduvieron los dos por las ruinas y encontraron a ese hombre, sospeche que han sido ellos los autores de su muerte.

Pensativamente se peinó él con los dedos su espeso cabello, retirándoselo de la frente. Aunque su semblante no traslucía lo que pudiera era pensando, se dio cuenta Irina de que le había contrariado lo que acababa de referirle, de lo que dedujo que Diego le había dado a él la misma versión que a los agentes. Se retrepó en la butaca de mimbre que ocupaba con un pliegue en la frente que no tenía antes.

—Creo que mañana debería acompañar yo a tu hermana al puesto de la guardia civil— empezó con la mirada perdida en uno de los árboles del jardín, un chopo que agitaba cadenciosamente sus ramas cubiertas de follaje al compás de la brisa—. Me parece imprescindible que declare la verdad de lo que sucedió, porque de todas formas van a descubrir su aventura nocturna y por el ADN de los cigarrillos averiguarán también que, cuando menos, estuvieron en el lugar de autos instantes después de que a ese hombre le mataran.

— ¿Y no pensará la policía que ellos han tenido algo que ver?— se alarmó Irina.

—Es posible que sí, pero lo malo es que lo van a pensar en cualquier caso, sobre todo si se empeñan en mantener el cuento de que no llegaron a visitar las ruinas como ha pretendido Diego. Explicando cómo se produjo el hallazgo del cadáver tienen una posibilidad de que les crean.

Abrió la boca Irina para formular una objeción, pero se arrepintió antes de haber llegado a pronunciar una sola palabra.

— ¿Qué ibas a decir?

—Nada, que Alicia no puede ir a contárselo a la policía, porque Diego le ha exigido que guarde silencio y no le perdonaría que se fuese de la lengua. No le conozco a él, pero al parecer es muy persuasivo.

—Me parece que le has aplicado un calificativo  muy suave— comentó él con evidente irritación—. Es un auténtico tarambana que mantiene en vilo a toda su familia. Si no fuéramos Álvaro y yo amigos de toda la vida, hace tiempo que hubiera renunciado a hacerme cargo de sus asuntos. Por lo que has dicho me ha parecido entender que está saliendo con tu hermana.

Meneó Irina afirmativamente la cabeza.

—Sí. Alicia tiene dieciocho años y es una chiquilla romántica y absurda que cree enamorarse cada lunes y cada jueves del primero que conoce. Diego le está durando más que los anteriores, supongo que porque es muy guapo, porque no se me ocurre qué otra virtud puede tener.

Dejó escapar él un exasperado suspiro.

—A mí tampoco. Deberías hacerle comprender a tu hermana que su compañía no es precisamente recomendable.

—No la conoces— replicó ella con desaliento—. No admite que opine sobre su ídolo del momento mientras lo es y yo… — se interrumpió para pasar cansadamente una mano por su frente—…yo no puedo hacer nada.

—Hablaré con él esta misma noche. Álvaro te llevará a tu casa y yo me acercaré más tarde a la suya para que no me relacione contigo y no pueda adivinar que has estado aquí. Le contaré a Diego que la policía ha encontrado las colillas de los cigarrillos y que los está analizando e insistiré en que vuelva a referirme lo que verdaderamente pasó. Es un chico un poco difícil y, cómo te he dicho, si me ocupo de sacarle de los atolladeros en los que se mete, es exclusivamente por la amistad que me une con Álvaro. De otra forma hace mucho tiempo que me lo habría quitado de encima. De todas formas…

— ¿Qué? Te has quedado a medio.

—Que sentiría no poder ayudarte si llegara el caso. Diego es mi cliente y si no se aviene a razones, podría tener yo incompatibilidad para defender los intereses de tu hermana a la vez que los de él, ¿comprendes?

Bajó la mirada Irina para fijarla en sus manos sintiendo unas inmensas ganas de llorar. La voz le salió temblona de la garganta cuando murmuró:

— ¿Por qué? Yo no veo esa incompatibilidad por ninguna parte y no conozco a ningún otro abogado. Supongo que en estas fechas estarán todos de vacaciones.

—Por eso no te preocupes, porque te ayudaría a buscar otro del que me conste su experiencia profesional. En cuanto a la contraposición de intereses entre Diego y Alicia, es obvio que los dos deben declarar lo mismo a la policía y, llegado el caso, ante el juez, por lo que si él se empecina en mantener su primitiva versión, no puedo yo asumir la defensa de tu hermana y aconsejarle que le contradiga, ¿no lo entiendes?

Entenderlo, lo entendía, pero aceptarlo le producía una inmensa desazón. A finales de septiembre debería presentarse a realizar el último ejercicio de la oposición y si el hombre que tenía sentado enfrente no aceptaba el encargo que había venido a ofrecerle, tendría que salir urgentemente hacia Madrid a buscar a otro abogado que no conociera al estúpido de Diego, causante de todo aquel embrollo, y que no temiera que su actuación profesional pudiera perjudicarle. Por su culpa Alicia podía verse implicada en la muerte de un hombre al que ni siquiera conocía y como consecuencia ella no podría hacer otra cosa que luchar con todos los medios a su alcance para sacarla a flote por lo que no podría preparar el último examen y la suspenderían. El enorme esfuerzo que había tenido que realizar para llegar al punto en el que se hallaba no habría servido para nada.

— ¿Y crees que podrás convencerle?— inquirió levantando aún esperanzada los ojos hacia él.

—Pues no lo sé. Diego es muy testarudo y, aunque respeta mi opinión, no siempre consigo que siga mis consejos. ¿Le conoces?

Cansadamente hizo Irina un gesto afirmativo.

—Sí, de vista. No cabe duda de que es un chico muy guapo y ha flechado este verano a todas las chicas de la pandilla. He tratado de hacerle comprender a mi hermana que su compañía no le conviene en absoluto, pero no me ha hecho el menor caso. Me considera un vejestorio anticuado y, como todos los jóvenes, piensa que su generación es la única que está en posesión de la verdad.

— ¿Le llevas muchos años?— se interesó él.

—Sí, doce. Son muchísimos, ¿verdad?

Sonrió Carlos al oírselo decir y su semblante, demasiado serio, pareció transfigurarse en el de otra persona más joven y mucho más próxima.

—Nadie podría decir de ti que eres un vejestorio ni por la edad ni por tu aspecto. ¿Se parece a ti tu hermana?

—Sí, es un par de centímetros más alta, pero nos sirve la misma ropa y de cara… sí también nos parecemos.

Había extraído él una cajetilla de tabaco de su pantalón vaquero y le ofreció:

— ¿Quieres?

—No, gracias, no fumo.

— ¿Te molesta que lo haga yo?

—Claro que no, estás en tu casa— añadió riéndose.

Encendió Carlos el cigarrillo con una caja de cerillas que se sacó también del bolsillo y al expeler el humo con los ojos entornados le preguntó:

— ¿Hay algo más que puedas referirme que pueda ayudar a tu hermana? ¿Vio algo anoche que nos sirva de pista sobre la identidad del autor del homicidio del juez?

Meneó Irina negativamente la cabeza después de meditarlo.

—No, aunque como estaba muy nerviosa cuando me lo ha contado, no se ha explicado bien. Creo que le pareció distinguir a alguien que escapó del refectorio después de que enfocaran el cuerpo de ese hombre con la linterna de Diego. Aunque no es asustadiza ni ve visiones, me ha dicho que por un instante pensó que se trataba del fantasma de la abadía del que tanto se comenta en el pueblo.

— ¿Del fantasma de la abadía?— repitió él como un eco.

—Sí, ¿no conoces esa leyenda?

—Por supuesto que sí, desde que era un niño he veraneado con mis padres en esta casa, por lo que estoy al tanto de todas las habladurías que se comentan por aquí, pero que yo sepa los fantasmas no asesinan a los vivos. Como mucho y para dar gusto a las personas más crédulas, ese fantasma gime entre los escombros del monasterio, sobre todo de noche. ¿Sabes si iba envuelto en una sábana?

Se había echado a reír e Irina le imitó sintiendo de improviso una incomprensible afinidad con el hombre que tenía enfrente. Le pareció que le conocía de mucho tiempo atrás y que era el único en el que podía descargar el peso que llevaba sobre los hombros y que la abrumaba desde que había tenido conocimiento de lo que había sucedido en la abadía la noche anterior. Lo sintió tan imperiosamente que estuvo a punto de expresarlo con palabras, pero en su lugar le preguntó:

— ¿Veraneabas aquí con tus padres?

Desvió él la mirada hacia lo lejos con una inmensa melancolía en sus ojos oscuros.

—Sí, pero ya murieron los dos. Entonces éramos Álvaro y yo los que hacíamos diabluras, pero nunca cometimos una trastada de la clase que acostumbran Diego y a sus amigos. No tengo hermanos y Diego no había nacido todavía, por lo que pasábamos juntos el día entero en Villa María y también íbamos al pantano a navegar. Los recuerdos que conservo de aquella época no pueden ser mejores.

—Y luego vino al mundo Diego y lo estropeó todo— insinuó ella.

—Bueno, no. Tuvieron que pasar muchos años hasta que empezó a crear problemas a la familia. Puedes creerme si te digo que este verano me ha estado arruinando las vacaciones desde el primer día y la muerte de ese juez, al que le hacía la vida imposible, ha sido la puntilla.

Aunque nada en la expresión de su semblante ni en sus palabras podía interpretarse como que ella le estaba molestando, sin saber por qué se sintió aludida y se puso en pie.

—No quiero darte más la lata, así que si llamas a Álvaro, que debe andar por la biblioteca, según ha dicho, me voy a marchar. Irás luego a su casa a convencer a Diego de que debe decirle a la policía lo que verdaderamente sucedió, ¿verdad?

—Por supuesto. Dame el número de tu móvil y te llamaré en cuanto hable con ese chico— replicó levantándose a su vez. Luego se encaminó hacia la casa y regresó un par de minutos más tarde acompañado de Álvaro, en animada conversación. Por los retazos que captó, comprendió Irina que le estaba refiriendo lo que habían acordado los dos y que éste manifestaba su aprobación. Carlos les acompañó hasta la puerta del jardín y desde allí les dijo adiós con la mano y permaneció apoyado en el quicio hasta que el otro arrancó el coche y se alejaron cuesta abajo.

— ¿Cómo ha ido todo? ¿Qué te ha parecido Carlos?— le preguntó Álvaro con los ojos fijos en la calle que iban recorriendo.

—Me ha inspirado confianza y te agradezco que me lo hayas presentado— repuso pensativamente—. Me ha sorprendido en cambio que viva en una casa… en una casa tan poco…

— ¿Tan poco aparente?

—Pues sí. El jardín está sumamente descuidado y lo poco que he podido atisbar del edificio me ha parecido viejo y necesitado de reformas. ¿No gana  suficiente dinero?

Al oírla, Álvaro se echó a reír.

— ¿Carlos? Por supuesto que sí. Es que le tiene sin cuidado. Vive solo y no se relaciona con nadie. Bueno, se relaciona conmigo, pero a mí tampoco me importa que la tapicería del sofá del salón esté raída y las cortinas apolilladas. Esas cosas solo os preocupan a las mujeres.

Rememoró Irina la imagen de su progenitor, siempre elegante, y lo que se esmeraba mientras vivió con sus hijas en el piso de Madrid  en mantener éste a la altura de lo que convenía a sus intereses profesionales, ya que recibía en él a numerosas amistades de nivel.

—A mi padre sí le importaba— musitó, recordando nostálgicamente aquellos tiempos en los que ella era una hija de familia y sus progenitores se ocupaban de resolver todas las cuestiones desagradables con las que tenían que enfrentarse las dos. — Y a mí me parece que debería importarle también a él. No es natural que se aísle del resto del mundo en vacaciones, igual  que un ermitaño, siendo joven como es. Tiene edad de buscarse una novia, no de encerrarse en su guarida como si fuese un oso en estado de hibernación.

Le dirigió Álvaro una mirada de soslayo al murmurar:

—Tuvo una.

— ¿Una qué?

—Una novia.

— ¿Y qué pasó? ¿Le dejó?

Lo consideró él en silencio como si se lo estuviera preguntando y finalmente se encogió evasivamente de hombros.

—No, murió, de una pulmonía. Por aquel entonces mi padre estaba todavía al frente de la empresa y yo me marché a Estados Unidos a hacer un máster. Cuando regresé, le llamé para quedar con él, pero me dio una excusa tras otra. Durante un tiempo perdimos el contacto y cuando lo reanudamos el verano pasado me dijo que no quería hablar del tema, así que no insistí.

—Comprendo entonces que no se haya repuesto todavía y que sea un hombre tan huraño— dedujo reflexivamente Irina—. ¿Cuánto tiempo ha transcurrido desde entonces?

—Pues… algo más de tres años. Anteriormente Carlos era muy diferente, aunque tampoco le gustaban demasiado las fiestas ni el barullo, pero es que ahora… ahora da la impresión de que no encuentra motivos para desear vivir.

Permaneció Irina durante una décima de segundo con la cabeza ladeada y llegó a la conclusión de que no podía haber descrito el aparente estado de ánimo de su amigo de una manera más exacta.

—Sí, se ha reído un par de veces y me ha sorprendido tanto que lo hiciera, que me he quedado mirándole incrédulamente, preguntándome si no se habría equivocado al reaccionar de esa manera a lo que yo le estaba comentando.

Con los ojos guiñados por el sol de la tarde que ya se batía en retirada y que se filtraba a través del parabrisas, sonrió él, como si le hiciera gracia el punto de vista de ella.

— ¿Y de qué le estabas hablando?

—Del fantasma de la abadía. Como a mí, le parece un cuento de ignorantes. Esta mañana me ha dicho Alicia…

— ¿Qué?— le preguntó intrigado— ¿Qué te ha dicho?

—Que creyó ver a alguien huyendo del refectorio cuando le quitó la linterna a Diego para enfocar al hombre que yacía en el suelo. Que durante un segundo vio algo semejante a una sombra que corría hacia lo que antaño fue la cocina de los monjes.

Desvió la mirada hacia él para comprobar si también le había hecho gracia lo que le estaba refiriendo y le extrañó verle tan serio, observando con expresión ausente el trayecto que iban recorriendo y con los labios plegados hasta formar una línea con ellos.

—¿Y consiguió distinguir algún detalle que permita identificarle?— le preguntó con una voz sin inflexiones.

—¿Piensas que podría tratarse de la persona que mató a ese hombre?

—Es posible, sí.

Frunció Irina el ceño intentando recordar con mayor exactitud lo que Alicia le había referido.

—Pues no lo sé. Empezamos a continuación a hablar del fantasma de la abadía y no me dio más detalles. Pero ahora que lo pienso, creo que sí, que sería una enorme suerte para tu hermano y para Alicia que la policía diera con el culpable. Desde que me ha contado ella lo que les sucedió anoche en las ruinas no consigo estudiar ni hacer otra cosa que darle vueltas a lo mismo.

—Es natural—musitó él como para sí mismo.

—Sí, pero es que estoy preparando una oposición— continuó ella para darle a entender que la finalidad que perseguía justificaba sobradamente que su atención estuviera concentrada en el estudio—. Probablemente y con la ayuda de Carlos Falcón, este asunto se resuelva favorablemente, pero para entonces no podré ya recuperar el tiempo perdido por lo que me suspenderán. Y necesito ganar esa plaza.

Giró a medias Álvaro la cabeza hacia ella al preguntarle:

—¿Por qué? ¿Estáis en mala situación económica?

—No, no exactamente. Soy profesora de instituto, pero porque sustituyo a otra señora que se jubiló. Si no apruebo el último ejercicio de la oposición, ocupará mi puesto otra persona y me quedaré en la calle, ¿comprendes?

Le dirigió él una rápida mirada con las cejas enarcadas.

—Ya. ¿Y cuánto tiempo llevas preparándola?

—Pues… pues no lo sé. Por lo menos año y medio.

— ¿Sin salir? ¿Sin ir al cine? ¿Sin hacer otra cosa que estudiar?

—Por supuesto que sí salgo. Ya te he dicho que por las mañanas doy clase en un instituto.

—Y por las tardes estudias, ¿no?

Le observó recelosamente. Su gesto no expresaba nada, pero captó en el fondo de sus palabras algo que excitó su curiosidad.

— ¿Qué pasa?, ¿te parece mal?

—No, me sorprende que tengas tanto espíritu de sacrificio y que a tu edad seas capaz de encerrarte entre cuatro paredes sin pretender divertirte como todo el mundo. Bueno, como casi todo el mundo— rectificó—. La excepción sois Carlos y tú. ¿Has sido siempre tan responsable?

Se lo preguntó a sí misma Irina a la par que retrocedía con la mente a los años de facultad en los que estudiaba incansablemente cuando regresaba a la casa de sus padres y más tarde, cuando obtuvo el título, empezó a dar clases y conoció a Tomás. También él era un tipo raro, con una facilidad para los números poco común, pero tristón y bastante aburrido, cuyo mayor disfrute consistía en inundar la pizarra del aula del instituto que le estaba asignada con enrevesadas ecuaciones, pretendiendo luego que se las descifraran sus alumnos. Apenas hablaba de otra cosa que de su trabajo y de la oposición que preparaba y que ganó brillantemente. ¿Qué le vería ella entonces en aquellos tiempos?

—Siempre he sido una empollona— reconoció—pero es que a tí no te ha supuesto ningún esfuerzo ser director de tu empresa y mi caso es bastante diferente. Mis padres se marcharon al extranjero antes de que yo terminara la carrera y a partir de ese momento he tenido que solucionarme la vida yo solita, ¿entiendes? Además, Alicia empezará a asistir en septiembre a la escuela de enfermería y eso también cuesta dinero.

— ¿Y tus padres no os aportan nada?

Se encogió ella evasivamente de hombros.

—Desde que empecé yo a dar clases, no. Les dije que no era necesario y debieron pensar que ganaba una fortuna.

Se rascó pensativamente él el cogote con la mano con la que no sujetaba el volante.

— ¿Y por qué no les aclaraste que un sueldo de profesora en un instituto no da para tanto? Me parece que ya va siendo hora de que empieces a pensar en ti misma.

—Ya lo hago— replicó molesta.

— ¿Estás segura? Me parece que no. No te he visto ni una sola vez en el pueblo este verano ni en el pantano ni en ninguna parte. La verdad es que no sabía que existieras. ¿No tienes amigos aquí?

Lo cierto es que había salido de la casa exclusivamente para ir al supermercado, pero no podía reconocerle que, aunque por razones distintas, su vida no era muy diferente a la de Carlos.

—Hacía tiempo que no veraneábamos en Pelayos de la Presa— repuso evasivamente—. De niña sí tenía un grupo de amigas de mi edad, pero mis padres alquilaron la casa que tenemos aquí y no habíamos vuelto en todos estos años. Por esa razón he perdido el contacto con ellas y este verano apenas he tenido tiempo de hacer otra cosa que estudiar.

—Ya—dijo él por todo comentario.

Enfilaba con el coche en ese momento la calle en la que se ubicaba su casa y aminoró él la marcha para terminar deteniéndolo delante de la puerta del jardín. Notó Irina que dirigía una curiosa mirada al edificio, antes de dirigirse a ella.

—Deberías darme el número de tu móvil— le sugirió, recorriendo la fachada de piedra con los ojos—. Yo también te daré el del mío. Carlos ha quedado en venir esta noche a mantener una charla con Diego y te llamaré cuando se marche para contarte los pormenores y el plan a seguir, ¿te parece bien?

—Claro, apúntalo.

—Extrajo el móvil del bolsillo de su pantalón y cuando iba a introducir el número del de ella en la agenda de su aparato, hizo un gesto de contrariedad.

— ¡Vaya por Dios!, me he quedado sin batería. Tendré que apuntarlo en un papel.

Hizo intención de rebuscar en sus bolsillos con el mismo resultado infructuoso, mientras ella le observaba reprimiendo las ganas de reír.

— ¿No encuentras tampoco ese papel? Yo llevo siempre en el bolso un cuadernito, así que espera un segundo.

No tardó en dar con lo que buscaba y arrancó una hoja que le tendió a él.

— ¿Necesitas también un bolígrafo?

—No, no, llevo uno.

Le mostró con aire victorioso un bolígrafo dorado que llevaba en el bolsillo de la camisa.

— ¿Te gusta?— le preguntó—. Me lo regalaron por mi cumpleaños los empleados de la empresa y por esa razón lo tengo en alto aprecio, aunque para mi gusto es demasiado dorado. ¿Te gusta a ti?

A la luz de la farola bajo la que había estacionado el coche, brillaba intensamente como si se tratara de una joya. Esbozó Irina un gesto dubitativo.

—Tampoco me gustan demasiado los objetos dorados, pero si me lo hubieran regalado mis empleados también lo valoraría mucho. Debe de ser estupendo tener empleados.

—Sí que lo es. Son además muy buena gente.

—Me alegro. Apunta.

Anotó Álvaro el número que ella le fue dictando e Irina hizo lo mismo en su móvil, a la par que continuaba Álvaro examinando intermitentemente lo que el espeso seto de arizónicas le permitía distinguir del jardín, como si evaluara la posibilidad de saltar la valla para entrar sin utilizar la puerta, por lo que se sintió obligada a aclararle el motivo por el que no le invitaba a pasar.

—Otro día podría invitarte a un café o a una copa. Pero aún tengo que estudiarme el tema diecisiete, que no me entra en la cabeza, y tú debes volver a Villa María a esperar a Diego. Puede que haya regresado ya y debería hablar con Carlos cuanto antes.

—Tienes razón— convino él parpadeando como si hubiera estado barajando una idea que le mantenía absorto y hubiera regresado inopinadamente al automóvil en el que se encontraban los dos—. Pero quizás, cuando esta pesadilla haya terminado, puedas hacer tú un alto en tus estudios y yo en mi trabajo. Podríamos navegar una tarde por el pantano o… ¿Te gusta navegar?

Se lo preguntaba con un interés que le pareció excesivo y que la halagó. Hacía mucho tiempo que, aparte del profesor de matemáticas, ningún otro la había invitado a salir, pero se impuso su sentido del deber.

—Por supuesto que me gusta, pero no puedo en estos momentos perder una tarde entera, ¿comprendes?

—Sí, sí, claro. ¿Y una hora en tomar el aperitivo? ¿Puedes perderla o es mucho una hora?

Se reía e Irina le imitó.

—No puedo pensar en nada ahora, Álvaro. Cuando todo esto se solucione, entonces…

—¿Te refieres a la muerte de Eusebio Varas o a tu oposición?

Abrió ella la portezuela del coche y manteniéndola abierta después de bajarse le contestó:

—A las dos cosas. Me estoy refiriendo a las dos cosas.

# CAPÍTULO IV

Alicia había regresado ya cuando entró en la casa. Estaba cambiándose en su dormitorio, en la planta superior, y bajó la escalera como un ciclón al oír el sonido de la puerta al abrirse, mientras acababa de embutirse en una camiseta blanca. Aún tenía el cabello húmedo como consecuencia de haberse bañado en el pantano no mucho antes y su semblante traslucía la ansiedad con la que había estado esperándola al abalanzarse a su encuentro.

— ¿Qué? ¿Has hablado con el abogado?

Le sonrió Irina adoptando una actitud que quiso ser tranquilizadora, a la par que cerraba la puerta a su espalda.

—Sí, no te preocupes que está todo arreglado. Se va a ocupar de defender tus intereses, siempre que convenza previamente a Diego de que declare ante la guardia civil que anoche estuvisteis los dos explorando la abadía y que encontrasteis a ese hombre ya muerto en el suelo del refectorio.

El agraciado semblante de Alicia se había distendido al escuchar sus primeras palabras, pero su gesto se fue tornando rígido conforme iba escuchando lo que Irina le decía. Finalmente enarcó las cejas al clavar interrogativamente en ella sus grandes ojos dorados para  preguntarle:

— ¿En ese último caso no me aceptará como cliente?

—Dice que tendría incompatibilidad, porque tu versión contradeciría la de Diego. Esta noche va a ir a su casa a intentar convencerle de que es la mejor decisión que podéis adoptar los dos, ¿comprendes?

—Yo sí lo comprendo— masculló entre dientes apartándose de la cara la melena que empezaba a secársele por las puntas—. El que no lo comprenderá será Diego, que tiene la cabeza más dura que un alcornoque. Esta tarde, mientras nos bañábamos en el pantano, he conseguido un aparte con él y se ha enfadado mucho conmigo cuando se lo he sugerido. Se ha empeñado en que nada ni nadie nos relaciona con los cigarrillos que ha encontrado la guardia civil junto al cadáver, por lo que, en su opinión, no existe el menor peligro de que sospeche de nosotros ni de que, consecuentemente, nos tome una muestra para analizar nuestro ADN.

— ¿Te ha dicho eso?

Afirmó Alicia con la cabeza reprimiendo un puchero.

—Sí y me ha amenazado también con las penas del infierno si le cuento a alguien lo que pasó. Yo… nunca hubiera podido imaginar que fuera así.

—Así, ¿cómo?

—Así, tan arrogante, tan cerrado de mollera. Lo único que le importa es seguir disponiendo de su moto, de su velero y del dinero que le dan sus padres para sus diversiones. Está convencido de que por lo importantes que son nadie se atreverá a meterse con él.

Se quedó mirándola Irina luchando por entender sus últimas palabras

— ¿Por lo importantes que son? ¿Se refería a sus padres?

—Sí, claro.

—Pues ojalá acierte— musitó la otra dirigiéndose vacilante hacia el salón, cuya puerta de cristales estaba cerrada y que abrió para entrar en la estancia y dejarse caer en la silla que utilizaba habitualmente para estudiar. Alicia la siguió y apartó otra silla de la mesa para sentarse frente a ella.

—¿Qué te ha dicho el abogado?

—Lo que ya te he explicado. Que debéis declarar a la policía el hallazgo de ese hombre en el monasterio. Después de todo, que os colarais en esa finca aprovechando que la puerta estaba abierta no es más que una chiquillada que cualquiera disculparía. Lo importante es que quede claro que cuando le encontrasteis ya estaba muerto.

—¿Cuándo encontramos a Eusebio Varas?

—Sí.

—¿Y si Diego no está dispuesto a reconocer nuestra aventura nocturna no se ocupará de defenderme a mí en el caso de que sea necesario?

—Eso es. Diego es su cliente desde hace mucho tiempo por la amistad que le une con Álvaro. Quiero decir que lleva mucho tiempo sacándole de los líos en los que se mete. Me ha dicho que en el peor de los casos nos buscará otro abogado.

Se quedó Alicia observándola fijamente como si no consiguiera entender lo que le decía.

—¿Y eso cuando lo va a decidir? La guardia civil puede presentarse en cualquier momento en esta casa y no puedo esperar a que encuentre a ese hipotético abogado, porque no sé qué debo decirles si me preguntan.

—Pero…

La interrumpió su hermana exaltándose.

—¿No lo entiendes? Me detendrán, me tomarán una muestra para analizar mi ADN y acabarán acusándome de haber matado a ese hombre de una pedrada, aunque no le había visto en mi vida. Nosotras no somos importantes. A Diego le exculparán por la influencia de su padre y me cargarán el mochuelo a mí. Si al menos estuviera papá aquí… Él también podría hacer algo.

También Irina hubiera deseado que su progenitor se encontrara en esos momentos junto a ellas y pudiera resolver lo más conveniente haciendo uso de su experiencia y de sus contactos, pero se hallaba a muchos kilómetros de distancia por lo que era obvio que no podían contar con él.

—No te preocupes— la interrumpió—. Carlos ha quedado en que esta misma noche irá a Villa María para hablar con Diego y le hará entrar en razón. Me va a llamar al móvil a continuación y mañana por la mañana te recogerá para que ese chico y tú declaréis en su presencia y ante la guardia civil lo que sucedió realmente.

— ¿Te va a llamar?

—Sí, sí, dentro de un rato, así que cálmate.

Se apoyó Alicia en el respaldo de la silla algo más relajada y durante unos segundos dejó vagar su mirada por la habitación, aunque no parecía verla. Luego se volvió hacia su hermana.

—Gracias Irina— murmuró compungida.

Le sorprendió a ésta que se lo agradeciera por lo inusitado de su reacción. En los últimos tiempos Alicia no parecía ser capaz de apreciar los esfuerzos que por su causa se veía obligada a realizar, sino más bien al contrario. Solía considerarlos merecidos y si acaso se limitaba a señalarle algún defecto en el enfoque desde el que lo había considerado.

— ¿Gracias por qué?— replicó en tono bajo— Cualquier hermano mayor que se encontrara en nuestro caso hubiera hecho lo mismo. He estado charlando un rato con Álvaro Latorre que me ha acompañado a ver a Carlos Falcón y también él tiene que ocuparse de resolverle a Diego los problemas en los que se mete. Es lo natural.

— ¿De veras?

—Por supuesto. Tú haces alguna que otra tontería de vez en cuando, pero ninguna que se asemeje ni por lo más remoto a los líos que provoca él.

Rememoró Alicia lo que le habían comentado esa misma mañana los amigos de Diego sobre cómo había sustraído éste la gasolina del coche de Eusebio Varas y como había arrojado al suelo la que no le cabía en la lata. ¿Qué pensaría de él su hermana si se lo refería? Con seguridad opinaría que era un gamberro y un indeseable e intentaría convencerla de que no volviera a salir con él. Porque Irina parecía ser inmune al atractivo del sexo masculino. Al menos al atractivo de los hombres guapos. Únicamente parecía interesarse por los que eran razonables y, a ser posible, inteligentes. No estaba muy segura de que esas cualidades las poseyese Diego, que por el contrario tenía un físico sumamente atrayente. Por un instante, y porque ella no era capaz de utilizar solamente la cabeza en esos trances, la envidió.

—Claro, claro— murmuró insegura.

Bajó seguidamente la vista hacia sus manos y permaneció unos instantes contemplándolas como abstraída. Luego la levantó para fijarla en Irina y observarla con curiosidad, dispuesta a averiguar si efectivamente predominaba en ella la razón sobre cualquier otro sentimiento.

—Estás muy guapa— dijo al fin—. No pareces tú.

—¿No?

—No. No acostumbras a arreglarte en absoluto. A diario te sujetas el pelo en la coronilla de cualquier modo antes de bajar a enclaustrarte en esta habitación para empollar y te vistes con una ropa tan vieja que da pena verte, pero esta tarde… ¿Te has tomado tantas molestias para visitar a ese abogado y convencerle de que se ocupe de mi caso?

A su pesar se echó Irina a reír.

—Pues sí. He pensado que como estaría de vacaciones, lo más probable sería que me dijese que no pensaba aceptar a ningún nuevo cliente hasta que finalizase el mes de agosto.

—Y has decidido entonces ligártelo— apuntó su hermana con expresión pícara, diciéndose que después de todo su hermana no era tan etérea a ese respecto como aparentaba.

—Pues no. He decidido simplemente tener un aspecto presentable que me ayudase a convencerles a los dos, a Álvaro Latorre y a Carlos Falcón.

La observó Alicia con los ojos entrecerrados y apuntó con precaución:

—Álvaro está estupendo. Solo le he visto de lejos, pero me ha parecido que no aparenta los años que tiene.

—Sí, bueno, ¿y qué? Se parece mucho a Diego, pero afortunadamente no es tan atolondrado. Estaba bañándose en la piscina de su casa cuando he llamado al timbre de la puerta y cuando le he explicado el motivo de mi visita se ha ofrecido a acompañarme a casa de Carlos Falcón que vive arriba, en la urbanización que está junto a la estación de ferrocarril.

—Del ferrocarril que no existe— musitó Alicia con vaguedad—. No deja de ser curioso ese edificio que parece estar en medio de la nada, aguardando a los viajeros de un tren que no llegará nunca— Bruscamente cambió de expresión y a su semblante asomó la curiosidad al preguntarle—: ¿Y el abogado cómo es? ¿Inspira confianza?

Pensativa, meneó Irina la cabeza afirmativamente, mientras visualizaba en su mente su moreno semblante y sus penetrantes ojos oscuros.

—Sí, es un hombre extraño. Aunque joven y con un físico muy interesante, parece estar de vuelta de todo. El jardín de su casa no puede estar más descuidado y lo poco que he podido ver de la casa me ha parecido que deja mucho que desear. Impropio por completo de un abogado de prestigio. Al parecer, en verano se encierra allí a hacer vida de ermitaño y únicamente se relaciona con Álvaro del que es amigo desde la infancia.

Una chispita de diversión brilló en los ojos de su hermana que por unos instantes se olvidó del problema que la mantenía en vilo.

— ¡Qué bien! Me está apeteciendo mucho conocerle y que se ocupe de mi caso. ¿Crees que le gustaré?

Se lo preguntaba con una ingenua fatuidad que la irritó.

—Es mucho mayor que tú. Es de mi edad, o sea, un carroza arcaico y anacrónico— puntualizó satíricamente, ya que eran los adjetivos que le dedicaba frecuentemente su hermana.

— ¿Y qué importa la edad que pueda tener?— la rebatió, olvidando que repetía siempre que tenía ocasión que los que habían rebasado los veinticinco eran unos ancianos—. Estoy cansada de tratar con chiquillos sin experiencia.

—Pues en ese caso será mejor que te tomes unas vacaciones. Y no solo porque Carlos Falcón sea mucho mayor que tú. Es un depresivo y está amargado por algo que le ha sucedido en el pasado, así que deja de pensar en tonterías. Prepararemos la cena y esperaremos a que ese abogado nos llame.

— ¿Y crees que tardará mucho?

—Pues eso no lo sé. Espero que no.

En contra de lo que deseaban aún tuvieron que aguardar varias horas hasta que sonó la musiquilla del móvil de Irina. Habían cenado ya y se paseaban las dos inquietas por el salón como unos leones enjaulados. Irina se sentó en el sofá y Alicia en una silla para levantarse inmediatamente las dos y reanudar sus paseos por la habitación, cruzándose en un sentido y luego en el otro. Ambas comprobaron por turno que el móvil no estaba silenciado y volvieron luego a sentarse en un lugar distinto para ponerse en el acto en pie a continuar caminando por una habitación que cada vez les parecía más pequeña. ¿Es que el abogado no iba a llamarlas nunca?

Al fin, después de un lapso de tiempo interminable, sonó el móvil. Cuando la cancioncilla que lo indicaba se dejó oír, las dos respingaron a la vez. Fue solamente durante una décima de segundo, porque a continuación Irina se abalanzó a tomar en sus manos el aparato que había dejado sobre la mesa, para contestar.

—Dime, Carlos.

A través del hilo le llegó la voz de él, sonora y bien timbrada.

—Irina, estoy en mi casa.

— ¿Sí? ¿No has ido a Villa María?

—Sí, sí, he estado hablando con Diego, pero he preferido llamarte sin que él pueda oírme, ¿comprendes?

—Sí, sí. ¿Le has convencido?

Tardó él un instante en contestarle.

109

—No. Tiene miedo a que Álvaro le castigue y le deje sin la moto y es tan estúpido que prefiere arriesgarse a que la guardia civil averigüe que tu hermana y él se hallaban en el lugar de autos algo después de que mataran a ese hombre, antes que reconocer que contravino una norma elemental, como lo es no invadir la propiedad ajena sin permiso.

Sin quedó Irina sin habla.

—Pero... entonces— balbuceó entre tartamudeos—. Pero entonces ¿no vas a poder ocuparte de Alicia? ¿Qué vamos a hacer entonces?

La voz de él le sonó absurdamente persuasiva.

—No te preocupes. Mañana mismo llamaré al Colegio de Abogados para enterarme de qué compañeros no se han tomado vacaciones durante este mes y te indicaré luego el que me parezca más competente. Pero claro, tendrías que ir a Madrid a su despacho para hablar con él.

— ¿A Madrid, ahora?— se alarmó dirigiendo una añorante mirada a los temas que tenía esparcidos sobre la mesa—. Estamos a sesenta kilómetros de Madrid.

—Ahora no. Cuando te cite él o su secretaria— la corrigió con algo de guasa—. Tendrás que ir su despacho a plantearle el caso, aunque si quieres puedo hacerlo yo.

Se lo decía como si ella pudiera esperar a que ese desconocido abogado tuviera a bien dignarse recibirla y tuvo que reprimirse para no traducir sus pensamientos en palabras. Pese a que no podía verla ni por lo tanto deducirlos por su expresión, debió adivinarlos porque su tono se humanizó.

—Bueno, hay otra posibilidad.

— ¿Cuál?

—Que solicites un abogado de oficio al Colegio, pero tardarán unos días en concedértelo.

— ¿Unos días? ¿Cuántos?

—No sé cuántos, pero hay un turno de abogados de oficio que atiende también durante las vacaciones de verano.

Dejó escapar Irina un resoplido de exasperación

—Muchas gracias, pero para entonces puede que nos hayan metido a todos en la cárcel. Me sorprende que derroches tanta parsimonia, aunque no debería extrañarme— continuó con acritud—. Después de todo a mí no me conoces de nada y a Alicia mucho menos, así que es muy natural que continúes veraneando tan tranquilo, porque no es tu problema, ¿verdad?

—Pero Irina…

Le interrumpió furiosa sin dejarle terminar.

—Podrías al menos aconsejarme lo que debe de hacer mi hermana. ¿O te lo impide también la incompatibilidad de intereses entre los de ella y los de ese chico?

Tardó él en responder y cuando lo hizo empleó un tono deliberadamente paciente.

—Lo siento, Irina. Hubiera preferido poder ayudarte a resolver el problema, pero dadas las circunstancias no me es posible. Mañana por la mañana intentaré de nuevo hablar con Diego y te llamaré. Dame unas horas más. Las de esta noche.

—Vale— refunfuñó más aplacada—. Pero por favor no lo olvides. Es que… es que no sé qué hacer.

—Lo entiendo, pero trata de entenderme tú a mí. No puedo dejar a Diego en la estacada, aunque créeme si te digo que hay pocas cosas que me gustarían más. Y ahora debéis intentar dormir las dos. Probablemente estemos haciendo una montaña de un grano de arena y es muy posible que la policía no relacione a tu hermana con las colillas que han encontrado en la abadía. Buenas noches.

Cortó Irina la comunicación después de emitir un gruñido de despedida y se volvió hacia Alicia que a su lado aguardaba expectante.

— ¿Te ha dicho que me las apañe sola?

Irina sonrió tratando de quitarle importancia.

—No de esa manera, pero sí, me ha dicho que Diego no está dispuesto a admitir que os colasteis en una propiedad ajena y encontrasteis a ese hombre, por lo que, como es su cliente, no puede aconsejarte a ti que lo hagas, porque le perjudicarías. Pero he pensado una cosa.

— ¿Qué has pensado?

—Que iremos sin él, sin Carlos. Mañana por la mañana nos presentaremos en el Ayuntamiento y le contarás a los de la policía local, para que se lo transmitan a la guardia civil, cómo sucedió todo en realidad. La verdad es que no le necesitamos para nada.

Se la quedó mirando Alicia como aturdida y luego torció el gesto, al tiempo que meneaba negativamente la cabeza y con ella su húmeda melena.

—No, no puedo hacerlo.

— ¿Por qué no?

—Porque Diego no me lo perdonaría y el resto de la pandilla tampoco. No volverían a dirigirme la palabra. Diego es una especie de ídolo para todos. No me perdonarían que fuera a la policía a contarles un cuento que contradice lo que ha declarado él. Perdería a todos mis amigos y no tendría con quien salir aquí, en la sierra.

Irina se encogió de hombros.

— ¿Y qué? Por lo que me has hablado sobre ellos tampoco perderías mucho.

—Perdería a mis amigos— repitió Alicia obstinadamente—. A ti no te importaría si estuvieras en mi caso, porque tienes alma de ermitaña, pero para mí son importantes. No me gusta vivir aislada ni que la gente de mi edad me trate como una apestada, que es lo que sucedería si siguiera tus consejos. ¿Por qué no tratas de ponerte en mi caso al menos por una vez?

Había ido levantando la voz conforme las palabras iban saliendo de su garganta, por lo que Irina levantó una mano como si pidiese una tregua.

—Vale, vale, pensaremos en otra solución entonces. Es posible que Carlos tenga razón y que la guardia civil no os relacione con las colillas que ha encontrado en la abadía. A lo mejor nos estamos preocupando antes de tiempo. Lo mejor será que te vayas a la cama y yo haré lo mismo en cuanto saque la basura y cierre la puertecilla del jardín.

Alicia se había levantado ya y se dirigía hacia la puerta, pero al oír su último comentario se volvió a medias.

— ¿Y para qué la vas a cerrar? Se puede abrir desde la calle. Es una manía tuya que no tiene ningún sentido.

Reconoció Irina en su interior que su hermana tenía razón, pero no se avino a dársela. Permaneció impasible como si no la hubiera oído, preguntándose a qué obedecería esa costumbre. Quizás a las recomendaciones de su madre cuando aún vivía con ellas, recordándoles en verano que debían bajar las persianas de las ventanas de la planta baja antes de acostarse y cerrar con doble vuelta de llave el portón de entrada. Una especie de letanía nocturna que ella había asimilado y hecho suya, aunque era consciente de que no tenía el menor fundamento. Cualquiera que pasara por la calle podría entrar en el jardín, aunque hubiera cerrado ella la puertecilla, con solo descorrer el pestillo de hierro desde el exterior e igualmente introducirse dentro de la casa levantando una de las persianas de plástico blancas, ya que todas las ventanas carecían de reja. ¿Para qué entonces tomarse tantas molestias?

Con un suspiro de resignación se encaminó hacia la cocina, mientras Alicia ascendía la escalera para subir a su dormitorio. Luego volvió al vestíbulo con las dos bolsas de basura en la mano y abrió la puerta de la casa para salir al jardín. La noche era cálida y silenciosa. La naturaleza entera dormía y al igual que en otras similares no se oía ni el piar de un pájaro. Las ramas de los árboles pendían inmóviles sin que una sola ráfaga de viento las agitase, pero percibió Irina en el aire que respiraba algo diferente que la alertó. ¿Qué era?

Inquieta, atravesó el jardín y empujó la puertecilla. Ya en la calle se giró sobre sí misma para dirigir una mirada en derredor. No vio un solo transeúnte por los alrededores ni una luz en las ventanas de las casas vecinas, lo que no era extraño. En la urbanización en la que estaba enclavada su casa la mayoría de los veraneantes eran personas de cierta edad que se iban a dormir en cuanto anochecía. Acostumbraba ella a sentarse a esas horas bajo el porche, frente a la mesa del jardín en la que solía estudiar durante el día, a dar un nuevo repaso a los temas de la oposición a la luz de una lámpara portátil y hasta esa noche no se había percatado de la soledad del lugar ni del silencio tan denso que lo envolvía. La luna ascendía en ese momento por un firmamento negro, tachonado de estrellas, que iluminaba a trechos la calle por la que caminaba, dibujando sombras movedizas a su paso, y sin saber por qué sintió un escalofrío. Apretó el paso al rebasar la tapia del jardín de la casa contigua, que olía a jazmines. El contenedor donde debía depositar las bolsas de la basura se hallaba en la esquina de su calle con otra que la atravesaba, tan solo unos metros más allá. Muy cerca. Pero la impresión que experimentó fue que debía recorrer un camino interminable para realizar ese cometido y que se hallaba completamente sola en medio de la nada. ¿O habría alguien más por las cercanías?

Sobresaltada se giró en redondo al percibir lo que creyó identificar como el sonido de unos pasos que hacían crujir unas hojas secas bajo sus pies. Un cálido soplo de viento se abrió paso ahora en la oscuridad y agitó cadenciosamente las hojas de la enredadera que colgaba sobre la valla del jardín vecino intensificando el olor de los jazmines. Recorrió la calle y se perdió a lo lejos llevándose el aroma y erizándole el vello de los brazos. Aunque sin un motivo concreto, estaba tan asustada que echó a correr y no se detuvo hasta que alcanzó el contenedor y arrojó las bolsas de basura, para dar media vuelta a continuación y reanudar la carrera en dirección a su casa.

Cuando vio una sombra alargada que venía en su dirección y que podía pertenecer a un hombre, se encontraba ya a pocos pasos de la valla de su jardín, por lo que con el corazón golpeteándole como una maquinaria descompuesta la alcanzó, corriendo luego el pestillo de hierro, para abalanzarse seguidamente dentro de la casa y dar dos vueltas de llave a la cerradura del portón de entrada.

Luego apoyó el oído contra la hoja de madera tratando de percibir algún sonido que delatase la presencia del intruso en el jardín, pero la puerta era demasiado sólida y maciza, por lo que optó por empinarse sobre sus pies para atisbar por la mirilla. Nada. La oscuridad más absoluta le impidió distinguir la existencia de la sombra que había creído entrever. ¿O la habría imaginado?

Con el corazón en la garganta se apartó de la puerta  y examinó el vestíbulo con ojos crítico. Era una habitación interior y durante el día se iluminaba tan solo a través de la puerta de cristales del salón. La aprobó in mente y pasó a esa habitación en la que al primer golpe de vista advirtió que cualquiera podría entrar por cualquiera de sus dos ventanales con solo subir la persiana de plástico blanca y romper seguidamente el cristal. ¿Por qué no le habría preocupado esa circunstancia hasta esa noche? Hasta esa noche se había sentido segura dentro de sus muros, absorta en el estudio de sus temas. ¿Qué era lo que había variado tanto su existencia de repente?

# CAPÍTULO V

Irina durmió mal. Se despertó sobresaltada una y otra vez en cuanto crujía la vieja tarima del pavimento de su cuarto o un soplo de viento penetraba por la ventana entreabierta. Eran sonidos conocidos que se producían todas las noches, pero los de esa madrugada eran distintos. Los percibía diferentes. Encendía entonces la lámpara de la mesita de noche y escudriñaba hasta los últimos rincones de su dormitorio para convencerse a sí misma de que lo que creía haber escuchado no obedecía a la presencia de la sombra que caminaba hacia su encuentro en la calle cuando volvía de tirar la basura. Una sombra de la que temía que pudiera entrar en la casa por alguna de las ventanas.

Y lo peor eran los crujidos de los peldaños de madera de la escalera. Tampoco hasta esa noche se había dado cuenta de los chasquidos que emitían y que podían interpretarse como las pisadas de alguien que subiera a la planta en la que se hallaba. Aguardaba entonces sin atreverse a respirar, tapándose hasta la barbilla con la sábana, temiendo que en cualquier momento la manilla de la puerta empezase a girar y finalmente ésta se abriera. Tentada estuvo de salir corriendo e introducirse en el cuarto de su hermana y pedirle que le hiciera un hueco en su cama por miedo a tener que enfrentarse sola con aquel desconocido. ¿Pero qué explicación podría darle a Alicia de su desusada forma de proceder? No podía reconocerle que estaba asustada, porque era la mayor y consecuentemente debía aparentar serenidad en toda circunstancia, por lo que se agazapó en el lecho, hecha un ovillo, pidiendo en una muda plegaria que la noche transcurriese pronto.

La venció el sueño ya de madrugada y dormía plácidamente con la cabeza bajo la almohada, cuando la despertó el timbre de la puerta de la casa. Aturdida, se incorporó sobre un codo y parpadeó deslumbrada por el sol que entraba a raudales por la ventana. Restregándose los ojos comprobó en su reloj que eran las ocho de la mañana, por lo que se dio media vuelta en la cama dispuesta a seguir durmiendo. Tenía que tratarse de alguna persona que se hubiera equivocado de dirección o de la broma de alguno de los chiquillos del vecindario, porque a esas horas no se presentaba nadie en la casa, ni tan siquiera el cartero.

El timbre de la puerta volvió sonar en la planta baja. Un timbrazo ríspido y seco que la obligó a dar un respingo y a levantarse apresuradamente del lecho. Echándose la bata sobre el pijama se abalanzó hacia la escalera cuyos peldaños saltó de dos en dos, y antes de abrir miró por la mirilla. Eran dos guardias civiles de uniforme los que se encontraban en el porche, al otro lado de la puerta. ¿Se habrían confirmado sus temores y los de Alicia y vendrían a buscar a ésta última?

Su presencia en el porche no auguraba nada bueno, por lo que volvió a atenazarla la angustia que había sentido antes de acostarse y que las pocas horas en las que había estado descansando no habían llegado a disipar. Con un esfuerzo logró que a su rostro no asomase otra cosa que la impasibilidad más absoluta y se enfrentó a los recién llegados con las cejas enarcadas en un gesto interrogante. Uno de ellos era de mediana edad, alto y fornido. El otro era joven y más bajito, con el semblante sonrosado.

—Buenos días— la saludó el más alto— Venimos a buscar a Alicia Hontanares, ¿es usted?

—No, yo…— empezó a articular con voz apenas audible—. Me llamo Irina. Irina Hontanares. Alicia es mi hermana. ¿Por qué la buscan?

—Queremos hacerle unas preguntas— siguió el bajito con una sonrisa que quiso ser tranquilizadora.

Hizo un esfuerzo sobrehumano Irina para que a su semblante no aflorara lo que estaba sintiendo.

— ¿Unas preguntas? ¿Sobre qué?

—Sobre el crimen que se cometió en la abadía anteanoche. Hemos sido informados de que ella y Diego Latorre se encontraban a esas horas por las cercanías, así que venimos a pedirle que nos acompañe a las dependencias de la policía local de este pueblo, donde nos hemos instalado de momento. ¿Sería usted tan amable de avisarla?

Vaciló Irina sin saber si podría negarse. Tenía entendido por las películas que había visto en la televisión que Alicia tenía derecho a exigir la presencia de un abogado. Maldijo in mente a Carlos Falcón por haberse negado a ayudarlas y se recriminó después a sí misma por no haberse documentado sobre el tema la noche anterior en lugar de perder el tiempo en arrojar la basura dentro del contenedor de la esquina y en lamentarse por  el motivo que había aducido Carlos para no hacerse cargo de la defensa de Alicia. Indecisa levantó la mirada hacia los dos hombres, que, aunque serios, aguardaban su respuesta con aire amable.

—Pues… creo que Alicia no se ha levantado todavía. Soy su hermana— repitió—. ¿La acusan ustedes de algo?

En el semblante del más alto se pintó una sonrisa socarrona.

—No, claro que no. Estamos investigando la muerte del juez, cuyo cadáver apareció anteanoche en la abadía, y estamos preguntando a todos los del pueblo que han podido ver u oír algo que guarde relación con el suceso. Si es tan amable de comunicarle a su hermana que la estamos esperando…

Aún permaneció Irina aferrada al quicio de la puerta y sin decidirse a abandonar su asidero objetó:

— ¿No debería acompañarla un abogado que la asista en su declaración? Tengo entendido que…

—La presencia del abogado solo es imprescindible cuando se practica una detención— le aclaró el bajito—. Y no es el caso. No venimos a detener a su hermana, sino tan solo a hacerle unas preguntas.

—Pero es que…

—Si prefiere que se las hagamos en presencia de un abogado, no hay ningún problema— continuó persuasivamente el bajito—. Precisamente aún tenemos allí a un letrado que ha venido a asistir a la declaración de un borracho que atracó anoche a un vecino. Seguro que nos hará el favor de presenciar el interrogatorio de su hermana, si es lo que desea. Claro que es posible que le cobre por sus servicios y ya le digo que no es necesario.

— ¿Y ese abogado quién es?— quiso precisar ella imaginando que se trataría de Carlos Falcón.

El policía bajito le sonrió tranquilizadoramente.

—Un chico joven, un veraneante que terminó el año pasado la carrera y que nos echa una mano de cuando en cuando en circunstancias parecidas.

— ¿Y cómo se llama?

—Se llama David Cervera. ¿Le conoce?

Parpadeó Irina al oír el nombre. De haber sabido que en el pueblo veraneaba otro abogado, hubiera hablado con él la noche anterior y hubiera dormido mucho más tranquila. Notó que los dos hombres que tenía enfrente empezaban a impacientarse y se apartó a un lado dejando de obstaculizar el hueco de la puerta.

—No, no le conozco. Pero pasen ustedes— les invitó — Pasen y siéntense en el salón, que Alicia no tardará en bajar. Voy a avisarla.

Les indicó que la siguieran hasta esa habitación abriéndoles la puerta de cristales y, en cuanto tomaron asiento en el sofá, echó a correr escaleras arriba. Alicia dormía a pierna suelta en el dormitorio contiguo al suyo, una habitación idéntica a la que ella ocupaba, pero que producía el efecto de ser completamente distinta. La ropa que llevaba la muchacha antes de acostarse invadía desordenadamente la única butaca de la habitación, por el suelo de tarima se amontonaban varios pares de zapatos entremezclados con unas zapatillas azules y sobre la mesilla vio una colección de vasos, unos con agua y otros vacíos. Se preguntó ella cuantos días llevarían allí, al tiempo que la zarandeaba para que abriera los ojos.

—Alicia, despierta de una vez. Está abajo la guardia civil que quiere hacerte unas preguntas sobre lo que ocurrió anteanoche— le repitió, cuando su hermana se dio media vuelta en el lecho e intentó abrir los ojos.

— ¿Quién?, ¿quién dices que está abajo? ¿Por qué no me dejas dormir?

—Porque ha venido a buscarte la guardia civil— le susurró impaciente al oído— Levántate y vístete deprisa. Tenemos que pensar qué vas a contestarles a esos dos agentes, ¿me oyes?

Ahora sí la entendió y se sentó de un brinco en la cama con el semblante demudado.

— ¿Qué está abajo la guardia civil? ¿Y qué les digo?

—Yo creo que deberías decirles la verdad y si Diego se enfada, pues que se enfade.

Lo consideró Alicia con el ceño fruncido y terminó por menear negativamente la cabeza.

—No puedo hacer eso. Tú no lo entiendes, porque nunca te has enamorado, pero no puedo traicionarle ni arriesgarme a que la pandilla me condene al ostracismo.

— ¿Te has enamorado de Diego?— se burló Irina—. Si no recuerdo mal, el mes pasado tu adorado se llamaba Rodolfo y el mes próximo lo será sin duda otro que aún no conoces. Tienes que pensar en ti misma, no en ese estúpido.

Fue un error referirse a él con ese calificativo, porque Alicia reaccionó como si la hubiera insultado y cuando salió de la cama de un salto la envolvió en una mirada iracunda.

—Tú no le conoces y en cualquier caso juzgas con mucha dureza a los jóvenes. A Diego le gusta divertirse y gastar bromas, eso es todo. Me pregunto si tú habrás sido joven alguna vez.

—Pues mira, sí y no hace tanto— replicó Irina con aspereza—. Y aunque pueda sorprenderte, lo sigo siendo.

Le dedicó Alicia un bufido mientras se encaminaba hacia el cuarto de baño, al fondo del pasillo, e Irina hacia lo mismo en el de sus padres, al que se accedía desde el dormitorio de éstos. Minutos más tarde bajaban ambas la escalera y entraban en el salón donde los dos hombres bostezaban, lo que disimularon en el acto cuando las vieron aparecer. Irina les indicó con un ademán a su hermana.

—Ésta es Alicia. Yo voy a acompañarles si no tienen inconveniente.

El más alto se encogió cachazudamente de hombros.

—No lo tenemos, por supuesto, pero si su hermana es mayor de edad esperará usted fuera del despacho mientras le hacemos a ella unas preguntas—. Luego se volvió hacia Alicia—: ¿Qué edad tienes? Necesito que me enseñes tu documento nacional de identidad.

—Tengo dieciocho. Los cumplí el mes pasado— repuso ésta extrayéndolo del bolsito que se había colgado del hombro y entregándoselo.

—Y es la menor de las dos, ¿verdad?— insistió el hombre indeciso, tras examinarlas concienzudamente con la mirada.

—Claro que soy la menor— repuso airadamente Alicia, ofendida en lo más profundo ante la duda que traslucía el semblante del guardia civil, en el que podía leerse que no era capaz de adivinar cuál de las dos precedía a la otra en edad— Nos llevamos muchos años.

— ¿De veras?— murmuró él por lo bajo—. Pues nadie lo diría. Lo preguntaba porque necesito saber si las dos han alcanzado la mayoría.

—Claro que Irina la ha alcanzado— se enfadó la otra— Salta a la vista que la ha superado ampliamente.

Al hombre no debió parecérselo porque se encogió de hombros sin ganas de discutir.

—De acuerdo, de acuerdo. Vengan a las dependencias de la policía local de este pueblo. Han tenido la amabilidad de permitirnos utilizar su despacho para que investiguemos este asunto, pero ya le he dicho a usted— le indicó a Irina señalándola con un dedo— que esperará fuera del despacho a que terminemos de interrogar a su hermana, ¿está claro?

En silencio les siguieron las dos hasta el automóvil que estaba aparcado frente a la puertecilla del jardín y, cuando minutos más tarde los agentes lo estacionaron en una calle lateral del Ayuntamiento, descendieron tras ellos del vehículo y entraron precediéndoles por una puerta de dos hojas ubicadas en la fachada posterior del consistorio, por la que se accedía a una escalera. Tras descender un tramo de peldaños, recalaron en un oscuro recinto con varias puertas, una de las cuales daba paso al despacho al que se dirigían. Desde el umbral de éste pudo dirigirle Irina una ojeada a la estancia de regulares dimensiones, con una mesa enfrente abarrotada de papeles, tras la que se hallaba sentado un guardia civil de mediana edad, y unas estanterías en la pared de la izquierda atiborradas de archivadores AZ.

La puerta del despacho se cerró a espaldas de los dos hombres y de Alicia, a la par que salía de él una mujer coloradota y rechoncha, que se tropezó con la muchacha y que se volvió a mirarla con cara de pocos amigos. Después reparó en Irina y parpadeó perpleja como si intentara hacer memoria y no acabara de recordar de qué la conocía. Permaneció en esa actitud unos segundos y finalmente se le acercó.

—Nos hemos visto antes, ¿verdad?

Pensó Irina que quizás se la hubiera cruzado por el pueblo alguna vez, pero estaba segura de no haber hablado nunca anteriormente con ella, por lo que denegó con la cabeza.

—Pues yo… no, creo que no.

Continuó la mujer examinando su rostro sin pestañear y de improviso se dio una palmada en la frente.

—No, claro que no. A la que conozco es a esa chica que acaba de entrar en el despacho con los guardias civiles y que se le parece a usted mucho. ¿Es su hermana?

—Sí, Alicia es mi hermana, ¿por qué?

La mujer esbozó un gesto de aprobación.

—Perdone, no me he presentado. Soy Maruja López y me han llamado para que contestara a unas preguntas sobre don Eusebio Varas, porque están investigando cómo murió. Yo le limpiaba la casa, ¿sabe?

— ¡Ah!— dijo Irina por todo comentario.

—Les he contado lo que sabía— siguió la mujer que parecía sentirse a sus anchas refiriéndoselo, pese a que era la primera vez en su vida que veía a su interlocutora—. ¿Pero por qué no sale conmigo ahí afuera y nos sentamos en un banco hasta que terminen de interrogar a su hermana?

En el oscuro recinto en el que se hallaban en el sótano del edificio no había otra posibilidad que permanecer de pie, por lo que Irina aceptó su sugerencia y tras ascender el tramo de escalones salieron al exterior por la misma puerta de dos hojas. Maruja le indicó un banco cercano desde el que podían vigilar la fachada posterior del Ayuntamiento y las dos tomaron asiento.

—Les he contado que ese chico, que se cree un Dios porque su familia tiene dinero, le hacía la vida imposible al pobre señor. Les he contado punto por punto todas las faenas que le ha hecho este verano y también la última, la de anteayer, la de la gasolina de su coche.

— ¿A quién se refiere?— le preguntó Irina con las cejas enarcadas.

—A Diego Latorre, ¿a quién iba a ser? Ese chico es un veneno y se merecería que le dieran una buena tunda para que aprendiera a respetar  los demás. Don Eusebio nunca le hizo nada. Era un buen vecino que no se metía con nadie, pero ese chico y sus amigos no perdían ocasión de fastidiarle. Anteayer sin ir más lejos, aprovechando que él había salido a dar un paseo, saltó Diego la valla del jardín y le robó la gasolina del depósito del coche. Y después, la que no le cupo en la lata que llevaba con esa finalidad, la vació en el suelo para que no pudiera don Eusebio arrancar el automóvil al día siguiente, cuando pretendiera salir a hacer la compra en el supermercado. ¿No se lo ha contado su hermana?

Disimuló Irina su sobresalto. ¿Habría tenido ésta algo que ver en el suceso sobre el que la otra acababa de informarla? Pese a que notó que el pulso comenzaba a acelerársele permaneció sonriendo con aire ingenuo.

—¿Alicia?, no, ¿por qué? Ella no ha tenido nada que ver con la faena que le hicieron a ese pobre señor. No creo que ni tan siquiera se haya enterado.

Clavó Maruja en ella sus ojillos como si se estuviera preguntando si Irina sería tonta o si estaría en babia.

—Su hermana iba siempre con él, con Diego— refunfuñó mordiendo las palabras—. De eso la conozco yo, de las veces que ha venido este verano a bañarse a Villa María y supongo que también habrá acudido a las reuniones que organizaba él por las noches en la casa cuando sus padres se marchaban de viaje. Mi trabajo consistía en hacerle la limpieza a don Eusebio, pero me marchaba siempre al mediodía. Solo anteayer me quedé unas horas más para lavar los visillos del salón y por eso sorprendí a Diego robándole al señor la gasolina. Don Eusebio había salido a dar un paseo a pie y ese chico debió suponer que yo había terminado mis faenas y que me había marchado ya, por lo que no le iba a ver nadie. Pero le divisé con toda claridad a través de la ventana del salón y también cuando después saltó la valla del jardín con la lata en la mano. Sus amigos le estaban esperando en la calle, al otro lado del seto, pero les oí reírse cuando se reunió con ellos.

Aunque con inquietud creciente, consiguió Irina continuar inmutable. ¿Habría participado Alicia en esa trastada y no se lo habría comentado por miedo a una reprimenda? Disimulando lo que sentía logró esbozar una sonrisa pálida.

—Por supuesto que Alicia no ha tenido nada que ver con esa broma tan pesada. A esas horas estaba conmigo en mi casa.

— ¿De veras?— masculló incrédulamente Maruja—. Pues no sé qué decirle. Me da la impresión de que usted no se entera de la gente con la que anda su hermana ni de los líos en los que se mete. Se lo he contado punto por punto a la guardia civil. Eso y que no me extrañaría que hubiese tenido Diego algo que ver con la muerte de don Eusebio. Al parecer, un vecino vio su moto estacionada junto a la valla de la finca de la abadía aproximadamente a la hora en la que le mataron. Aun no le han practicado la autopsia, pero si, como suponen, le dieron un golpe en la cabeza con un objeto contundente, apostaría a que el autor de ese golpe fue Diego. Ese chico es el diablo en persona.

—Puede que sea un poco alocado, pero no le creo capaz de hacer una cosa así— objetó ella con el corazón en la garganta.

— ¿Que no? Es capaz de hacer cualquier barbaridad con tal de que sus amigotes le rían la gracia y que le sigan considerando el cabecilla del grupo. Hasta es posible que se citara anteanoche con don Eusebio en la abadía y que le agrediera para que no le denunciara por el robo de la gasolina, porque a su hermano le tiene verdadero pavor. Es el único que trata de meterle en cintura. A sus padres se les cae la baba con él y se lo consienten todo.

Al oírla sintió Irina que se le desbocaba el corazón. ¿Sería cierto lo que la mujer que tenía sentada al lado le estaba contando? Y si lo era, ¿hasta qué punto estaría Alicia implicada? Quizás no le hubiera dicho toda la verdad sobre lo que había sucedido esa noche en el monasterio y en ese caso… Con un  nuevo esfuerzo consiguió que los músculos de sus mejillas se distendieran en una incrédula sonrisa.

— ¡Bah!, veo que goza de una gran imaginación. Cuando le practiquen la autopsia a don Eusebio saldremos de dudas, porque lo más probable es que ese pobre señor tropezara con algún pedrusco y que se cayera de espaldas abriéndose una brecha en la cabeza que le ocasionara la muerte.

— ¿Usted cree?

—Sí, lo que no alcanzo a imaginar es lo que fue a hacer a la abadía a esas horas de la noche. Por lo que tengo entendido, en esas ruinas no hay luz eléctrica y no está permitido el paso a los que no trabajan en su restauración. Además, si salió por la tarde de paseo, probablemente no llegara a enterarse de que le habían robado la gasolina, así que, ¿por qué había de haber quedado allí con Diego?

Se la quedó mirando Maruja con sus ojillos parduzcos, cercanos a la nariz y carentes de pestañas.

— ¿Que por qué? Me dijo algo sobre ese particular, pero no puedo recordarlo.

— ¿Le dijo que iba a ir esa noche a la abadía?

Frunció la otra los labios dubitativamente rebuscando ese dato en su memoria.

—No, no lo comentó con tanta concreción y tampoco me lo refería a mí. Hablaba solo y le oí comentar algo así como que iba a encontrarse con alguien esa noche, pero no llegó a aclarar con quién ni donde se habían citado. Lo que sí noté fue que estaba bastante alterado y antes de salir de la casa dando un portazo levantó la voz murmurando que iba a resolver un asunto muy importante que le cambiaría la vida, ¿comprende?

Intentó Irina dilucidar por la expresión de su interlocutora a qué podía estar ésta refiriéndose, pero llegó inmediatamente a la conclusión de que la mujer lo ignoraba.

— ¿Y cree usted que la abadía era el lugar de la cita? Me parece absurdo. La puerta de la finca está siempre cerrada a cal y canto. Si esa noche estaba abierta, sería de pura casualidad.

—Pues yo creo que no— objetó rotundamente la mujer—. Imagino que Diego retaría a don Eusebio a reunirse con él en esas ruinas y que se jactaría de que se ocuparía personalmente de que se hallara libre el acceso. Conociendo a ese chico, no me extrañaría. Con tal de fanfarronear y de que sus amigos le conceptúen como un héroe es capaz de cualquier cosa.

Durante unos segundos y con los nervios en tensión luchó Irina inútilmente por poner en orden sus ideas. ¿Tendría razón Maruja en lo que estaba afirmando y, lo que era más grave, habría intervenido Alicia de alguna forma, aún sin imaginarlo, en la muerte de don Eusebio? Pero tenía que disimular la creciente intranquilidad que experimentaba. Por fortuna, había aprendido a no permitir que asomaran sus sentimientos a su rostro, gracias a su trabajo en el instituto, donde impartía la clase de historia del arte a treinta alumnos de quince años, vocingleros y maleducados, que manifestaban de mil maneras, ninguna agradable, su aversión por la asignatura. Por esa  circunstancia esbozó nuevamente una sonrisa, que le atirantó dolorosamente los músculos de la mandíbula.

— ¿Y todo esto que me está contando lo ha declarado hace un momento ante la guardia civil?

Afirmó la mujer con un sorbetón.

—Naturalmente y me han escuchado con mucha atención mientras uno de ellos lo escribía en el ordenador. Después han imprimido la hoja y la he firmado.

— ¿Y la ha firmado?

—Claro. Quiero que se haga justicia y que, si Diego mató a don Eusebio, pague por ello. ¿O es que piensa usted que porque sea un niño rico sus actos deban de quedar impunes?

Se lo preguntaba retadoramente, levantando la barbilla, e Irina se apresuró a darle la razón.

—Por supuesto que no.

—Bueno, pues ya me marcho— le comunicó mientras se ponía en pie—. He quedado esta mañana con una señora que quiere que me ocupe de la limpieza de su casa ahora que don Eusebio  ya no está y me quedan unas horas libres— murmuró limpiándose con el dorso de la mano un lagrimón que le resbalaba por la mejilla—. Hace años que me ocupo de mantener ese chalet en condiciones, porque su dueño me tiene en mucha estima, pero ahora no tendré que limpiarlo a diario. Al menos hasta que se presente un nuevo inquilino. Me alegro de haberla conocido y de que no se parezca usted a su hermana— añadió con absoluta falta de tacto—. Si en adelante necesita que le haga alguna faena doméstica, no dude en llamarme. Le voy a dar mi teléfono.

Se lo apuntó en una arrugada hojita de papel que extrajo de su bolso y después de entregárselo echó a andar por la calle sin volver la cabeza. Un par de segundos más tarde se abrió la puerta de dos hojas por la que habían salido ellas poco antes y apareció en el quicio un muchacho algo mayor que Alicia. Tenía el pelo oscuro y rizado y un semblante pecoso que traslucía una gravedad que parecía incongruente en una persona de su edad. Vestía formalmente con chaqueta y corbata y se dirigió a ella directamente, inclinándose hacia el banco en el que estaba sentada para estrecharle la mano.

—Me llamo David Cervera— le dijo presentándose—. He asistido al interrogatorio de su hermana a petición de ella. Ya hemos terminado y no tardará en reunirse con usted.

— ¿Y cómo ha ido?

—Bien. No ha sido más que una formalidad rutinaria y no creo que vuelvan a molestarla. De todas formas voy a darle mi tarjeta por si necesitara mis servicios. Veraneo en este pueblo y por lo tanto estoy de vacaciones, pero no tengo inconveniente en ocuparme de los asuntos de los vecinos durante el mes de agosto.

Le tendió una cartulina que Irina guardó en su bolso a la par que levantaba sus ojos hacia él.

—Pues ya me dirá cuanto le debemos.

Con un ademán de su mano le indicó que no tenía intención de cobrarle sus servicios, lo que Irina le agradeció con una sonrisa, diciéndose que su interlocutor era demasiado joven para inspirarle confianza. Si llegara el caso, prefería insistirle a Carlos Falcón para que defendiera a Alicia.

La puerta del Ayuntamiento volvió a abrirse en ese momento y ésta apareció en el umbral. Se dirigió inmediatamente a su encuentro, reuniéndose con ella con aire vacilante, a la par que el joven abogado se marchaba. Tenía la chica los ojos brillantes y el semblante enrojecido. Irina la tomó del brazo y le preguntó:

— ¿Qué, cómo ha ido todo?

Su hermana se encogió de hombros.

—No lo sé.

— ¿No lo sabes? ¿Qué les has contestado? ¿Has reconocido que estuviste anteanoche en la abadía con Diego?

Meneó Alicia negativamente la cabeza.

—No. Ya te he dicho que no puedo traicionarle. He corroborado lo que ha declarado él. Que dimos esa noche un paseo bordeando la valla.

— ¿Y te han creído?

Giró la otra la cabeza hacia ella y vio Irina que tenía los ojos llenos de lágrimas.

—Me parece que no. Han insistido en preguntármelo muchas veces y de maneras distintas, pero no han conseguido que me contradijera y he mantenido en todo momento la misma versión.

—Pero entonces…

Se mordió Alicia los labios y la voz le salió ronca de la garganta al aclararle:

—Me han comentado que habían hallado dos cigarrillos aplastados junto al cadáver y que le habían tomado una muestra a Diego esta misma mañana para analizar su ADN, después de interrogar a la señora que le hacía la limpieza a don Eusebio. Se ha empeñado en añadir un par de cosas a su declaración después de que Diego firmara la suya. Se acababa de marchar él con su abogado y con su hermano cuando hemos llegado nosotras, ¿comprendes?

—No, no comprendo nada. Ese abogado que ha asistido a tu interrogatorio me ha dicho que todo había ido bien y que no creía que volvieran a molestarte.

La envolvió Alicia en una angustiada mirada en la que latía también cierta impaciencia por lo que debía considerar una extrema lentitud de reflejos en su hermana.

—Lo que intento decirte es que a mí también me han tomado otra muestra. Averiguarán ahora que Diego y yo estuvimos en el monasterio esa noche. ¿Qué vamos a hacer ahora?

# CAPÍTULO VI

Hacía un calor sofocante esa mañana y cuando regresaron a la casa, Alicia, con los nervios rotos, recorrió el salón en uno y otro sentido mascullando palabras ininteligibles. Era la habitación más fresca, pues habían dejado las persianas entreabiertas al marcharse y aún no se había filtrado en el interior de la vivienda la calígine abrasadora que se padecía fuera.

Sentada en una silla, Irina, con la misma opresión en el pecho, la veía ir y venir, diciéndose a sí misma que debería intentar tranquilizarla, ¿pero cómo? Quizás si consiguiera que su propio corazón recuperara el ritmo que le había deparado la naturaleza y que su mente razonara con la claridad que acostumbraba en lugar de acumular incoherencias sin ilación, fuera capaz de calmarla y de calmarse.

De improviso decidió que una tila les sentaría bien a las dos y se encaminó hacia la cocina con la intención de prepararla, pero cuando regresó con una bandejita en la que portaba las dos tazas vio que su hermana había desistido de emular a un león enjaulado y que en ese momento se hallaba en el vestíbulo, junto a la puerta de entrada, con una mano en el pomo y su bolsa de lona en bandolera.

—Me voy a nadar un rato al pantano con Susana— le comunicó—. Me vendrá bien refrescarme y tú deberías distraerte también. Luego, cuando nos hayamos serenado, pensaremos lo que debemos hacer, ¿no te parece?

No la invitó a acompañarlas, quizás porque pensó que les estorbaría a ella y a su amiga por ser demasiado mayor e Irina la vio ir, sosteniendo la bandeja con ambas manos y sin acabar de reaccionar. Cuando al cabo de unos segundos lo consiguió, continuó camino hasta el salón y allí la dejó caer con brusquedad sobre la mesa del comedor.

Era el colmo, se dijo. El colmo del egoísmo y de la desfachatez y de ambos hacía gala Alicia en proporciones inconmensurables. Se había metido en un lío ella solita, por el único motivo de que Diego Latorre era un chico guapo que le había sorbido el seso, y no solo confiaba en que la sacara del atolladero. Ni tan siquiera parecía dispuesta a prestar su colaboración, porque tenía calor y daba por hecho que ella, o no lo sentía o si lo sentía estaba obligada a aguantarse y a permanecer en la casa pensando cómo resolverlo. Porque para eso era la mayor, añadió para sí misma como colofón. La que debía preocuparse por las dos y sacrificarse por las dos en todo caso.

En ese momento hubiera dado algo por ser la menor de siete hermanos o mejor aún, de doce. Tenía una alumna, que era la única perteneciente al sexo femenino de los diez retoños que habían traído al mundo sus padres. Le contaba al término de las clases que a menudo tenía que defenderse de las tortas que le daban los muy brutos y de los balonazos que se les escapaban de las manos para rebotarle a ella en la cabeza cuando organizaban un partido de fútbol en el patio de su casa. Solía lamentarse la chica a ese respecto y ella había procurado consolarla, aunque en su fuero interno la había compadecido, pero en ese instante echó de menos a esos hipotéticos hermanos. Entre todos se hubieran repartido el peso que sentía ella en la espalda y la opresión en el pecho que le impedía respirar con normalidad. Y si a cambio de sentirse liberada de aquella agobiante responsabilidad tenía que soportar algún que otro balonazo, lo daría por bien empleado.

Con un suspiro pensó que quizás si conseguía concentrarse en el estudio de sus temas, pudiera olvidar momentáneamente la cuestión de los cigarrillos que había hallado la guardia civil en la abadía. Después, cuando regresara Alicia del pantano, podrían planteárselo nuevamente las dos y quizás consiguiera convencerla de que acudiera a declarar a las dependencias de la policía local lo que verdaderamente había sucedido.

Con la sensación de que la carga que soportaba le impedía enderezarse con normalidad, se tomó allí mismo y de pie las dos tazas de tila y luego fue recogiendo los temas de la oposición y salió al jardín con el montón que había formado con ellos para instalarse en la mesa redonda en la que solía estudiar por las mañanas. A plena luz del día y con el incesante canto de las cigarras como música de fondo, el escenario que le había sobrecogido la noche anterior de manera tan alarmante le pareció distinto. El sol brillaba en lo más alto refulgiendo entre las ramas del chopo que daba sombra a la mesa junto la que se había sentado, transmitiendo una somnolencia que disipaba todo recelo, por lo que se acodó sobre su blanca superficie relegando para un momento en el que tuviera la mente más despejada los problemas suscitados por la muerte de don Eusebio Varas.

No podía perder más tiempo, pensó mientras buscaba entre el pináculo de folios el tema diecisiete. Disponía al menos de tres o cuatro horas hasta que se viese obligada a dirigirse a la cocina a preparar la comida y tenía que aprovecharlas. Después se enfrentaría al problema y probablemente llamaría a Carlos por el móvil para que la aconsejara o al menos la tranquilizara. Acostumbraba a reaccionar así ante los contratiempos cotidianos del instituto que no estaba en su mano resolver, pero esa mañana no logró concentrarse en el estudio ni conseguir que las letras impresas en los folios del tema diecisiete dejaran de bailar ante sus ojos.

Cansada de releer los mismos párrafos del escrito sin entenderlos, se retrepó en la butaca de plástico en la que estaba sentada pasando una mano por su frente, que retiró húmeda de sudor. Hacía tanto calor…

Fue entonces cuando advirtió que había alguien al otro lado de la cerca del jardín que parecía atisbarla desde la calle entre las frondosas arizónicas que ocultaban la valla y sorprendida se puso en pie. No llegó a inquietarse, porque los rayos del sol que caían de plano sobre su cabeza parecían haberle derretido la capacidad de sentir miedo. Las dos tazas de tila habían surtido su efecto además aletargando sus nervios, por lo que avanzó decidida hacia la puertecilla, dispuesta a averiguar quien se encontraba en la calle y oteaba el jardín por los intersticios del seto. Descorrió el pesado pestillo de hierro, a la par que el hombre que se hallaba al otro lado trataba de hacer lo mismo introduciendo una mano entre los barrotes de madera y estuvo a punto de tropezar con Álvaro Latorre que murmuró unas palabras de disculpa.

—Perdona. Es que pasaba por aquí y… No he encontrado el timbre para llamar y por eso…

Hacía tiempo que ese timbre había dejado de funcionar y Alicia lo había eliminado, desatornillándolo y dejando así un círculo blanco sobre la pintura color crema del poste que sujetaba la puerta, por lo que no era extraño que él no hubiese dado con él. Lo que sí le pareció curioso a Irina fue el embarazo que manifestaba.

—Necesitaba hablar contigo— continuó él levantando los ojos hacia su rostro como si se hubiera convencido de que no había razón para seguir balbuceando— ¿Puedo pasar?

Giró ella la cabeza hacia la mesa donde había estado sentada y sobre la que descansaba el tema diecisiete. De todas formas no se sentía capaz de aprendérselo en ese momento. Ni siquiera el tema uno, que era el más sencillo, por lo que se apartó hacia un lado permitiéndole que entrara.

—Claro. Estaba estudiando, pero puedo concederme un ratito de descanso.

Con un ademán de asentimiento la siguió él dentro del jardín. Vestía un pantalón blanco y una camisa de rayas blancas y azules y sin saber por qué se sintió ella desaliñada a su lado. No se había mudado al regresar, después de acompañar a Alicia a contestar al interrogatorio de la guardia civil, por lo que aún llevaba el pantalón vaquero y la camiseta blanca que se había puesto al levantarse. Era una indumentaria cómoda y no había considerado que la ocasión mereciera otra, pero al volver y por el calor asfixiante que padecían se había sujetado la melena en lo alto de la coronilla con un pasador del que se le habían escapado unos cuantos mechones. Alicia le criticaba esa forma de recogerse el cabello. Le decía que se asemejaba con ella a un oso desgreñado, a lo que Irina solía encogerse de hombros. No le había importado anteriormente que le aplicara ese símil con motivo, pero en ese instante hubiera dado algo porque la hubiera encontrado él con la melena suelta y una vestimenta más favorecedora para que no desmereciera su imagen actual de la que él había admirado la tarde anterior. No le pareció sin embargo que Álvaro hubiera reparado en lo desarreglado de su aspecto. Con el ceño fruncido la había seguido hasta la mesa que ella le había indicado y había tomado asiento sin levantar la cabeza de sus manos que contemplaba con aparente interés. Un rayo de sol se filtraba entre las ramas del chopo y le daba de lleno a él en el rostro, aclarando el color de sus ojos  y deslumbrándole cuando los levantó hacia ella para explicarle, como disculpándose por haberse presentado en su casa sin avisarla previamente:

—Quería comentarte que he acompañado a Diego esta mañana a las dependencias de la policía local de este pueblo— empezó en tono bajo— La guardia civil se ha presentado bien temprano en nuestra casa y le ha pedido que les acompañara para que contestara a unas preguntas.

—Sí, a nosotras también— le interrumpió Irina, notando al recordarlo cómo se le aceleraba nuevamente el ritmo cardiaco.

Álvaro continuó como si no la hubiera oído:

—He llamado a Carlos por el móvil y los dos hemos ido con él. A mí no me han dejado entrar al despacho. He estado sentado en un banco, en la calle, mientras le interrogaban, pero Carlos sí ha asistido a Diego durante ese trámite y aunque después no me ha contado nada, el guardia civil jefe, o lo que fuera, me ha explicado en un aparte que habían hallado unas colillas en la abadía, junto al cadáver de don Eusebio Varas, y que después de hablar con la asistenta de éste, que les había referido como se había ensañado con el pobre hombre y los enfrentamientos que habían tenido los dos, sospechaban que una de ellas pudiera pertenecer a mi hermano.

Carraspeó ella para deglutir la bola de algodón que se le había formado en la garganta.

— ¿Y le han tomado una muestra para analizar su ADN y compararlo con el del cigarrillo?

—Sí.

—A Alicia también.

Meneó Álvaro pesarosamente la cabeza como si no consiguiera explicarse lo que iba a decir a continuación.

—Pero pese a ello Diego ha seguido negando que hubiera entrado en la finca de la abadía. Ha mantenido su primitiva versión, por lo que estoy más que preocupado. Me temo que miente y que por su cabezonería se va a meter en un buen lío si, como sospecho, por el análisis de esa colilla se demuestra lo contrario. Quería preguntarte por esa razón si Alicia te ha contado algo a ti. Estoy seguro de que los dos decidieron vivir una aventura y que se pasearon por el monasterio, donde hallaron el cadáver de ese hombre.

Se lo preguntaba con tanto interés que vaciló Irina durante una décima de segundo. Pero no, no podía decirle la verdad. Alicia le había pedido que guardase el secreto y no podía traicionar su confianza.

—No, no, mi hermana me ha contado lo mismo que a ti Diego— mintió con desenvoltura—. Que pasearon rodeando la finca al otro lado de la valla, pero que no entraron.

—¿Y crees que te ha dicho la verdad?

—Pues… supongo que sí.

Con el ceño fruncido la observó con desconfianza.

—Es que estoy sumamente intranquilo. No está ella en casa, ¿verdad?

—No, ha ido al pantano a bañarse con una amiga.

—Necesito hablar con tu hermana— insistió tozudo— Necesito que me aclare un detalle muy importante.

— ¿Qué detalle?

—Que me diga si cuando anteanoche se estuvieron paseando por  la abadía se separaron en algún momento.

Le observó perpleja. Pese a la negativa de los dos, parecía estar seguro de que les habían mentido y que daba por hecho que habían traspasado la verja y curioseado en las estancias del monasterio.

— ¿Por qué crees que no nos han dicho la verdad?

—Porque conozco a Diego. No sé si la puerta de la finca estaría abierta, pero sabe utilizar las ganzúas con mucha habilidad cuando las cerraduras no tienen la llave puesta. Supongo que convencería a tu hermana para que le acompañara y que en algún momento de la visita que realizaron por el monasterio la dejaría sola, reuniéndose con ella más tarde.

— ¿Y para qué habría de haber hecho eso?— objetó Irina, incapaz de seguir el hilo de sus deducciones.

Se encogió Álvaro evasivamente de hombros como si temiera haber hablado de más.

—No lo sé, pero si no se separaron, el testimonio de ella afirmándolo podría serle de ayuda— murmuró lentamente, como si estuviera pronunciando esas palabras para sí mismo— Ojalá me equivoque, pero es que hace un rato ha venido a verme Maruja López, la mujer que le limpiaba la casa a don Eusebio, y me ha contado con pelos y señales la faena que Diego y sus amigos le hicieron anteayer al pobre hombre.

— ¿La de la gasolina?— se le escapó a Irina.

—Sí, ¿también lo sabes tú?

—Sí, bueno sí. Me la ha contado ella esta mañana mientras esperábamos a que saliera Alicia del despacho de la policía local. También nos hemos sentado las dos en un banco en la calle. ¿Pero de qué me estás hablando?

La miró indeciso con un pliegue en la frente.

—No sé si debo repetir lo que no son más que conjeturas. Si el análisis del ADN de los cigarrillos demuestra que nuestros hermanos estuvieron junto al cadáver en contra de lo que han declarado…

—Es posible que la policía sospeche que han tenido algo que ver con la muerte de ese hombre— terminó Irina por él.

—Efectivamente. Por esa razón me parece importante que tu hermana pueda atestiguar que no se separaron en ningún momento. Que yo sepa, Alicia no tenía nada contra don Eusebio. Creo que ni siquiera le conocía.

—No, no le conocía— corroboró ella— ¿Pero es que piensas que Diego…?

Un rictus duro contrajo las facciones de Álvaro.

—No lo sé. Esa mujer me ha contado unas cosas de él que ni siquiera imaginaba y ha sugerido que podía ser mi hermano la persona con la que don Eusebio se había citado esa noche.

— ¿En la abadía? Eso es absurdo. ¿Para qué había de citarse ese hombre con tu hermano en un lugar al que no es tan fácil acceder y en el que ni siquiera hay luz eléctrica? Y en el absurdo supuesto de que eso fuera cierto y de que Diego acudiera allí con la intención de agredirle, ¿para qué habría de haberse empeñado en que le acompañase Alicia? Habría acudido solo a esa cita.

Se quedó él callado con la mirada perdida en lo que podía ver de la calle, abrasada por el sol, por encima del seto. Parecía hallarse muy lejos de allí, por lo que Irina insistió.

— ¿No crees que en el caso de que Diego hubiera decidido quedar en el monasterio con don Eusebio hubiera ido solo?

Giró Álvaro la cabeza hacia ella con una expresión distinta, como si llevara sobre la espalda un peso mayor aun del que soportaba ella.

—Maruja me ha resumido, en un tono bastante agrio, por cierto, las provocaciones de que le había hecho objeto Diego este verano y me ha asegurado que don Eusebio estaba esperando a que le diera ocasión para poder denunciarle con fundamento ante la policía. Ha sugerido también que podía haber sido mi hermano el que le hubiera atacado anteanoche en la abadía. Por eso te pregunto si tu hermana no se separó de él en ningún momento. Es importante que, en su caso, pueda atestiguar que no fue él quien le causó la muerte, porque ella no le perdió de vista.

Aturdida, intentó reflexionar.

— ¿Pero es que piensas que de declarar ella que no se apartaron el uno del otro en toda la noche, hasta que él la dejó en casa, la creerían? Podrían suponer también que le estaba encubriendo o que cooperó con él.

—Sí, también podrían suponerlo— admitió Álvaro con expresión sombría—. Pero no me has contestado.

Intentó Irina reproducir en su mente el relato de Alicia, pero no logró precisar ese particular.

—No lo sé, no puedo acordarme.

Un silencio pesado cayó entre los dos. Él parecía abstraído con la mirada perdida en la lejanía y ella inquieta por lo que acababa de decirle y no ser capaz de reproducir la conversación que la otra y ella habían mantenido. Se rebulló en su silla de plástico a la par que buscaba algún tema de conversación que rompiera el mutismo que mantenían. Al fin se le ocurrió preguntarle:

— ¿Quieres tomar algo?

Clavó en ella una mirada vacua como si volviera de muy lejos.

— ¿Yo?, pues no sé. ¿Tienes algo fresco?

Como no recibían a nadie en la casa ninguna de las dos, no se había preocupado Irina de aprovisionarse con ningún tipo de bebidas por lo que titubeó dudosa.

— ¿Fresco? Creo que no, salvo que quieras beber agua. Agua del grifo, se entiende.

Esbozó él un ademán negativo.

—No, déjalo.

— ¿Te apetece una tila?— le ofreció tontamente al advertir en ese momento el beneficioso efecto que la infusión había producido en sus nervios. Al reparar en el gesto de sorpresa de él, trato de justificarse—: Yo me he tomado una taza poco antes de que llegaras tú y me ha tranquilizado bastante. ¿De verdad no quieres tila?

—De verdad— replicó observándola con curiosidad y con una chispita de diversión en sus ojos castaños—. No me gustan las tisanas y no creo además que me ayudaran a mejorar mi estado de ánimo. Me admira que con la perspectiva tan poco halagüeña que tenemos a la vista por culpa de nuestros respectivos hermanos, seas capaz de estudiar— le dijo, indicándole con un gesto el cerro de folios que tenía ella sobre la mesa—. ¿Cómo consigues concentrarte en los temas de tu oposición?

—No lo consigo— reconoció Irina—. Me encuentro tan angustiada como tú o incluso más, porque tú al menos cuentas con la ayuda de Carlos Falcón. Yo… yo me he tenido que conformar esta mañana con un abogadillo de tres al cuarto, que no parecía tener más edad que Alicia. Cuando la policía ha terminado de interrogarla, ha venido a comunicarme muy satisfecho al banco en el que estaba sentada que no creía que volvieran a molestarla en lo sucesivo. No cabe duda de que es un genio.

—No le juzgues tan duramente. No conocía él la circunstancia de que a Diego y a Alicia se les ocurriera fumarse junto al cadáver los cigarrillos que ha hallado la guardia civil— objetó Álvaro a modo de disculpa—. En cuanto a la ayuda de Carlos… Bueno, es cierto que ha intentado aconsejar a Diego lo más conveniente para él, pero también es cierto que mi hermano no le ha hecho el menor caso, así que tú y yo estamos a la par—. Frunció el ceño antes de añadir—: No, no estamos a la par. Yo estoy peor que tú, porque Alicia no conocía a don Eusebio y, por el contrario, Diego le hacía la vida imposible y ya se ha ocupado Maruja López de informar a la guardia civil sobre ese particular.

En ese preciso instante el sonido de una bicicleta que se aproximaba por la calle les alertó a los dos, que giraron a la vez la cabeza hacia la puertecilla del jardín y unos segundos más tarde penetraba por ella Alicia, quien, tras empujarla, se les aproximó pedaleando sin desmontar. Cuando llegó junto a ellos, bajó ágilmente de la bicicleta y la apoyó contra un árbol. Venía con la melena suelta y seca, y vestía la misma ropa con la que se había marchado antes, un pantalón corto blanco y una camiseta azul pálido.

—¿No te has bañado?— le preguntó Irina—. No te esperaba tan pronto.

—No. Susana y yo hemos cambiado de opinión—. Al reconocer a Álvaro le sonrió con cierta coquetería—. ¡Hola!, eres Álvaro ¿verdad?

—He venido a ver a Irina— replicó él con aire adusto sin corresponder a la sonrisa de bienvenida con la que la chica le acogía— Estábamos hablando precisamente de ti, porque necesito que me aclares unos puntos. Sabrás que esta mañana ha venido la guardia civil a casa a buscar a Diego y tu hermana me ha dicho que también te han llevado a ti al despacho de la policía local para que les contestases a unas preguntas.

Tomó asiento Alicia a su lado con desenvoltura y agitó innecesaria y cadenciosamente su melena antes de acodarse en la mesa y apoyar la mejilla en su mano para mirarle con los ojos entornados.

—Sí, también.

— ¿Y qué les has dicho?

143

—Nada, ¿qué les iba a decir? Estoy harta de repetir la misma historia— repuso con un mohín desdeñoso—. Que Diego y yo dimos anteanoche un paseo al salir del cine.

La interrumpió Álvaro con impaciencia levantando una mano.

—Sí, eso ya lo sé. Es una historieta estúpida la que os habéis inventado, que no se sostiene por su base y que el análisis del ADN de los cigarrillos que ha hallado la guardia civil junto al cadáver desmontará. Quiero que ahora me digas la verdad.

Como si le sorprendiera el tono duro de él, parpadeó la chica con fingida inocencia ante la extrañeza de Irina que desconocía las dotes de actriz de su hermana y que incluso la hubiera creído de no haber sido informada por ésta con anterioridad.

— ¿La verdad?— repitió en tono interrogante.

—Sí. Conozco bien a Diego y sé que os estuvisteis paseando por la abadía a la luz de la luna y de la linterna que él llevaba.

Perdió Alicia algo de la seguridad con la que se expresaba poco antes y se le quedó mirando indecisa.

— ¿Te lo ha dicho él?

—Digamos que lo he averiguado yo.

Confusa, abatió los ojos para fijarlos en sus manos y luego los levantó para clavarlos en Irina como si le estuviera pidiendo ayuda. Ésta permaneció silenciosa y Álvaro insistió:

—Necesito que me contestes a una pregunta y quiero que me digas la verdad. ¿Recuerdas bien lo que sucedió esa noche?

Tras unos segundos de vacilación contestó ella en un susurro:

—Sí.

—Entonces podrás decirme si cuando entrasteis en el monasterio permanecisteis juntos, sin separaros, durante todo el trayecto que recorristeis. ¿Puedes precisar por dónde entrasteis?

—Sí, por la puerta por la que antaño se accedía a las dependencias del abad— repuso ella con un hilo de voz— Estaba entreabierta y Diego terminó de empujarla. Pasamos a un recinto bastante grande que no tenía techo y que debía ser el vestíbulo que daba paso a esas dependencias.

— ¿Y qué sucedió después?— insistió Álvaro con impaciencia.

—Que de allí pasamos a lo que quedaba de un claustro. La bóveda se había derrumbado y se veía el cielo tachonado de estrellas— murmuró Alicia reprimiendo un escalofrío como si estuviera reviviendo los momentos en los que lo recorrió casi a tientas en un silencio denso.

— ¿Y Diego estaba a tu lado durante todo ese trayecto?

Le miró ella sin comprender.

— ¿Qué quieres decir?

—Que si en algún momento perdiste a Diego de vista.

Lo consideró ella aturdida y terminó por menear afirmativamente la cabeza.

—Sí. Fue una broma, pero no tuvo ninguna gracia. Precisamente cuando llegamos a ese claustro me dijo que me sentara sobre un pedrusco y que le esperara. Que no tardaría en volver.

— ¿Y le hiciste caso?

—Sí, claro, porque él llevaba una linterna y yo no distinguía nada a un metro de distancia. Estaba oscuro como boca de lobo pese a la luna y pensé que podía tropezar con algún muro ruinoso o meter el pie en un hoyo.

—Así que entonces te sentaste en un pedrusco en el claustro y le esperaste.

—Sí— admitió llorosa—. Pero ya te he dicho que esa broma no tuvo ninguna gracia, porque si lo que pretendía era asustarme, lo consiguió. Creí que me moriría de miedo cuando la oí cantar a ella y…

— ¿A ella?— la interrumpió sorprendido.

—Sí, sonaba lejana, pero era la voz de una mujer. Hasta temí que se hubiera marchado Diego abandonándome en la abadía con esa mujer y con el fantasma que por su culpa se hizo monje.

Enarcó Álvaro las cejas al oírla.

— ¿Con el fantasma?

—Sí, es una leyenda, pero me pareció oír el susurro de sus hábitos caminando por el claustro. Era de noche y la luna danzaba de un lado para otro de una forma que sobrecogía. En ese lugar se siente algo muy extraño, como si hubieras retrocedido en el tiempo y los monjes que lo habitaron se pasearan aún por ese corredor cantando música sacra.

— ¿Les oíste?

—No, a ellos no, solo a la mujer. Y tampoco vi al fantasma. En ese momento no. Le vi después.

Se acodó también él sobre la mesa para observar atentamente su semblante.

— ¿Llegaste a verle con claridad?

—No, pero distinguí una sombra que huía. Fue después de que encontráramos el cadáver, inmediatamente después. Cuando Diego me dejó sola en el claustro estuve esperando a que volviera durante un tiempo que se me hizo interminable. Pasé tanto miedo que estuve a punto de regresar por donde habíamos venido, pero no me atreví por si tropezaba en la oscuridad con los escombros y me caía. Además, la abadía está muy lejos de esta casa y hubiera tenido que recorrer a pie un largo camino. Por esa razón le esperé, aunque me castañeteaban los dientes  por el pánico que sentía.

—Y regresó a por ti.

—Sí, poco después. En el momento en el que ella terminó su canción, aunque me dijo que no la había oído. Entonces fue cuando se empeñó en que nos acercáramos al refectorio, que es el comedor donde hace siglos comían los frailes. Yo quería marcharme, pero no me lo permitió. Seguimos por el claustro, lo doblamos al llegar a la esquina, atravesamos una estancia derruida y desembocamos en lo que queda de esa habitación, a la que se accede trasponiendo una arcada. Allí tropecé con el cuerpo de ese hombre y me caí sobre su cuerpo. Lo demás ya lo sabes.

—Sí, ya lo sé— murmuró Álvaro con el ceño fruncido.

# CAPÍTULO VII

Unos días más tarde se presentó nuevamente la guardia civil en la casa con una orden de detención contra Alicia. Les abrió Irina la puerta y al ver a la misma pareja que se había presentado anteriormente sintió como si un aldabonazo le golpeara en el pecho. Adivinó el motivo de su llegada antes de que el más alto le mostrara el documento en el que constaba la resolución judicial y les hizo pasar al salón para echar a correr a continuación escaleras arriba con la finalidad de avisar a su hermana, que estaba en el cuarto de baño, arreglándose para reunirse con su pandilla.

Sin perder un segundo, llamó después a Carlos por el móvil, que la atendió en el acto, aunque le contestó con monosílabos. Estaba ya él en el despacho de la policía local, en el edificio del Ayuntamiento con Diego, al que también habían detenido, y con Álvaro, que había acompañado a su hermano. Le aconsejó que se tranquilizara y le aseguró que asistiría a Alicia en su declaración ante la policía, puesto que Diego había comprendido que no había ya razón alguna para que siguiera manteniendo la versión que había inventado, asegurando a todo el que le quería oír que no habían traspasado la puerta de la finca de los frailes. El análisis del ADN de los cigarrillos que habían hallado en el refectorio de la abadía había sido terminante a ese respecto, por lo que era estúpido además de inútil seguir negándolo.

Respiró Irina más aliviada al saber que iba ocuparse él de la defensa de su hermana e intentó transmitirle a ésta algo de la confianza que el abogado le inspiraba, aunque no lo consiguió. Alicia se había echado a llorar al enterarse de que la guardia civil venía a detenerla y a continuación se colgó de su cuello completamente histérica.

—Tienes que hacer algo— hipó—. ¿Es que vas a permitir que esos hombres se me lleven?

Ya le hubiera gustado a ella poder impedirlo, pero como no estaba en su mano, la abrazó, acariciándole su melena, tan parecida a la suya propia.

—Vamos, vamos, no seas niña. Que estuvierais esa noche en la abadía no prueba que matarais a ese hombre. Carlos lo demostrará y dentro de unas horas volverás a casa.

Pero no acertó en sus predicciones. Diego había firmado ya su declaración cuando llegaron a las dependencias de la policía local  y Carlos las esperaba paseando por la pintoresca plaza, frente a la puerta del Ayuntamiento. Ni tan siquiera les sonrió. Se limitó a coger del brazo a Alicia con algo de rudeza para entrar con ella y con los dos guardias civiles en el despacho. Cuando la puerta se cerró tras ellos, fue a tomar Irina asiento en el mismo banco de la calle que la vez anterior, donde Álvaro fue a dejarse caer a su lado inmediatamente después. Cuando llegaron ellas se encontraba ya paseando como un oso enjaulado por esa calle, que se llamaba calle ancha y a la que deberían haberle cambiado el nombre, pues por sus grandes dimensiones merecía ascender a ser denominada plaza, pero Irina estaba demasiado inquieta como para reparar en su presencia. Ni tan siquiera giró la cabeza en su dirección cuando le sintió a su lado y le oyó decir:

—Esto era previsible— murmuró como para sí, pasando cansadamente una mano por su frente—. Diego es un inconsciente y no se ha avenido a razones cuando Carlos y yo hemos intentado convencerle de que debía decir la verdad. Lo siento además por tu hermana. ¿Cómo se lo ha tomado?

Esbozó Irina un gesto evasivo, porque en su opinión la respuesta era obvia. A nadie podía gustarle que le detuvieran. Y todavía menos si la interesada era una chiquilla sin pizca de conocimiento, como era el caso de Alicia. Se daba aires de mujer de mundo, pero no era más que una niña malcriada con la cabeza llena de pájaros que había creído actuar con la obligada lealtad al amor de su vida. Un amor que con suerte le duraría lo que el verano, si es que no se le cruzaba antes otro chico. ¿Y que por el estúpido de Diego estuviera ella sentada en ese banco esperando a que concluyera el interrogatorio de la policía y la decisión de ésta sobre la libertad de su hermana? Se merecía él, cuando menos, un par de tortas de Álvaro y Alicia otras tantas por novelera, por fantasiosa y sobre todo por idiota. Lo malo era que no tenía a nadie a mano que pudiera darle esas tortas.

Álvaro debía de estar pensando algo parecido, porque se inclinó ligeramente hacia ella para susurrarle:

— ¿Qué crees que va a pasar? ¿Piensas que les dejarán que vuelvan con nosotros a casa?

En esa ocasión sí giró la cabeza Irina para mirarle. Estaba pálido y ojeroso y la barba empezaba a apuntarle en las mejillas, señal inequívoca de que no había perdido tiempo en afeitarse esa mañana. Vestía además una arrugada camisa de color crema y un pantalón vaquero bastante desgastado por las rodillas, que debía ser la indumentaria que llevaba en casa. No era extraño, ya que la policía había ido a Villa María a buscar a Diego bien temprano, pero se lo quedó mirando sorprendida como si le hubiera considerado el arquetipo del hombre pulcro y bien vestido en toda circunstancia, incluso cuando llevaba ropa deportiva, y le hubiera fallado el modelo que se había forjado.

—No lo sé— repuso a media voz— ¿Has tenido tiempo de hablar con Carlos?

—No. Se ha presentado aquí unos minutos después que nosotros y a mí no me han dejado entrar a presenciar la declaración de Diego. Me he quedado aquí fuera y no le he vuelto a ver ni Carlos se me ha acercado a informarme de cómo había ido la cosa. Él ha vuelto a entrar con Alicia en el despacho sin hacerme el menor comentario, pero no me ha parecido que estuviese muy optimista.

Irina se rió sin ganas.

— ¿Optimista? No creo que Carlos se sienta optimista en ninguna situación. Personifica la imagen del hombre amargado. Lo que le sucedió marcaría a cualquiera, pese a que creí entenderte que su novia murió hace tiempo, ¿no?

—Sí, ocurrió hace años, aunque no lo sé con seguridad, porque él nunca se ha referido a ese tema ni yo se lo he preguntado. Ya te comenté el otro día que ese invierno lo pasé en Estados Unidos y que cuando regresé se negó a que nos viésemos durante muchos meses. ¿No lo recuerdas?

—Claro, claro— admitió Irina que no le había escuchado, porque los nervios se lo impedían, rebulléndose inquieta en el banco después de consultar su reloj por enésima vez— ¿No te parece que están tardando mucho? Para preguntarle a Alicia que a qué fue a la abadía la otra noche y si se fumó un cigarrillo junto al cuerpo que acababan de encontrar en el suelo del refectorio bastan unos pocos minutos.

En ese preciso instante se abrió la puerta de dos hojas de la fachada posterior del Ayuntamiento y por ella salió Carlos. Tenía el ceño fruncido y se les acercó despacio y con la desgana propia de quien va a dar malas noticias. Llevaba un maletín en la mano y lo dejó caer en el banco donde habían estado ellos sentados y del que se habían levantado en el acto, como si su peso le impidiera comunicarles lo que les tenía que decir.

—Lo siento. Ha salido todo bastante mal— les informó con pocos bríos—. Van a retenerles durante las setenta y dos horas que marca la ley antes de ponerles a disposición judicial. Así que…

— ¿Les van a retener aquí?— se inquietó ella.

—No, aquí no hay calabozos. Les van a llevar al pueblo cercano, donde sí hay un puesto de la guardia civil— les aclaró volviéndose a medias para indicárselo—. Pero no os preocupéis. No hay más pruebas en contra de los dos que la de esos cigarrillos, que en absoluto acreditan que fueran ellos los autores de la muerte de Eusebio Varas. Al parecer, la autopsia ha determinado que murió de un golpe en la cabeza que le dieron con un objeto contundente. Probablemente el juez les deje en libertad, con cargos o sin ellos, mientras la policía sigue investigando lo sucedido, así que tenéis que tomároslo con calma.

— ¿Con calma?— se enfadó Irina— ¿Cómo voy a tomármelo con calma? Tengo que hablar con ella. ¿La van a encerrar en un calabozo? Necesitará ropa… necesitará…

—Lo que necesitan los dos es una buena lección— la interrumpió él con acritud—. Sobre todo la necesita Diego, al que no ha habido forma de convencerle hace unos días para que me permitiera acompañarle al despacho del que acabo de salir a que reconociera la verdad. Todo esto podía habérselo evitado y dos o tres días en un calabozo le ayudarán a reflexionar.

No replicó Álvaro, que debió considerar que la reprimenda de Carlos se la merecía sobradamente su hermano. Por el contrario Irina, herida en lo más profundo, levantó retadoramente la barbilla:

— ¿Y por qué se merece esto Alicia? No es más que una niña que cree estar enamorada de Diego y que ha pretendido encubrirle como hacen todas las heroínas de las novelas románticas que lee. ¿No lo entiendes?

Dejó escapar Carlos una risita sarcástica.

—No lo sé, porque no leo novelas románticas, pero el encubrimiento es un delito, debería saberlo.

—Pero si es una niña— repitió ella reprimiendo las ganas de llorar.

—Una niña muy crecidita que cree no necesitar a nadie desde que ha alcanzado la mayoría de edad. Pero no te preocupes— le repitió—. Le vendrá bien este mal trago y el juez de Navalcarnero la soltará también dentro de tres días, ya lo verás.

— ¿Estás seguro?

Se la quedó mirando él con aquellos ojos tan oscuros y tan penetrantes.

—En estas lides no se puede estar seguro de nada, pero es lo más probable. No puede mandarles a prisión con unos indicios tan vagos. Como ya os he dicho, decretará su libertad con cargos o sin ellos y seguirá instruyendo el sumario por el homicidio de ese pobre hombre.

—Pero la denuncia que ha formulado Maruja López contra Diego… — empezó Álvaro—. Podría el juez pensar que Diego ha intentado vengarse de Eusebio Varas o que le ha matado para impedir que pudiera a denunciarle.

Se acarició Carlos pensativamente la barbilla.

—Sí, Diego lo tiene peor que Alicia. A ella podrían, como mucho, acusarla de encubrimiento y teniendo en cuenta que, como has dicho tú— añadió dirigiéndose a Irina— es muy joven, no tiene antecedentes penales ni judiciales ni denuncias de ningún tipo…

Por primera vez pareció percatarse del estado de ánimo de sus interlocutores y debió pensar que su anterior actitud no había sido la más adecuada, porque cambió radicalmente de talante, como si de improviso se hubiera humanizado.

—Repito que no os preocupéis. Dentro de dos o tres días os devolverán a vuestros hermanos sanos y salvos y probablemente dóciles como unos corderitos, lo que no os vendrá mal a ninguno de los dos. Y podrás llevarle ropa o lo que creas que pueda necesitar esta misma tarde, aunque no creo que te permitan verla— le dijo a Irina, antes de abarcarles a los dos con un ademán para recomendarles—: Y ahora, cuando salgan por esa puerta con una pareja de guardias civiles, debéis mostraros tranquilos, nada de lloriqueos.

Le fue difícil a Irina seguir sus consejos, aunque consiguió permanecer aparentemente serena mientras se despedía de Alicia y veía después arrancar el furgón en el que se los llevaban a los dos. Cuando lo perdió de vista notó una mano en su hombro, con la que Álvaro pretendía infundirle ánimos, aunque le dio la impresión de que esa mano pesaba como el plomo.

—Vamos, no te preocupes. Carlos tiene razón y es muy posible que esto les sirva de lección. ¿Por qué no venís los dos a casa a tomar algo y a tranquilizarnos?

Aceptaron en silencio. Se notaba ella como desmadejada, sin las suficientes energías para hablar, ni tan siquiera para lamentarse. Si un cataclismo se hubiera abatido sobre su cabeza no se habría sentido de una forma muy diferente cuando tomaron asiento a la sombra de la pérgola, adosada a la fachada del edificio.

Carlos parecía ausente. Se había dejado caer en un sillón blanco frente a ella y se limitó a escuchar las imprecaciones de Álvaro con el aire de comprensión del que ha vivido muchas situaciones parecidas y considera que lo procedente es esperar a que se resuelva por sí sola, lo que a ella le irritó profundamente.

— ¿Estás seguro de que no podemos hacer nada?— le preguntó por enésima vez.

—Completamente seguro. La policía dispone de setenta y dos horas para retenerles antes de ponerles a disposición judicial y no procede formalizar un escrito de Habeas Corpus, porque en la detención de los dos se han respetado todas las exigencias legales. Trata de distraerte mientras tanto, porque, como ya te he dicho, creo que el juez les pondrá en libertad dentro de tres días.

Acertó Carlos en sus predicciones y efectivamente setenta horas más tarde el juez decretó la libertad de los dos con cargos y con la obligación de presentarse en el juzgado cada quince días. Irina y Álvaro habían ido a los juzgados de Navalcarnero en el coche de Carlos, un Peugeot gris bastante desvencijado, ya que éste, iba a asistirles en sus respectivas declaraciones, y aguardaron en el pasillo mientras se celebraba el trámite. Salió Diego el primero de la sala de vistas con una petulante sonrisa en su atractivo rostro y se dirigió sonriente al encuentro de su hermano como si en lugar de haber sido puesto a disposición judicial por la guardia civil tras su detención acabara de recibir un homenaje.

— ¿Qué ha dicho el juez? ¿Te ha dejado libre?— le preguntó Álvaro sin ocultar su inquietud.

—Por supuesto. Es un viejo cascarrabias, que ha decidido que venga por aquí cada quince días— replicó con cierta ironía. Después se volvió hacia Irina a la que envolvió en una mirada admirativa—. ¿No nos presentas?— le preguntó a su hermano, señalándola con un ademán.

Álvaro enarcó las cejas algo extrañado.

— ¿No os conocéis? Es Irina, la hermana de Alicia.

El semblante de Diego reflejó la estupefacción más absoluta.

— ¿La hermana de Alicia? ¿La…?

No llegó a pronunciar los adjetivos relativos a su edad con los que solía calificarla cuando se entremezclaba su nombre en las conversaciones que mantenía con Alicia, y se la quedó observando en silencio, como si no alcanzara a explicarse que, pese a los muchos años que había cumplido pudiera tener un aspecto tan atrayente. No consiguió ella devolverle la sonrisa por más esfuerzos que hizo en distender los músculos de su rostro. Los notaba atirantados. El chico era algo más bajo que Álvaro y más espigado y, aunque se parecía a su hermano, pues poseía los mismos ojos castaños y la misma pelambrera espesa que le resbalaba hasta las cejas en cuanto movía la cabeza, traslucía un aire totalmente distinto. Aparentaba ser tan descarado, como el otro excesivamente responsable, lo que contribuyó también a acrecentar el resentimiento que le inspiraba. Solamente él era el culpable de la situación que estaban viviendo en ese instante, pues su hermana no era más que una chiquilla romántica a la que el otro había enredado con malas artes.

— ¿Y Alicia?— le preguntó.

Diego se encogió de hombros.

—No lo sé. Supongo que la habrán subido del calabozo y que le estará el juez tomando declaración ahora—. Pero no te preocupes— le aconsejó como si las edades de los dos estuviesen invertidas y fuese él un experto en la materia—. La soltará igual que a mí. No hemos hecho nada ninguno de los dos, ya se lo he dicho al vejete.

— ¿Al vejete?— inquirió Álvaro, enarcando las cejas como si la palabra le hubiese sonado a insulto.

—Sí, al juez. Es un abuelillo con el pelo blanco y muy malas pulgas.

— ¿Te ha preguntado qué fuiste a hacer a la abadía esa noche?— insistió ella fingiendo no haber oído su desafortunada manera de expresarse.

—Sí, claro y le he dicho la verdad. Que la puerta de la finca estaba abierta y que nos apeteció echar una ojeada y pasearnos por las ruinas con la intención de ver al fantasma. Eso no es ningún crimen.

Torció Álvaro el gesto aún más y notó Irina que estaba reprimiéndose para no darle un tortazo a su hermano.

—Allanar la propiedad ajena sí lo es— replicó con voz tensa— ¿Te ha preguntado si conocías a Eusebio Varas?

—Sí y le he contestado que era nuestro vecino.

— ¿Y nada más?

El chico volvió a encogerse de hombros.

—Bueno, sí. Se ha puesto muy pesado con la historia de la gasolina que la señora que le hacía la limpieza dice que le quité de su coche. Le he contestado que eso era mentira y que esa mujer inventa toda clase de infundios contra mí, porque me tiene manía.

—Pero eso no es cierto— le interrumpió Irina con acritud.

—No, ¿y qué? Eso el cascarrabias no lo sabe. Es la palabra de Maruja contra la mía—. Sonrió de nuevo jactanciosamente— Estudio Derecho, ¿sabes?— le comentó a ella—. Comencé la carrera en octubre pasado y aunque en el primer curso no damos penal, es una asignatura que me interesa y que me he empollado por mi cuenta. Espero que Carlos me admita en su despacho en cuanto termine los estudios.

Se dijo Irina que el chico pecaba de optimista, pues sabía que el aludido no le soportaba y si se veía obligado a admitirle como cliente era exclusivamente por la amistad que le unía a Álvaro. Advirtió también el gesto hosco de éste al oírle. Probablemente pensaba lo mismo que ella en ese momento. Además acababa de echar por tierra los proyectos que había forjado para su hermano sobre el futuro, ya que había dado por hecho que trabajaría en la editorial que había fundado su padre. Claro que quizás fuese una suerte que dirigir esa editorial no entrase en los cálculos de Diego, pensó ella, pues sería muy capaz de mandarla al traste en tan solo una semana.

—Si aspiras a emular a Carlos, tendrás que modificar radicalmente tu actitud y tomarte en serio los estudios— le dijo Álvaro secamente—. De cuatro asignaturas que se cursan en primero de carrera, te han suspendido en las cuatro. A este paso, serás abogado cuando tengas más años que Matusalén. Y eso si llegas a obtener el título.

Abrió Diego la boca, dispuesto a contradecirle, pero no llegó a hacerlo porque en ese instante se abrió nuevamente la puerta de la sala de vistas y por ella salió Alicia seguida de Carlos. Llevaba la misma ropa que el día de su detención, pero mucho más arrugada, y se abrazó a Irina sin decir palabra y con los ojos llorosos. Ésta le acarició su enmarañada melena.

— ¿Qué ha dicho el juez? ¿Te ha dejado en libertad a ti también?

Se sonó Alicia sonoramente antes de contestarle y lo hizo por ella Carlos que acababa de reunírseles.

—Sí, pero con cargos. Los dos tendrán que presentarse cada quince días en este juzgado.

— ¿Eso qué significa?— intentó precisar ella, apartando algo a su hermana para mirarle de frente—. ¿Significa que les considera culpables de la muerte de ese hombre?

Vaciló Carlos. Le pareció a ella que estaba buscando las palabras oportunas para no preocuparla más de lo que ya estaba y le extrañó que con el hermetismo de que hacía gala se tomase la molestia de intentar tranquilizarla.

—No exactamente— repuso despacio, midiendo las palabras—. Significa que por el momento les considera sospechosos y que cuando termine de instruir el sumario adoptará la resolución procedente a ese respecto a la vista de las pruebas que obtenga la guardia civil. Para entonces lo deseable sería que ésta hubiera detenido al verdadero culpable—. Se volvió entonces con el ceño fruncido hacia los dos más jóvenes del grupo para decirles—: Por esa razón y por otras muchas que no enumero, pero que se dan por sobreentendidas, es imprescindible que vuestra conducta sea ejemplar. Tú, Diego, olvídate de gastarle a nadie esas bromitas a las que acostumbras, que en mi opinión no tienen ninguna gracia. Y no se te ocurra volver a aproximarte a la abadía en ninguna circunstancia, ¿me has entendido?

Su tono era tan autoritario y su expresión tan tormentosa que ante la sorpresa de Irina agachó el chico la cabeza y sin levantarla musitó casi inaudiblemente:

—Sí, bueno, sí.

Por toda contestación Alicia dejó escapar un hipido y se abrazó nuevamente a su hermana. A cualquiera le hubiera conmovido el desvalido aire de la muchacha, pero Carlos no se ablandó lo más mínimo y se dirigió a ella con la misma inflexión de voz que no admitía respuesta:

— ¿Y tú? ¿Te has enterado tú? No tengo intención de permitir que me estropeéis el resto de las vacaciones, de forma que si volvéis a cometer otra estupidez como la de la otra noche, ateneos a las consecuencias, porque no voy a ser yo el que os saque las castañas del fuego, ¿está claro?

—Sí, sí— sollozó Alicia— Nosotros... encontramos a ese hombre muerto por casualidad.

—En una propiedad ajena que habíais allanado— masculló él—. Y ahora vamos a volver a nuestras casas. Espero no recibir ni una sola queja de vosotros por parte de vuestros hermanos.

Encabezó a continuación la marcha por el pasillo en dirección a la escalera, seguido de Diego, que iba con las manos en los bolsillos y la cabeza baja y de Álvaro, ya más calmado, que caminaba al lado de su amigo comentando algo por lo bajo. Irina, que con Alicia cerraban el grupo, se dijo que quizás debiera imitar en adelante el comportamiento del abogado y olvidarse de intentar consensuar con su hermana las decisiones que debía adoptar. Había intentado con ello recuperar la buena relación que habían mantenido tiempo atrás sin conseguir otra cosa que un distanciamiento cada vez más infranqueable. Lo mismo que Álvaro con Diego, pensó. Aunque caminaba aquél impasible en apariencia, adivinó que, al igual que ella, se estaba recriminando a sí mismo por haber sido excesivamente condescendiente con su hermano, dando así lugar a que se convirtiera éste en un chico díscolo e indeseable.

Carlos las dejó con su coche en la puerta del jardín de su casa y siguió calle adelante en cuanto descendieron del vehículo y las dos se apresuraron a entrar en el vestíbulo como si solo dentro de las paredes del edificio se sintieran seguras.

— ¿Por qué no subes a ducharte?— le sugirió Irina a Alicia en cuanto cerraron la puerta tras ellas.

La chica hizo un gesto de asentimiento.

—Sí, ahora iré, pero antes quería decirte...

Había clavado sus pupilas húmedas en ella y se interrumpió sin saber cómo continuar.

— ¿Qué?, ¿qué querías decirme?

Esbozó la otra un gesto tímido.

—Pues que estos días horribles en el calabozo he tenido mucho tiempo para pensar y… que bueno… que quiero darte las gracias. No sé qué habría hecho sin ti.

Sintió también Irina un escozor molesto en los ojos.

—No tienes por qué dármelas.

—Claro que sí. Y encima, por mi culpa no has podido estudiar.

—No digas tonterías. Tengo todo el mes por delante.

—Lo que queda de mes— musitó Alicia entristecida—. Pero de ahora en adelante no te voy a dar motivos de preocupación, ya lo verás.

La siguió Irina con la mirada cuando la otra comenzó a subir la escalera, preguntándose si mantendría sus buenos propósitos, pese a la influencia que en ella ejercía Diego. Pero era posible que él también hubiera aprendido la lección, se dijo para animarse, porque, en caso contrario, mucho se temía que el desagradable suceso que habían vivido volviera a repetirse. Había podido comprobar esa mañana que, aunque fuese un engreído y un fatuo, encarnaba al tipo de muchacho que podía engatusar a la mayoría de las chicas de su edad y Alicia no era una excepción.

# CAPÍTULO VIII

Aunque iniciaba ya su declive, la luna brillaba en lo más alto de un firmamento tachonado de estrellas cuando finalizó la película y Alicia salió del cine en compañía de Susana y de Mariló. Soplaba una ligera brisa y las tres retardaron el regreso a sus casas paseando lentamente en dirección al árbol al que habían dejado amarradas sus bicicletas, ya que el cine de verano se hallaba bastante alejado del pueblo y habían utilizado para llegar hasta allí ese medio de transporte.

No habían vuelto a ver a Diego ni a los restantes chicos de la pandilla desde que la semana anterior les dejara el juez a los dos en libertad con cargos y Carlos las llevara a ella y a Irina de vuelta a su casa. Ésta última había respirado con alivio al enterarse de que Diego no había vuelto a hacer intención de quedar con su hermana, pero ella, aunque no quería confesárselo, le echaba de menos y otro tanto les sucedía a sus amigas, que no acababan de entender el motivo por el que ahora los muchachos hacían rancho aparte. Alicia suponía que era Diego el causante, dado que era el cabecilla y los demás le seguían como corderitos. Quizás le hubiera castigado Álvaro, privándole de la moto, o quizás se hubiera cansado de las chicas y especialmente de ella, como se cansaba de todo, al constatar que no era una heroína de película y que no estaba dispuesta a repetir con él otra hazaña

163

similar a la de su visita a la abadía en plena noche, arriesgándose a que el fantasma que entrevió escapar del refectorio se materializara escapando de las sombras en las que se fundía, para perfilarse nítidamente y hacerse visible adoptando existencia corpórea.

No estaba segura Alicia de que lo que vio aquella noche fuera el fantasma que habitaba en la abadía, aunque en el pueblo muchos creían en su existencia, ni tampoco podía afirmar taxativamente que hubiera oído cantar a una mujer segundos antes de reencontrarse con Diego. Tampoco lo creía Irina, que en ocasiones trataba de que le describiera lo que vio, lo mismo que Álvaro y que Carlos, que últimamente se presentaban en la casa sin avisar, alegando que habían salido a dar un paseo sin rumbo fijo y que se habían encontrado por casualidad y sin advertirlo frente a la valla del jardín. A ella le parecía obvio que mentían y que era la excusa que inventaban para ver a su hermana que, como siempre, seguía en el limbo. Obsesionada con su oposición y con sus dichosos temas, apenas si apoyaba los pies en el suelo más que lo imprescindible para ser consciente de lo que sucedía a su alrededor, siempre que afectara a Alicia. Lo demás parecía tenerle sin cuidado.

También sus amigas le preguntaban a menudo por la canción de la mujer y por aquella sombra y le pedían que les detallara cada una de las dependencias de la abadía por las que había transitado temblando de miedo y esa noche no fue una excepción. Cuando se encaramaron a sus bicicletas y antes de comenzar a pedalear, lo sugirió Susana.

—Estamos cerca de la finca de los frailes y además nos pilla de paso a nuestro regreso. ¿Por qué no damos una vuelta por los alrededores?

—Porque no— replicó tajantemente Alicia—. No se nos ha perdido nada en la abadía y Carlos Falcón me hizo prometer que no cometería más disparates en lo que resta de verano. También se lo prometí a mi hermana y no puedo faltar a mi palabra.

—No os he propuesto que entremos a ver el monasterio— objetó Susana agitando cadenciosamente su rizada melena—. Solo quiero que nos acerquemos al volver a la valla de la finca y que echemos una ojeada desde allí. Quizás el fantasma esté paseando a la luz de la luna por el camino que va desde la puerta de la verja hasta el edificio y podamos hacerle una foto con el móvil.

—Pero…— empezó Alicia con la intención de rebatir su sugerencia.

—Es una idea estupenda— aprobó Mariló, que no conseguía, pese a sus esfuerzos, que los chicos se fijaran en ella—. Si lográramos fotografiarle ganaríamos muchos puntos en la estima de Diego y en la de los otros. Todos se pelearían por ver esa foto y volverían a contar con nosotras, porque yo me aburro una barbaridad desde que nos han condenado al ostracismo.

También Alicia añoraba los días en los que ellos participaban en sus diversiones, sobre todo añoraba a Diego, pero no lo quiso reconocer.

—Ese fantasma no existe— afirmó con rotundidad por todo comentario.

— ¡Ah!, ¿no? ¿Qué fue entonces lo que viste la noche en la que mataron al juez?— insistió Mariló—. ¿O es que atisbaste de refilón al asesino?

Se encogió de hombros Alicia.

—Pues… pues no lo sé.

—Claro, ¿cómo lo vas a saber? Aunque podríamos hacer algo por averiguarlo.

—Ya te he dicho que he prometido…

—Sí, sí— la interrumpió—. Pero no vamos a trasponer la valla de la finca, entre otras muchas razones porque la puerta estará cerrada a cal y canto como siempre. Susana solo ha insinuado que nos acerquemos a la verja a otear desde allí lo que la luna nos permita distinguir del camino que conduce al monasterio. Por desgracia ha entrado ya en su fase menguante por lo que doña Elvira no se dignará obsequiarnos con una canción, así que tendremos que conformarnos con el otro fantasma, si decide materializarse por el sendero. No vas a faltar a tu palabra y reconoce que es demasiado temprano para regresar a nuestras casas.

—Son las doce de la noche— replicó Alicia con voz tétrica.

—Sí, ¿y qué? Estamos de vacaciones y tenemos derecho a disfrutar de estos días tan largos. El mes de agosto es sensacional, ¿no os parece?

—Pero es que…— intentó de nuevo Alicia rebatirle.

—Solo echaremos un vistazo— insistió Susana—. Una miradita desde la valla y a continuación regresaremos a nuestras casas.

Lo consideró Alicia con el ceño fruncido.

—Está bien, pero tenéis que asegurarme que no nos entretendremos allí y que no intentaréis ninguna travesura. No imagináis siquiera lo mal que lo pasé los días en los que la policía me retuvo en el calabozo y no quiero que una cosa así pueda volver a repetirse.

—Descuida—afirmó Mariló—. No somos unas locas como Diego y sus amigos y no tenemos la menor intención de meternos en líos. Una miradita y nos largamos.

Inició ella la marcha por el largo y amplio paseo, seguida de Susana y de Alicia y minutos más tarde desmontaban las tres de sus bicicletas para acercarse tirando de ellas a la valla de piedra, donde las apoyaron. Sintió Alicia un escalofrío muy similar al que experimentó días antes en compañía de Diego al aproximarse a la puerta de hierro de la finca, que esa noche estaba cerrada con llave, y atisbar entre los barrotes de su parte superior lo poco que podía distinguirse desde allí. El camino que llevaba hasta el monasterio se extendía como una cinta blanca a la pálida luz de la luna, que lo poblaba a trechos de sombras huidizas conforme la brisa agitaba las ramas de los gigantescos árboles que lo orillaban. El sordo rumor de sus hojas zarandeadas por las ráfagas de aire que solo a intervalos rompía un silencio demasiado denso era lo único que podía percibirse. Allá, a lo lejos, lo que antaño fuera una próspera abadía se destacaba en negro sobre un firmamento algo más claro como si durmiera en el sueño de los siglos. La sensación de irrealidad que producía era tan absoluta que Alicia se sobresaltó al notar el contacto de Mariló que, a su lado, le susurraba al oído:

— ¡Qué miedo!, ¿verdad?

Emitió ella una risita falsa.

— ¿Miedo de qué? No hay nadie.

—Pues precisamente por eso, porque no hay nadie. Me recuerda… me recuerda a un cementerio. A un cementerio de lo más tétrico.

—Todos los cementerios son tétricos, ¿no?— adujo Susana que se había asido a los barrotes de la puerta y observaba el panorama con el ceño fruncido—. —. Admiro el valor que demostraste la otra noche cuando te paseaste con Diego por las ruinas. ¿No sentiste ni tan siquiera algo de aprensión?

—Bueno, sí— reconoció ella— Fue Diego el que se empeñó, porque, según él, contravenir las normas constituye el mayor de los alicientes. No me atreví a negarme, pero por mi gusto hubiera dado media vuelta y me hubiera marchado a mi casa o a cualquier otro sitio. A la heladería, por ejemplo.

— ¿Y él?— se interesó la otra— ¿No se dejó influir en ningún momento por el ambiente que se respira en este lugar? Yo tengo la sensación de haber retrocedido varios siglos en el tiempo.

Alicia se encogió de hombros sin responder. Rememoraba el pánico que la atenazó al trasponer el portón por el que años atrás accedía el abad a la abadía y el estremecimiento que la recorrió entera cuando Diego la dejó sola en el claustro y se sentó en un pedrusco a esperarle. El silencio podía oírse en ese lugar y hasta podía percibirse el eco de las pisadas de los monjes que lo habitaron caminando por el largo corredor con sus hábitos blancos. Y entonces había cantado aquella mujer. Si hubiera transcurrido un segundo más hubiera echado a correr hacia el zaguán para salir luego al exterior huyendo sin volver la cabeza, pero por fortuna apareció él en ese momento.

¿Por fortuna?, se preguntó. Sin duda hubiera sido preferible marcharse sin esperarle en lugar de haberle seguido después hasta el refectorio, donde habían encontrado el cadáver de Eusebio Varas y donde habían cometido los dos la torpeza de encender un cigarrillo. La intención que les había guiado había sido la de tranquilizar sus nervios, pero por culpa de la dichosa colilla que dejaron junto al cuerpo había tenido que padecer tres días horribles en un calabozo.

— ¿En qué piensas?— le preguntó Mariló—. ¿Estás recordando lo que sucedió esa noche?

La interrumpió Alicia colocando una mano sobre su hombro. Flotaba ahora algo extraño en el ambiente que no supo definir, pero que la alertó. Había percibido también un ruido. Era un sonido diferente al que producía el viento agitando  las ramas de los árboles. También se dio cuenta Susana, que se apartó unos centímetros de la puerta de hierro para volverse hacia ellas.

— ¿Habéis oído?

— ¿Qué… qué cosa?— tartamudeó Mariló.

—Me ha parecido que…

— ¿Qué?— la apremió Alicia.

—Algo así como un gemido.

Aguzaron las tres el oído. Un lúgubre lamento rasgó el silencio que las envolvía. La ráfaga de aire que lo paseó  por la campiña agitó las ramas de los árboles y se alejó luego llevándoselo hacia el pueblo que tenían a su espalda. También un grupo de cigarras inició seguidamente su monótona canción, pero se calló de pronto, como si  también hubiera escuchado algo extraño que se les aproximaba.

— ¿Qué has oído?— insistió Mariló en un susurro.

—No lo sé. De pronto he sentido que no estábamos solas. No sabría explicarlo, pero creo que algo se nos está acercando.

— ¿Algo?, ¿cómo qué?

—No lo sé. Se me ha erizado el vello de los brazos y...

Un golpe de viento  proveniente del otro lado de la valla zarandeó sus cabellos y se perdió a lo lejos dejando a su paso el tintineo de las hojas de los robles y el rumor de algo más que iba acortando la distancia que les separaba.

—Me parece... me parece que viene alguien— balbuceó Susana.

— ¿Por el camino?

—No sé por dónde— murmuró la chica con un hilo de voz—. ¿Pero es que no lo oís? Yo diría que es el ruido de pisadas por el sendero.

Abrió Alicia desmesuradamente los ojos tratando de identificar en la oscuridad  lo que pudiera haber al otro lado de la valla.

—Yo... yo no veo nada. Pero sí—cuchicheó al oído de las otras que habían juntado sus cabezas—. Yo también he oído un sonido raro.

Una sombra desdibujada fue perfilándose en el camino bajo los rayos intermitentes de la luna. Corría hacia la puerta y, ahora que el viento había amainado, sus pasos resonaban por el sendero de tierra al despedir bajo sus pies alguna que otra piedrecilla. Se dirigía hacia ellas, por lo que las tres respingaron a la vez.

—Vamos a ocultarnos— se alarmó Mariló, apartando de la valla a las otras dos—. Venid.

Echaron a correr a la vez buscando la protección de un árbol cercano y se agazaparon detrás de su grueso tronco conteniendo la respiración. El sonido de pisadas podía percibirse cada vez más cerca, pero ahora se multiplicaba bajo varios pares de pies. Unos segundos más tarde alcanzaban la puerta de la finca. Aunque ésta quedaba envuelta en la oscuridad y desde el lugar en el que se hallaban no podían divisarla, oyeron que alguien saltaba la valla y el rechinar de sus pies al otro lado de ésta al pisar los guijarros que cubrían el suelo. Ese alguien se detuvo durante un instante  A Alicia, que se había atrevido a asomar la cabeza, le pareció que estaba oteando los alrededores como si estuviera intentando localizarlas. Se dio cuenta en ese momento de que habían dejado apoyadas las bicicletas contra la verja cuando desmontaron y que continuaban en el mismo lugar, por lo que el desconocido se habría dado cuenta de que no podían andar muy lejos. El sonido de pisadas se repitió y nuevamente percibieron que otras dos sombras habían saltado también la cerca reuniéndose con la primera y que cuchicheaban algo por lo bajo mientras avanzaban hacia un tramo de terreno iluminado por la luz de la luna. Entonces distinguió ella la crespa pelambrera de Diego y el color azul de su camisa.

—Son los chicos— cuchicheó Mariló al oído de las otras dos—. Vamos a saludarles. Podemos proponerles acercarnos a la heladería.

Alicia la retuvo por un brazo, antes de que saliera de su escondite.

—Chist, calla.

—Pero es que...

—Que te calles.

Diego le estaba señalando las bicicletas a Jorge y oyó ella la voz de éste al preguntarle:

— ¿Sabes de quiénes son?

—Yo diría que la roja es muy parecida a la de Alicia— repuso el interpelado—. ¿Qué estarán haciendo en este lugar? No pueden andar muy lejos.

—Será mejor que nos vayamos— opinó otra voz, en la que la chica reconoció a Ismael.

—Sí, si nos preguntan, negaremos que hemos estado aquí.

El ruido de sus pasos la hizo comprender que se estaban alejando y poco después el bronco sonido de una moto vibró en el silencio de la noche en dirección al pueblo, por lo que las tres dejaron escapar a la vez un suspiro de alivio.

— ¿A qué habrán venido esos a la abadía a estas horas?— inquirió Susana con voz trémula.

—No lo sé y me pregunto…

No llegó Susana a terminar la frase que se quedó flotando en el aire hasta que una ráfaga de viento se la llevó lejos.

— ¿Qué es lo que te preguntas?— insistió Mariló.

—Por lo que tú nos han contado— dijo la chica dándole un codazo a Alicia— le prometió Diego a vuestro abogado no volver a acercarse al monasterio y no meterse en líos. ¿No fue así?

—Sí, sí lo fue.

—Pues ha repetido la excursión nocturna que hizo contigo, pero acompañado de sus dos inseparables amigos.

—Sí— musitó Alicia.

— ¿Y qué crees que habrán venido a hacer?

—Probablemente nada. Darse el gustazo de allanar una propiedad del Ayuntamiento sin permiso. Diego es así. Pero vámonos a casa. Mañana nos lo contarán ellos sin necesidad de que se lo preguntemos, porque les encanta alardear de lo que consideran sus hazañas. Vámonos.

En silencio regresaron junto a la puerta a recoger sus bicicletas y se pusieron en marcha inmediatamente hacia sus respectivas casas.

Fue a la mañana siguiente cuando se enteró Alicia de la noticia. Se había levantado tarde y cuando bajó a desayunar encontró a Irina en el salón hablando con alguien por el móvil. Cuando cortó la comunicación, su hermana se volvió hacia ella para comunicárselo. Su semblante denotaba sorpresa, pero también preocupación.

— ¿Sabes lo que ha sucedido, Alicia? Me acaba de llamar Carlos para decírmelo. Han encontrado a otro hombre muerto en la abadía. Estaba tendido en el suelo del refectorio, igual que el juez. ¿Qué puede estar pasando en ese monasterio?

# CAPÍTULO IX

— ¿Qué… ¿Qué has dicho?— tartamudeó.

—Lo que has oído. Le han encontrado los obreros esta mañana. Aún no se sabe quién es, porque no es un veraneante ni un vecino del pueblo. Los que le han hallado dicen que por su aspecto puede tratarse de un pordiosero.

Se asió Alicia con ambas manos al respaldo de una silla e inspiró el aire que se negaba a penetrar en sus pulmones mientras veía en su mente a Diego saltar sobre la valla de la finca, seguido de Jorge y de Ismael. ¿Habrían tenido ellos algo que ver?

Casi a la vez creyó percibir de nuevo aquel lamento tan desgarrador, tan inhumano. ¿Habría sido ese pordiosero el que lo dejara escapar al sentirse agredido en la oscuridad de la noche? Pero no, no era un grito proferido por un hombre herido lo que habían oído. Era más bien un gemido que hubiera dejado escapar alguien del más allá, por un espectro que buscara el cuerpo en el que habitara en vida.

Abrió la boca para referírselo a Irina, pero la volvió a cerrar sin haber llegado a pronunciar una sola palabra. No podía delatar a Diego, que se hallaría en el monasterio por casualidad y antes o después de ese suceso, igual que cuando encontraron los dos al juez caído en el suelo. Y tampoco podía reconocerle a su hermana que se había acercado a la abadía con Susana y con Miló al finalizar la película. Tenían que pasar necesariamente por delante de la cerca de la finca de los frailes para regresar a sus casas, pero pensaría que había faltado a la palabra que le había dado a Carlos si aducía que se había acercado a la cerca solo un instante con la intención de avistar algo que se asemejase a una aparición del otro mundo.

— ¿Y… y se sabe de qué ha muerto?— inquirió casi sin voz.

—Aún no le han practicado la autopsia, pero al parecer tenía una brecha en la cabeza, igual que Eusebio Varas. Los obreros han llamado a la guardia civil, que a su vez ha avisado al juez de guardia para que acudiera a levantar el cadáver. Por el estado del cuerpo han dado por hecho que ese pobre hombre ha muerto esta madrugada.

— ¿Esta madrugada?

—Sí, alrededor de las doce de la noche.

Se lo decía Irina aún con el móvil en la mano. Se lo guardó la chica en el bolsillo de su pantalón vaquero y levantó luego sus ojos hacia el rostro de su hermana, que había palidecido ostensiblemente. A esa hora precisamente habían estado ellas junto a la puerta de la finca y minutos más tarde habían visto saltar la cerca de la finca a Diego con Jorge y con Ismael. Notó que empezaba a sudar de puro nerviosismo al tiempo que Irina estudiaba suspicazmente su expresión.

— ¿Tú…? Anoche fuiste al cine, ¿verdad?

—Sí, con Susana y con Miló, ya te lo dije.

— ¿Los chicos de la pandilla no fueron con vosotras?

—No, desde que el juez de instrucción nos dejó en libertad han prescindido de nuestra compañía.

Se mordió Irina los labios. Vaciló antes de hacerle la pregunta y al fin se decidió a inquirirle:

— ¿Y vosotras… vosotras os acercasteis ayer en algún momento a esa finca?

Volvió a dudar Alicia sin decidirse a referírselo. Se enfadaría con ella si reconocía que había cedido ante el empeño de sus amigas y se había acercado a la puerta a curiosear. Irina no la creería, porque incluso a ella le parecía absurdo. Los fantasmas no existían y ella había prometido no volver a aproximarse ni por las inmediaciones.

—¿Nosotras? Ya te he dicho que fuimos al cine. Vimos una película americana de vaqueros bastante aburrida. Los paisajes eran bonitos, pero el argumento consistía en que los buenos trasladaban unas reses de un pueblo del oeste a otro y los malos perseguían a los buenos pretendiendo robárselas. Un rollazo.

Se dejó caer Irina en una silla y pasó una mano por su frente como si estuviera mortalmente cansada. Luego murmuró:

—No sé. Supongo que abrirá la guardia civil una investigación y pretenderá averiguar si Diego y tú tenéis una coartada que os deje libres de sospechas. ¿Tus amigas podrán atestiguar que estuvisteis en el cine y que desde allí vinisteis directamente a casa?

Empezó a sentir Alicia una molesta opresión en el pecho. Hasta ese preciso instante no se le había ocurrido que la policía pudiera sospechar de ella y que hasta era posible que la detuviera nuevamente. Solo de pensar que pudieran encerrarla otra vez en un calabozo se le erizaba el vello de los brazos, porque no estaba segura de que sus amigas le proporcionasen la coartada que necesitaba. Susana era incapaz de mentir. Tenía a gala traducir en palabras todo lo que pasaba por su mente y no sería capaz en esa ocasión de callar dónde habían estado al salir del cine. Tenía que hablar con ella para pedirle que corroborara la versión que acababa de darle a su hermana. Mantendría también esa versión en el caso de que Diego llegara a preguntarle si su bicicleta era la que había visto apoyada contra la valla de la finca y por supuesto no aludiría a que les había visto saltar esa misma valla la noche anterior. A todos los efectos había regresado a su casa directamente del cine.

Irina aguardaba su respuesta, por lo que intentó sonreírle con aparente despreocupación.

—Por supuesto que lo atestiguarán. Voy a llamarlas ahora mismo por el móvil para contarles lo que ha ocurrido en la abadía la noche pasada. En el pueblo creerán con toda seguridad que el autor de la muerte de ese hombre ha sido el fantasma.

Irina se rió sin ganas.

— ¿El fantasma? Los fantasmas no agreden a los vivos. Si acaso gimen en las noches de luna entre los escombros de lo que fue su hogar. Eso al menos ocurre en las películas.

Al escucharla experimentó Alicia un sobresalto. En sus oídos resonó nuevamente el angustioso quejido que habían percibido las tres la noche anterior cuando atisbaban el sendero del monasterio entre los barrotes de la puerta de la finca. Con el semblante sin expresión trató de imaginar  la causa que podía haberlo motivado y llegó por segunda vez a la conclusión de que no se correspondía con el grito de un hombre que hubiera sido atacado o agredido. Era más bien el lamento de un ente del más allá que recorriera el claustro medio derruido de la abadía buscando su existencia corpórea. Pero no podía ser, se dijo. Como había dicho Irina y ella sabía, los fantasmas eran invenciones de mentes sobreexcitadas que pretendían dar una explicación a lo inexplicable. Y lo peor de todo era que no podía preguntarle a Diego por ese lamento, que él habría oído también, porque no debía reconocer, ni siquiera a él, donde se hallaba ella en ese momento.

El timbrazo de la puerta las sobresaltó a las dos, que se miraron interrogativamente.

— ¿Esperas a alguien?— le preguntó Alicia a Irina sintiendo una nueva opresión en el pecho. ¿Sería la guardia civil que, como la otra vez, venía a llevársela para tomarle declaración en la jefatura?

Se quedó inmóvil, aún asida el respaldo de la silla, mientras Irina se ponía en pie y se dirigía a atisbar por la mirilla para abrir a continuación. Era Álvaro Latorre, por lo que Alicia dejó escapar un suspiro de alivio y probablemente Irina hizo lo mismo, aunque el rostro de ésta última no dejó traslucir lo que pudiera estar temiendo. Impasible se hizo a un lado para dejarle pasar y él entró como un ciclón con el semblante descompuesto.

—¿Te has enterado?— le preguntó a Irina, sin reparar en que Alicia se encontraba en el salón, cuando la siguió hasta esa estancia—. ¿Te has enterado de que han hallado otro cadáver en la abadía?

Hizo la aludida un ademán de asentimiento.

—Sí, me ha llamado Carlos por el móvil hace unos minutos. Para comunicármelo y para preguntarme donde estaba Alicia a eso de las doce de la noche.

—¿Y qué le has contestado?

—Que estaba en el cine con unas amigas. ¿Por qué lo quieres saber?

Aunque ninguna de las dos le invitó a hacerlo, se dejó caer él en una silla con el rostro crispado. En esa posición intentó peinarse con los dedos los mechones que le habían resbalado sobre la frente.

—¿Que por qué?— inquirió con voz tensa—. Ese hombre estaba en el suelo del refectorio con una brecha en la cabeza, igual que Eusebio Varas. Imagino que no tardará la guardia civil en presentarse en mi casa para interrogar a Diego y supongo que investigarán también donde se hallaba Alicia a esa hora.

Al escucharle, creyó oír ésta los latidos de su propio corazón a un ritmo vertiginoso, antes de soltarse del respaldo de la silla y de volverse hacia Álvaro.

—Yo estaba en el cine con unas amigas y cuando finalizó la película volví a casa. ¿Salió Diego anoche? Hace días que no le veo.

Meneó él afirmativamente la cabeza.

—Sí, salió como todas las noches, pero no sé a dónde fue. Se lo he preguntado y me ha dicho que estuvo paseando en moto con Ismael y con Jorge. Cualquier día le multarán por montar a sus dos amigos a la vez en su trasto favorito, pero estoy cansado de decírselo y no parece oírme. Me preocupa que no me haya dicho la verdad. ¿Sabes tú algo?— le preguntó a Alicia volviendo la cabeza hacia ella.

—¿Yo?— fingió ésta extrañarse ante la pregunta— ¿Cómo lo voy a saber? Ya te he dicho que hace días que no le veo. Ni a él ni a sus amigos.

—Pues Carlos también se ha alarmado al enterarse— continuó Álvaro—. Yo... Afortunadamente regresan mis padres de su viaje a fin de mes, porque no puedo soportarle más. Miente por costumbre y temo que cualquier día se meta en un lío gordo, si es que no se ha metido ya.

—¿Y tus padres saben manejarle?— le preguntó Irina tomando asiento en otra silla a su lado.

—Pues creo que no. Mi padre tiene un genio de mil demonios, pero Diego les torea a los dos. Diría que a la única persona que respeta... hasta cierto punto, es a mí y quizás también a Carlos, pero él está también más que harto de sacarle las castañas del fuego y puede que no tarde en decirme que los favores a los amigos tienen un límite y que le busque al chico otro abogado.

—A lo mejor te estás preocupando sin motivo— intervino Alicia cruzando los dedos a la espalda—. Si te ha dicho que estuvo paseando en moto, probablemente será verdad. Desde luego, en el cine no le vi, pero pudo haber ido a cualquier otra parte y no creo que se arriesgara a acercarse a la abadía después de la desagradable experiencia que hemos padecido los dos.

La miró Álvaro distraídamente, como si la alarma que sentía le impidiera fijar su atención en el rostro de la muchacha, que consecuentemente se sintió ignorada.

—Ojalá aciertes— masculló entre dientes. Luego se volvió hacia Irina para comentarle—: Carlos tiene un amigo en el puesto de la guardia civil y ha ido a verle para tratar de conseguir más noticias. Ha quedado en llamarme después.

—Sí, me lo ha dicho— repuso ella—. He hablado también con él y me ha preguntado por Alicia. Me temo que si no dan pronto con el culpable nos veamos obligados tú y yo a molestarle de nuevo.

Aunque el tono de su voz no dejaba traslucir nada, le sonó a Alicia más a reproche que a conmiseración por las contrariedades que en su caso sufrirían sus hermanos menores, lo que le molestó, pese a que en el fondo de su alma reconoció que tanto Diego como ella les habían dado motivos más que sobrados. No obstante, le sirvió de excusa a sus nervios sobreexcitados para darse por ofendida. Debía además hablar con sus dos amigas cuanto antes, por lo que se apartó de la silla a la que había estado asida y junto a la que aún permanecía en pie y desde la puerta del salón se volvió para despedirse.

—Bueno, yo me voy. Si me entero de algo ya os lo contaré.

—Pero si ni siquiera has desayunado— protestó Irina.

—No, pero es igual. Seguro que en casa de Susana me darán algo.

Salió de la casa dando un portazo y fue a buscar su bicicleta al garaje. Algo se le removió por dentro mientras recorría el jardín en dirección al pequeño edificio adosado a la casa donde la guardaba por la noche, junto al coche que conducía exclusivamente Irina. En su interior se vio obligada a admitir que a ésta no le faltaban motivos para recriminarla por inconsciente y que no era justo que adoptase con ella la actitud de hermana menor incomprendida y agraviada, pero estaba demasiado irritada para avenirse a reconocerlo. Irritada con el mundo entero que parecía haberse confabulado en su contra para arruinarle el veraneo y en particular contra el estúpido fantasma de la abadía sin cuya intervención no habría sido retenida por la guardia civil tres interminables días con sus correspondientes noches en un calabozo ni Diego habría decidido prescindir de su compañía. Claro que era muy posible que ese fantasma no existiera. Era lo más probable. Y también lo era que Diego hubiera resuelto poner tierra por medio para desviar las sospechas que recaían sobre los dos, pero en cualquier caso le daba igual. Contra alguien tenía que transferir el furioso descontento que sentía en esos momentos. Todo le salía mal últimamente, sin una relación clara de causa a efecto entre su comportamiento y el resultado obtenido.

Rumiando la autocompasión que padecía, entró en el garaje. Su bicicleta estaba apoyada contra la pared, junto a la de su hermana, que era de color azul, e hizo intención de asir la suya por el manillar, pero de improviso lo pensó mejor. La noche anterior Diego había creído reconocer como suya la roja, cuando la vio junto a la valla de la abadía, por lo que se llevaría la de la otra y le haría creer a él que esa era la que le pertenecía. Después de todo, Irina no la necesitaba esa mañana, porque en cuanto se marchara Álvaro se pondría como siempre a estudiar, aislándose del mundo y de los problemas de su hermana, así que ni siquiera la echaría de menos.

Sin pensarlo dos veces sacó la azul del garaje y atravesó el jardín tirando de ella. Ya en la calle se encaramó sobre el sillín y pedaleó rápidamente en dirección a la casa de Susana, a la que encontró desayunando en la terraza. Los dos hermanos mayores de ésta jugaban a la pelota a poca distancia y la chica le hizo una seña de que guardara silencio llevándose un dedo a los labios.

— ¿Quieres tomar un café, un bollo, pan tostado o…? — Enumeró en voz excesivamente alta, mientras seguía haciéndole gestos expresivos.

—No, no. He venido a buscarte para…

Tomó asiento a su lado para susurrarle al oído:

— ¿Te has enterado?

Meneó la otra afirmativamente la cabeza.

—Sí. Y de lo de anoche ni una palabra a nadie. Estuvimos en el cine y volvimos directamente a casa, ¿de acuerdo?

Dejó escapar Alicia un suspiro de alivio, felicitándose por su buena suerte. Era absolutamente inusitado que la otra hubiera decidido por una vez no decir la verdad.

—Por supuesto, ¿pero qué crees que podían estar haciendo a esa hora en la abadía Diego y los otros dos? ¿Verían al asesino?

— ¿Es que ha sido un asesinato?— inquirió Susana en un susurro abriendo desmesuradamente sus grandes ojos oscuros—. Tenía entendido que aún no le han practicado la autopsia a ese hombre.

—No, aún no, pero al parecer ha muerto por la misma causa que Eusebio Varas. De un golpe en la cabeza con un objeto contundente. ¿Te acuerdas del gemido de ultratumba que escuchamos?

—Sí, ¿por qué?

— ¿Crees que podría haber sido proferido por la víctima?

Lo consideró Susana con las pupilas aún agrandadas por la sorpresa.

— ¿Yo?, pues no lo sé. A mí me dio más bien la impresión de que no era un sonido humano—. Se mordió los labios pensativa y luego clavó su mirada en Alicia—. He pensado…

—Sí, ¿qué has pensado?

—Que deberíamos hacernos las encontradizas con Diego para sonsacarle, sin hacer mención a que le vimos salir alrededor de las doce de la noche de la finca. Como es un pretencioso, se vanagloriará de lo que sin duda considera una hazaña y así podremos preguntarle si vio algo. ¿Qué te parece?

—Me parece bien, pero antes pasaremos por casa de Mariló para recomendarle que mantenga la boca cerrada. Nadie debe saber que estuvimos anoche allí. He cogido la bici de Irina, que es azul, en lugar de la mía, y le haremos creer a los chicos que es la que me pertenece para que no puedan sospechar nada. Recordarás que anoche Diego pensó al verla que debería andar yo por los alrededores.

—Sí, yo también lo recuerdo.

—Pues vamos.

—Sí, vamos— aprobó Susana apartando el plato de brioches de su lado dando con ese ademán por finalizado su desayuno.

Instantes después pedaleaban las dos en dirección a la casa de Mariló, ubicada al final de la calle. Su madre les abrió la puerta cuando llamaron al timbre, y les comunicó que su hija estaba arreglándose en su habitación, por lo que subió a avisarla de que sus amigas la esperaban en la sala de estar, donde no tardó más que unos pocos minutos en bajar. La chica entró en la habitación con un aire apocado, inusual en ella, como si acabara de recibir inopinadamente unas visitas de cumplido. Las miró alternativamente a las dos consultándolas con los ojos, pero en cuanto su madre salió de la habitación recobró su perdida espontaneidad y se abalanzó sobre ellas para preguntarles:

— ¿Os habéis enterado?

—Sí, sí— repuso Susana—. Ese pobre hombre se murió o le mataron, cuando nosotras estábamos frente a la puerta de la finca esperando ver al fantasma y también cuando los chicos andaban paseándose por las ruinas. Vamos a ir a buscarles ahora para que nos cuenten lo que vieron, si es que vieron algo.

Se quedó mirándola Mariló con la boca abierta.

— ¿Vamos a decirles que nosotras estábamos allí?

—No, claro que no, nadie debe saberlo.

—Pero entonces… entonces ¿cómo se lo vamos a preguntar?

Esbozó Susana un mohín de suficiencia.

—Eso dejármelo a mí. Sonsacando a la gente soy única.

—Si tú lo dices…— murmuró Mariló sin disimular su incredulidad.

Alicia se apresuró a intervenir para dejar sentadas las premisas que consideraba ineludibles en el plan que proponía la otra.

—Recordad que nadie debe saber que nos acercamos a la finca ni que les vimos salir a ellos a eso de las doce.

—Pero Diego reconoció tu bicicleta— le recordó Mariló.

—Por lo que dijo, no estaba seguro. Además he cogido esta mañana la de mi hermana, que es azul, y le haré creer que es y ha sido siempre la mía. Tenéis que prometerme las dos que no meteréis la pata.

—Sí, sí, claro— le aseguró Mariló, aunque no la tenía todas consigo, porque fingía mal y solía hablar más de lo aconsejable y a destiempo—. Para el mundo entero volvimos a nuestras casas directamente en cuanto acabó la película. Pero decidme…— Las había obligado a aproximársele y una vez que juntaron sus cabezas les preguntó sigilosamente en un susurro—: No creéis que los chicos hayan participado en la muerte de ese hombre ¿verdad?

Lo consideró Susana con el ceño fruncido.

—No me parece que sean capaces de hacerle daño a nadie conscientemente, pero como son más bien unos inconscientes… pues no lo sé. Es lo que vamos a averiguar, ¿verdad Alicia?

Reprimiendo un escalofrío se apresuró ésta a afirmar con la cabeza. La sola idea de que Diego, tan guapo, tan atractivo, pudiera estar implicado de alguna forma en el horrible suceso de la noche anterior bastaba para erizarle el cabello.

—Claro. Vamos a averiguar precisamente qué fueron a hacer a la abadía y si vieron algo. Quizás fueron testigos del asesinato, si es que lo fue, y quizás no se atrevan a confesarlo, así que vamos a ponernos en marcha. ¿Dónde pensáis que podemos encontrarles?

Tras consultar su reloj de pulsera, opinó Susana:

—Pues yo diría que se habrán reunido los tres a comentar lo ocurrido y a planear lo que van a decir para que nadie les relacione con la muerte de ese hombre. Puede que estén en casa de Diego o que estén navegando por el pantano con el velero de éste. Empezaremos por su casa.

—¿Y qué excusa les vamos a dar para presentarnos allí sin previo aviso?

—Quizás fuera preferible que les llamáramos por el móvil— adujo pensativamente Alicia— pero tampoco se me ocurre qué motivo podríamos alegar para hacerlo. ¿Que hemos pensado ir a bañarnos y se lo comunicamos por si les apetece el plan y se apuntan? ¿Qué os parece?

—A mí, bien— aprobó Susana— ¿Les llamas tú?

—No, mejor les llamas tú— replicó Alicia sintiendo de improviso una incomprensible timidez.

Su amiga torció el gesto, pero finalmente extrajo el móvil del bolsillo de su pantalón corto y buscó en su agenda el número del aludido. Oyó hasta seis timbrazos sin que nadie atendiera su llamada, por lo que con un mohín de fastidio cortó la comunicación.

—No está o no me lo coge. ¿Qué hacemos ahora?

—Pasaremos en bici por delante de su casa. Si se están bañando en la piscina o si están sentados en el porche charlando, les oiremos— decidió Alicia.

—Está bien— aprobó Mariló— pero recordad que sois vosotras las que les vais a sonsacar. Seguro que yo metería la pata.

Como lo que afirmaba era más que probable, las otras dos lo aceptaron sin oponer la menor objeción y en cuanto se despidieron de la madre de Mariló salieron a la calle con sus bicicletas. Inició Susana la marcha, seguida de las otras dos. El sol ascendía por un firmamento intensamente azul y comenzaba ya a caldear augurando un calor tórrido para el mediodía, pero ninguna de ellas se preocupó por la temperatura reinante, porque el objetivo que perseguían concentraba toda su atención. Durante el trayecto le daba vueltas Susana en su mente a la mejor forma de encauzar la conversación al punto que le interesaba, caso de que dieran con los chicos, Alicia sentía el pulso acelerado al pensar que iba a verle de nuevo y Mariló se preguntaba si sería prudente lo que pretendían hacer. Ya habían enfilado la calle en la que vivía

Diego y las tres retardaron inconscientemente su marcha. Incluso intercambiaron una mirada con la que pretendieron infundirse valor, aunque con escaso éxito. Al detenerse frente a la puertecilla del jardín de la casa de él se consultaron nuevamente con los ojos. Se oían risas al otro lado del seto. La de Diego era inconfundible y al reconocerla sintió Alicia acrecentársele la molesta sensación de timidez que había experimentado antes. Por fortuna, Susana era más decidida y sin descender de su bicicleta pulsó el timbre.

Unos segundos más tarde y en bañador les abría la puerta Ismael, que sin apartarse para dejarlas pasar llamó a Diego.

—Oye tú, ven aquí. Son las tres que nos van persiguiendo a todas horas por el pueblo y que no pueden vivir sin nosotros. ¿Las dejo entrar o les cierro la puerta en las narices?

La respuesta de él no se hizo esperar.

—Déjalas pasar. Las soportaremos durante un ratito corto.

Aunque no podían verle, Mariló hizo intención de contestarle airadamente, pero Susana le dio un pellizco por lo bajo para que se callara y fue ella la que replicó, levantando la voz:

—Me parece que te estás confundiendo. Tenemos cosas más importantes que hacer que perseguiros. Hemos venido a preguntaros si os habéis enterado de que han encontrado los obreros a otro hombre muerto en el monasterio. En mi casa no se habla de otra cosa.

En ese instante apareció Diego en su campo de visión, también en bañador y con una camiseta azul pálido y apartó a Ismael para permitirles el paso a ellas, que entraron en el jardín tirando de sus bicicletas. Notó Alicia que examinaba con algo de extrañeza la que ella llevaba asida por el manillar, antes de preguntarle:

— ¿Y esa bici? ¿Es nueva?

— ¿Nueva? Es la mía, ¿por qué lo dices?

—Porque... yo aseguraría que la tuya es roja.

—Qué va— replicó Susana con aplomo. Y con cierta coquetería añadió—: Me parece que la confundes con la de alguna otra chica de las muchas con las que sales. La de Alicia siempre ha sido azul y la tiene ya hace unos cuantos años.

—Si tú lo dices... murmuró él por lo bajo, examinándola incrédulamente.

Les siguieron hacia la pérgola, donde estaba sentado Jorge, en bañador, con aspecto de acabar de salir de la piscina, y tomaron asiento en los sillones de plástico blanco, aunque no las invitaron a hacerlo. Se notaba a la legua que les habían incomodado con su imprevista aparición, y Alicia notó que enrojecía abochornada, a la parte que sentía una dolorosa decepción. Había esperado que Diego manifestase de alguna forma que se alegraba de verla, pero resultaba obvio que había perdido todo interés por ella. Por su gusto se hubiera despedido en el acto alegando cualquier excusa, pero Susana, o no captó que no eran bien recibidas o si lo captó no le importó y decidió seguir adelante con el plan que habían trazado. Arrellanada en su butaca fingió consultar su reloj.

—Tenemos que marcharnos enseguida— empezó con fluidez—. Íbamos camino del pantano, pero al pasar por delante de esta casa os hemos oído reíros y hemos pensado charlar un momento con vosotros sobre los últimos acontecimientos. Me han dicho mis hermanos que el pueblo está de lo más revuelto. ¿Se sabe ya quién era ese pobre hombre que han encontrado los obreros en la abadía?

La observó Diego con suspicacia. A diferencia de los otros dos no presentaba trazas de haberse bañado en la piscina y su tostado semblante estaba algo enrojecido y congestionado. Carraspeó antes de responderle, pero aun así la voz le salió algo ronca de la garganta:

—Creo que no. Álvaro y yo nos hemos enterado porque Carlos Falcón, mi abogado, ha llamado a mi hermano a primera hora para comunicárselo. Yo aún no me había levantado y Álvaro estaba en pijama desayunando.

Había aludido con suficiencia a su abogado como si él fuera un prócer que contara con uno en exclusiva. A Susana le irritaba sobremanera cualquier manifestación de fatuidad, por lo que le relampaguearon los ojos de indignación.

—No es extraño que necesites un abogado— masculló desdeñosamente— A Eusebio Varas le traías frito con tus majaderías. ¿Has encontrado ya un sustituto de ese pobre hombre y has ideado como amargarle la vida también a éste otro? Supongo que ahora notarás que te falta algo. Algo fundamental, porque creo que el fastidiarle llegó a constituirse en el eje de tu existencia.

No era eso lo que debía decir, por lo que le dirigió Alicia una mirada de reconvención que la otra recogió en el acto y suavizó inmediatamente su tono.

— ¿A que no sabéis lo que se comenta en el pueblo?— les preguntó con un mohín picaresco— Me lo ha dicho mi hermana mayor, cuando ha vuelto a casa esta mañana. Se ha encontrado en la plaza del Ayuntamiento con varios de los obreros que restauran la abadía y ha estado hablando con ellos.

Notó Alicia la sombra de alarma que cruzó por el rostro de Diego. También Jorge se había enderezado en la butaca en la que permanecía derrengado e Ismael se había inclinado hacia ella y aguardaba impaciente sus palabras.

— ¿Qué es lo que se comenta?— le preguntó éste último con evidentes muestras de inquietud.

—Pues le han comentado que ayer, cuando iban a marcharse de la abadía oyeron al fantasma.

Dejó escapar Ismael una risita que sonó a falso.

— ¿Qué le oyeron? ¿Qué es lo que oyeron?

—Algo así como unos gemidos. Sabréis que terminan de trabajar a las seis de la tarde. Estaban recogiendo los sillares que habían seleccionado para reconstruir un muro de la iglesia al día siguiente, o sea, hoy, cuando oyeron algo parecido a unos quejidos de ultratumba que parecían provenir del claustro. Me han dicho que se llevaron un susto monumental.

Diego se la quedó mirando impasible con sus claros ojos castaños, idénticos a los de Álvaro.

— ¿Y por qué se asustaron? Mucha gente ha oído a ese fantasma, pero tenía entendido que solamente exteriorizaba su existencia por la noche. Si eran las seis de la tarde, debería haber permanecido calladito en algún rincón oscuro del monasterio o en el más allá, aguardando a que llegase la hora en la que los espectros se materializan— Con un cómico gesto de duda, añadió, más afónico aun que instantes antes—: Bueno, no sé. No estoy muy puesto en las costumbres de los fantasmas.

—Pues yo creo que no existen— caviló Mariló olvidando que debía permanecer callada.

—Ni yo— corroboró Susana.

— ¿Y qué opinas tú?— le preguntó Diego a Alicia dirigiéndose a ella por primera vez.

Había clavado su mirada en ella y parecía aguardar su respuesta con verdadero interés, como en los días anteriores a que les detuviesen a ambos, en los que él le hacía objeto de unas atenciones que no había olvidado y que añoraba.

— ¿Yo…? No lo sé— murmuró buscando cuidadosamente las palabras para no decepcionarle—. Supongo que no es posible que el escultor que se refugió en el convento huyendo de la justicia haya recuperado su existencia corpórea y se pasee ahora por las ruinas de la abadía en la que tomó los hábitos, lamentándose de su mala suerte.

—O sea, que no crees en él— resumió Jorge.

Le pareció ver una chispita de decepción en los ojos de Diego, por lo que se apresuró a corregirse.

—No, no he dicho eso. En realidad, la noche en la que mataron a Eusebio Varas me pareció verle. No emitió ningún gemido, pero sí distinguí una sombra que salía del refectorio un segundo después de que tú enfocaras el cadáver con la linterna.

— ¿Le viste?— le preguntó el aludido con una voz tan afónica que no se parecía a la suya.

—Creo que sí, aunque no sabría decir qué era. Se desvaneció de pronto sin dejar rastro.

— ¿Y no podrías precisar algún detalle que permitiera identificarle?— insistió Mariló—. Ayudaría a la policía a detener al culpable,

Esbozó Alicia un gesto evasivo con el que pretendía excusarse.

—Era de noche, estaba oscuro, la luna iluminaba solo a trechos las ruinas y era Diego el que llevaba la linterna. No, no estoy segura de lo que vi. Ni siquiera sé si lo vi. Aunque…

Sus puntos suspensivos se quedaron en el aire y todos parecieron captar la intriga que encerraban, porque se removieron inquietos en sus respectivos sillones.

— ¿Aunque, qué?— la apremió Ismael.

—Aunque no sé— continuó ella— Esa sombra que entreví tuvo que ser el asesino del juez y sé que capté algo que me pareció anómalo, pero no puedo recordarlo. Estaba demasiado impactada por el hallazgo del cuerpo del juez. El lugar es además tan silencioso, tan solitario…

—Pues deberías hacer un esfuerzo— la recriminó Mariló—. La policía dejaría de sospechar de Diego y de ti si encontraran al verdadero culpable.

—Sí— reconoció pesarosamente—. Pero no consigo traerlo a la memoria.

—De todas formas lo más probable es que ahora os dejen en paz— consideró Susana con el ceño fruncido—. A los dos hombres que han aparecido en la abadía les han matado de la misma forma, por lo que es probable que su autor sea la misma persona. Nosotras podemos atestiguar que anoche estábamos contigo a la hora en la que al parecer le asesinaron, así que creo que con eso te descartarán.

Un rictus irónico curvó los labios de Diego que le preguntó a Alicia con sarcasmo:

— ¿Y dónde estabas anoche a esa hora?

—En el cine— repuso ésta con rapidez—. Ya te lo hemos dicho antes. Vimos una película americana de vaqueros.

—Pero el cine termina aproximadamente a las doce. Tuvisteis tiempo de acercaros a la abadía y de atizarle con un palo en la cabeza al pordiosero.

— ¿Y por qué habría de querer yo matar a un desconocido?— se enfadó ella—. Tengo dos personas que darán fe de que nos fuimos directamente a nuestras casas— Frunció el ceño reflexionando, antes de añadir—: En realidad, son tres las personas que pueden declarar a mi favor, porque mi hermana Irina estaba despierta cuando llegué.

—Tu hermana— se rió él— Como testigo no goza de credibilidad ninguna por el parentesco que os une. En cambio, tengo que reconocer que será un elemento decorativo de primera magnitud en la comisaría o en el juzgado, si se presenta como testigo. No me habías dicho que tenías una hermanita tan atractiva.

—Eres tú el que, cuando aludías a ella, la tildabas siempre de carcamal— le acusó sintiendo un molesto resquemor.

—Porque me decías que había cumplido ya miles de años— se burló Diego.

—Miles no, treinta.

—Bueno, no son pocos— contemporizó él—. Pero nadie diría al verla que tiene tantos. Si cuando llegues a esa edad te le pareces, habrá que tomarte en serio.

Abrió la boca para replicarle, pero la volvió a cerrar sin haber llegado a proferir el menor sonido notando que se le acrecentaba la sensación de desencanto que acababa de experimentar. ¿Qué había querido decirle? ¿Qué Irina era más guapa que ella o que en el presente la consideraba tan solo una chiquilla con la que no procedía efectuar planes de futuro?

— ¿Me estás llamando niñata?— inquirió disimulando las ganas de llorar

—Pues ya que lo preguntas, sí.

—Probablemente piense ella lo mismo de ti— replicó impasible en apariencia —. Que no eres más que un crío sin pizca de conocimiento. Irina es muy inteligente y aprecia sobre todo a la gente que demuestra tener cerebro, por lo que me temo que tendrías muy pocas posibilidades con ella.

Volvió a reír él con absoluta desfachatez. Alicia se dijo que debería odiarle por estúpido y por engreído, pero lo cierto es que se vio obligada a reconocer que en ese momento, en bañador y con el rayo de sol que se filtraba por la enredadera que sombreaba la terraza dándole de lleno en el rostro, estaba guapísimo.

— ¿Y eso cómo lo sabes?— inquirió él con sorna—. ¿Acaso te ha hablado de mí?

—Por supuesto que no— replicó sarcásticamente para darle a entender que para su hermana él no era nadie. Está preparando una oposición y es lo único que le importa. Probablemente no recuerde ni cómo te llamas.

Acusó él el golpe y por un segundo se quedó cortado, pero se recuperó inmediatamente para inclinarse hacia ella y preguntarle:

— ¿Una oposición de qué?

—Una oposición al puesto que desempeña en un instituto de segunda enseñanza. Es licenciada en historia del arte y se conoce de memoria todos los estilos arquitectónicos de la abadía y los de cada uno de sus pedruscos.

— ¿Y conoce la leyenda del fantasma?

—Por supuesto.

— ¿Y qué opina?

No tuvo Alicia que meditar la respuesta.

—No cree en la existencia de ninguno.

— ¿Aunque la gente ha oído como gime por las noches?

—Pues no. No es miedosa, ni emocional. Es fundamentalmente práctica.

—Ya— se burló él.

Susana, que empezaba a rebullirse inquieta en su butaca, se apresuró a intervenir.

—Bueno, ya está bien de ensartar tontería tras tontería y aún no nos habéis dicho si también estáis vosotros fuera de sospecha sobre el crimen del pordiosero. Y conste que me encantaría que tuvieseis una buena coartada. ¿Dónde estuvisteis anoche, a eso de las doce?

Se consultaron los tres con la mirada, pero fue Jorge el que le contestó:

—Estuvimos paseando en la moto de Diego. Ya sé que si nos hubiera visto un policía nos habría puesto una multa, pero por fortuna no nos cruzamos con ninguno. Después, a eso de las once y media nos fuimos a mi casa y estuvimos sentados en el jardín hasta que nos entró sueño.

— ¿Y a qué hora os entró sueño?— trató de puntualizar Mariló, aun cuando sabía que era mentira lo que les estaba diciendo.

—Pues serían las dos de la madrugada, minuto más o minuto menos. ¿Contenta?

No debían insistir más sin despertar las sospechas de los chicos, por lo que Alicia hizo un último intento por desviar la conversación y por animarles a acompañarlas.

—Hemos decidido ir al pantano a bañarnos, ¿os apetece venir?

Ismael bostezó ostensiblemente, Jorge dejó traslucir un gesto de aburrimiento y Diego tradujo en palabras lo que opinaban los otros dos y compartía él, arrellanándose cómodamente en su butaca.

—No, estamos muy a gusto aquí. Os deseamos que lo paséis estupendamente. Hasta luego.

No hizo la menor intención de retenerlas ni se molestó tampoco en acompañarlas hasta la puertecilla del jardín, por lo que Alicia experimentó un rencor sordo contra él. No estaba acostumbrada a que la tratasen tan desdeñosamente y además había esperado visitándole recuperar algo que creía que había existido entre los dos. O se había equivocado o ese algo estaba definitivamente muerto. Envidió en ese momento a Irina, capaz siempre de disimular lo que sentía y decidió imitarla. Con una sonrisa se levantó de su sillón y recogió la bicicleta que había apoyado contra la fachada. Tirando de su manillar y seguida de las otras dos se encaminó hacia la puerta. Desde allí volvió a medias la cabeza:

—Que os divirtáis. Me parece que a los tres os vendrían bien unas lecciones de buena educación, pero nosotras no vamos a perder el tiempo en enseñaros como deberíais comportaros, porque no os lo merecéis y porque tenemos cosas más entretenidas que hacer. Adiós.

Salió la última dando un portazo, al tiempo que le oía a Diego mascullar carraspeando:

— ¡Qué mal carácter tiene esa! ¿Qué mosca le habrá picado?

# CAPÍTULO X

Habían transcurrido tan solo unos minutos desde que Álvaro se marchara, cuando sonó nuevamente el timbre de la puerta, por lo que Irina levantó la cabeza de sus temas y con un suspiro de resignación se levantó a abrirla, pensando que se trataría nuevamente de él que habría olvidado decirle algo. Ante su sorpresa reconoció a Carlos, apoyado indolentemente en el quicio, lo que, temiendo malas noticias, le produjo la desagradable sensación de haber recibido un aldabonazo en el pecho. Alarmada, le preguntó:

— ¿Pasa… pasa algo?

Notó que hacía él un esfuerzo por sonreír.

—No, nada que de momento deba preocuparte. He estado hablando con ese amigo que dirige la investigación y he venido a comentarte lo que me ha dicho. ¿Estás ocupada?

Desvió ella su mirada hacia sus amados papeles y terminó por encogerse de hombros.

—No, estaba intentando estudiar.

— ¿Y te he interrumpido?

Por supuesto que la había interrumpido, lo mismo que Álvaro media hora antes, pero como no podía reconocérselo así, meneó negativamente la cabeza.

—No, no. Pasa. Las noticias que me traes son más importantes y además tampoco consigo concentrarme en el estudio el poco rato que puedo dedicarle. Pensé que durante estos meses de verano podría disponer de la mayor parte del día para empollar, pero entre unas cosas y otras me temo que voy a hacer el más espantoso de los ridículos y que no superaré el examen oral, que es el último. ¿Quieres que nos sentemos en el jardín? Hace mucho calor, pero también hace mucho calor dentro de la casa. ¿Qué prefieres?

Volvió a sonreír él, pero sus ojos seguían serios.

—Donde quieras tú. Pero sí, creo que en el jardín estaremos a gusto. Sopla algo de brisa.

La siguió hasta la mesa redonda donde solía ella sentarse a recitar sus temas y tomó asiento en uno de los sillones de plástico blanco. Irina le imitó y clavó su mirada en el moreno semblante de él, aguardando impaciente a que empezara a contarle sus averiguaciones. Extrajo él calmosamente una cajetilla de tabaco y le ofreció:

— ¿Quieres?

—No, gracias, no fumo.

—Es verdad, ya me lo dijiste en mi casa la otra tarde.

— ¿Pero no vas a empezar a contarme esas noticias?— le apremió inquieta.

Encendió él un cigarrillo y cuando expelió el humo hizo un gesto de asentimiento.

—Sí. Como te he dicho, conozco al guardia civil que lleva la investigación de este asunto y me ha informado de que se trata de otro crimen, idéntico al de Eusebio Varas.

— ¿Le han practicado ya la autopsia?

—No, pero a él le parece claro que le han matado también con un golpe en la cabeza propinado con un objeto metálico. Y han identificado el cadáver, porque era un hombre que vivió en este pueblo, aunque hace unos tres años que se había marchado y al parecer había cambiado mucho desde entonces. Según me ha comentado, había vuelto a primeros de agosto. Se llamaba Toribio Rodríguez y tenía antecedentes policiales.

— ¿Qué… qué delitos había cometido?

—Una violación y varios abusos a mujeres, pero había salido siempre absuelto.

Se quedó mirándole Irina con los ojos agrandados por la extrañeza.

— ¿Absuelto? ¿Cómo puede salir absuelto un hombre que ha cometido un delito de violación? Porque supongo que me estás diciendo que se le juzgó y que el tribunal resolvió que no era culpable, ¿fue así?

—Sí, sí fue así.

— ¿Y no era culpable?

Esbozó él un gesto evasivo.

—En el puesto de la guardia civil reconoció ser autor del hecho, según me ha contado mi amigo, pero en la vista oral negó haberlo cometido y se declaró inocente.

Se quedó mirándole Irina con la boca abierta.

—No entiendo lo que me estás diciendo. Si ante la guardia civil se había declarado culpable, le debía haber bastado al tribunal esa confesión para condenarle, ¿no es así?

Meneó Carlos negativamente la cabeza.

—No.

— ¿No?

—Las pruebas que se tienen en cuenta son las que se practican en el juicio y no había otras que esa confesión que realizó en el puesto, de la que se retractó durante el juicio quedando consecuentemente invalidada.

—Pero entonces…— objetó confusa—. Lo encuentro completamente absurdo. Si el hombre se declaró culpable en el cuartelillo, sería porque lo era.

—Sí, pero ya te he dicho que no basta con reconocerlo si no ratifica esa declaración ante un tribunal. Solo en este último caso se le considera convicto y confeso.

— ¿Y no había otras pruebas?

—No. Al parecer, la chica no denunció la violación de la que había sido objeto por parte de ese hombre hasta varios días después del suceso, por lo que no había ya rastro que pudiera analizarse de la agresión que sufrió. Además el abogado de ese tipo presentó a un testigo, a un primo suyo, que afirmó que había estado en su casa jugando a las cartas con él a la hora en la que se cometió el delito. O sea, que le proporcionó una coartada.

—¿Y era falsa?

—Mi amigo dice que es muy probable que lo fuera, que la chica le describió con todo lujo de detalles, incluyendo un tatuaje que representaba un águila y que ese tipo lucía donde la espalda pierde su casto nombre. Pese a todo el tribunal consideró que no había pruebas que acreditasen la autoría de ese hombre en el delito que se le imputaba y sobreseyó el caso.

Parpadeó Irina anonadada.

—No lo puedo creer. ¿Y qué fue de la chica? Supongo que se habrá quedado traumatizada para el resto de su vida.

Sonrió Carlos al oírla, pero terminó por encogerse de hombros.

—Eso no lo sabe mi amigo. La perdió de vista entonces y no ha vuelto a tener noticias de ella. Lo que sí puedo decirte es que no ha sentido en absoluto la muerte de Toribio Rodríguez. Yo diría que al contrario.

—No me extraña— masculló ella entre dientes. Reflexionó durante unos segundos en silencio y luego levantó los ojos hacia el rostro de él para preguntarle—: ¿Y tú… has llevado tú como defensor algún asunto similar? Me refiero a si has defendido en alguna ocasión a un violador, sabiendo que era culpable.

Desvió Carlos la mirada hacia lo lejos con aire ausente. Parecía rememorar alguno de los casos en los que había intervenido porque tardó algunos segundos en responder.

—Supongo que te parecería fatal que lo hubiera hecho, pero tengo que precisarte en primer lugar que todo ser humano tiene derecho a una defensa y que en casi todos los casos pueden apreciarse atenuantes e incluso eximentes.

—Vale, vale, pero no me has contestado.

—¿A qué?

—A lo que te he preguntado. Si has defendido a algún violador sabiendo que era culpable.

—Es que me parecen importantes esas aclaraciones previas— repuso, inclinándose hacia ella sobre la mesa como si le interesara mucho averiguar la opinión que se estaba forjando sobre la cuestión y si le convencían los argumentos que le estaba dando—. La verdad es que rara vez los clientes reconocen ante el abogado haber cometido el delito del que se les acusa, por lo que por regla general no estamos seguros de nada y, en cualquier caso, es nuestro trabajo.

—Que sí— le interrumpió cansada de sus divagaciones— Todo eso ya lo sé, pero lo que quiero es que me respondas con un sí o un no a la pregunta de si has asumido la defensa de un tipejo en un caso similar. Sabiendo a ciencia cierta que había admitido los hechos en la comisaría y que no había otras pruebas que lo incriminasen. ¿Lo has hecho?

La observó ahora con fijeza con la cabeza ladeada como si le intrigase conocer el motivo de su pregunta. Lo meditó durante unos segundos y al fin meneó negativamente la cabeza.

—No, no he defendido a ninguno en el que se diesen las circunstancias que has descrito. Al poco de empezar a ejercer me turnaron de oficio el asunto de un pastor que, según la chica que le denunció, la había violado en un prado solitario donde había llevado a pastar a sus ovejas.

— ¿Y le defendiste?

—Sí, claro.

— ¿Y qué pasó?

—Que perdí el juicio porque la denuncia de ella fue inmediata y los consiguientes análisis demostraron que el pastor había sido el autor. Fue uno de los primeros casos que llevé. Todavía me escuece aquel fracaso, porque aquel hombre me aseguró en todos los idiomas que conocía que esa chica era una arpía y que le había acusado falsamente para vengarse de él por haberla dejado. Yo, como un tonto, me lo creí y puse en su defensa mis cinco sentidos.

Se echó a reír e Irina le secundó durante unos segundos, pero casi inmediatamente volvió a la carga.

— ¿Y después?

— ¿Qué si después he aceptado la defensa de otro violador?

—Eso es.

—Sí, de varios, pero todos ellos eran inocentes como se probó en los correspondientes procedimientos judiciales. En todos esos casos que defendí, las mujeres les acusaron como represalia por las jugarretas de que habían sido objeto por parte de ellos.

— ¿Por las jugarretas?

—Sí, recuerdo que en una ocasión él la había dejado por su amiga íntima, en otra por su hermana menor…

Pensativa, se quedó ella callada durante unos instantes, antes de murmurar:

—Debe de ser muy desagradable el ejercicio de tu profesión, ¿verdad?

—A mí me gusta— repuso sencillamente Carlos—. Me gusta en casi todos los casos. En cambio, soporto muy mal las extravagancias de Diego y estoy preocupado por si, por casualidad, se encontraba anoche por las proximidades de la abadía. Ese chico es un irresponsable y mucho me temo que no tarde la policía en ir a buscarle para tomarle declaración. Espero que tu hermana tenga una buena coartada y que pueda acreditar que a eso de las doce de la noche se hallaba muy lejos del monasterio y acompañada por otras personas que puedan dar fe de ello. ¿Te ha dicho dónde estuvo?

—Sí, en el cine con otras dos amigas. Volvió directamente a casa en cuanto terminó la película.

— ¿Sabes esto último con seguridad o estás repitiendo lo que ella te ha asegurado?

Mantuvo Irina impasible su mirada a la par que se preguntaba a qué hora habría regresado Alicia la noche anterior. Concentrada como estaba en el estudio cuando apareció en el salón, no se le ocurrió consultar el reloj, aunque sabía que era tarde, porque estaba cansada y tenía sueño. No obstante, consideró que debía apoyarla en cualquier caso, fuera esa hora la que fuera, por lo que se apresuró a afirmarlo, pese a sus dudas.

—Lo sé con seguridad. Aún estaba yo repasando los últimos temas que me había asignado para el día de ayer cuando apareció y me contó la película que había visto. Una de vaqueros y de reses, ya sabes, del oeste americano.

Estudió Carlos su expresión inocente con aire desconfiado.

—¿Te dice Alicia siempre la verdad?

—Pues… supongo que sí— replicó disimulando su desconcierto—. Nos hemos llevado siempre muy bien, aunque últimamente… Creo que la culpa de todo la tiene ese chico que la tiene trastornada.

—¿Te refieres a Diego?

—Sí. Reconozco que es un chico guapo, pero esa es su única cualidad y no parece que ella se dé cuenta.

—Bueno, todos hemos tenido dieciocho años y, como tu hermana, nos convertimos durante un tiempo en seres inaguantables —objetó él a modo de disculpa—. Supongo que tú harías también algunas tonterías a esa edad.

Frunció el ceño Irina intentando retroceder con la mente a esa época de su vida para recuperar algún retazo de su adolescencia que denotase que también entonces ella era una inconsciente, pero no lo halló. Él pareció seguir el hilo de sus pensamientos, porque se echó a reír.

—No me digas que tampoco cuando saliste del cascarón cometiste ningún disparate. ¿Estudiabas y estudiabas sin salir con chicos de tu edad? No me lo puedo creer.

También a ella le pareció absurdo en ese momento y se preguntó cuál podría haber sido el motivo de que el exceso de responsabilidad que derrochaba la hubiera convertido desde niña en un absurdo ratón de biblioteca. Salvo la etapa en la que había estado saliendo con Tomás, no recordaba haber mantenido una relación sería con ningún otro. Y la de Tomás había sido algo más que seria, aunque ahora, con la perspectiva de los años, podía calificarla de aburrida. Si echaba la vista atrás, podía recordarla sin faltar a la verdad como una sucesión interminable de días en los que soplaba un viento helador y en los que escuchaba disimulando sus bostezos los soporíferos temas de la oposición de él. Pero no podía contárselo a Carlos, porque la opinión que se forjaría sobre ella no sería precisamente halagüeña, sino al contrario. Como le dio la impresión de que él la estaba analizando como si fuera un bicho raro, se apresuró a negar lo que estaba dando por hecho.

—Claro que a esa edad me divertía. Me divertía como una loca. Aun vivían mis padres con nosotras y lo pasaba muy bien en la facultad y en las fiestas que organizaban mis amigos, sin verme obligada a cargar con el peso de mi familia sobre la espalda, como ahora. Ahora tengo que ocuparme de todo, ¿lo entiendes?

—Desde luego que lo entiendo— murmuró él en tono bajo—. Entiendo perfectamente que por una hermana menor bastante alocada estás desperdiciando los mejores años de tu vida—. Pareció vacilar casi imperceptiblemente y luego encendió otro cigarrillo como si necesitase ganar tiempo antes de hacerle la proposición—: Y por cierto, ¿tienes algún plan para esta noche? Podríamos ir a cenar en cuanto termines de empollarte todos esos papelotes que tienes sobre esta mesa.

Parpadeó confusa, al tiempo que bajaba su mirada en esa dirección e inconscientemente se llevaba una mano a la nuca intentando sin éxito recogerse los mechones de cabello que se le habían escapado de la coleta.

— ¿Esta noche?

—Sí, supongo que por las noches harás un alto en tus estudios y cenarás como todo el mundo. Podríamos ir a un restaurante que está a orillas del pantano, muy próximo al embarcadero.

—Pero es que…

Iba a decir que después de cenar seguía estudiando hasta que se le cerraban los ojos de sueño y que consiguientemente no podía perder esas horas, pero él se le adelantó.

—Te traeré de nuevo a tu casa en cuanto tomemos el postre y una copita.

—Pero es que yo no bebo— objetó tontamente con la sensación de haber perdido la capacidad de razonar y consiguientemente la facultad de replicar adecuadamente a lo que le estaba proponiendo.

— ¿No?, pues en ese caso puedes tomarte un café o una tisana. ¿Te gustan las tisanas?

Se lo preguntaba con una guasa de la que le hubiera creído incapaz la tarde en la que le conoció, en la que le había clasificado como un hombre interesante, pero demasiado serio y quizás también algo amargado y reaccionó como una colegiala boba a la que le hubieran propuesto la primera cita.

—Pero es que yo… no sé si podré.

— ¿Por qué no?

—Pues porque…—. ¿Por qué no se le ocurriría ninguna excusa?, se preguntó—. Porque estoy preocupada. Estoy muy preocupada por Alicia. Podría venir la guardia civil a buscarla mientras estábamos tú y yo cenando.

— ¿Es que ella suele regresar a casa temprano?

—No, no. Acostumbra a aparecer cuando estoy a punto a de subir a acostarme.

—Pues entonces no entiendo qué problema tienes en salir conmigo durante un par de horitas, si en cualquier caso no va a estar ella aquí en el supuesto improbable de que se presente la guardia civil para hacerle unas preguntas. Llamarán al timbre y cuando no conteste nadie, se marcharán y regresarán más tarde.

—No, claro— admitió aturdida.

— ¿Te recojo entonces a eso de las diez?

—Bueno… sí… vale. A las diez.

—De acuerdo. Te dejo entonces para que aproveches el resto de la mañana estudiando y puedas salir esta noche sin demasiados remordimientos.

Se dirigió rápidamente hacia la puertecilla del jardín e Irina le siguió con la mirada con una vaga sensación de desconcierto. Al salir él se tropezó con Alicia que regresaba en ese momento con la bici azul de Irina. La expresión malhumorada de la chica se trocó instantáneamente en otra de inquietud al reconocer al visitante.

— ¿Eres tú? ¿Ha pasado algo? ¿Sabes si la guardia civil tiene intención de venir a interrogarme? Yo no he tenido nada que ver con la muerte de ese hombre. Ni siquiera le conocía. Anoche estuve en el cine con dos amigas que pueden corroborarlo.

Le sonrió Carlos tranquilizadoramente y sin detenerse volvió la cabeza hacia ella, ya en la calle, para decirle:

—No te preocupes, no hay nada nuevo y en esta ocasión creo que no ha encontrado cigarrillos comprometedores ni nada que relacione la muerte de ese hombre contigo. Hasta luego.

Cerró Alicia la cancela a la par que dejaba escapar un suspiro de alivio. Luego, tirando de la bicicleta por el manillar se encaminó hacia la mesa blanca junto a la cual Irina continuaba de pie con aire aturdido.

— ¿No has ido a bañarte?— le preguntó ésta última.

Negó Alicia con la cabeza al tiempo que se dejaba caer en la silla de plástico que Carlos acababa de abandonar.

—No, no me han quedado ganas después de lo que ha sucedido.

— ¿Te refieres al hallazgo del cadáver de ese hombre?— le preguntó Irina enarcando las cejas.

—No, me refiero al estúpido de Diego— le comentó con la vista fija en el descuidado césped que cubría el pequeño jardín. Vaciló durante unos segundos antes de levantar la mirada hacia su hermana para musitar—: No sé si contártelo.

Irina sintió un vuelco en su interior, que no dejó traslucir a su semblante.

— ¿Qué ha pasado? ¿Ha hecho alguna otra estupidez que guarde relación con la abadía?

De nuevo meneó Alicia negativamente la cabeza.

—No. Y no sé si contártelo porque estoy harta de tus regañinas. Te has convertido en una aburrida sermoneadora que aprovechas todas las ocasiones para demostrarme que soy tonta de nacimiento.

Se mordió Irina los labios para no dejar escapar un exabrupto. ¿Sería verdad lo que le estaba diciendo la otra? A Carlos no debía parecérselo y probablemente a Álvaro tampoco. A ninguno de los dos les conocía hasta unos días antes, por lo que no habían significado nada en su vida. No dejaba ser paradójico que fuera precisamente su hermana menor, por la que se había desvivido de su nacimiento, la que la encontrara tan cargante. En un primer momento sintió ganas de llorar, pero la curiosidad se impuso sobre la sensación que estaba experimentando de ser injustamente agraviada y continuó inmóvil, sin expresión.

— ¿No dices nada?— se enfadó Alicia.

— ¿Qué quieres que diga?— replicó sin levantar la voz y sin perder su aire impasible.

—Pues algo, cualquier cosa.

—Te estoy escuchando—repuso pacientemente— No sé si quieres hacerme partícipe de lo que te ha puesto de tan malhumor o si, por el contrario, no te parezco la interlocutora adecuada. Estoy esperando a que te decidas.

—Claro, claro— refunfuñó la otra—. Tú siempre te mantienes por encima del bien y del mal. Ya me gustaría a mí encontrarme en tu caso y que todos los problemas que tuviera que resolver consistieran en aprobar una estúpida oposición.

—Sí, a mí también me gustaría que fuera el único— susurró en un tono tan bajo que la otra no la oyó.

— ¿Que has dicho?— le preguntó desconfiadamente.

—Que sí, que tienes razón, que a mí también me gustaría que fuese mi único motivo de preocupación—. Inspiró para acopiar aire e insistió pacientemente—: ¿Vas a contarme lo que te ha sucedido?

—Bueno… sí— admitió dudosa. Frunció luego el ceño como si estuviera buscando las palabras oportunas y no acabara de encontrarlas y empezó despacio—: He ido a buscar a Susana y a Mariló esta mañana con la intención de que fuéramos a bañarnos al pantano.

Esbozó Irina un gesto de asentimiento sin que su serena expresión se modificase.

—Sí, vale.

—Como siempre, hemos ido en bicicleta— continuó Alicia—. Cuando al pasar por delante de la casa de los Latorre, de Villa María, hemos oído que en el jardín estaba Diego riéndose con sus amigos y hemos pensado comentar con ellos lo que habían encontrado los obreros en la abadía, por lo que hemos llamado al timbre de la puerta.

— ¿Y os han abierto?

—Sí, pero nos han demostrado los tres, de una forma bastante grosera en mi opinión, que les estábamos molestando. Al comienzo del verano eran ellos los que nos buscaban a nosotras y de pronto, sin una razón, no solo nos rehúyen, sino que además se comportan de una forma intolerable. Como si estuviéramos locas  por ellos y no supieran ya como eludirnos, ¿comprendes?

Barajó Irina en su mente las posibles respuestas por miedo a romper el momento de intimidad que parecía envolverlas a las dos en ese instante y como no se atrevió a provocar en su hermana una salida de tono murmuró tan solo:

—Claro, claro que lo entiendo.

—Nos ha molestado tanto su actitud que se nos han quitado las ganas de bañarnos y de todo— continuó Alicia—. Susana ha regresado a su casa y Mariló a la suya.

Se quedó callada, con la mirada baja como si se estuviera preguntando cual podría ser la causa de lo que sin duda consideraba un cataclismo. De improviso debió cruzarle alguna idea nueva por su mente, porque levantó los ojos hacia su hermana para preguntarle con curiosidad:

— ¿A qué ha venido Carlos? ¿Ha ocurrido algo nuevo?

Meneó Irina negativamente la cabeza.

—No, no. Ha venido a comentarme que la guardia civil había averiguado ya que el hombre que ha aparecido muerto esta mañana en la abadía era un delincuente que había violado hace tiempo a una chica y que había salido absuelto por el tribunal que le juzgó. Por lo visto le mataron a eso de las doce de la noche, por lo que me ha preguntado que si tenías una coartada. Le he dicho que estuviste en el cine y que cuando finalizó la película regresaste directamente a casa.

Al oír sus últimas palabras, hizo Alicia un gesto de aprobación.

—Bien, muy bien. Me ha parecido que al marcharse estaba muy contento.

— ¿Tú crees?

—Sí, ¿no te has dado cuenta?

—Pues no especialmente. Cuando ha terminado de comentarme el hallazgo de ese delincuente, me ha invitado a cenar esta noche.

El agraciado semblante de Alicia experimentó una transformación. Primero la observó con la boca abierta, después abrió desmesuradamente sus grandes ojos castaños y finalmente se apoyó en el respaldo de la silla como si la noticia le hubiera privado de la posibilidad de mantenerse erguida.

— ¿Vas a salir con él? Pero si tienes que estudiar… ¿No le has explicado que estás preparando una oposición y que no puedes perder el tiempo en esas frivolidades? Eso al menos es lo que me repites a mí en cuanto te doy la menor ocasión de que levantes la cabeza de tus papelotes.

—Se lo he dicho, sí.

— ¿Entonces no vas a cenar con él?

—Sí, sí voy a cenar, porque no se me ha ocurrido una excusa con la que oponerme. Se ha empeñado en convencerme de que perderé el mismo tiempo cenando aquí sola que yendo con él a un restaurante, junto al pantano.

—Pero eso no es verdad— consideró con aire sesudo Alicia— En casa te tomas cualquier cosa en la mesa del comedor mientras sigues estudiando y para salir con él tendrás que emperejilarte primero, charlar después como una cotorra y cuando regreses probablemente será ya de madrugada, con lo que no podrás recitar ni un solo renglón de esos horrores que empollas. ¿Lo has pensado bien?

Se lo preguntaba como si las edades de las dos se hubiesen invertido de repente. Había también en los ojos de su hermana algo que se asemejaba mucho a la admiración, lo que la gratificó de una forma insospechada. Le pareció que por primera vez Alicia la veía como a una muchacha que era capaz de gustar al sexo contrario, en lugar de la aburrida hermana mayor que aprovechaba cualquier oportunidad para sermonearla. Así lo había expresado minutos antes. Ahora en cambio la observaba como si hubiera descubierto en ella de repente a otra persona.

—Eres muy guapa— reconoció al fin.

— ¿Tú crees?

—Sí, cuando te peinas con la melena suelta y te vistes como una chica, en lugar de como un espantapájaros, la verdad es que quedas muy lucida. Es lo que me ha dicho el imbécil de Diego.

— ¿Qué te ha dicho? ¿Qué me visto como un espantapájaros?

—No. Que eres más guapa que yo.

Lo comentaba con evidente resquemor, por lo que Irina se sintió obligada a asegurarle lo contrario.

— ¡Bah! No le hagas caso. Lo habrá dicho para fastidiarte. Si se ha comportado como un borde, habrá querido rematarlo añadiendo esa tontería.

— ¿Tú crees?

Consideró Irina que debía hacer algo para levantarle el ánimo a su hermana menor.

—Seguro que sí. Y ahora vas a intentar olvidarte de lo que te ha producido ese malhumor y vamos a ir las dos juntas a bañarnos al pantano.

La escuchó Alicia sin querer creer lo que oía.

— ¿Vas a venir a bañarte conmigo? ¿No vas a seguir estudiando esta mañana?

Dirigió Irina una última y añorante mirada a sus papeles.

—No, esta mañana no y me parece que esta noche tampoco.

# CAPÍTULO XI

La noche era cálida y soplaba una ligera brisa cuando tomaron asiento en una mesa en la terraza del restaurante, a orillas del pantano. Un barquito regresaba al embarcadero con las velas desplegadas trazando un surco en el agua, que Irina siguió con la vista preguntándose cómo podría ser esa noche tan distinta de las precedentes, en las que, sin imaginar cómo se reflejaba la luna, ya en declive, sobre los remolinos plateados que provocaban los veleros a su paso, permanecía ella con la cabeza inclinada sobre la mesa del comedor de su casa, recitando incansablemente los temas de la oposición.

Tampoco esa tarde había conseguido estudiar. Al regresar esa mañana con Alicia del pantano, habían tenido que preparar entre las dos apresuradamente una ensalada y freír unos filetes, ya que no disponían del tiempo necesario para cocinar una comida más elaborada. Seguidamente Alicia había subido a su habitación a descabezar un sueñecito y ella, nerviosa como estaba por lo desusado del plan que había aceptado para esa noche, había dejado transcurrir las horas revisando la ropa de su armario y arreglando su melena con el secador de mano. A media tarde Alicia se había marchado en busca de sus amigas y ella había continuado probándose atolondradamente los vestidos que creía que más le favorecían. Se había decidido al fin por el único que se había comprado ese verano, por el de tirantes de tela estampada, y se había encaramado a unos zapatos de tacón alto y finísimo después de cepillarse la melena una vez más. La llevaba más corta que Alicia, pero también en verano lucía como su hermana unos mechones más claros por efecto del sol que se filtraba entre los árboles del jardín mientras estudiaba y que le había bronceado la piel, pese a que apenas si había salido de la casa más que para acercarse al supermercado. Al terminar de arreglarse se miró en el espejo y le sonrió a la imagen que veía reflejada. Hacía tanto tiempo que no iba a ninguna parte…

Carlos la había recogido con su coche cuando ya llevaba más de media hora esperándole, sentada en el vestíbulo, y ahora la observaba con curiosidad desviando su mirada de su rostro al pantano, tratando de averiguar qué era lo que despertaba tanto el interés de ella.

— ¿Qué es lo que miras? ¿Te gustan los barcos del embarcadero? Se distinguen bien gracias a la luna. Está ya en fase menguante, pero aún alumbra algo.

—Sí, miraba a ese velero que acaba de atracar. No entiendo de embarcaciones, pero esa ha llamado mi atención porque navega de una forma tan ligera… como si se deslizara sobre el agua sin esfuerzo.

Tres figuras acababan ahora de desembarcar de esa nave y se encaminaban por el muelle hacia tierra firme con una mochila a la espalda, tras asegurar la embarcación trabándola en el punto de amarre. Desde la terraza del restaurante la oscuridad no les permitía distinguir sus rostros pero por la agilidad de sus movimientos y su característica forma de caminar, Carlos les identificó en el acto.

—Es Diego con sus dos amigos. Ese velero que te ha gustado tanto y que por cierto es carísimo, se lo regaló su padre cuando cumplió dieciocho años el verano pasado. Me alegro de que haya decidido pasearse con ese barco con sus amigos en lugar de hacer alguna trastada en cualquier otro lugar. Claro que ya no está en este mundo Eusebio Varas y no tiene por tanto a quien amargarle la vida constituyéndole en el blanco de sus iras.

Lo decía con el ceño fruncido y la mirada perdida en el agua que en la semi oscuridad se destacaba verdosa y profunda e Irina trató de adivinar lo que pudiera estar pensando. En silencio se dijo a sí misma que quizás no sería correcto que, siendo el abogado del chico, le hiciera la pregunta, pero se le escapó entre los labios antes de haber llegado a una conclusión al respecto.

— ¿Te preocupa que haya tenido algo que ver con su muerte?

Le pareció que salía él de una especie de trance que le tenía absorto cuando giró la cabeza hacia ella y clavó sus ojos en su rostro.

— ¿Algo que ver?

—Sí. No sé si puedo comentar esto contigo. Alicia me dijo que la noche en la que le mataron la dejó Diego unos minutos en el claustro del monasterio y que después volvió a buscarla. Que aunque ella estaba asustada y quería marcharse, se empeñó Diego en ver el refectorio, donde hallaron el cadáver en el suelo. ¿Es eso lo que te preocupa? Solo lo sabe mi hermana y no va a testificar en contra de él. No consigo entenderlo, pero la ha flechado hasta extremos inconcebibles.

Se encogió Carlos de hombros con vaguedad.

—Que la haya flechado Diego no es una garantía. Si se enfadan los dos o encuentra Alicia a otro que le guste más, puede que en el juicio se decida a decir la verdad. Es frecuente que la gente actúe así por despecho.

— ¿Y eso sería suficiente para que le condenaran a él?

Volvió a encogerse de hombros sin responder.

—El que le mató llevaba guantes— murmuró en voz muy baja—. Por lo que no dejó huellas que puedan identificarse, pero hay varios testigos, entre ellos la señora que le hacía las faenas domésticas al juez, que declararán en contra de Diego y enumerarán una por una todas las barrabasadas que le hizo a ese hombre.

— ¿Y eso puede perjudicar a Alicia?

—Podría perjudicarla, sí. La forma en la que fue cometido el crimen parece indicar que su autor lo realizó en un arrebato de furor, aunque también podría obedecer a la gamberrada de unos chiquillos que no midieron las consecuencias que un golpe en la cabeza puede producir en un ser humano.

Le había escuchado Irina con los ojos muy abiertos y al oírle, pese a que la noche era cálida, sintió frío.

—Pero Alicia sería incapaz de haber colaborado en esa gamberrada, si es que fue Diego el que le mató. Cuando ella llegó al refectorio, ya estaba muerto. Además me contó que al levantar el haz de luz de la linterna del cuerpo de ese hombre vio una sombra que salía huyendo del comedor, por lo que no ha podido ser él.

—Sí, eso es lo que han declarado los dos.

— ¿Y no los crees?

Bajó la mirada hacia su plato y permaneció durante unos instantes contemplando la ensalada que ambos habían pedido como si le interesara de una forma especial.

—No importa lo que yo crea— dijo al fin—. Importa la conclusión a la que llegue el tribunal.

—Pero Alicia… — insistió ella casi sin voz.

—Lamentablemente lo que me acabas de contar no basta para dejar a Diego fuera de sospecha, porque esa sombra que dice tu hermana que vio salir corriendo, pudo ser uno de los amigos de él. Es posible que se hubieran citado los tres en el monasterio con el juez y que hubiera aprovechado Diego el rato en el que la dejó sola en el claustro para reunirse en el refectorio con los otros dos y con Eusebio.

Incrédulamente meneó Irina la cabeza en sentido negativo.

—Eso es absurdo. Si hubieran decidido esos insensatos cargarse al pobre hombre, no habría quedado Diego en ir al cine con Alicia ni se hubiera empeñado en llevarla después con él a la abadía.

—Si hubieran decidido cargárselo, no— replicó él en un tono que la intrigó.

— ¿Qué quieres decir?

—Que creo que la muerte del juez fue accidental. Esos tres son capaces de hacer cualquier barbaridad y probablemente habrían ideado gastarle al pobre hombre una broma de las suyas y se les fue la mano.

— ¿Y después volvió él a por Alicia y la llevó al refectorio para que hallara el cadáver? No tiene ningún sentido— objetó cavilosa—. Ni que se obstinara en que le acompañara esa noche ni que pretendiera fingir el hallazgo insospechado del cadáver. Además de absurdo, ese chico tendría que ser tonto.

Se llevó el camarero los platos sucios en los que habían tomado la ensalada y se acodó pensativa en la mesa apoyando una mano en su mejilla, al tiempo que murmuraba:

—No veo además la relación que pudiera haber entre los dos hombres que han encontrado  en la abadía. ¿Piensas acaso que también han tenido algo que ver Diego y sus amigos con la muerte de Toribio Rodríguez? Él ha declarado que no le conocía.

—Sí, eso es lo que ha declarado.

El tono neutro de su voz la desconcertó.

— ¿Piensas que ha mentido?

—No, no lo sé. Mientras la guardia civil no encuentre alguna prueba que le incrimine hay que presumir que es inocente.

—Pero tú no lo crees.

Como no le contestó se rebulló inquieta en la silla que ocupaba.

— ¿Y Alicia…?

—En el peor de los casos la considerarían cómplice o encubridora. Probablemente esto último, pero en realidad no es eso lo que me preocupa.

El camarero les acababa de traer la merluza que habían pedido y esperó ella a que se alejara lo suficiente para increparle:

— ¿No te preocupa Alicia?— se enfadó, dejando caer el tenedor sobre la mesa para accionar con las dos manos—. Pues debería preocuparte, porque, aunque no sea tu hermana, es tu cliente. ¿Es ese todo el interés que pones en las personas que defiendes?

La interrumpió con aire resignado.

—Perdona, es que no me he expresado bien. No me preocupa de momento ninguno de los dos, porque como sabes no hay pruebas en contra de Diego y acabas de decir algo que casi me ha convencido. No es más que un estúpido y un inconsciente, pero supongo que no tanto como para citarse de noche con Eusebio Varas en la abadía y atizarle un golpe en la cabeza habiéndole pedido a Alicia que le acompañara.

— ¿Entonces…?

—Me preocupa más Álvaro.

Enarcó Irina las cejas y le observó sin comprender.

— ¿Por el disgusto que se llevaría si condenaran a su hermano?

—No, no.

— ¿Por qué entonces?

—Es que no sé si debo comentarlo contigo. Sé que harías cualquier cosa por defender a tu hermana si llegara el caso.

—Por supuesto que sí, ¿pero qué tiene que ver Álvaro con todo esto? Bastante tiene con sacarle a Diego las castañas del fuego.

—Efectivamente.

Desconcertada, observó la expresión de su rostro, similar a la que traslucía la tarde en la que le conoció, en la que daba la impresión de ser un hombre amargado que llevara un peso sobre los hombros que le impidiera caminar erguido.

— ¿Qué quieres decir?— insistió ella.

—Que también Álvaro haría cualquier cosa por el estúpido de su hermano. Cualquier cosa, ¿entiendes?

Lentamente fueron penetrando las palabras de él en su cerebro hasta llegar a hacerse plenamente inteligibles. Aun así le costó comprender su significado y aún más aceptarlo.

— ¿Piensas que por defenderle de la denuncia que el juez iba a presentar contra él...? Eso es un disparate. No le conozco demasiado, pero me ha dado siempre la impresión de ser muy equilibrado. Desde luego no le cuadra en absoluto liarse a pedradas con el juez en un monasterio que se halla semi en ruinas. Ni siquiera sería propio de él citar al otro de madrugada para mantener una entrevista a la luz de la luna en un lugar que está vallado y del que no se dispone de la llave.

—En eso tienes razón— murmuró Carlos en voz muy baja— aunque por los contactos que tiene en el Ayuntamiento sí dispone de la llave. Pertenece a una asociación que se interesa por la restauración de la abadía y sé que la visita de cuando en cuando.

— ¿Y crees que él...?

—No, pero sí me preocupa esa posibilidad.

Lo consideró Irina en silencio rememorando el rictus de inquietud que traslucía su rostro cuando se había presentado esa mañana en su casa para darle la noticia del hallazgo de otro cuerpo en la abadía. Si había sido él el autor de los dos crímenes poseía sin duda una increíble capacidad de fingimiento. La consideración de este último episodio le aportó un nuevo motivo de objeción.

—Me parece que tus sospechas carecen por completo de fundamento. Cabría dentro de la lógica que Álvaro discutiera con el juez por causa de su hermano y que perdiera los estribos hasta el extremo de asestarle un golpe en la cabeza con una piedra, ¿pero qué relación guardaría la muerte de Eusebio Varas con la de Toribio Rodríguez, al que, al parecer, han asesinado de la misma forma? Parece más bien que se trate de la obra de un chalado que merodea por los alrededores de la abadía y que liquida al que se atreve a acercarse por allí.

Se echó a reír él con pocas ganas.

— ¿Tú crees?

—Claro.

—En cambio a mí se me ocurren varios motivos por los que el asesino del juez pudiera haber decidido cargarse también a ese pordiosero.

Parpadeó ella confusa.

— ¿Cómo cuáles?

—Pues, por ejemplo, si hubiera elegido hace unos días las ruinas del monasterio para pasar la noche a cubierto, pudo presenciar el crimen del juez y haber intentado después chantajear a su autor con denunciarle a la policía si no le entregaba una suma de dinero. ¿Qué te parece?

Le observó aturdida, intentando imaginarlo, pero notando la mente espesa como si la hubiera invadido una nube de algodón.

—Que tienes mucha imaginación.

— ¿No lo consideras posible?

—Quizás sí, ¿pero crees que Álvaro…?

La interrumpió de nuevo levantando una mano como si pidiera una tregua.

—No creo nada. Simplemente me preocupa que esa posibilidad pudiera pasar a convertirse en certeza. Él ha sido y sigue siendo mi mejor amigo. Es un tipo magnífico en todos los sentidos, pero estoy convencido de que por ayudar al imbécil de Diego sería capaz de cometer cualquier atrocidad. Por eso estoy preocupado.

Frunció el ceño Irina para reproducir en su mente la imagen de él y la angustia que había podido percibir en sus ademanes, pese al control que ejercía sobre ellos. Le había dado la impresión de que estaba verdaderamente abrumado. ¿Sería posible que hubiera venido a contarle un cuento esa mañana, habiendo sido el causante de la muerte del hombre al que acababan de hallar los obreros? Decidió que no. Que no la habría elegido precisamente a ella como interlocutora para inventar una historieta. Lo natural habría sido que hubiera ido a buscar a Carlos, ya que además de su amigo era abogado. Éste había acabado con el plato de merluza y, acodado en la mesa, había encendido un cigarrillo. Parecía estar siguiendo el hilo de sus pensamientos, por lo que se apresuró a rebatir sus elucubraciones.

—Claro, claro. Te entiendo perfectamente, pero me parece que los dos nos estamos inquietando antes de tiempo, porque puede haber ocurrido todo de una forma mucho más sencilla y que haya sido otra persona, a la que no conocemos, la autora de los dos crímenes, o incluso que lo hayan cometido dos personas distintas.

—Ojalá— murmuró él sin ninguna convicción.

Durante el resto de la cena no volvieron a aludir a ese tema. Se explayó Irina con él, refiriéndole anécdotas de su trabajo en el instituto y de las ocurrencias de los alumnos de quince años de ambos sexos a los que daba clase. Sin darse cuenta llegó a relegar momentáneamente la cuestión que la había mantenido en vilo hasta unos instantes antes para revivir con él su actividad diaria durante el pasado curso. En contra de lo que acostumbraba, charló por los codos refiriéndole lo acaecido en unos días que entonces había considerado monótonos. Carlos la escuchaba en silencio, acodado en la mesa, con el aire de comprensión que suele caracterizar a los que su cometido principal consiste en oír los problemas de los demás para tratar de resolverlos. Como un psicólogo, pensó Irina. Era una sensación nueva para ella sentirse tan comprendida, tan apoyada…

La cena transcurrió en un soplo y a su pesar notó Irina que los comensales de las mesas vecinas iban levantándose y que se estaban quedando solos. Se vio obligada entonces a consultar su reloj.

—Es muy tarde— murmuró, deseando que el tiempo no hubiera transcurrido tan deprisa. Hacía tanto tiempo que no salía de su casa más que para ir a la compra, y se encontraba tan a gusto en compañía de él, a orillas del pantano, que por ella hubiera prolongado indefinidamente la velada.

—Sí, te prometí que te devolvería a tu casa en cuanto termináramos de cenar para que pudieras dar un último repaso a tus papelotes esta noche y no voy a tener más remedio que cumplir lo ofrecido.

Acababa de llamar al camarero pidiéndole la cuenta y experimentó Irina una vaga decepción al comprobar que la cita había llegado a su término y que tal vez no se repitiera. ¿Por qué no se le ocurriría a él proponerle dar un paseo o cualquier otra nimiedad que retrasara el momento de despedirse?

Pero no debió de ocurrírsele, porque cuando salieron del restaurante se dirigió en línea recta hacia el lugar donde había aparcado el coche y la ayudó a introducirse en él sin hacer la menor intención de demorar el regreso. Arrancó luego el motor y enfiló el camino de vuelta con una tranquila sonrisa en los labios como si para él hubiera sido aquélla una noche más entre otras muchas. Los pinos de ambos márgenes se mecían a su paso al compás de la brisa e Irina bajó el cristal de la ventanilla para aspirar su olor.

—Hace una noche preciosa, ¿verdad?— fue todo lo que se le ocurrió decir.

—Sí, podríamos repetirla si no estuvieras preparando esa maldita oposición— comentó Carlos en tono intrascendente—. Pero me temo que sentiría remordimientos si por mi causa te suspendieran, así que tendremos que resignarnos.

¿Le estaba diciendo que no tenía intención de salir otra vez con ella? Se rebulló inquieta en el asiento del copiloto que ocupaba y atisbó el exterior a través de la ventanilla buscando la inspiración que no acudía a su mente para prolongar la velada. ¿Por qué no se le ocurriría nada?

Se aproximaban ahora a la puerta de la valla de la abadía. Tenían que pasar necesariamente por delante antes de girar hacia su derecha para tomar la dirección de la urbanización en la que se hallaba su casa. Su visión fue lo que le dio una idea.

—¿Qué te parece si nos bajamos del coche para atisbar desde la puerta el sendero por el que se accede a las ruinas? Dicen que en las noches de luna se puede ver al fantasma correteando entre los árboles. ¿Echamos una ojeada?

Le pareció que él sonreía, mientras tomaba la dirección que ella la había indicado.

—¿Crees en los fantasmas?

—No, claro que no, ni en las canciones de doña Elvira tampoco. Son habladurías de los lugareños, pero me apetece averiguar qué es lo que excita de esa manera su imaginación. Los monasterios y las ruinas se prestan a inventar historietas de miedo, ¿no te parece?

—Por supuesto que sí, ¿pero no vas a perder el poco tiempo del que dispones ya para dar un último repaso a tus temas?

Parecía empeñado en llevarla a toda costa a su casa, como si se sintiera responsable por las horas que en su compañía le había robado al estudio, por lo que se apresuró a quitarle importancia a lo que había sido primordial para ella hasta esa misma mañana.

—¡Bah!, puedo tomarme un respiro de cuando en cuando.

—¿Estás segura?

—Segurísima. Sé de un compañero que se encerró en su casa durante tres años para preparar la misma oposición y cuando se celebró el examen se había quedado idiotizado. No estoy dispuesta a que me ocurra lo mismo.

No era cierto lo que acababa de referirle, pero le pareció una buena excusa parar retrasar el momento de regresar a la aburrida monotonía en la que vivía y él aparentó alegrarse.

—No me ha dado la impresión, ni mucho menos, de que te estés idiotizando, sino al contrario. Aunque no disfrutes de mucha imaginación, tienes una mente muy ágil.

—¿Por qué dices que no tengo imaginación? ¿Porque no creo en los fantasmas?

—Porque eres una persona fundamentalmente práctica.

Había definido esa cualidad de su carácter con total exactitud, pero en ese instante llegó a la conclusión de que aquello no era totalmente cierto. Pasear a la luz de la luna con un hombre atractivo al que casi no conocía y que probablemente no tendría un papel relevante en su futuro, le apetecía mucho más que la prosaica obligación que se había impuesto de aprobar unos exámenes que le proporcionarían un puesto de trabajo satisfactorio y seguro, sobre todo seguro.

Acababa de estacionar él el automóvil frente a la puerta de la valla que estaba herméticamente cerrada y ambos descendieron del vehículo aproximándose a la cerca. Irina se agarró a los barrotes de la parte superior de la puerta para otear entre los mismos el camino pedregoso que serpenteaba blanquecino a la luz de la luna hacia la mole que se destacaba en negro sobre un firmamento del mismo color. Carlos la siguió situándose a su espalda y permanecieron en silencio. Una ráfaga de viento agitó las ramas de los pinos con un rumor sordo y un grillo cantó a lo lejos. Entonces lo oyeron. Un gemido agudo que vibró en la noche y que se expandió luego por la campiña solitaria, proferido por lo que podría identificarse como un alma en pena.

# CAPÍTULO XII

— ¿Has oído eso?— le preguntó Irina reprimiendo un estremecimiento.

El semblante de él no traslucía reacción alguna producida por lo que acababan de escuchar. El reflejo de la luna aclaraba en parte su oscuro cabello, pero las sombras que envolvían su rostro no permitían distinguir su expresión. Su voz en cambio sí denotaba su extrañeza.

—Sí, me ha parecido que alguien se estaba quejando.

— ¿Alguien?— susurró asustada—. ¿Y dices que soy yo la que no tengo imaginación? Ha sonado como un alarido de ultratumba y provenía del monasterio. ¿No te has dado cuenta?

Con aire de escepticismo se asió también Carlos a las varillas de hierro de la puerta para atisbar a través de ellas lo que la escasa claridad de la luna permitía distinguir: un sendero alargado y pedregoso que serpenteaba cuesta arriba, orillado por altos árboles cuyas ramas se balanceaban al compás de las ráfagas de aire.

—No sé si ha sonado como un alarido de ultratumba, aunque desde luego se trataba de un alarido— reconoció vacilante—. Quizás haya sido el viento ululando entre las grietas de los paredones que aún siguen en pie. Recuerdo que cuando era niño y venía a veranear aquí con mis padres, la finca del monasterio no estaba vallada y jugábamos a los fantasmas entre las ruinas. Entonces había una especie de bodega excavada fuera de la edificación, donde nos escondíamos.

Había bajado la voz para explicárselo sin apartar la mirada de lo que podían divisar desde su observatorio e Irina le imitó inconscientemente al cuchichear aproximándose a su oído:

—Sí, tengo entendido que esa especie de bodega todavía existe. Al menos existía hace unos ocho años cuando terminé la carrera. Aunque no conseguí visitar la abadía entonces para describir sus estilos arquitectónicos en mi tesis doctoral, estudié todos los documentos que pude encontrar sobre la fundación de esa orden monacal. Al parecer era como un pasadizo subterráneo en el que se guardaban las barricas de vino.

—Efectivamente, era como lo has descrito. Quizás hayan sido unos chiquillos que hayan saltado la cerca los que nos han sobresaltado con ese grito estentóreo. Puede que estén jugando entre las ruinas a imitar los sonidos que en las películas emiten las apariciones. ¿No lo crees posible?

Escrutó Irina incrédulamente su expresión, preguntándose cómo podría no haber captado él la angustia que vibraba en el lamento que acababan de escuchar. ¿Y encima lo había calificado de grito estentóreo? O estaba mal del oído o tenía sangre de horchata.

—No, no lo creo posible— replicó tajantemente.

— ¿Por qué no?

—Porque no era la voz de un chiquillo, era...

No llegó a terminar la frase, porque notó algo de improviso que la impulsó a aguzar los sentidos y a permanecer alerta, aunque no consiguió discernir qué lo había motivado. Con los ojos agrandados por el miedo se quedó inmóvil sin apartar la mirada del sendero, iluminado tan solo a trechos por la luz de la luna.

—Pero es lo más probable— insistió él—. A los niños del pueblo...

— ¡Chist, calla!— le susurró.

Una nueva ráfaga de viento se había filtrado entre los barrotes de la puerta y zarandeó sus cabellos en todas direcciones arremolinando la falda de su floreado vestido alrededor de sus piernas. Luego se alejó en dirección al pueblo para perderse con un rumor sordo.

No llegó a saber ella si el estremecimiento que sintió obedecía al frío que le produjo esa corriente de aire o al silencio hondo que la siguió. De pronto experimentó la sensación de que la naturaleza entera se había detenido. Las ramas de los álamos pendían inmóviles con sus hojas plateadas refulgiendo en la oscuridad como si presagiasen algo extraño que no consiguió precisar, pero que le erizó el vello de los brazos. Entonces percibieron distintamente unos pasos que venían por el sendero y que se iban aproximando y otro lamento que resonó a lo lejos y que el eco repitió más cerca, como si hubiera tropezado con los paredones de las ruinas y se expandiera después por el campo hasta que fue extinguiéndose el sonido.

Creyó Irina que no conseguiría soltar sus manos de los barrotes de la puerta. Se había quedado paralizada de terror. Hubiera echado a correr en dirección contraria de haber podido, pero no consiguió que sus piernas la obedecieran. Le pareció que estaba viviendo despierta una pesadilla en la que el miedo le impedía salir de la inmovilidad que la mantenía asida a esos hierros de la puerta para alejarse del peligro. Fue la voz de él la que la obligó a reaccionar.

—Vámonos, Irina.

Con un esfuerzo logró soltarse. En el sendero seguían danzando las sombras, a la par que el viento zarandeaba las ramas de los árboles y la luz de la luna se filtraba entre el follaje, pero continuaba igual que antes. Solitario y blanquecino, sin rastro de forma alguna que caminase por él y que pudiera asemejarse a un ser humano.

—Sí, sí— musitó con voz trémula.

— ¿Te has asustado?— le preguntó, mientras la seguía hacia el coche, que había aparcado antes a pocos pasos, y al que ella se dirigía corriendo— No tienes por qué. Debe de tratarse de algún gracioso que ha saltado la valla y que se divierte poniéndole los pelos de punta a los que se acercan por los alrededores. Te llevaré a tu casa y mañana se lo contaré a Álvaro que, como te he dicho, pertenece a una asociación interesada en la reconstrucción de la abadía, para que lo ponga en conocimiento de la policía local y tome ésta las medidas oportunas.

Arrancó en cuanto los dos se introdujeron en el vehículo y ella, de rodillas en el asiento del copiloto continuó atisbando a través del cristal de la ventanilla posterior lo que iba dejando a su espalda y podía ver desde allí. Nada, terminó por reconocer. El sólido portón de la finca ni tan siquiera cedía un ápice ante los embates del viento y el espectro que había gemido segundos antes y cuyos pasos por el sendero había creído percibir aproximándose hacia ellos no había llegado a materializarse y había regresado al pasado para fundirse en el más allá.

O quizás no se tratase de un fantasma, se dijo más tranquilizada. Sabía que no existían y hasta esa noche hubiera asegurado que la razón se había impuesto a lo largo de su vida a cualquier otra consideración en todas sus decisiones. También hubiera asegurado anteriormente que no era miedosa, que en cualquier circunstancia era capaz de enjuiciar serenamente los acontecimientos sin que los sentimientos nublasen su cerebro. No debía dejarse llevar por tanto por el terror que le había producido el tétrico alarido que habían escuchado. Sin duda había contribuido en grado sumo el escenario y la oscuridad de la noche, aclarada a trechos por sombras que parecían danzar. No le cabía duda ahora que había sido ese escenario el que había influido extremadamente en su reacción.

Se percató de que había enfilado Carlos el ancho paseo que conducía a las primeras casas del pueblo. Una vez allí se desvió hacia urbanización donde se enclavaba la casa de ella, por lo que se dejó caer de nuevo en el asiento que ocupaba.

Tenía él el ceño fruncido como si todavía se estuviera preguntando algo que no entendía, pero cuando se dirigió a ella para expresar con palabras lo que pasaba por su mente lo efectuó en un tono intrascendente, como si para él no hubiera tenido ninguna importancia  la experiencia que acababan de vivir.

—Lo he pasado muy bien contigo esta noche— empezó vacilante—. Espero que puedas hacer pronto otro alto en tus estudios y que podamos quedar uno de estos días para hacer lo que más te guste. ¿Qué te gusta hacer?

Se lo preguntó ella a sí misma. Hacía tanto tiempo que no se permitía ninguna clase de distracciones que estuvo tentada de contestarle que en realidad lo único que sabía hacer era estudiar, pero prudentemente se abstuvo al caer en la cuenta de que en compañía de él lo pasaría bien, incluso sin ir a ninguna parte.

—Pues… — empezó.

No le dio Carlos oportunidad de terminar la frase, porque continuó hablando como si estuviera solo y se hubiera percatado en ese momento de lo que estaba sintiendo, mientras le decía:

—Aunque por distintos motivos que tú, llevo también mucho tiempo encerrado entre cuatro paredes. A decir verdad, desde hace mucho tiempo no sentía el menor deseo de vivir. Trabajaba, eso sí, en Madrid, de mi despacho a los tribunales y viceversa, porque es mi medio de subsistencia, pero sin ilusiones ni otros deseos que dejar transcurrir los días apoltronado en una butaca mirando anochecer por la ventana de mi cuarto. Esta noche me ha parecido de pronto que resucitaba.

Le sonó extraño lo que le decía y le costó entenderlo. Giró la cabeza hacia él para escrutar su gesto y dilucidar hasta qué punto le estaba diciendo la verdad. Conducía sin apartar la vista de la carretera  con una curiosa  expresión en su moreno semblante que la luz de una farola le permitió distinguir. No parecía recordar ya el sobresalto que   también habría experimentado él al oír aquel quejido tan lúgubre, tan aterrorizante, pero no debía ser así porque lo mencionó a continuación como si para él no hubiera pasado de ser la extravagancia de un chiflado.

—Lamentaría que el imbécil que se ha puesto a dar gritos en la abadía y que sin duda te ha asustado te haya estropeado nuestra primera cita.

¿Lo había calificado del berrido de un imbécil?, se preguntó incrédulamente. ¿Cómo podía haberse quedado tan fresco después de haberlo escuchado? Pero tenía que aprovechar el momento presente para concertar otra cita, por lo que se apresuró a tranquilizarle.

—Por supuesto que no. Y también a mí me gustaría repetir la cena de esta noche, aunque la próxima vez no cometeremos la tontería de acercarnos a la valla de la finca de los frailes a escuchar sus lamentos. Si les fastidió que como consecuencia de la desamortización de Mendizábal se vieran obligados a abandonar el convento en el que vivían, debieron protestarle a él, en lugar de venir ahora, siglo y medio después, a entonar cantos fúnebres al lugar del que les echaron.

Le oyó reír ahora que recorrían un espacio de la calle entre dos farolas, envuelto en la oscuridad, por lo que no podía ver su rostro.

—No hemos oído los lamentos de los frailes que la habitaron hace años, te lo puedo asegurar. Hemos escuchado los berridos desafinados de un idiota que se cree muy gracioso y se divierte asustando a los demás. Puede que se trate de algún lugareño que quiere mantener viva la leyenda del fantasma de la abadía. Esas leyendas son en realidad el alma de los pueblos.

—¿Tú crees?— le preguntó deseando que la convenciera de ello.

—Por supuesto. Tú misma me has dicho esta noche que no crees en los fantasmas. Me sorprende que careciendo como careces de imaginación, te haya producido tanto impacto ese berrido.

—Y a mí que te lo tomes a chirigota— replicó irritada, olvidando que instantes antes se estaba haciendo a sí misma unas consideraciones muy similares—. Pero me estabas contando la espantosa depresión que has debido de estar padeciendo últimamente. A mí no me ha sucedido nunca nada parecido, pero imagino que debe de ser terrible no sentir deseos de vivir. ¿Sabes al menos qué fue lo que la motivó?

Conocía de sobra el motivo, porque se lo había contado Álvaro, pero pensó que así le daba la oportunidad de referírselo y que tal vez eso le sirviera de desahogo.

Enfilaban ya la calle en la que vivía Irina y notó ésta que él disminuía la velocidad con la que conducía como si quisiera retardar el momento de despedirse.

—Sí— reconoció tras unos segundos de vacilación.

—Y… ¿puedo preguntarte qué fue lo que te pasó? No me contestes si no quieres— añadió, arrepintiéndose de haber sido tan indiscreta.

—No me importa contestarte— replicó con voz ronca—. Hasta esta noche me consideraba incapaz de comentarlo con nadie, ni siquiera con Álvaro, pero ya no. Acabo de darme cuenta de que puedo hablar de ello, aunque desde que sucedió me resultaba imposible. Fue por una chica.

— ¿Con la que terminaste?— insistió bajando la voz, creando sin pretenderlo un clima de confidencialidad.

—No. Vivimos juntos tres años y ella murió. Yo… no he conseguido reponerme después.

Acababa de detener el coche junto a la puertecilla del jardín de la casa de ella y mantenía la mirada fija en lo que se podía ver de la calle a través del parabrisas por lo que Irina pudo observar detenidamente su semblante ensombrecido.

—Lo siento— murmuró apenas— ¿Y cuánto tiempo ha trascurrido desde entonces?

—En el próximo mes de diciembre se cumplirán tres años.

No se le ocurrió a ella qué más añadir y permaneció en silencio mientras Carlos encendía parsimoniosamente un cigarrillo como si necesitara ganar tiempo para seguir hablando.

—Fue a causa de una pulmonía— continuó con voz opaca—. Le gustaba mucho venir a la sierra y pasábamos aquí, en mi casa, los fines de semana. Sabes que desciende mucho la temperatura por las noches en invierno, pero ella se empeñaba en dormir con la ventana abierta, porque había leído en una revista que era muy sano. El caso es que se acatarró, o eso dijo el médico del pueblo, por lo que no le dimos demasiada importancia, pero como tenía fiebre no regresamos a Madrid ese domingo. El lunes siguiente se quedó en la cama mientras volvía yo solo porque tenía una vista en la Audiencia Provincial y cuando regresé al mediodía....

Se le quebró la voz, por lo que Irina, al no encontrar las palabras oportunas, puso una mano sobre la de él.

—Lo siento— repitió.

—Gracias.

— ¿No pudisteis hacer nada?

—No, cuando llegué y subí al dormitorio no respiraba ya. Seguía en la cama y... Fue culpa mía. Si la hubiera llevado a un hospital o si me hubiera quedado a su lado esa mañana...

—Pero tenías que asistir a un juicio— objetó Irina— Es tu trabajo.

—Podía haber llamado a un compañero para que me sustituyera— la contradijo cansadamente—. La verdad es que ni siquiera se me ocurrió.

—No debes sentirte culpable. Si hubieras sabido que estaba tan grave habrías actuado de otra forma, pero no lo sabías.

—No, no lo sabía y... Tú me la recuerdas. Era también alegre y divertida como tú.

Se quedó sin habla. ¿Ella alegre y divertida? No era lo que le decía Alicia en cuanto le daba ocasión. Más bien la consideraba una persona de otra época y por lo tanto rancia y regañona. Sus alumnos también la conceptuaban de regañona y aunque el director no le había dado nunca su opinión, pensaba de ella sin duda que era la perfecta profesora, sería y responsable. La clase de persona que no da problemas, pero que a nadie le interesa para pasar un buen rato.

¿Y Tomás?, se preguntó seguidamente. ¿Cómo la conceptuaría en los tiempos en los que salían juntos? Rememoró las tardes de invierno en las que al finalizar las clases en el instituto se metían en un café. Colocaba él su reloj de pulsera sobre la mesa y empezaba entonces a recitar sus temas con voz monótona por lo que se veía ella obligada a realizar un verdadero esfuerzo para no dormirse. No, él tampoco la veía como una chica divertida, se dijo. Si acaso como una grabadora fidedigna o como una paciente y útil escucha.

Iba a agradecerle el cumplido, cuando una muchacha que se aproximaba en bicicleta pasó por delante del vehículo que Carlos había estacionado y se detuvo delante de la puertecilla del jardín. La luz de la farola de la calle iluminó su rostro cuando hizo intención de abrirla y ambos reconocieron a Alicia.

—Es tu hermana— le advirtió Carlos, aunque ella ya se había percatado y había iniciado el movimiento de salir del coche.

Con la puerta abierta se despidió de él que descendió también del vehículo por el otro lado. Permaneció Carlos en pie mientras entraban en el jardín y desde la puertecilla las dos le dijeron adiós con la mano.

Ya dentro de la casa Alicia observó a Irina con curiosidad.

—Llegas muy tarde.

—Sí, hemos ido a cenar a un restaurante junto al pantano.

—Pues se te ha ido el santo al cielo— insistió Alicia con aire recriminatorio como si poseyera ella la exclusiva de divertirse—. Esta mañana te has venido conmigo a bañarte al pantano y esta noche te has largado por ahí con Carlos. Me parece que has olvidado que tienes que estudiar y de que a finales del mes próximo tendrás que presentarte al último examen. ¿Es que te ha flechado de repente?

Se lo decía como si las edades de las dos se hubiesen invertido y adoptara ella la posición de hermana mayor. Lo que le pareció curioso a Irina fue que se sintió obligada a disculparse.

—Por supuesto que no. Ya sabes que Carlos me ha invitado y no se me ha ocurrido como negarme. Mañana intentaré recuperar el tiempo perdido, pero la verdad es que la cena ha merecido la pena.

— ¿Qué habéis cenado?— le preguntó la otra en el mismo tono de reconvención mientras la seguía al salón y tomaba asiento en una butaca, frente a Irina, que se había dejado caer en el sofá.

—No, nada, un pescado y una ensalada. Digo que ha merecido la pena porque hacía tiempo que no me divertía tanto— repuso rememorando lo bien que lo había pasado contándole anécdotas de su vida en el instituto mientras contemplaban los dos los veleros que regresaban al muelle con las velas desplegadas y las maniobras de amarre que realizaban a continuación sus tripulantes. Se había sentido tan comprendida mientras la escuchaba acodado en la mesa…

— ¿Es un tipo divertido?— se extrañó Alicia—. Por lo que le he tratado en los días de mi detención, yo diría más bien que es un amargado. No se ríe nunca, masculla frases en latín y te da consejos aunque no se los hayas pedido. Y todo eso en un tono agrio, como si tuviera doscientos o trescientos años—. Frunció el ceño al preguntarle—: Y por cierto, ¿cuántos años tiene?

—Pues no lo sé— reconoció Irina—. No se me ha ocurrido preguntárselo, pero debe de ser de la misma edad que Álvaro Latorre, porque fueron juntos al colegio.

—Pues entonces rondará los treinta y tres o los treinta y cuatro— calculó su hermana. Se quedó pensativa durante unos segundos antes de añadir—: Claro. Si es tan mayor, no es raro que sea tan aburrido.

Una vez más le molestó a Irina que tildara de vejestorios a todos los que traspasaban la barrera de los veinte, incluyéndola a ella, por lo que se aprestó a rebatir su apreciación.

—Estás equivocada, no lo es.

—Pues lo parece—. Meditabunda consultó su reloj y luego insistió—: ¿Y habéis ido a algún sitio después? Porque me extraña que vuelvas a casa a estas horas.

Se encogió Irina de hombros con vaguedad, pero luego decidió contárselo.

—A la misma hora que tú. Pero, sí, hacía una noche preciosa y cuando regresábamos del pantano y hemos pasado por delante de la valla de la finca de los frailes  se nos ha ocurrido bajarnos del coche.

Parpadeó Alicia sorprendida.

— ¿Para qué?

—Para nada. Nos apetecía pasear y como en el pueblo dicen que algunas noches de luna puede verse al fantasma correteando por el sendero que lleva hasta las ruinas hemos decidido comprobarlo.

— ¿Y le habéis visto?

Le pareció a Irina que revivía nuevamente aquella sensación desconocida que la había aterrorizada al percibir el sonido de pisadas que se les aproximaban por aquel camino solitario y que resonaba nuevamente en sus oídos el desgarrador lamento que le había erizado el vello de los brazos, por lo que reprimió un escalofrío.

—Verle, no— replicó pausadamente sin que su expresión se alterase— pero sí hemos escuchado una especie de quejido que provenía del monasterio y que a mí me ha puesto los pelos de punta.

— ¿Lo habéis oído?

Le intrigó a Irina el interés con el que su hermana aguardaba su respuesta. Se había inclinado hacia ella desde la butaca que ocupaba, pendiente de sus palabras, pero lo achacó a la desbocada imaginación de la que hacía gala desde su niñez en la que representaban un papel primordial  las apariciones esotéricas.

—Sí.

— ¿Y dices que era una especie de lamento desgarrador?

Escrutó su semblante con desconfianza, pero no vio en él otra cosa que un desmesurado interés por el enigma que traslucía aquel escenario en el que la sensación que se experimentaba era que el tiempo se había detenido.

—Exactamente, una especie de lamento desgarrador, ¿es que lo oíste la noche en la que mataron a Eusebio Varas?

Creyó notar que su hermana vacilaba, pero terminó ésta por sonreír despreocupadamente.

—Desde luego que no. Esa noche ni Diego ni yo escuchamos nada que pudiera asemejarse a un quejido, pero es lo que se comenta en el pueblo, que se trata de un alma en pena. ¿Crees en los aparecidos?

—Por supuesto que no— replicó Irina con énfasis.

—Pues los lugareños piensan que ese fantasma es el autor de los dos asesinatos que se han cometido en el monasterio y muchos de ellos han oído los alaridos que emite por las noches. Yo no me acercaría ni por los alrededores.

—Me parece muy bien que no te acerques. Ya te llevaste un buen susto una noche no hace mucho y se me acaba de ocurrir…

— ¿Qué?— se alarmó Alicia.

—Que no estaría de más que la guardia civil lo investigara. Esos lamentos pudieran ser la broma de alguno de los chicos del pueblo, a los que les divierte hacer creer que la leyenda del fantasma no es una leyenda, sino que obedece a una causa real. ¿Sabes qué hacían esta noche Diego y sus amigos? Mientras Carlos y yo cenábamos les hemos visto atracar en el muelle y saltar luego a tierra con su mochila al hombro.

—No, no tengo ni idea de a dónde han podido ir los tres. Hemos pasado la tarde en casa de Susana que nos ha invitado a cenar a Mariló y a mí. Después del feo que nos han hecho esta mañana los tres, prefiero no saberlo.

—Es que se me ha ocurrido que cabe en lo posible que hayan sido ellos, ¿no crees? Es el tipo de gamberrada que les cuadra y con la que disfrutarían.

Le dio la impresión a Irina de que su hermana reprimía un estremecimiento, pero su rostro permaneció impenetrable mientras objetaba:

— ¿Por qué piensas eso? La puerta de esa valla está siempre cerrada por las noches y Diego no tiene la llave,

—Él no— consideró Irina acariciándose la barbilla como si con ese gesto pudiese atar los cabos sueltos con mayor facilidad—. Pero me ha dicho Carlos que Álvaro sí dispone de las llaves de la cerca y de la abadía y estoy pensando…

— ¿Qué?

—Que no estaría de más que la guardia civil cogiera a ese chico petulante y a sus dos compinches con las manos en la masa. El lamento de ultratumba que he oído ha estado a punto de estropearme la noche provocándome un ataque al corazón.

— ¿Y si no es Diego el que se queja en la abadía por las noches?— protestó Alicia—. Podría ser cualquier maleante, si es que no se trata de un fantasma de verdad que haya recalado por casualidad en este siglo tan prosaico. ¿No lo crees posible?

# CAPÍTULO XIII

Cuando a la mañana siguiente salía Irina del supermercado tirando del carrito de la compra, tropezó con un muchacho que se la quedó mirando como si la conociera y pretendiera saludarla. Vestía un pantalón vaquero y una camiseta blanca con un dibujo de Supermán en la espalda y no aparentaba tener más de veinte años. Vaciló ella sin saber si debería detenerse o continuar su camino hacia el coche, que había aparcado en la explanada de la que disponía el local para uso de los clientes, mientras se preguntaba a quién le recordaba aquel chico de pelambrera oscura y rizada que coronaba un semblante cubierto de pecas. Debió seguir él el hilo de sus pensamientos, porque se echó a reír antes de presentarse.

— ¿No sabes quién soy, Irina? Soy David Cervera. Asistí como letrado a tu hermana en su declaración ante la policía. ¿Cómo sigue ella?

Parpadeó confusa. Recordaba a un joven de aire intelectual, correctamente vestido con chaqueta y corbata, cuya imagen guardaba poca o ninguna relación con la del chico que tenía enfrente. La de éste se asemejaba más bien a la del empleado del supermercado que le acercaba los pedidos a su casa o a la del chico de Correos que le traía las cartas a domicilio.

—Perdona, es que estás tan distinto… se disculpó.

Se echó a reír él sin ofenderse en absoluto.

—Es que cuando ejerzo mi profesión adopto una indumentaria en consonancia con la formalidad que exige. Pero no me has contestado, ¿cómo sigue Alicia? Sé que en su declaración ante el juez la asistió Carlos Falcón, porque en este pueblo se sabe todo. ¿Te apetece que tomemos un café y charlemos?

Iba Irina a buscar una excusa para negarse recordando lo mucho que tenía que estudiar, pero cambió de opinión al oírle comentar a David:

— ¿Se ha presentado nuevamente la guardia civil en tu casa para interrogar a tu hermana? Suele ser la rutina habitual.

La angustia que había sentido al enterarse del hallazgo de un nuevo cadáver en la abadía e imaginar esa posibilidad volvió a oprimirle las costillas como si la atenazara una mano de hierro que le impidiera que el aire entrara con normalidad en sus pulmones.

—No, no, no ha venido nadie.

—Pues no tardará en aparecer y si me necesitas no dudes en llamarme. Un caso curioso el de ese Toribio Rodríguez al que han asesinado, ¿no te parece?

Parecía estar enterado de algo que ella ignoraba, por lo que decidió aceptar su propuesta y posponer el estudio de sus temas para más adelante.

—De acuerdo, podemos tomar ese café y de paso me cuentas las novedades de que estés informado. Meteré primero la compra del supermercado en el maletero del coche, pero no puedo entretenerme más de unos minutos, porque hace mucho calor y puede echarse a perder si no la guardo en la nevera de mi casa cuanto antes.

Enarcó David las cejas trasluciendo la extrañeza que el comentario de Irina le producía. En la explanada en la que se hallaban, en la que los clientes del supermercado estacionaban sus vehículos, el sol caía de plano, pero para él debía ser un motivo de satisfacción la alta temperatura reinante, porque el gesto que esbozó parecía indicarlo.

—Vale, ¿Es que has comprado productos congelados?

—No, ¿pero es que no te estás achicharrando?

—Pues no, me encanta el verano— manifestó mientras la ayudaba a empujar el carrito desde el local hasta el coche de ella y a introducir los comestibles en el maletero— ¿No te gusta a ti?

—Sí, claro— repuso distraídamente—. Va asociado a las vacaciones.

—Efectivamente. ¿En qué trabajas?

—Doy clase en un instituto. Soy profesora de historia del arte. Ya sé que tú eres abogado y que no te tomas un respiro ni en vacaciones.

—No me lo puedo permitir aún. Aún no— reconoció mientras se apartaban del vehículo y se encaminaban hacia la cafetería más próxima, ubicada en la plaza del burrito—. No me sobran los clientes, por lo que en agosto sustituyo además en el Ayuntamiento al letrado que lleva los asuntos jurídicos, dado que se toma las vacaciones durante ese mes.

Caminando a su lado, giró Irina la cabeza hacia él.

— ¿Por esa razón te has enterado de cómo va la investigación sobre la muerte de ese hombre?

Hizo David un ademán evasivo al tiempo que empujaban la puerta acristalada de la cafetería. Disponía ésta de una terraza con frente a la plaza, pero hacía demasiado calor, por lo que tomaron asiento en el interior del local, completamente vacío a esas horas de la mañana y desde el que se divisaba el mismo panorama a través de la cristalera que lo separaba de aquélla. El camarero acudió en el acto a atenderles y los dos le pidieron café con hielo.

—Cuéntame— le animó Irina en cuanto el hombre se alejó hacia la barra—. ¿Hay algo nuevo?

Meneó David afirmativamente la cabeza sin responder, ya que sin duda el interés que manifestaba ella le hacía sentir importante y consecuentemente posponía dentro de lo posible satisfacer su curiosidad para acicatearla.

—Pues sí. Le han practicado ya la autopsia a ese tipo y sé, porque lo he oído comentar a los de la científica, que no le mataron en la abadía.

— ¡Ah!, ¿no?

—Le asesinaron en otro lugar, sobre el que la guardia civil aún no tiene ninguna pista, y lo trasladaron, probablemente en el maletero de un coche, hasta el monasterio, tirándolo en el suelo del refectorio.

—Pero entonces…

—Sé que esta mañana tienen previsto presentarse los de la científica en casa de los Latorre a inspeccionar su coche—la interrumpió David—. Si transportaron el cadáver dentro de su automóvil, con la prueba del luminol lo detectarán con toda seguridad, aunque hayan lavado la tapicería a conciencia. ¿Sabes qué coche tienen los Latorre?

Rememoró Irina el interior del garaje de Villa María unos días antes. Creía recordar que al menos guardaban tres en el garaje y que los tres eran de marcas caras.

—Sí, tienen varios— manifestó con vaguedad—. ¿Pero por qué supones que Diego puede haber tenido algo que ver con la muerte de ese hombre?

—Yo no supongo nada. Es la guardia civil la que lo supone.

— ¿Y por qué lo supone y por qué quiere examinar sus coches? Por lo que sé, Diego solo tiene permiso para conducir motos.

—Eso no importa— objetó él—. Puede haberle ayudado alguien.

—Alguien, ¿cómo quién?

—Pues no lo sé, su hermano o alguno de sus amigos. ¿Conduce Alicia vuestro coche? Porque supongo que tendrás coche.

Tardó Irina en procesar en su mente sus palabras. El sobresalto que experimentó al oírle le produjo el efecto de que algo se había paralizado en su cerebro impidiéndole hilar con claridad sus ideas.

—Sí, un Opel azul que compré hace quince años— articuló trabajosamente— pero Alicia acaba de cumplir los dieciocho y no ha tenido tiempo aún de acudir a una autoescuela, por lo que no tiene carnet de conducir. Tiene intención de hacerlo cuando regresemos a Madrid en septiembre.

—Ya— murmuró pensativamente—. De todas formas la policía lo revisará a conciencia y en el caso de que encuentre algún indicio os interrogará a las dos. Te lo digo para que estés prevenida. ¿Puede atestiguar alguien dónde estabas anteanoche a eso de las doce?

Su pregunta provocó en ella un nuevo sobresalto.

— ¿Yo? ¿Por qué yo? No conocía a ninguno de esos hombres ni salí anteayer de casa en toda la tarde. ¿Por qué habría de haberles matado atizándoles a los dos una pedrada en la cabeza que les ha dejado en el sitio?

—Pues… podrías haberlo hecho por varios motivos. Por defender a tu hermana, pongo por ejemplo. Y por cierto, ¿dónde estaba ella en el momento de autos?

— ¿Me preguntas lo que estaba haciendo Alicia a las doce de la noche  de ese día?

—Eso es.

—Estaba en el cine de verano. En el Molino. Se llama El Molino, ¿verdad?

— ¿Y volvió inmediatamente a tu casa?— inquirió sin contestarle—. Al terminar la película pudo acercarse al monasterio al regresar por el paseo, porque tuvo que pasar necesariamente por delante.

Se mordió Irina los labios mientras pensaba intensamente. Recordaba ahora que había mirado el reloj instantes antes de que apareciera en la sala de estar de su casa y que las manillas marcaban la una y cuarto de la madrugada. Había tenido tiempo de sobra de saltar la valla de la finca con Diego, de pasearse por las ruinas con él y de atacar al tal Toribio Rodríguez con una piedra. ¿Pero por qué habría de haber hecho su hermana tal cosa? En ningún caso la

241

consideraba capaz de agredir físicamente a nadie. Era más probable que le hubiera acompañado esa noche y que, de haber sido él el autor del homicidio, le hubiera visto hacerlo.

Respiró hondo y fue consiguiendo ordenar las ideas en su cerebro por lo que detectó inmediatamente un fallo en los razonamientos de él.

— ¿No me has dicho que no mataron a ese hombre en la abadía?— objetó al recordar lo que David le había dicho poco antes.

—Sí, y tampoco murió de una pedrada. Tanto el forense como la policía científica opinan que le descargaron un golpe en la cabeza con un objeto contundente, pero que no era una piedra, sino algo metálico. Probablemente un candelabro o un objeto similar.

— ¿Y que luego le trasladaron a la abadía y le dejaron allí?

—Eso es.

—Entonces es posible que las muertes de los dos hombres que han hallado en el refectorio del monasterio no guarden ninguna relación entre sí y hasta puede que su autor sea el fantasma que gime por las noches.

David se echó a reír, divertido por la forma en la que se expresaba.

— ¿Crees en la leyenda de ese fantasma?

—No, aunque le he oído. He oído los lamentos de alguien que debe de estar oculto tras alguno de los muros que quedan en pie y cómo se expanden luego sus alaridos de ultratumba por la campiña. Puede que se trate de un chalado que ha elegido ese refugio para dormir por las noches a cubierto.

Esbozó David un gesto dubitativo.

—No lo creo.

— ¿Por qué no?

—Porque más bien parecen obedecer las muertes de los dos a algún tipo de venganza. Eusebio Varas era el blanco de las iras de Diego Latorre desde que alquiló este verano la casa contigua a Villa María y ese chico no desaprovechó ninguna oportunidad de hacerle la vida imposible. Es el típico niño bien y malcriado de una familia muy pudiente y capitanea a sus amigos, que son bastante estúpidos y que le siguen como si fueran sus acólitos y Diego un héroe. Desgraciadamente a su edad se cometen muchas barbaridades sin medir las consecuencias.

En esa ocasión fue Irina la que se echó a reír.

— ¿A esa edad? Lo dices como si tú le llevaras muchos años.

—He cumplido veintitrés— repuso David, herido en lo más profundo porque ella lo hubiera puesto en duda y porque por su juventud no le tomara en serio—. Además no soy un chico bien ni me han malcriado mis padres, sino al contrario. Me he costeado yo la carrera de Derecho bregando como un negro y ahora estoy trabajando de la mañana a la noche ejerciendo la profesión por mi cuenta y sustituyendo a los compañeros que se toman vacaciones en verano.

—Bueno, bueno, no te enfades— contemporizó ella— Me parece admirable que hayas conseguido labrarte un porvenir con tu esfuerzo. ¿Pero por qué piensas que Diego es el autor de la muerte del juez? Estoy de acuerdo contigo en que es un malcriado y un imbécil, pero de eso a ser también un asesino hay un abismo.

Se acarició David reflexivamente la barbilla antes de apoyarla en una mano y acodarse en la mesa al tiempo que le respondía:

—Les oí una vez en la plaza del Ayuntamiento. Salía yo del edificio para tomar un café en un bar cercano. Ellos estaban de pie junto a la fuente de piedra y presencié la trifulca en la que se enzarzaron los dos. Eusebio Varas estaba jubilado, pero había sido un juez muy rígido, de esos que aplican la ley al pie de la letra sin atender demasiado a las atenuantes que pudieran concurrir en el caso ni a las posibles interpretaciones más flexibles con las que enjuiciar la conducta del inculpado. Debía considerar a Diego como un verdadero delincuente y oí como le amenazaba con meterle en la cárcel, puesto que ya era mayor de edad, por una larga temporada.

También Irina se acodó en la mesa con una angustia creciente en su interior.

— ¿Y oíste también lo que le contestó él?

—Sí, que llevara mucho cuidado en adelante, porque cualquier día podía encontrarse con una sorpresa que no le iba a gustar. Se lo gritó delante de mucha gente que deambulaba por la plaza y que podrán atestiguarlo si encuentran rastros de sangre de Toribio Rodríguez en alguno de los coches de la familia y consecuentemente le acusan de asesinato.

— ¿Y tú crees que…?

—Yo no creo nada— repuso David meneando dubitativamente la cabeza—. Únicamente intento avisarte por si por culpa de ese chico te vieras metida en un algún lío.

— ¿Qué clase de lío?

—Tampoco lo sé, pero cabe dentro de la manera de proceder de ese chico que, si fue él el que mató a Toribio, con la ayuda de tu hermana lo cargara en la maleta de tu coche y lo soltara en el  refectorio del monasterio.

— ¿De mi coche?— se horrorizó Irina—. ¿Por qué habría de haber utilizado mi coche? Su familia tiene por lo menos tres.

—Sí, pero probablemente le habría visto su hermano o alguna de las visitas que recibe éste de haber intentado coger uno de los suyos. Tú en cambio estás siempre encerrada estudiando y desde la sala de estar de tu casa no se ve el garaje. Si le pidió ayuda a tu hermana, imagino que probablemente accedería a prestársela, porque ella forma parte de su harén.

— ¿Y tú cómo sabes dónde estudio y qué se ve desde la sala de estar?

Vaciló ahora David como si le hubiera pillado en falta. Se mordió los labios, agachó la cabeza y finalmente reconoció en voz baja:

—Lo sé porque desde la calle te he visto por la ventana y he comprobado luego donde está tu garaje. Adosado a la fachada posterior.

Le observó Irina atentamente, sorprendida de que se hubiera ruborizado.

— ¿Vives cerca de mi casa?

—No, no, que va. Vivo en el pueblo, enfrente de la farmacia.

— ¿Y pasas a menudo por mi calle?

—Bueno, a menudo, no. A raíz de asistir a Alicia en su declaración ante la policía sentí curiosidad y... —. Se interrumpió para retomar la conversación en el punto en el que la habían dejado—. ¿No crees que tengo razón y que si tu hermana hubiera decidido utilizar tu coche con la finalidad de ayudar a Diego no te habrías enterado?

Lo consideró Irina con el ceño fruncido y una ansiedad creciente. Se vio a sí misma absorta en los temas que se amontonaban sobre la mesa del comedor, sin consultar el reloj ni preguntarse dónde estaría Alicia a esas horas de la noche ni qué estaría haciendo. Si, como había insinuado David, hubiera ayudado al otro a deshacerse del cadáver cogiéndole las llaves del coche y permitiendo que Diego lo sacara silenciosamente del garaje, ella no se habría enterado, porque cuando estudiaba conseguía concentrarse hasta el extremo de que se aislaba por completo de lo que ocurría a su alrededor. En ese momento odió la oposición que preparaba y a ella misma por estúpida. David debió seguir el hilo de sus pensamientos, porque se apresuró a tranquilizarla.

—Oye, no vayas a creer a pie juntillas lo que acabo de decir. No es más que una conjetura, motivada por el deseo de que no puedas verte involucrada en ese asunto. Tu hermana es una chica encantadora, aunque algo inmadura y bastante alocada, pero está claro que tú no tienes la culpa de que ese chico le haya sorbido el seso y que pueda haberla metido en un lío que pueda salpicarte a ti. Es posible que la guardia civil esté siguiendo otra pista y ni siquiera se le ocurra aparecer por tu casa.

Pero no acertó con esa última suposición. Cuando a continuación se despidió de él, volvió al estacionamiento del supermercado a recoger el coche y regresó al chalet, encontró un coche de la guardia civil estacionado frente a la puertecilla del jardín. Los dos agentes que ya conocía se bajaron del vehículo antes de que ella rodeara la parcela y entrara con su automóvil por la puerta que conducía directamente al garaje.

— ¿Es usted Irina Hontanares?— le preguntaron, pese a que a esas alturas conocían sobradamente su identidad.

Había bajado ella el cristal de la ventanilla y el más alto le hizo un ademán con la mano al tiempo que le decía:

—Salga del coche, por favor.

Otros dos guardias civiles en los que hasta ese momento no se había fijado y otro individuo de corta estatura, correctamente vestido de paisano con chaqueta y corbata se le aproximó cuando obedeció la orden y le tendió un papel que tomó maquinalmente en sus manos.

—Una orden de registro, señorita.

—Soy el secretario judicial— le comunicó el hombre bajito, presentándose con el aire de aburrimiento del que realiza a diario actuaciones similares—. Tiene que estar presente mientras lo efectuamos. ¿Alicia Hontanares se encuentra en casa?

—No lo sé— repuso ella, aparentemente tranquila, mientras les precedía hacia el portón de entrada con la llave en la mano—. Cuando he salido a hacer la compra en el supermercado se estaba arreglando para marcharse a dar una vuelta. Pasen ustedes y procuren no desordenarme demasiado los armarios.

Lo dijo por decir, por aparentar una indiferencia que no sentía, pero que creyó procedente en esos momentos para manifestar que no tenía nada que ocultar. Alicia estaba en la cocina desayunando y salió al vestíbulo en pijama y desgreñada cuando les oyó entrar. Al reparar en el secretario judicial que iba en cabeza y en los policías que le seguían abrió la boca con las cejas enarcadas y desvió instantáneamente la mirada hacia su hermana.

— ¿Qué sucede, Irina?

—Una orden de registro— repuso ésta absolutamente impasible, como si estuviera acostumbrada a recibir en su vivienda todos los días a la policía con una resolución judicial semejante.

— ¿Pero por qué?— insistió la otra con el semblante demudado—. ¿Es que no nos van a dejar en paz de una vez? Si es por la muerte de ese hombre que han hallado hace dos noches en la abadía, yo no le conocía de nada. No sé quién era ni por qué le han matado, así que será mejor que busquen en otro sitio.

El secretario dejó escapar un suspiro de resignación y seguidamente se volvió hacia Irina.

—Tranquilice a su hermana y acompáñenos usted. Empezaremos por la planta baja y a continuación inspeccionaremos los dormitorios.

—De acuerdo, pero tendrán que esperar a que llame a mi abogado para que esté presente durante el registro— replicó con voz clara— Siéntense en la sala de estar, que no tardará.

Llamó a continuación a Carlos por el móvil, que contestó inmediatamente.

—Salgo ahora mismo para allá. No dejes que empiecen a registrar tu casa antes de que yo llegue.

Le comunicó a continuación al secretario la respuesta de su abogado y éste mostró su conformidad con un ademán.

—De acuerdo, le esperaremos. ¿Es Carlos Falcón su abogado?

—Sí, veranea arriba, en un chalet de la urbanización de La Estación.

—Ya, ya lo sabemos y la felicito. Cuenta usted con un magnífico profesional. No suele aceptar nuevos clientes en verano, pero ya veo que le presta sus servicios desde hace tiempo. Es así, ¿verdad?

Se encogió de hombros Irina sin ganas de explicarle que le había conocido unos días antes y se dirigió después a Alicia que les escuchaba sobresaltada, con los ojos desmesuradamente abiertos.

—Sube arriba a arreglarte mientras esperamos a Carlos— le recomendó.

Le pareció lo más oportuno, pero se lo dijo también porque deseaba que la guardia civil la perdiera de vista y no pudiera forjarse una idea equivocada interpretando por la expresión de pavor que reflejaba su semblante que era culpable de algo que en ese momento prefería no saber. Cabía que David Cervera hubiera acertado al insinuarle a ella minutos antes que podía haber ayudado su hermana a Diego a trasladar el cadáver de Toribio Rodríguez al monasterio, pero la sola idea bastaba para que se le desbocara el corazón y sus latidos le repercutieran dentro del pecho como si llevara en su interior una maquinaria descompuesta. No obstante, no permitió que asomara a su rostro lo que pasaba por su mente. Impasible y amablemente se volvió al secretario.

—Supongo que no tendrán ustedes inconveniente.

—No, no— repuso éste con la misma afabilidad—. Este registro es un trámite rutinario y queremos molestarlas lo menos posible. Cuando terminemos con la casa pasaremos a inspeccionar el garaje y su automóvil. ¿Lo conducen las dos?

—No, solamente yo. Alicia acaba de cumplir los dieciocho y aún no ha tenido tiempo de aprender.

El secretario hizo un gesto de asentimiento mientras que los guardias civiles y él se aprestaban a aguardar al abogado. Se le hicieron a Irina eternos los minutos que transcurrieron hasta que Carlos llamó al timbre de la puerta y entró apresuradamente. Vestía unos pantalones vaqueros y una camisa azul, lo que en él era absolutamente inusual en sus actuaciones profesionales, de lo que dedujo ella que había salido corriendo de su casa para dirigirse a la suya en cuanto le había llamado. Estaba también despeinado y, aunque seguro de sí mismo, su moreno semblante reflejaba cierta ansiedad. Al menos lo notó ella, aunque ni los guardias civiles ni el secretario parecieron advertirlo. Éste último le saludó efusivamente como si se conocieran de mucho tiempo atrás, e inmediatamente comenzaron los agentes a registrar la casa. La sala de estar les llevó poco tiempo pues, aparte del sofá con las dos butacas y la mesa redonda del comedor con sus seis sillas, tan solo albergaba una especie de vitrina con un juego de café que podía verse a través de las puertas de cristales y un armarito bajo en el que Irina guardaba sus libros de estudio y los apuntes que había tomado en un curso de post graduación.

En el registro de la cocina invirtieron también escasos minutos. Estaba en orden, sin platos ni cacharros sucios, con la pulcritud que caracterizaba a Irina y de la que se felicitó interiormente en ese momento, sobre todo porque estaba Carlos presente y podría forjarse una buena opinión sobre ella, aunque Alicia no apreciaba lo que consideraba una manía de su hermana que las obligaba a perder mucho tiempo a las dos y que le recriminaba a menudo.

El cuarto de baño de la planta baja necesitaba a gritos ser reformado. Constaba tan solo de un lavabo y de un inodoro, ambos muy anticuados, y alicatado con unos azulejos que estuvieron de moda muchos años atrás. Los guardias civiles lo revisaron en escasos minutos en presencia del secretario, ya que no ofrecía posibilidad alguna de escondite y seguidos de Carlos y de ella ascendieron la escalera.

Al alcanzar el rellano tropezaron con Alicia que salía del cuarto de baño, ya vestida con sus pantalones cortos y un niqui amarillo y con su larga melena empapada. Se les unió la chica cuando entraron en el dormitorio de Irina, que los agentes inspeccionaron rápidamente y de allí pasaron al de Alicia que tenía aun la cama deshecha y un cerro de ropa amontonada sobre la única butaca de la habitación. La que había usado en los días precedentes. Examinaron meticulosamente los pantalones y la blusa que había dejado tirados allí de cualquier manera al acostarse, así como la indumentaria que se hallaba colgada dentro del armario.

Pasaron luego a averiguar lo que había dentro del cajón de la mesita de noche y finalmente el guardia civil más joven se agachó a mirar debajo de la cama. Invirtió menos de un segundo en extraer y sacar a la luz un objeto alargado, similar a una varilla de hierro, que Irina no había visto antes en la casa.

Tardó Irina al menos otro segundo en identificarlo. Un lapso de tiempo interminable que se desgranó tan lento que le pareció a ella que había envejecido varios años durante su transcurso. Era un palo de golf. El guardia civil se había puesto en pie y se lo entregó a los agentes del maletín, que, tras bajar la persiana de la ventana proyectaron una luz azulada sobre él. Murmuraron después algo y el secretario judicial hizo un gesto afirmativo. Después el guardia civil más alto se dirigió a Alicia, sosteniendo en alto el palo que llevaba en la mano e indicándoselo.

— ¿Es suyo?

Se volvió Irina hacia su hermana que hasta ese momento había permanecido a su espalda. Miraba el palo de golf que el policía le mostraba con los ojos agrandados por el miedo y una expresión que ella no supo interpretar.

— ¿Mío?— articuló apenas con una voz que no era la suya.

—Sí, ¿juega usted al golf?

— ¿Yo?, no, claro que no.

— ¿Por qué entonces lo tenía escondido debajo de la cama?

Le pareció a Irina que la otra intentaba recuperar la voz que parecía habérsele perdido en la garganta.

— ¿Yo?—repitió en un susurro—. Yo no lo he escondido ahí. No lo había visto anteriormente.

— ¿No?— el agente examinaba la varilla de hierro y le mostró la graduación reseñada en la misma con una R——. Que no la utiliza usted es evidente porque es un palo de golf para hombres, como se constata por esta graduación que es la regular que utiliza el sexo masculino. Las varillas de los palos que usan las mujeres son mucho más ligeras y su graduación es la L— dictaminó como si fuera un experto en la materia. Le enseñaba ahora la cabeza de acero inoxidable y la marca que tenía ésta en la parte inferior de su cara en la que grabada podían verse las letras A L—. ¿Conoce usted a su dueño?— le preguntó inquisitivamente—. Probablemente su nombre empiece por una A y su apellido por una L. ¿Le conoce?

Tardó Alicia en responder. Miraba como alelada el palo de golf que el hombre le mostraba, pero terminó por menear negativamente la cabeza.

—No. Yo… no había visto nunca ese chisme antes. No sé a quién puede pertenecer.

La expresión del guardia civil se endureció.

— ¿Y no sabe tampoco cómo ha llegado a este dormitorio?— insistió levantando la voz.

—No contestes, Alicia— le recomendó Carlos, adelantándose para situarse al lado de la chica e interviniendo por primera vez—. Has manifestado ya que no lo habías visto hasta este momento, que no sabes a quien pertenece ni cómo ha podido aparecer debajo de tu cama.

Hizo la chiquilla un gesto de asentimiento.

—Como usted quiera— refunfuñó el guardia civil— Hemos detectado sangre en la cabeza del hierro que, o mucho me equivoco, o por el análisis que efectuaremos se constatará que pertenecía a Toribio Rodríguez y que le mataron asestándole un tremendo golpe en la cabeza con este instrumento.

—Pero yo no… — intentó interrumpirle Alicia.

El policía no la dejó terminar y masculló con voz de trueno:

—Queda usted detenida por el asesinato de Toribio Rodríguez.

# CAPÍTULO XIV

—¿Por qué le has aconsejado que se negara a declarar, Carlos?— protestó Irina, cuando volvió a reunírsele él tras esperar, sentada en un banco, a que finalizara el interrogatorio de su hermana ante la guardia civil en el pueblo cercano. La había asistido él en ese trámite y acababa de informarla de que a la chica la habían recluido en un calabozo con la intención de retenerla las setenta y dos horas que prescribía la ley, antes de ponerla a disposición judicial.

—¿Qué por qué? Porque podía haberles dicho cualquier tontería— replicó Carlos, aparentemente sereno, aunque Irina adivinó que estaba verdaderamente preocupado. Profundas ojeras surcaban sus ojos oscuros y su cabello del mismo color le resbalaba sobre la frente en contra de lo que en él era habitual. Se acababa de dejar caer a su lado en un banco de la plaza que estaba a la sombra e intentó infructuosamente retirárselo con los dedos.

—Ese palo de golf no es de ella— insistió Irina a punto de echarse a llorar—. No practica ese deporte ni lo habíamos visto nunca en nuestra casa. Yo… yo no lo puedo entender.

Le pasó él un brazo sobre los hombros en un gesto afectuoso del que se desasió irritada.

—Deberías haberla dejado explicarse y seguramente la habrían creído.

—Me ha parecido demasiado arriesgado— alegó— ¿Pero es que no te has percatado de quién es el dueño de ese palo de golf?

Parpadeó desconcertada antes de clavar  en él una mirada interrogante con los ojos cuajados de lagrimones.

—No, ya te he dicho que no lo había visto antes.

—Ese palo de golf es de Álvaro. Practica ese deporte desde hace años y el que ha aparecido debajo de la cama de Alicia, como todos, tiene grabadas las iniciales de su propietario en la parte inferior de la cara para que sea reconocible en el campo cuando está dentro de la bolsa, ¿No lo entiendes?

Se quedó sin habla. Se quedó mirándole sin reaccionar, con la boca abierta.

—Pero eso no es posible. ¿Acaso crees que ha sido Álvaro el que ha matado a ese tipo asestándole un golpe en la cabeza con ese chisme?

Impaciente, la interrumpió él intentando controlar su nerviosismo.

—Claro que no ha sido Álvaro. Ha sido Diego con el palo de golf de su hermano. Tiene éste un mazo completo en el vestíbulo de Villa María y lo habrá cogido ese estúpido sin que su hermano se dé cuenta. Y lo peor es que la tonta de Alicia se ha prestado a encubrirle escondiéndolo en su dormitorio.

Se mesó Irina la melena como si ese gesto pudiera servirle para aclararle las ideas. Tras el hallazgo del palo de golf habían inspeccionado los dos agentes de la policía científica el automóvil de ella sin encontrar nada sospechoso. Después se habían llevado a Alicia a las dependencias de la guardia civil del pueblo cercano donde se encontraban en ese momento,  y Carlos y ella les habían seguido en el coche de él. Allí, a Irina no la habían dejado entrar en el despacho donde le habían tomado declaración a Alicia, y Carlos la  había asistido en ese trámite, manifestando ante los agentes de la autoridad que su cliente se acogía a su derecho de no declarar.

—Pero eso no es posible— objetó ella tras unos minutos de reflexión—. Alicia no ha vuelto a salir con Diego desde que el juez les dejó en libertad a los dos a raíz de su detención por el homicidio de Eusebio Varas. Se ha lamentado incluso de que él hubiera perdido el interés que le manifestaba antes y que incluso ayer, cuando iba con sus amigas y le encontraron en Villa María, donde estuvieron un rato charlando, se había comportado con ella de una forma bastante grosera. No ha podido estar encubriéndole, porque la relación que habían mantenido no existía ya cuando mataron a Toribio Rodríguez. Además, ¿por qué habría de habérselo cargado Diego? No creo que le conociera siquiera.

Al no obtener respuesta, se volvió hacia él. Permanecía en silencio con el rostro ensombrecido y extrañada pretendió averiguar la causa.

— ¿Qué es lo que te preocupa tanto? Supongo que será la línea de defensa a adoptar, pero puedes estar seguro de que Alicia no ha tenido nada que ver con el crimen que le han achacado. ¿Qué pasará ahora? ¿Crees que el juez la dejará en libertad, con cargos o sin ellos, como la vez anterior?

Esbozó él un gesto vago con un pliegue hondo en su frente. Una ráfaga de viento agitó las ramas del árbol que les daba sombra y les despeinó a los dos. A Irina terminó de deshacerle la coleta que en lo alto de la coronilla recogía su melena y a Carlos le dispersó sobre la frente unos mechones de su oscuro cabello que intentó retirarse con los dedos.

—No lo sé. El hallazgo del palo de golf la convierte sin género de duda en sospechosa— reconoció pesarosamente—. Y no es la estrategia a seguir lo que me preocupa, porque me sobra experiencia en asuntos similares. Me inquieta en cambio otra cuestión en la que tú ni siquiera has pensado.

— ¿Cómo cuál?— objetó, ofendida por su tono desdeñoso.

—Tiene que ver con Álvaro. Es mi mejor amigo y el palo de golf es suyo. Esta mañana, a primera hora, se ha presentado la guardia civil en su casa con una orden de registro y me ha avisado él para que acudiera a presenciarlo. Aún estaba yo en su casa, con Álvaro y con Diego, cuando me has llamado tú al móvil. Acababan de marcharse los agentes y el secretario judicial.

— ¿Y han encontrado algo?

—No y en los automóviles tampoco. Esa familia posee una flota completa y los han inspeccionado todos. No han hallado rastro de sangre ni huellas de nada que pudiera haber pertenecido a Toribio Rodríguez.

— ¿Acaso le conocía Álvaro?

Meneó Carlos dubitativamente la cabeza.

—Él ha dicho que no, que no le había visto en su vida y Diego ha contestado lo mismo.

Bajó de nuevo la cabeza hacia sus manos como si estuviera mortalmente cansado y se mantuvo en esa posición durante un lapso de tiempo que a Irina se le hizo eterno y que en cierto modo la irritó. En su opinión era ella la que necesitaba que le dieran ánimos. Su hermana había sido detenida por un crimen que no había cometido, estaba en libertad con cargos por otro que aún no había sido esclarecido y en el que tampoco había participado y el abogado que tenía que defenderla de las acusaciones que habían sido formuladas contra ella y que debería servirle de apoyo, aparentaba estar demasiado afectado por el peso que le había caído sobre los hombros como para ocuparse en tranquilizarla. Debió de caer él en la cuenta de lo que Irina estaba elucubrando, porque levantó la mirada hacia ella y le sonrió.

—Perdona. Comprendo que bastante tienes tú con la detención de tu hermana como para que te agobie yo con mis problemas, pero es que en este momento no sé qué hacer. Alicia es mi cliente y estoy obligado a defenderla, pero no sé cómo enfocar esa defensa sin implicar a Diego, que también lo es, y al que debe de estar encubriendo ella, aunque tú hayas descartado esa posibilidad.

Meneó Irina vigorosamente la cabeza.

—No creo que le esté encubriendo, porque él no ha hecho intención de verla desde que el juez les dejó a los dos en libertad con cargos. Sigo dándole vueltas en la cabeza a la cuestión del palo de golf y no logro entender que alguien haya tenido oportunidad de ocultarlo en el cuarto de ella sin que yo me haya dado cuenta. Las únicas visitas que hemos tenido últimamente en casa han sido las de Álvaro y la tuya, y como es lógico, ninguno de los dos habéis subido a la planta superior.

— ¿Por qué crees siempre lo que te dice Alicia? — insistió Carlos—. Si ha reanudado la relación que mantenía con él, es muy probable que no te lo haya contado por miedo a una regañina, ¿no te parece posible?

Intentó rememorar Irina las conversaciones que había mantenido con su hermana desde que había sido hallado el cadáver de Toribio Rodríguez y su actitud, su manera de comportarse y llegó a una conclusión. Estaba nerviosa y desazonada con frecuentes cambios de humor, pero eso no significaba que se hubiera ofrecido a ayudar al otro ocultando el arma homicida, sino al contrario. La interpretación más lógica era que a ella le había dicho la verdad respecto a Diego y que su actitud obedecía a que le dolía el desinterés que manifestaba él. También ella había estado malhumorada a ratos e irritada otros cuando se rompió su relación con Tomás. Y la denominaba relación por llamarla de alguna manera.

— ¿Te estás preguntando si deberías renunciar a la defensa de Alicia, porque la consideras incompatible con la de Diego y éste último es un cliente tuyo más antiguo?— se alarmó Irina.

—Me lo estaba preguntando, sí— reconoció él—. No puedo alegar que el arma homicida pertenece a mi mejor amigo ni que probablemente haya sido Diego el que la ha utilizado para matar a Toribio Rodríguez. Lo que no entiendo…

— ¿Qué?, ¿qué es lo que no entiendes?

— El motivo. No sé si Diego conocía a ese hombre. La muerte de Eusebio Varas, aunque no merece ninguna clase de disculpa, sí puede tener una explicación, porque el juez le iba a denunciar y hay varios testigos que podrían testificar en su contra, lo que podría costarle un disgusto serio.

—Pero a Toribio Rodríguez no le conocía de nada y probablemente no le habría visto nunca— resumió Irina.

—Eso es.

—Y estoy segura de que Alicia tampoco. Quizás no haya sido Diego—apuntó tímidamente, agarrándose a esa posibilidad como a un clavo ardiendo—. Además, ese chico no ha venido nunca a nuestra casa, ni con un palo de golf ni sin él.

—No, claro— murmuró él.

— ¿Por qué has dicho eso?

— ¿Qué es lo que he dicho?

—Has dado a entender que no podía haber sido él el que ocultara ese trasto en el cuarto de mi hermana.

—Porque podría haber sido Alicia la que se hubiera prestado a encubrirle— replicó cansadamente Carlos—. Ya te lo he dicho y lo repito. Repito también que no sé qué hacer. Comparto tu preocupación por Alicia, pero sobre todo lamento el mal trago que estás teniendo que soportar por su causa. Para colmo, el arma homicida pertenece a mi mejor amigo y, por si no fuera suficiente, su hermano, que es mi cliente, es el más probable candidato al banquillo de los acusados. ¿No te parece que yo también tengo motivos para estar hecho polvo?

—Pero no puedes dejarla ahora en la estacada, ¿no lo entiendes?— alegó Irina limpiándose un lagrimón de un manotazo—. Ella está en un calabozo y Diego en su casa o de juerga por ahí con sus amigotes. No es justo.

—No, no lo es y en cualquier caso no te dejaría nunca a tí en la estacada. Le daría la venia a otro compañero que no conociera de nada a Diego ni a Álvaro y que pudiera desviar las sospechas hacia el primero de ellos sin faltar a la ética profesional, con lo que a tu hermana, como mucho, la podrían acusar tan solo de encubrimiento.

—¿A otro compañero en el mes de agosto?— se enfadó Irina—. ¿Y dónde lo ibas a encontrar? Bueno, sí, hay uno en este pueblo que se llama David, pero que es poco más que un chiquillo.

— ¿Te refieres a David Cervera?

—Sí, ¿por qué?, ¿le conoces?

—Claro que sí y es un chaval muy responsable, que promete. En último caso podrías pedirle a él que asistiera a Alicia cuando la policía la ponga a disposición judicial y, en el caso de que posteriormente se la juzgara, tendríamos tiempo sobrado de buscarle otro letrado con más experiencia.

—Pero es que yo solo confío en ti. Aconséjale a Alicia que declare que el palo de golf es de Álvaro y que no sabe cómo pudo llegar al lugar donde lo ha encontrado la policía. Es la verdad.

—No puedo aconsejarle nada, porque no me van a permitir verla antes de que declare ante el juez— replicó él—. Además, no puedo hacer lo que me pides, porque él también es mi cliente y debo velar por sus intereses. Me parece que la mejor solución será que volvamos a Pelayos de la Presa y hablemos con David. Está perfectamente capacitado para asistirla en su declaración ante el juez, entre otras muchas razones porque en ese trámite no se permite que el letrado formule ningún alegato. Las preguntas las hace el juez y el cometido del abogado es muy limitado. Más adelante ya veremos.

—Está bien, vámonos.

Se puso Irina en pie y echó a andar a su lado con la sensación de que sus piernas le pesaban como el plomo. No recordaba haber experimentado antes una angustia tan inconmensurable ni haberse sentido tan impotente ante la catástrofe que se había abatido sobre ella sin previo aviso. ¿Cómo era posible que ese verano, que, como tantos otros, había comenzado monótono y caluroso, se hubiera convertido de pronto en una pesadilla? Incluso el nerviosismo que le aceleraba el pulso al arrancar las hojas del calendario y sentir como se iba aproximando la fecha del último examen de la oposición que preparaba, había quedado relegado en su mente a un mero incidente que debería resolver en el futuro, pero sin la virtualidad necesaria para inquietarla en el presente. En ese momento le tenía sin cuidado. ¿Qué consecuencias podría tener que la suspendieran? Ninguna de importancia. Si la cesaban en el instituto, buscaría un colegio en el que pudiera dar clase a los endiablados chiquillos que le tocaran en suerte y que probablemente no diferirían demasiado de sus alumnos actuales. Quizás se resintiera su autoestima si no conseguía superar la última prueba, pero en ese momento no le importaba en absoluto. La imagen de Alicia sentada en el camastro de un calabozo oscuro bastaba para minimizar cualquier otra cuestión. ¿Y si el juez dictaba auto de prisión contra ella y la encerraban en una cárcel hasta que se viera el juicio?

Le fue dando vueltas en la mente mientras, en silencio, recorrieron el escaso trayecto que mediaba entre el banco en el que habían estado sentados y la calle en la que había estacionado él su coche y ambos se introdujeron al mismo tiempo en el vehículo. Cuando Carlos arrancó, le expuso Irina una sugerencia.

—Oye, ¿y si mientras hablas tú con David, hago yo lo mismo con Álvaro?

Atento a conducir, le dirigió él de soslayo una mirada irónica.

— ¿Le vas a preguntar  si ha asesinado a Toribio Rodríguez?

—No, le voy a preguntar por el palo de golf. Si lo ha echado de menos, si tiene alguna idea de quién puede habérselo cogido y si se le ocurre alguna explicación al hecho de que haya aparecido en el dormitorio de Alicia, debajo de la cama.

Meneó él dubitativamente la cabeza.

—No, prefiero preguntárselo yo. Como es natural a ti no va a decirte la verdad.

— ¿Y a ti sí?

—Probablemente tampoco. Aunque los abogados estamos obligados por el secreto profesional a no revelar lo que nos cuentan nuestros clientes, la mayoría no se fían.

— ¿Álvaro tampoco?

—Si piensa que puede haber sido Diego el culpable, supongo que tampoco. ¿Me la dirías tú si tuvieras la certeza de que había sido Alicia la que le había birlado a él el palo de golf y lo había utilizado después para agredir a ese hombre?

Se mordió Irina pensativamente los labios intentando imaginarlo.

—Pues no lo sé. Si le hubiera matado por accidente, porque hubiera sorprendido a ese hombre dentro de la casa donde hubiera entrado para robar, imagino que sí. No conozco a ninguna otra persona en la que pueda confiar tanto como confío en ti.

Experimentó Irina la sensación que, a raíz de sus palabras, un silencio denso les envolvía a los dos dentro del automóvil, pese a que el tráfico de la calle que recorrían era intenso y ensordecedor. Le dirigió a él una mirad furtiva y le pareció que de su frente había desaparecido el pliegue hondo que la surcaba cuando estaban sentados en el banco. Ahora sonreía.

—Gracias— le oyó decir con voz ronca.

No se atrevió ella a añadir más comentarios para no estropear ese momento de intimidad que durante unos segundos le pareció mágico, pero casi inmediatamente volvió al presente y vio en su imaginación a Alicia en el calabozo esperando a que ella hiciera algo para sacarla de su encierro.

—De todas formas prefiero hablar yo con Álvaro— insistió—. No sé de qué forma podría ayudarnos, pero tiene muchos contactos y estoy segura de que si piensa que Diego le ha jugado a Alicia una mala pasada nos echará una mano. Habla tú mientras tanto con David y ponle al corriente de los antecedentes del caso. Así ganaremos tiempo.

—Como quieras— repuso con una voz sin inflexiones—. Eres muy cabezota, pero quizás te tranquilice no permanecer inactiva durante estas setenta y dos horas que tenemos por delante, en las que la van a retener en el calabozo de las dependencias de la guardia civil y pensar que estás haciendo todo lo que puedes en beneficio de tu hermana. ¿Te valora ella tanto como te mereces?

También su pregunta le sonó a música, pero la reconfortante sensación que experimentó se desvaneció en unos pocos segundos. Nostálgicamente rememoró las frecuentes salidas de tono de la chica y sus continuos exabruptos. Sabía que Alicia la quería, probablemente más que a nadie, pero no ignoraba que a veces la consideraba un lastre en sus ansias de disfrutar libremente de la vida y que por esa razón a menudo deseaba perderla de vista.

—Es muy joven— musitó al fin— Muy joven y también muy inconsciente. Cree haber encontrado el amor de su vida en cuanto conoce a uno que está bien y que le gusta y en esas circunstancias no razona en absoluto. Pero es natural, porque, como te he dicho, es muy joven.

— ¿Y tú?— le preguntó él en tono bajo.

— ¿Yo qué?

—Que si tú también eres tan enamoradiza.

Lo meditó en silencio durante unos instantes. Ni siquiera a la edad de su hermana había perdido la cabeza con facilidad. En realidad, aparte de alguna relación sin importancia y poco duradera, solo recordaba los meses en los que salía con Tomás a la salida del instituto y las monótonas horas en la que le tomaba los temas de la oposición que preparaba él en el café de la esquina de su casa, en el que en invierno hacía un frío helador.

—No, yo no—. Y como no deseaba seguir hablando de ese tema y estaban llegando ya a Pelayos de la Presa, cambió apresuradamente de conversación—. Llévame a mi casa— le pidió—. Llamaré a Álvaro por el móvil y si le viene bien quedaré con él. Tú mientras tanto intenta localizar a David Cervera.

—De acuerdo, de acuerdo— aprobó él de aparente buen humor— Hablaremos luego y nos contaremos mutuamente como nos ha ido.

La dejó frente a la puertecilla del jardín y arrancó seguidamente el coche con un rugido de su viejo motor que se fue perdiendo calle arriba, mientras ella se encaminaba hacia el portón de la casa, pero cuando iba ya a subir los escalones del porche cambió de idea. El sol había ascendido ya a lo más alto del firmamento y caía de plano sobre el pequeño jardín. El calor era agobiante, pero Irina estaba tan concentrada en desentrañar lo que bullía en su mente que no llegó a advertirlo cuando se detuvo frente a la fachada de la casa para examinarla con atención. Abstraída, aunque con la frente perlada de sudor, examinó una por una todas las ventanas. Carecían de reja por lo que cualquiera podía haberse introducido en el interior del edificio por alguna de ellas con el palo de golf en la mano para esconderlo luego en el dormitorio de Alicia.

Pero ella le hubiera oído, se dijo meneando negativamente la cabeza. Salía poco. Únicamente para hacer la compra en el supermercado todas las mañanas, lo que procuraba hacer a primera hora para evitar en lo posible el calor. También la noche anterior había quedado con Carlos para cenar y la casa se había quedado sola. Pero no le pareció posible que hubiera entrado el intruso en su ausencia, porque las ventanas no habían sido forzadas y tampoco había notado que ningún objeto estuviera fuera de su sitio.

Seguidamente dio la vuelta a la casa y se detuvo ante la puerta de la cocina por la que se salía al jardín. Generalmente la dejaba abierta y solo le echaba la llave cuando Alicia y ella se iban a acostar. Se aproximó para inspeccionarla e inmediatamente se culpó a sí misma por descuidada. Por esa puerta sí podría haber entrado cualquiera, incluso de día, y probablemente no le habría oído desde la sala de estar donde estudiaba con la puerta cerrada y en ocasiones hasta con tapones en los oídos para no oír los ruidos de la calle que podrían desconcentrarla. Tenía que haber ocurrido así, se dijo.

Y si había sido Diego, conocía sobradamente las costumbres de las dos, aunque nunca las hubiera visitado. También las conocía Álvaro y él sí se había presentado a menudo en la casa para verla, pero no podía imaginarle agrediendo a nadie, al menos no premeditadamente.

Y el que había escondido el palo de golf en el cuarto de su hermana tenía que ser una persona que quisiera perjudicar a Alicia, pensó. ¿Quién podría ser esa persona? Recorrió con la mente la corta lista de amigos y conocidos de la chica y llegó a la conclusión de que el único candidato posible era Diego. ¿Pero por qué? ¿Porque se había enfadado con ella a raíz de su detención por la muerte de Eusebio Varas? Sabía por Carlos, que la había asistido en su declaración ante el juez, que se había limitado a corroborar la versión de él. ¿Por qué entonces?

Cuidadosamente hizo girar la manilla de la puerta y entró en la cocina sin hacer el menor ruido. Atravesó ésta de puntillas y salió al vestíbulo que, como siempre, estaba en penumbra, iluminado tan solo por la luz que se filtraba a través de los cristales de la puerta del salón. Estudiaba ella siempre en la mesa redonda del salón, de espaldas a esa puerta, por lo que casi con seguridad no hubiera oído al intruso que seguidamente hubiera subido la escalera para esconder el arma homicida debajo de la cama de Alicia. Tenía que haber sucedido así, se dijo, porque cuando la noche anterior había salido a cenar con Carlos sí había cerrado con llave la puerta de la cocina y ésta no había sido forzada.

Desalentada, se dejó caer en la única butaca del vestíbulo. ¿Cómo podría ella averiguar quién era el verdadero culpable? Temía que Carlos no pudiera hacerse cargo en adelante de la defensa de Alicia por las razones que le había expuesto y que entendía, aunque no las compartiera, porque la chica era inocente y Diego probablemente no. Imaginó a éste entrando sigilosamente en la casa y realizando después con la misma cautela el recorrido que acababa de efectuar, mientras ella, acodada en la mesa, repetía en voz alta y con el reloj en la mano el tema diecisiete. Era una estúpida, se dijo. Sus padres se habían marchado a Kuwait años atrás dejando a Alicia a su cargo, plenamente convencidos de que la mayor de sus hijas era una persona responsable que la atendería con el mismo desvelo que ellos mismos. ¿Qué pensarían ahora si se enteraran de que la chica estaba encerrada en un calabozo, porque ella no hacía otra cosa qué estudiar con tapones en los oídos? Por ese motivo no había oído el sonido de las pisadas del asesino al entrar en la casa para ocultar en ésta el arma homicida, con lo que había conseguido así que la guardia civil llegara al convencimiento de que Alicia era la autora del crimen.

Cansadamente pasó una mano por su frente y se puso en pie para extraer el móvil del bolsillo de su pantalón vaquero. Seguidamente marcó el número de Álvaro y segundos más tarde oyó su voz.

— ¡Hola, Irina! ¿Cómo va todo? ¿Ha registrado también tu casa la guardia civil?

No debía de estar enterado de que se habían llevado a Alicia detenida ni del hallazgo del palo de golf. Su voz además no denotaba preocupación, sino al contrario. Parecía alegrarse de su llamada.

—Va todo mal— repuso midiendo sus palabras—. Me gustaría verte, porque tengo que comentar contigo algunas cosas.

—Estupendo— aprobó él, ajeno en apariencia a la cuestión que quería plantearle ella—. Pero en este momento no me parece prudente salir de casa. Estamos solos Diego y yo y él está en la cama con fiebre. Ha debido contagiar también a la señora que nos hace las faenas domésticas, porque ha llamado esta mañana para decirme que se encontraba indispuesta y que no podía venir. Te digo esto para aclararte que estamos solos los dos, por lo que no puedo marcharme en este momento. ¿Por qué no vienes aquí tú y nos tomamos algo en el jardín?

Le escuchó perpleja. ¿No había sido la mañana del día anterior cuando Alicia se había hecho la encontradiza con él en

Villa María y se había comportado el chico groseramente con ella? Se estaba bañando con sus amigos y al parecer gozaba de una magnífica salud. Bueno, no, ahora recordaba que Alicia le había dicho que estaba en bañador, pero que era el único de los tres que no se había metido en la piscina y que parecía tener el rostro bastante congestionado.

— ¿Qué le ocurre a Diego?— le preguntó cortésmente como si verdaderamente se interesara por la enfermedad del chico, aunque en ese momento experimentaba un rencor corrosivo contra él.

—Yo diría que ha enganchado un buen catarro. He llamado al médico del pueblo y estoy esperándole de un momento a otro, pero cuando llegues podemos recibirle los dos— terminó riéndose—. ¿Me disculpas por no acercarme a tu casa a recogerte?

—Por supuesto. Monto estupendamente en bicicleta y Villa María está a un paso. ¿Pero no os molestaré?

—Desde luego que no. ¿Sales ya para acá?

—Sí, sí. No tardaré.

Aturdida cortó la comunicación, preguntándose si no habría fingido Diego su indisposición cuando se había presentado la guardia civil en su casa con una orden de registro. Tenía que hablar con Álvaro y determinar el orden cronológico de los últimos acontecimientos sin que él advirtiera que le estaba sonsacando. Inconscientemente se volvió para contemplarse en el espejo que colgaba de la pared sobre la butaca e intentar atusarse su despeinada melena con los dedos, diciéndose que para realizar ese cometido tenía que estar presentable. El espejo le devolvió la imagen de una joven ojerosa y mal vestida, con la pelambrera revuelta y una expresión de ansiedad que la delataba. Cuando esa mañana había llamado a la puerta la guardia civil, llevaba un viejo pantalón vaquero que solo utilizaba en casa y una raída camiseta amarilla que había sido de Alicia y que ésta había desechado tiempo atrás. No se había mudado después de que el agente más alto hubiera detenido a su hermana y había seguido luego de esa guisa el coche de los dos agentes en el automóvil de Carlos hasta el pueblo vecino donde la  habían llevado a las dependencias de la guardia civil.

Con un suspiro de resignación se dijo que tenía que arreglarse y se dio la vuelta para dirigirse a la escalera. Arriba, en el cuarto de baño de la planta superior, se preguntó si podría dominar sus nervios y perder el tiempo en acicalarse  cuando, por la situación en la que se hallaba,  casi no podía respirar por la angustia que sentía por su hermana. No llegó a contestarse a la pregunta. Se limitó a cambiarse de pantalón, sustituyendo el viejo por uno nuevo y la camiseta amarilla por un niqui blanco. Luego se pintó ligeramente para disimular las ojeras y se cepilló la melena. Parecía otra, por lo que se dio a sí misma su aprobación y bajó apresuradamente la escalera encaminándose seguidamente a la cocina para cerrar la puerta y atrancarla después con una cadena que no echaba nunca. Hizo lo mismo con la puerta principal y salió luego al jardín, bordeando el edificio para dirigirse al garaje a recoger su bicicleta. Su coche ocupaba casi por completo el interior del recinto. Dejaba libre tan solo un pasillo en el que apoyada contra la pared de la derecha halló la bicicleta roja de Alicia bajo la suya, lo que parecía indicar que había sido ella la última en utilizar la azul. Al aproximarse más advirtió que la rueda delantera estaba pinchada, lo que la sorprendió, porque no recordaba haber salido a pasear en bicicleta por la urbanización en los días precedentes. De todas formas no podía en ese momento perder el tiempo en dilucidarlo, por lo que desechó el pensamiento por inútil y apartándola a un lado, cogió la bicicleta roja de su hermana. Ella no la iba a necesitar y estaba segura de que, de haber podido consultárselo, se la hubiera prestado esa mañana.

Álvaro le abrió la puerta del jardín en cuanto llamó al timbre. Llevaba un pantalón corto y una camisa de cuadros y por su aspecto se asemejaba a un deportista que acabara de hacer un alto en un partido de tenis. O en una competición de golf, se dijo mientras él se hacía a un lado para permitirle pasar y entraba ella tirando de la bicicleta por el manillar.

—Siento no haber podido recogerte— alegó él a modo de disculpa—. Hace a estas horas un calor espantoso y el coche, al menos, dispone de aire acondicionado, pero ya te he dicho que Diego tiene fiebre y que estamos esperando al médico.

Apoyó cuidadosamente Irina la bicicleta contra uno de los soportes de la pérgola sintiéndose seguida por la mirada de él, aunque cuando se volvió pudo comprobar que lo que observaba con fijeza era la bici, no a ella. La estudiaba con la extrañeza reflejada en su moreno semblante como si la viera por primera vez o como si la asociara con algo que a Irina no se le alcanzaba.

— ¿Es tuya?— le preguntó con un tono que le sonó raro, señalándola con la barbilla.

¿Para qué explicarle que en realidad la suya era de color azul y que la había dejado en el garaje de su casa con una rueda pinchada? Sin duda su hermana la había utilizado y no se había molestado en arreglarla ni en decírselo, pero como tenía un tema mucho más urgente que tratar con él se apresuró a contestarle afirmativamente con la intención de no perder el tiempo en trivialidades.

—Sí, claro que es mía, pero…

— ¿Y… y la tienes hace tiempo?— la interrumpió Álvaro que continuaba mirándola de hito en hito.

Se dejó caer ella desmadejadamente en un sillón bajo la pérgola, frente a él, que permaneció de pie, pero sin perder de vista la bicicleta.

—Claro que la tengo hace tiempo. Por lo menos, seis años. Pero vengo a decirte que han detenido a Alicia— articuló, antes de que pudiera seguir indagando él sobre un asunto tan fuera de lugar.

No pareció entenderla, porque enarcó ambas cejas y sin reaccionar parpadeó al clavar en ella sus ojos.

— ¿Cómo dices?

—Lo que has oído. Después de registrar tu casa, se han presentado en la mía con un señor bajito, vestido de paisano, que ha dicho que era el secretario judicial y la han puesto también patas arriba. Debajo de la cama de Alicia han encontrado un palo de golf con tus iniciales. Aparentemente estaba limpio, sin rastro de sangre, pero un agente de la policía científica ha bajado la persiana de ese cuarto y ha iluminado el palo con una luz azulada. Algo ha debido de ver, porque a continuación la ha detenido, acusándola del asesinato de Toribio Rodríguez.

— ¿Qué?

—Que la ha detenido. Al parecer, ha encontrado rastro de sangre en la cabeza del palo de golf y, aunque aún no la han analizado, ha dado por hecho que pertenecía a ese hombre que han hallado en la abadía.

El semblante de él reflejó la consternación más absoluta.

— ¿Pero por qué? ¿Has llamado a Carlos?

—Sí. Ha estado presente durante el registro y la ha asistido luego en el puesto de la guardia civil, cuando la han interrogado después de su detención, aunque se ha acogido a su derecho a no declarar por consejo de él. Consecuentemente la han metido en un calabozo y la retendrán allí hasta que la pongan a disposición judicial.

Desconcertado se dejó caer en otro sillón a su lado, inclinándose hacia ella, como si necesitara su proximidad para entenderla bien.

— ¿Pero cómo es posible? ¿Es que piensa la policía que ha matado ella a ese hombre atizándole un golpe en la cabeza con un palo de golf?

Meneó Irina afirmativamente la cabeza.

—Sí. Al detectar sangre en la cabeza de ese palo es lo que ha pensado.

Se acarició Álvaro pensativamente la barbilla y luego se peinó su revuelta pelambrera con los dedos como si no consiguiera acabar de entender su relato. Debió ir colocando en su mente las piezas en su lugar, porque su bronceado semblante dejó traslucir algo que se asemejaba mucho a la alarma.

—¿Y ese palo…?

—Tenía marcadas en la cabeza las iniciales A y L. Carlos dice que es tuyo. ¿Es tuyo?

Intentó él fijar su mirada en ella, pero había algo extraño en sus ojos. Algo que podía identificarse con el miedo.

— ¿Mío? Mis maderos están ahí dentro, en el vestíbulo, en un soporte vertical y metálico que sirve para sujetar el saco en el que se los transporta en el campo. Mi madre dice que desentona con la decoración de esa habitación que es más bien clásica, pero mi padre opinó en su momento que le proporciona un toque de modernidad y de juventud, porque da a entender que hay un deportista en la casa. ¿Quieres verlos?

—No te estoy hablando de ninguna madero. Te estoy preguntando por tus palos de golf, que, por lo que he podido ver, son metálicos.

Sonrió ahora él con algo de ironía.

—Es que les llamamos maderos por costumbre inveterada, aunque ya no se hacen de madera.

—Lo que quiero saber es si te falta alguno— replicó ella, demasiado inquieta como para escuchar sus disquisiciones.

Lo consideró  él con el ceño fruncido y terminó por encogerse de hombros.

—Es que no tengo ni idea de cuantos tengo. Por lo menos veinte, aunque no sé el número exacto, pero si Carlos dice que es mío…

Anonadado se acodó en el sillón y apoyó las mejillas en sus manos.

—Es una catástrofe— musitó como para sí.

—Sí que lo es— corroboró ella—. Y eso no es todo. Carlos ha renunciado a defender a Alicia porque cree que puede serle incompatible con los intereses de Diego. Ha ido a hablar con David Cervera para que se ocupe él  de asistirla en el trámite que se efectuará ante el juez, pero no es más que un chiquillo. ¿Le recuerdas?

—Sí, claro— murmuró abstraído—. Reaccionó de pronto y levantó ahora la cabeza para clavar una mirada decidida en su rostro—. Tenemos que dejar a tu hermana al margen de este asunto tan turbio. No puede ser culpable de nada, pero imagino que alguien le ha jugado una mala pasada escondiendo mi madero en tu casa para que la guardia civil lo encontrara al hacer el registro y sospechara de ella.

— ¿Y quién puede ser ese alguien? He estado dándole vueltas en la cabeza y no se me ocurre la persona ni el motivo.

Tardó él en contestarle. Su rostro se había ensombrecido de nuevo. Había bajado la cabeza mientras reflexionaba y cuando la levantó fijó su mirada en una de las ventanas de la planta superior como si traspasara la fachada con la vista y viera al ocupante de esa habitación. Sin duda era el dormitorio de Diego, se dijo ella, que a continuación tradujo esa deducción en palabras.

— ¿Estás pensando  en que ha podido ser tu hermano? ¿Para qué? ¿Para gastarle una broma? Sería una broma muy pesada.

Asintió Álvaro cansadamente con la cabeza.

—Sí, si la sangre que ha hallado la policía en la cabeza de madero no es de ese hombre que ha muerto, podría ser una broma, aunque muy poco graciosa, del tipo de las que  suelen gastar él y sus amigos.

—Una jugarreta muy sucia— masculló Irina.

Él corroboró en el acto su apreciación.

—Sí, una jugarreta imperdonable. Yo… es que ya no sé qué hacer con él.

El abatimiento de sus hombros y la expresión de agotamiento de su rostro hubiera conmovido a cualquiera, pero a Irina no. Recobró de improviso la energía que había perdido en las horas precedentes y le increpó furiosa:

— ¿Qué no sabes qué hacer? Vamos a subir ahora mismo los dos a su cuarto y le vas a decir que ya está bien de hacer daño al prójimo y de que las atrocidades que se le ocurren queden sin castigo. Que la guardia civil ha detectado sus huellas en el mango del palo de golf y que no tardará en venir a buscarle.

Se sobresaltó visiblemente al oírselo decir.

— ¿Es que había huellas en ese mango?

—No lo sé y en cualquier caso aún no ha tenido tiempo de averiguarlo. Lo que quiero es que le asustes para que te diga la verdad y para que la declare después en la jefatura.

Conforme iba dejando escapar ella el rencor que sentía contra Diego, fue recuperándose también él del desmadejamiento que le había producido la noticia. Bruscamente se puso en pie.

—Tienes razón. Voy a subir ahora mismo a su cuarto y conseguiré que me diga la verdad de una forma u otra. Espérame aquí y si llama el médico a la puerta del jardín, haz el favor de abrirle. No tardaré.

Se quedó sola bajo la pérgola con un sinfín de sentimientos encontrados bulléndole en su interior, mientras aguzaba el oído tratando de detectar la conversación de los dos hermanos en la planta superior, pero no consiguió oír el menor rumor que delatase la presencia de un ser humano dentro de la casa. El silencio más absoluto parecía reinar en el interior de ésta como si estuviese deshabitada. El vestíbulo, de grandes proporciones y con el pavimento de mármol que podía atisbar desde la terraza, daba paso mediante una puerta corredora que estaba abierta a un inmenso salón que se hallaba semi en penumbra. Creyó ver el brillo de un reloj colocado sobre una consola al fondo de la estancia y la sombra de los butacones blancos, a juego con el sofá, frente a una chimenea de mármol apagada. En el vestíbulo, a la derecha de la puerta corredera, distinguió una escalera adosada a la pared por la que debía haber subido Álvaro instantes antes, pero si le estaba gritando al otro, deberían llegar hasta ella a través del aire algún sonido y no aquella extraña sensación de aislamiento, como si de pronto la hubieran dejado sola en la sierra con su angustia y con su impotencia.

Intranquila se rebulló en el sillón y consultó su reloj de pulsera para hacerse una idea del tiempo que podía haber transcurrido. Cinco minutos escasos, pero más que suficientes para que Álvaro hubiera llegado al piso de arriba y entrado en su dormitorio. Imaginó a Diego acostado en la cama con expresión doliente. ¿Sería posible que aquel idiota, que seguramente estaba fingiendo una enfermedad que no padecía, hubiera tenido la ocurrencia de gastarle una broma tan macabra a Alicia? Le pareció incomprensible que pudiera existir alguien tan inconsciente como para habérsele ocurrido semejante insensatez, estando como estaban los dos en libertad con cargos. A no ser, claro está, que, si había tenido algo que ver con la muerte de Toribio Rodríguez, pretendiera que su hermana cargara con la culpa. Enfurecida respiró hondo. ¿Habría sido capaz de cometer semejante vileza?

Se preguntó entonces qué habría podido ver Alicia en él. Poseía un físico atrayente, eso era cierto, pero no le parecía suficiente motivo como para arriesgarse por dos veces, secundándole, a que la guardia civil la detuviera y lo que era aún peor, a que un tribunal la condenara.

Sin poder controlar sus nervios por más tiempo, se puso en pie con la intención de empezar a pasear por la terraza, pero en ese momento sonó el timbre de la puerta del jardín. Una pradera de césped se extendía desde allí a la cerca de la parcela, que era bastante más amplia que las restantes de la urbanización en la que estaba enclavada, pero no tardó más de unos segundos en recorrerla y en abrirle a un hombre de mediana edad. Era de corta estatura, con una calva rosada y unas gafas sin montura sobre una nariz excesivamente grande. Llevaba un maletín en la mano y vestía un pantalón oscuro y una camisa de manga corta. Levantó la mirada hacia ella, que acababa de apartarse para permitirle el paso, y le sonrió.

—Me han llamado para que vea a un enfermo— le dijo a modo de saludo—. ¿Es usted de la familia?

—No, no. Soy solamente una amiga. Pase usted.

Le precedió hacia el edificio y una vez que llegaron ambos frente a la terraza se detuvo sin saber si debería entrar con él en la casa y subir la escalera, dejar que lo hiciera solo o esperar a que volviera Álvaro.

— ¿Dónde está el enfermo?—le preguntó él.

—Arriba, en su dormitorio. Álvaro acaba de ir a verle, pero no tardará en volver.

—Le esperaré entonces— decidió él, tomando asiento en la butaca que el otro había dejado libre instantes antes—. ¿Sabe usted qué es lo que le pasa al chico? Le conozco desde que era muy pequeño y ya entonces nos mantenía en vilo a todos. En una ocasión tuve que extraerle un garbanzo de la nariz y me arañó y me dio de patadas mientras lo hacía.

Se lo refería como si fuera una chiquillada que mereciera al menos una sonrisa de disculpa, pero Irina no fue capaz ni tan siquiera de intentar esbozar ese gesto.

—Muy gracioso— refunfuñó.

— ¿Decía usted algo?— se interesó él.

—No, nada. Veo que hace tiempo que conoce a esta familia.

—Mucho— admitió él sujetándose las gafas sobre el puente de la nariz. He vivido en este pueblo toda la vida. Únicamente durante los años en los que estudié la carrera de medicina tuve que trasladarme a la capital, pero regresé en cuanto obtuve el título y no he sentido nunca el menor deseo de marcharme.

— ¿Ha ejercido aquí como médico todos esos años?— le preguntó Irina cortésmente.

—Sí, sí. Al principio no había ningún otro en el pueblo y todos los vecinos acudían a mí cuando les pasaba algo. Ahora en cambio somos tres. Dentro de poco me jubilaré y creo que echaré de menos este trajín.

Se preguntó ella que a qué trajín se referiría, porque el pueblo no podía ser más tranquilo y el calor sofocante que acompañaba siempre al mes de agosto  no invitaba tampoco a realizar grandes esfuerzos, sino más bien a dejarse caer desmadejado en el primer asiento que se hallara a la sombra. Él la miraba sonriente, como si estuviera encantado de mantener esa charla con ella, por lo que se sintió obligada a continuar la conversación.

—Conocerá entonces a todos los vecinos— insinuó.

—Claro. Ahora no se llevan ya las visitas de los médicos a domicilio. La gente prefiere acudir a las urgencias de los hospitales, pero hace años era muy distinto. Usted no suele veranear aquí, ¿verdad?

—Últimamente no, pero antaño sí pasábamos los meses de verano con mis padres en la casa de esta misma urbanización que ocupamos estos días mi hermana y yo, pero no recuerdo que enfermáramos ninguno de la familia. Por eso no tenía el gusto de conocerle.

Se le cortó la inspiración a Irina y al médico debió sucederle lo mismo, porque cayó un silencio pesado entre los dos. Se estrujó ella la cabeza buscando un nuevo tema de conversación y dijo al fin lo primero que se le ocurrió.

—Conozco a poca gente aquí. Estoy preparando una oposición y como tengo mucho que estudiar, salgo muy de tarde en tarde. Podría decir que en realidad solo tengo amistad con dos o tres personas.

—Con los Latorre, ¿verdad?—apuntó él—. Son una familia estupenda. Doña María es toda una señora.

Supuso Irina que doña María sería la madre de Álvaro y de Diego, por lo que asintió con la cabeza. ¿Por qué no se le ocurriría nada más que decir?

—Conozco también a Carlos Falcón. ¿Sabe quién es? Veranea en la urbanización de La Estación y es un abogado muy prestigioso, pese a que es bastante joven.

El redondeado semblante de él se animó al oírselo decir.

—Claro que le conozco. También es un tipo estupendo, aunque un poco serio de más. Antes de que muriera ella tenía un carácter más alegre, pero... aquello fue una desgracia de la que no se ha recuperado todavía.

— ¿La conoció a ella?— le preguntó súbitamente interesada.

—Sí, era muy joven y muy guapa. También muy alegre, aunque algo hipocondriaca. Poseía una magnífica salud y sin embargo estaba obsesionada con tomar toda clase de medidas absurdas para mantenerse en forma. Las tonterías que leía en revistas de salsa rosa destinadas a las mujeres, ¿me entiende?

— ¿Quiere decir que frecuentaba los salones de belleza?

El médico meneó negativamente la cabeza.

—No, no. Me refiero a que salía a correr todas las mañanas bien temprano, aunque aquí en invierno el termómetro no alcanza los cero grados en esa época. Recorría varios kilómetros y regresaba a su casa exhausta y congelada. También se empeñaba en dormir con la ventana abierta, aunque estuviera nevando, por lo que muy a menudo se acatarraba y padecía bronquitis muy serias. Fue una pérdida irreparable.

Dudó Irina en continuar con ese tema por miedo a resultar indiscreta, pero él parecía sentirse cómodo comentándoselo, por lo que le preguntó:

— ¿La asistió usted en su última enfermedad?

—Sí— repuso entristecido—. Ya le he dicho que entonces era el único médico del pueblo y tanto Carlos como yo pensamos que era una bronquitis más. Él no se lo ha perdonado y yo tampoco.

— ¿Y no era una bronquitis?

—Debió ser algo más grave, aunque los síntomas que presentaba eran los de un catarro sin demasiada importancia. De otro modo la hubiera ingresado Carlos en un hospital, pero no se nos ocurrió ni a él ni a mí. En los últimos tiempos y sin una razón aparente estaba deprimida, por lo que él procuraba no contrariarla y como se obstinó en que la dejáramos en paz y no la molestáramos con más tonterías, cogió él el coche y se marchó a Madrid, porque tenía un juicio esa mañana. El caso es que cuando regresó de su trabajo a última hora de la mañana se la encontró acostada en la cama, como la había dejado, pero no respiraba ya.

Asintió Irina con la cabeza sin que se le ocurriera nada que decir. Afortunadamente en ese momento oyeron los dos los pasos de Álvaro que regresaba, por lo que desechó de su mente la escena que estaba imaginando y regresó al presente para resolver otro problema mucho más acuciante. El semblante de él no expresaba nada cuando salió a la terraza y se dirigió al hombre.

—Perdone don Agustín por haberle sacado de su consulta a estas horas. ¿Quiere venir?

Con un ademán cortó el otro sus disculpas y se puso en pie para seguirle a través del vestíbulo y ascender luego cansinamente la escalera. Irina les perdió de vista en cuanto remataron el primer tramo y se arrellanó en el sillón apoyando la cabeza en el respaldo. Empezaba a notar un molesto runrún en el estómago, señal inequívoca de que debía ser la hora de comer, pero no estaba dispuesta a volver a su casa sin haber resuelto la cuestión por la que se había presentado en Villa María. Si Diego le había confesado a su hermano que la aparición del palo de golf en el dormitorio de Alicia obedecía a una broma que habían pretendido gastarle él y sus amigos a la chica, le sacaría de la cama y le llevaría a rastras a que lo declarara así ante la guardia civil que la retenía en el calabozo. Y lo haría aunque estuviese enfermo de verdad y padeciese una fiebre galopante, aunque estaba segura de que la habría fingido también. No recordaba ya el truco del que solían valerse los estudiantes para lograr que les subiese la temperatura cuando no querían ir al colegio, pero sin duda era el que habría utilizado Diego esa misma mañana cuando la guardia civil se había presentado en su casa con una orden de registro.

Intentó oír las voces de los tres hombres en la planta superior, pero tampoco ahora percibió otra cosa que un silencio absoluto a su alrededor. En un árbol cercano el coro de cigarras que había amenizado la charla que había mantenido con don Agustín había también cesado de emitir su monótono y chirriante cántico. Quizás estuviesen tan achicharradas como ella a esas horas del día, en las que la calígine estival había alcanzado su cenit, o quizás se estuvieran preguntando que para qué iban a seguir cantando si nadie las escuchaba. En ese momento se solidarizó con ellas. Sintió que también ella corría sola y desalentada de un sitio para otro buscando ayuda para sacar a Alicia del calabozo, mientras los demás se entretenían con nimiedades. Carlos había renunciado a su defensa por la imposibilidad de compatibilizarla con la de Diego y Álvaro, que había subido al dormitorio de éste a pedirle explicaciones, aún seguía con él y con el médico, en lugar de obligarle a reconocer su culpabilidad para que ella actuara en consecuencia.

Al fin oyó sus pasos. Bajaban cachazudamente la escalera y ahora atravesaban el vestíbulo para salir a la terraza, donde se detuvieron los dos. El médico para despedirse de ella y Álvaro, a la espalda de éste, como un testigo mudo y sin expresión.

—Encantado de haberla conocido— le decía don Agustín a ella en ese momento—. Si me necesita, ya sabe dónde estoy. Y ahora me marcho que todavía tengo que realizar una visita más esta mañana.

Se lo decía mientras se encaminaba ya hacia la puerta del jardín seguido de Álvaro que, en cuanto el médico salió a la calle retrocedió sobre sus pasos y se le reunió bajo la pérgola.

—Diego dice que ni él ni sus amigos han tenido nada que ver con el hallazgo que ha efectuado la guardia civil en tu casa— le comunicó en voz baja— Don Agustín le ha diagnosticado unas anginas.

— ¿Unas anginas?

—Sí. No ha salido de casa desde que ayer empezó a encontrarse mal.

— ¿Y cuándo empezó a encontrarse mal?

—Ya te lo he dicho, ayer, en cuanto se levantó. Cuando se ha presentado la guardia civil en esta casa para hacer el registro, la he acompañado yo, porque él tenía ya mucha fiebre y no le he dejado salir de la cama.

Buceó Irina en sus recuerdos para puntualizar lo que Alicia le había comentado sobre el estado de salud de Diego cuando se habían hecho las encontradizas con ellos en Villa María y llegó a la conclusión de que el catarro o lo que fuese debía haber comenzado a producir sus efectos la mañana del día anterior. O quizás hubiese fingido esa indisposición imaginando lo que se avecinaba, se dijo, pero como no podía decirle a Álvaro que su hermano le había mentido sobre ese particular, porque no la creería, se limitó a preguntarle con su mejor cara de inocencia:

— ¿Y ayer pasó ya todo el día en la cama?

—No lo sé, porque me llamaron de la editorial por un problema que había surgido cuando estaba desayunando y tuve que marcharme a Madrid. Él todavía no se había levantado. Cuando volví a la hora de la cena estaba muy congestionado, con fiebre alta y le dolía mucho la garganta.

—Ya— murmuró ella como si hablara consigo misma—. Pues no deja de ser curioso.

— ¿Qué es lo que te parece curioso? Lo importante es que Diego no ha sido el autor de esa broma tan pesada.

Intentó reprimir Irina un exabrupto, pero no llegó a conseguirlo.

—Me parece curioso que encontrándose tan mal estuviera aquí, bajo esta pérgola de chirigota con sus amigos. Ayer vinieron a visitarle Alicia, Susana y Mariló. Estaban bañándose en la piscina sus amigos, Ismael y Jorge, y aparentemente únicamente estaba un poco afónico.

Enarcó Álvaro las cejas con una expresión muy suya que denotaba su desconcierto.

—¿Estás segura?

—Completamente. Al parecer les dieron a entender los tres que les estaban importunando y ellas se marcharon muy disgustadas.

—Pero eso no significa que no se encontrara mal— objetó—. Si quieres, podemos intentar ordenar los hechos cronológicamente para tratar de averiguar cuando ha tenido alguien  oportunidad de colarse en tu casa y dejarte allí el regalito de marras.

—De acuerdo— aprobó Irina, disimulando su contrariedad, pues en su interior se vio obligada a reconocer que efectivamente podía haber sucedido así.

Se acarició él el cogote intentando reflexionar.

—Veamos, por lo que me ha dicho Carlos, a ese hombre le mataron a eso de las doce de la noche  y después le trasladaron a la abadía donde le dejaron tirado en el suelo del refectorio.

—Efectivamente.

—Debemos centrarnos por lo tanto en lo que hicisteis vosotras dos a partir de esa hora, en la que el que le mató buscó donde esconder el arma homicida. ¿Salisteis? Si en tu casa no  había nadie anteanoche, cualquiera pudo entrar por la puerta de la cocina.

Le chocó a Irina que conociera él el punto más vulnerable del chalet.

—¿Por qué piensas que utilizaría precisamente esa puerta?

—Porque es muy endeble. El portón de entrada es bastante sólido, pero esa puertecilla se abriría con solo darle un empujón.

—¿Y cómo lo sabes? ¿Has probado tú a darle ese empujón?

Parpadeó desconcertado por el sarcasmo con el que ella se expresaba.

—Claro que no, pero no hay más que verla.

—Pero no estaba forzada— replicó ella—. Me he fijado hace un rato al regresar.

— ¿Y sueles cerrarla con llave?

—No hasta que Alicia y yo nos vamos a la cama, pero es igual, porque aunque esa noche salió ella, yo me quedé estudiando en el comedor, como siempre. Regresó cuando finalizó la película y entonces bajé las persianas, cerré con llave las dos puertas y subimos a acostarnos.

—O sea, que no saliste de tu casa en todo el día— resumió él.

—Eso es.

— ¿Y ayer?

—Ayer viniste tú a contarme lo sucedido, después vino Carlos y por la noche fui a cenar con él.

Notó la repentina sorpresa de él, aunque la disimuló inmediatamente.

— ¿Te extraña?— insistió, deseando que se diera cuenta de que era una chica como todas y de que había otros seres pertenecientes al sexo masculino que valoraban su compañía.

—Me extraña… en él. En los últimos tiempos no salía de su casa más que lo imprescindible y siempre por motivos de trabajo—. La observó con lo que podía calificarse de curiosidad—. ¿Y lo pasasteis bien?

Inexplicablemente sintió un rapto de coquetería, aunque no llegó a entender el motivo. De haber estado presente Alicia, se habría quedado mirándola con la boca abierta.

—Sí. Hacía una noche preciosa. El agua del pantano reflejaba la luz de la luna y Carlos es un hombre encantador.

—Ya.

— ¿Por qué dices "ya"?

—Porque efectivamente es muy bonito el pantano, además de romántico. Pero continuemos con el asunto que estamos analizando— la interrumpió antes de que hubiera tenido tiempo ella de meter baza—Y Alicia había salido también— dilucidó pensativamente.

—Sí, llegó en bici cuando nos estábamos despidiendo.

—O sea, que desde la diez a las doce de la noche no hubo nadie en tu casa— precisó él.

—Bueno, no, algo más. Desde las diez hasta la una o quizás hasta la una y media de la madrugada en la que regresé— puntualizó Irina—. No estoy segura, porque no miré el reloj. Ayer, Alicia se quedó en la cama mientras yo iba al supermercado, donde me encontré con David y cuando regresé estaba la guardia civil en la puerta con una orden de registro.

—Entonces tuvo que aprovechar ese tipo las horas en las que estuviste fuera cenando con Carlos para entrar en tu casa, o sea, de diez de la noche a la una y media de la madrugada— Dejó escapar un suspiro de alivio al concluir—: Durante ese lapso de tiempo Diego estaba ya en la cama con fiebre alta, así que afortunadamente podemos descartarle a él.

—Pero a sus amigos no— le recordó ella—. Si habían discutido esa mañana con Alicia y con sus amigas, quizás les pareció muy gracioso cogerte un palo de golf y mancharlo… mancharlo con sangre de conejo o de otro animal, ¿no lo crees posible?

El semblante de Álvaro volvió a ensombrecerse.

—Posible, sí lo creo posible, porque los dos son unos insensatos y entran y salen de esta casa cuando les viene en gana, como muchas otras personas que me visitan. Creo, sin embargo, que saldremos de dudas en cuanto la guardia civil obtenga el resultado de los análisis de la sangre de mi madero. Si pertenece a ese hombre, también podremos descartarles a ellos. Son imbéciles, pero no unos asesinos.

Desvió pensativamente Irina la mirada hacia el árbol donde las cigarras habían reanudado su monótono chirrido y murmuró:

—En ese último caso, la persona que ha asaltado mi casa para esconder tu palo tendría que ser alguien que pretenda inculparla a ella.

—O a ti— insinuó él.

—¿A mí? ¿Por qué a mí? Lo han ocultado en el dormitorio de ella.

— ¿Y por qué crees que ese tipo habría de saber dónde dormís cada una de las dos?

Lo consideró Irina en silencio y un escalofrío le recorrió la espalda.

# CAPITULO XV

A la mañana siguiente se presentó David en su casa a primera hora. Vestía también ropa informal, pero sus pantalones vaqueros eran nuevos y el niqui verde claro que llevaba no ostentaba una sola arruga. Irina se apartó de la puerta para permitirle el paso y él entró en el vestíbulo con una expresión muy diferente de la que tenía la mañana anterior a la salida del supermercado. A ella le dio la impresión de que había cumplido varios años de repente por la gravedad con la que se le dirigió.

—Carlos Falcón me dijo ayer que querías verme, porque cree que puede resultarle incompatible la defensa de tu hermana con la de Diego Latorre y que por esa razón querrías encargarme tú que la asista en su interrogatorio, cuando la guardia civil la ponga a disposición judicial.

Con una seña le indicó Irina que pasara con ella a la sala de estar y cuando ambos tomaron asiento en el sofá meneó afirmativamente la cabeza.

—Sí, así es. ¿Te ha explicado el motivo?

—Sí, me ha dicho que la guardia civil encontró ayer durante el registro domiciliario que efectuó en esta casa un palo de golf, propiedad de Álvaro Latorre, con rastros de sangre, que estaba debajo de la cama de Alicia. Que por ese motivo la detuvo la guardia civil y se llevó también el palo para analizar la sangre que detectó. Álvaro es su amigo y Diego es su cliente. Sería realmente muy difícil defender a tu hermana sin implicarles a los dos. Por esa razón pensó en mí, pero esa es una decisión que debes adoptar tú.

Pasó cansadamente Irina una mano por su melena que aún llevaba suelta y húmeda. Había tenido esa mañana el tiempo justo de ducharse y vestirse con los viejos pantalones vaqueros que llevaba en casa y la camiseta desechada por Alicia, antes de que sonara el timbre. Pensó que estaría hecha una facha, pero no le importó. Pese a la solemnidad con la que se expresaba, David no era más que un chiquillo. Y aunque no lo fuera, lo importante era resolver la cuestión de la defensa de Alicia en el interrogatorio del juzgado, no preocuparse por el desaliñado aspecto que pudiera ella presentar, que probablemente no sería muy diferente del de las mujeres de las casas vecinas a esas horas de la mañana.

—Me gustaría, sí, que la asistieras tú en el trámite judicial que tendrá lugar dentro de un par de días— empezó vacilante.

—Pero prefieres que sea Carlos el que asuma su defensa en el caso de que el juez dicte auto de procesamiento contra ella— terminó David.

—Bueno… sí— reconoció Irina—. Aún no sabemos si la sangre del palo de golf es de Toribio Rodríguez y si ha sido su asesino el que lo ha escondido en esta casa o si se ha tratado de una broma, por llamarla de alguna manera, de alguno de los amigos de mi hermana.

—De Diego y de su cuadrilla— puntualizó él.

—Sí… de ellos o de otros. En ese último caso, imagino que la dejarían en libertad sin cargos por la ausencia de pruebas incriminatorias.

La atajó David con un ademán.

—Respecto a ese asunto tengo que comunicarte que ya se sabe el resultado del análisis. La sangre del palo de golf es de Toribio Rodríguez, de modo que hay que descartar la idea de que se trate de una broma. La escondió en esta casa el asesino de ese hombre con la intención de implicarla a ella en el crimen. Tenemos que pasar revista por tanto a los enemigos que Alicia pueda tener.

—O a los que pueda tener yo— insinuó ella en voz muy baja.

Parpadeó él desconcertado.

— ¿Por qué a los tuyos?

—Porque el asesino no debe de saber cuál es el dormitorio de cada una. Álvaro Latorre me lo hizo notar ayer, cuando fui a preguntarle si era suyo el palo de golf.

Se la quedó mirando incrédulamente, como si fuera una posibilidad que nunca se le hubiera ocurrido.

— ¿Y tienes enemigos tú?

Se encogió Irina de hombros mientras repasaba la corta lista de conocidos en el pueblo en el que veraneaba y con los que apenas si tenía relación. Como no se tratara de un maniático que odiara a las mujeres que estudiaban y se hubiera ganado su enemistad cuando al pasar por la calle la viera a través de la ventana de la sala de estar recitando los temas de la oposición, no se le ocurría ningún otro motivo.

—No salgo apenas— murmuró—. Y tampoco me he peleado con nadie en el supermercado, que es el único lugar que frecuento. Diego no me tiene mucha simpatía, porque me considera un vejestorio que cohíbo a Alicia con mis ideas anticuadas e impido que haga lo que le dé la gana, aunque en la mayoría de las ocasiones lo hace. No, no sé.

— ¿Y Alicia?

Entornó Irina los ojos para concentrarse mejor.

—Pues… tampoco lo sé. Estuvo en la abadía con Diego la noche en la que mataron a Eusebio Varas y creyó ver a alguien que huía en la oscuridad, pero no llegó a distinguirle. Si tiene miedo de que ella pueda identificarle, podría haber ideado ese medio para que las sospechas recaigan sobre mi hermana y quitársela así del medio, ¿no crees?

Reflexionó él con el ceño fruncido y terminó por admitirlo.

—Sí, podría ser. ¿Qué llegó a ver esa noche de esa persona que dices que salió corriendo?

Se había inclinado hacia ella en el sofá y aguardaba su respuesta con verdadero interés. Tanto, que a Irina le sorprendió por lo desproporcionada.

—Creo que nada, que distinguió tan solo y durante un segundo una sombra fugaz, pero, claro está, ese hombre no lo sabe.

Durante unos segundos permaneció él con la cabeza baja y la mirada fija en el pavimento de terrazo de la habitación. Sin levantarla murmuró como para sí:

—Y tampoco nos proporcionaría una pista la relación de personas que pudieran odiar a Toribio Rodríguez, porque sería demasiado larga. Cualquiera hubiera deseado que tuviera el fin que ha tenido, porque era un mal bicho.

Respingó imperceptiblemente ella al oírle.

— ¿Le conocías?

—Sí, claro, todos en este pueblo le conocían, porque vivió aquí hace unos años. Era un indeseable al que deberían haber ingresado en un centro para obsesos sexuales. No sé si existen esos centros, pero si no existen deberían de haberle encerrado en un manicomio.

— ¿Por qué lo dices?

Tardó David en contestar. Había desviado la mirada hacia el aparador y parecía contemplar el juego de café chino que podía verse a través del cristal del armarito, pero en realidad no lo veía.

—Acosó a mi hermana. Tiene cinco años más que yo. Aunque yo entonces era un crío, recuerdo con absoluta claridad el miedo que sentía ella de salir a la calle, porque él la perseguía y no precisamente para rendirle un homenaje.

— ¿Y por qué se marchó él de aquí?

—Por la presión de los vecinos. Estuvo trabajando durante un tiempo como albañil en la restauración de la abadía.

— ¿Se marchó a raíz del juicio en el que se le absolvió por haber violado a una chica?

Asintió David con la cabeza.

—Sí, el ponente del tribunal que le juzgó fue Eusebio Varas. En la vista negó él su autoría en contra de lo que había declarado ante la guardia civil y le absolvieron por falta de pruebas. Eusebio Varas era así, rígido, apegado a la letra de la ley, No se ceñía a los dictados de la lógica, sino al sentido literal de las palabras. En ese caso concreto además se atuvo a la reiterada doctrina legal, sentada recientemente a ese respecto por el Tribunal Supremo.

Esperó ella a que David continuara con su exposición, pero al ver que se callaba y que volvía a observar con atención el juego de café chino del aparador como si le interesara de una forma especial, insistió:

— ¿Y qué dice esa doctrina?

—Dice que la declaración de un detenido en sede policial no puede considerarse un medio de prueba en sí mismo y que debe acreditarse en el juicio oral por auténticos medios de prueba.

— ¿Quiere decir eso que lo que se declara ante la policía no sirve para nada?

—Sirve si en el juicio oral se prueba por otros medios.

—Y en ese juicio no se probó.

—En opinión del tribunal, no.

—Y entonces ese tipo salió absuelto, aunque le constaba a todo el mundo que era culpable. No lo entiendo.

Meneó él dubitativamente la cabeza.

—Bueno, no conozco bien los pormenores, porque en esa época estaba en Madrid en una pensión, estudiando.

—Pues me parece absurdo que por un rebuscado tecnicismo un delincuente que ha reconocido su culpabilidad pueda quedar libre— protestó indignada Irina—. ¿Qué opinas tú?

—Que todos tenemos derecho a la presunción de inocencia y que somos inocentes mientras no se demuestre lo contrario.

Esbozó ella un gesto de desaprobación y masculló por lo bajo:

—Me parece que a ti se te ha indigestado el Derecho.

— ¿Cómo dices?— trató de averiguar David inclinándose hacia ella.

—Nada, no digo nada. Que el muy cara se fue de rositas y que encima a ti te parece bien.

—No me has dejado terminar— protestó él olvidándose del juego de café chino para al enderezarse y apoyarse en el respaldo del sofá clavar en ella sus ojos castaños—. En aquel caso era evidente que Toribio Rodríguez no era inocente, porque los testimonios de muchos vecinos atestiguaron que era un pervertido y que perseguía a aquella chica, pero Eusebio Varas consideró que ninguno de esos testimonios era una prueba concluyente, porque además un primo suyo declaró que había estado en su casa jugando a las cartas esa tarde. Ya te he dicho que era un juez excesivamente puntilloso.

— ¿Y cómo es que ese tipo había vuelto recientemente al pueblo? ¿Se habían olvidado los lugareños de él?

Se encogió David evasivamente de hombros.

—Llevaba por lo menos tres años fuera y me lo encontré hace un par de semanas en la plaza del burrito. El muy cretino tuvo la desfachatez de pararse a saludarme y de preguntarme por mi hermana.

— ¿Y qué le contestaste?

—Nada. Me contuve para no atizarle un puñetazo en las narices. Era un hombre bajito, pero muy fornido. Se explayó él en cambio, fanfarroneando, aunque intenté cortar su verborrea varias veces y seguir mi camino. Me contó que había heredado la casa en la que vivían sus padres, en el pueblo, y que había vuelto porque tenía previsto afincarse aquí de nuevo. Y para acabar de rematarlo  volvió a preguntarme por mi hermana.

— ¿Y dónde está ella?

—Vive también en el pueblo, en la calle de Las Huertas. Se casó y tiene un niño pequeño, pero es un tema del que no quiero hablar porque todavía me enfurece recordarlo.

—Pero… intentó ella objetarle.

—Vamos a la cuestión que nos interesa— la interrumpió—. Cuando la guardia civil  ponga a Alicia a disposición judicial estaré presente yo en el interrogatorio, pero a los letrados no se nos permite efectuar ningún alegato. Nuestra asistencia garantiza únicamente que se respetarán los derechos del detenido, entre los que se encuentra el de ser informado de qué se le acusa. Te lo digo para que sepas que cualquier novato estaría capacitado para intervenir en ese trámite y estés tranquila. Carlos no lo haría mejor que yo. Después, cuando se aclaren las cosas, si dicta el juez auto de procesamiento contra ella y no involucran a Diego ni a Álvaro en el procedimiento, puede Carlos asumir su defensa. ¿Estás de acuerdo?

Se apresuró Irina a aceptar su propuesta.

—Por supuesto que sí. Y perdona— se disculpó temiendo haberle herido en su dignidad profesional—. No es que te minusvalore, pero me recomendaron a Carlos cuando mataron a Eusebio Varas y detuvieron a Alicia y fui a buscarle para pedirle que se hiciera cargo de su defensa. No me parece bien prescindir ahora de él si a Diego le dejan al margen de este asunto.

Le sonrió él con algo de ironía como si por la respuesta de ella considerase que había pecado de ingenua.

—Mucho me temo que eso no será así. La guardia civil conoce de sobra sus chiquilladas, por llamarlas de alguna manera, y el odio mutuo que se tenían el juez y él. Todas las circunstancias que concurren en ese caso le apuntan  como el sospechoso más probable y desgraciadamente tu hermana era durante esos días la favorita de su harén, así que puede que la acusen de complicidad.

— ¿Tú crees?— se alarmó ella—. Tiene una coartada para la noche en la que mataron a ese tal Toribio. Estuvo en el cine con dos amigas que pueden corroborarlo.

— ¿Y Diego?— insistió David—. ¿Se sabe dónde estuvo? El palo de golf que han hallado en tu casa implica a Alicia, pero también a él y hasta a su hermano, ya que es de la propiedad de este último. Pero no te preocupes— añadió al ver la inquietud reflejada en el semblante de Irina—. Es posible que el juez llegue a la conclusión de que no tiene pruebas suficientes para enviar a ninguno de ellos a la cárcel y les deje en libertad con cargos o incluso que les fije una fianza.

— ¿Una fianza?— volvió a alarmarse ella—. ¿Y sería muy elevada?

—Eso no lo sé, pero si nos parece desproporcionada podemos recurrir su cuantía. Lo importante es que la dejen libre para que ganemos tiempo y pueda mientras tanto la policía hacer su trabajo y encontrar al verdadero culpable. Porque...—. Se mordió los labios y la miró de soslayo sin saber cómo continuar.

— ¿Qué ibas a decir?

—Iba a preguntarte si tú estás segura de la inocencia de Alicia.

—Por supuesto— se enfadó—. ¿La consideras capaz de haber agredido a ese tipo con un palo de golf de hombre? Su complexión es muy similar a la mía, por lo que dudo que pudiéramos utilizarlo para matar a alguien, aun pretendiéndolo.

Esbozó él un gesto vago.

—Eso depende.

— ¿De qué depende?

—De la situación en la que se hubiera hallado si ese hombre la siguió y arremetió contra ella en un descampado, pongo por ejemplo. Alicia es también una chica muy atractiva.

Parecía incluirla en el cumplido, pero no se sintió halagada, sino al contrario, experimentó la sensación de que estaba inculpando a la otra injustamente solo porque poseía un físico aceptable.

—¿Y porque sea guapa te atreves a cargarle el sambenito?

—No, porque lo es me atrevo a suponer que ha podido gustarle a él, ya que se volvía loco por las chicas muy jóvenes, aunque recuerdo que prefería a las rubias. De haber sucedido así, ¿te lo habría contado ella?

Se lo preguntó a sí misma tratando de rememorar las conversaciones que había mantenido últimamente con su hermana y no llegó a una conclusión, pero como no estaba dispuesta a reconocérselo intentó eludir la respuesta.

—No he oído en mi vida una estupidez semejante. ¿O es que piensas que un palo de golf suele llevarse en el bolso para utilizarlo como arma por si te encuentras con un indeseable y se propasa? Además, ese madero, como lo llama Álvaro, ni siquiera es suyo.

Se echó a reír él al oírla.

—No, pero no sabemos dónde le mataron.

—¿Estás insinuando que pudo haber sido en Villa María?

—No estoy insinuando nada, porque no lo sé, aunque, cómo has dicho, es cierto que no se suele llevar un palo de golf bajo el brazo sin un motivo concreto, pero hay varios campos de golf en las proximidades de Pelayos de la Presa. El más cercano es El Encinar, a unos diez kilómetros.

—Donde quizás juegue Álvaro Latorre.

—Podría ser.

—¿Estás pensando que ha podido ser él?

— No lo sé, pero cabe dentro de lo posible.

— ¿Y por qué habría de haber querido Álvaro sacudirle a ese Toribio en la cabeza con su madero? No tiene sentido.

—Eso tampoco lo sabemos. Se me ocurre además otra posibilidad.

— ¿Cuál?

—Que no haya sido Álvaro, sino Diego.

— ¿Y que esté fingiendo una enfermedad con la complicidad de su hermano para despistar a la guardia civil?

No lo creo, porque ayer le visitó don Agustín, ya sabes, el médico del pueblo, y le diagnosticó unas anginas.

Al ver la expresión desdeñosa de David, insistió.

—Estaba yo en Villa María y oí perfectamente ese diagnóstico. ¿Por qué pones esa cara?

—Porque ese señor está ya muy mayor y siente verdadera debilidad por la familia Latorre. Si el chico tenía fiebre o parecía que la tenía, porque hay algún que otro truco para que te suba artificialmente la temperatura, y fingía que le dolía la garganta, el pobre don Agustín picaría el anzuelo.

Reflexionó Irina sobre la posibilidad que David apuntaba y meneó dubitativamente la cabeza. Aunque se resistía a admitirlo, imaginaba sin ninguna dificultad a Álvaro encubriendo a su hermano, lo mismo que habría hecho ella en su caso. No habría dudado en inventar cualquier argucia para proteger a Alicia. Le dio la impresión de que él seguía el hilo de sus pensamientos, por lo que decidió poner fin a la conversación.

— ¿Me avisarás cuando la guardia civil la ponga a disposición judicial?— le preguntó poniéndose en pie, como una clara indicación de que debía despedirse.

—Por supuesto. Y si quieres te recogeré con el coche.

—De acuerdo. Te daré el número de mi móvil para que me llames en cuanto tengas noticias del juzgado.

Intentó estudiar cuando él se marchó, pero las letras le bailaban ante los ojos como si hubieran cobrado vida propia y una y otra vez le venían a la mente las sospechas que había sugerido él sobre los dos hermanos. Cansada de no conseguir concentrarse, apartó a un lado los temas de la oposición y se acodó sobre la mesa reflexionando. ¿Habría tenido algo que ver Álvaro con la muerte de ese hombre? ¿Y con la de Eusebio Varas? Para la de este último sí se le ocurría un posible motivo, defender a Diego de la previsible denuncia de aquel. No así para la de Toribio Rodríguez. No conseguía establecer una plausible relación entre los dos ni el motivo que hubieran sido hallados en el refectorio de la abadía. Sobre todo porque a

Toribio Rodríguez no le habían matado allí. Inmediatamente le descartó como sospechoso. Era un hombre demasiado responsable para haber cometido unos actos tan atroces.

Pero tenía que hacer algo, se dijo. No podía perder el tiempo estudiando, mientras Alicia estaba detenida, aguardando la celebración de un trámite procesal del que no sabía si saldría en libertad. Tenía que anticiparse a la investigación de la guardia civil y descubrir quién podría haber tenido oportunidad de entrar en su casa durante las cuarenta y ocho horas anteriores para esconder el arma homicida con la intención de implicarlas en el crimen.

Quizás si comenzara por el escenario donde habían sido hallados los cuerpos de los dos hombres repararía en algún detalle que se le hubiera escapado a la guardia civil, pensó. ¿Pero cómo podría acceder al monasterio cuando se hubieran marchado los obreros encargados de su restauración? No sabía si las obras seguían estando clausuradas o si se habrían reanudado ya. Podía preguntárselo con disimulo a Carlos al que podía llamar para que la informara de si se había producido alguna novedad, porque, si le comentaba lo que pretendía hacer, lo desaprobaría con toda seguridad. Nerviosa se mesó el cabello que comenzaba a secársele mientras su mente trabajaba intensamente. Tenía que sonsacarle sin que él se diera cuenta de la finalidad que perseguía y sin que tampoco lo advirtiera. Sintió húmedas las manos de sudor al extraer el móvil del bolsillo de su viejo pantalón vaquero y buscar el número de él en su agenda. No tardó en oír su voz.

—Irina, ¿cómo estás? ¿Has hablado con David?

—Sí, sí. Se acaba de marchar. Tal y como me recomendaste, se va a encargar él de asistir a Alicia cuando pase a disposición judicial. ¿Hay algo nuevo?

Hubo un silencio al otro lado de la línea. Le dio la impresión de que había transcurrido una eternidad hasta que volvió a oír su voz.

—¿Algo nuevo?, sí. Esta mañana se ha presentado nuevamente la guardia civil en casa de los Latorre. Álvaro me ha llamado cuando acababa de levantarme y he acudido inmediatamente a Villa María donde les ha interrogado a los dos. Diego todavía tenía algo de fiebre y ha contestado en la cama a sus preguntas, que han versado fundamentalmente sobre si alguien podía corroborar donde se encontraba él a la hora en la que mataron a ese hombre.

— ¿A Toribio Rodríguez?

—Sí. Ha señalado él a sus dos amigos, Ismael y Jorge, creo que se llaman, a los que nos han dicho que iban a interrogarles también. Luego se han empleado a fondo con Álvaro. Querían saber si conocía a Toribio Rodríguez y cuándo había echado de menos el palo de golf, en cuyo mango no han encontrado huellas. Cuando él ha contestado que no se había dado cuenta de que le faltara uno, porque no sabe cuántos tiene, le han pedido que les proporcionara una relación de las personas que han tenido oportunidad de sustraérselo.

— ¿Y qué ha contestado a esa pregunta?

—Que tiene muchos amigos, que de Villa María entra y sale mucha gente y que el soporte de esos palos lo tiene en el vestíbulo, así que, sin que él se diera cuenta, cualquiera podría haberse llevado uno, incluso el cartero, aprovechando las ocasiones en las que ha tenido que ir a buscar un bolígrafo para firmarle el recibo. Esto último lo ha dicho con ironía.

— ¿Y les ha hecho gracia la respuesta?

—Me temo que no. Se han quedado tiesos como dos postes y ni siquiera han sonreído.

A su pesar se echó a reír Irina imaginando la escena, pero una punzada de angustia cortó en seco su hilaridad. ¿Cómo podía perder el tiempo en frivolidades y olvidarse, aunque fuera por un segundo, de la situación en la que se hallaba Alicia?

—Incluso podía habérmelo llevado yo— reconoció recuperando la seriedad, al recordar que en los últimos días la había dejado Álvaro sola en la terraza en varias ocasiones—. ¿Se lo ha dicho así a la policía?

—No, claro que no. No ha pronunciado tu nombre ni una sola vez. Ha insistido como es natural en que ni Diego ni él conocían de nada a Toribio Rodríguez ni le habían visto nunca.

— ¿Y se lo han creído?

—Pues no lo sé. De ese asunto han pasado a otro que parecía interesarles más. Querían saber por qué tiene Álvaro llave de la abadía y si la había utilizado recientemente.

Experimentó ella una repentina excitación al oírle referirse al tema que había motivado su llamada y respecto al que no acertaba con el modo de encauzar la conversación. Se felicitó por su buena suerte y fingió sorprenderse por lo que acababa él de decirle.

— ¿Es que tiene Álvaro llave del monasterio?

—No, no la tiene en su casa, pero ya te he comentado en alguna ocasión que pertenece a una asociación interesada en su reconstrucción y la pide en el Ayuntamiento cuando la necesita para tomar medidas al respecto. Por esa razón le han preguntado también si la había solicitado en los últimos días.

— ¿Y qué ha contestado?

—Que no, que hacía tiempo que no visitaba la abadía.

Durante un par de segundos se quedó callado como si estuviera reflexionando sobre algo, lo que dedujo por el tono de su voz, tan diferente, como si lo hubiera llevado mucho tiempo contenido en la garganta, cuando le dijo;

—No me has contestado antes a la pregunta que te he hecho.

— ¿A la pregunta? ¿Qué me has preguntado?

—Que cómo estás. Imagino que angustiada por todo lo que ha sucedido en las últimas horas y en parte me siento responsable. He llegado a pensar incluso en renunciar a la defensa de Diego para poder ocuparme de la de Alicia sin ninguna clase de problemas, pero en el último segundo no me he atrevido a decírselo a Álvaro.

Le sonaron a música sus palabras, tan íntimas, tan reconfortantes. La anteponía a su sentido del deber e incluso a su amistad con Álvaro y en esos instantes en los que se sentía tan impotente para afrontar la pesadilla que estaba viviendo la gratitud que experimentó le ascendió hasta los ojos que se le llenaron de lágrimas.

—Pero no puedes dejar a Diego en la estacada— objetó sin ninguna convicción esperando que él la contradijera.

—No es a la defensa de Diego a la que no puedo renunciar— replicó tajantemente.

— ¿No? ¿A la de quién entonces?

—A la de Álvaro. Me temo que la policía esté atando cabos y que no tarden en detenerle con una acusación mucho más grave que la de Alicia. Está claro que ella no pudo matar a Toribio Rodríguez, porque a la hora en la que se cometió el crimen estaba con dos amigas que lo confirmarán. Como mucho la acusarán de encubrimiento. En cambio a él…

—Pero lo que dices es absurdo— protestó ella— ¿Por qué habría de haberle matado Álvaro? No le conocía de nada. ¿O es que le conocía?— insistió al notar el silencio de Carlos a través de la línea telefónica.

—No, no le conocía, que yo sepa.

— ¿Entonces…?

—Por lo que he podido averiguar por los obreros que trabajan en la abadía, en los días anteriores a su muerte Toribio Rodríguez se presentaba por las tardes en el monasterio a ver cómo avanzaban los trabajos y a ofrecerse como albañil al capataz.

—Sí, ¿y qué?

—Que cabe dentro de lo posible que, si se quedó a dormir entre las ruinas, cuando los obreros se marcharon, presenciara el asesinato de Eusebio Varas y haya intentado chantajear a su autor.

—Sí, ¿pero eso qué tiene que ver con Álvaro?

Lo que Carlos estaba insinuando fue penetrando lentamente en su cerebro. Lo recorrió despacio como si vagara por una cámara hueca y cuando las palabras de él fueron haciéndose inteligibles le dejaron dentro un vacío helado, que fue resbalándole por dentro sin permitirle reaccionar. Lo consiguió súbitamente al trocarse la sorpresa que había experimentado en incredulidad.

—Eso es una estupidez que se cae por su base. Aún en el supuesto, absolutamente increíble, de que él se hubiera cargado al juez para evitar que denunciase a Diego y que luego hubiera liquidado a Toribio para impedir que le chantajeara a él, ¿por qué habría de haber querido implicarnos a Alicia o a mí dejándonos su palo de golf escondido, con el propósito de que lo encontrase en nuestra casa la guardia civil?

Mientras le replicaba, rememoraba su risa tan espontánea y la mirada de sus ojos castaños clavados en ella con una expresión que no había llegado a interpretar, pero que no traslucían animadversión, sino al contrario. Le brillaban como si una lucecita interior los iluminase. No era posible que hubiese intentado perjudicarlas a las dos y que hubiese sido el causante de la situación en la que se hallaba Alicia en esos momentos.

—También lo último que has dicho me desconcierta a mí— reconoció Carlos— porque es cierto que en ningún caso querría perjudicarte a ti. En cuanto a Alicia… a Alicia es otra cosa.

Se quedó sin habla Irina. En una décima de segundo desfilaron por su memoria un sinfín de imágenes que creía olvidadas en las que Tomás y ella eran los protagonistas y su hermana la niña descarada que había abierto un abismo infranqueable entre los dos con el resultado final de que él había decidido desaparecer de su vida. ¿Se estaba refiriendo Carlos a que ese episodio había vuelto a repetirse sustituyendo por Álvaro a uno de los anteriores personajes? Pero no era la misma historia, se dijo. Él no le había demostrado nunca otra cosa que una cierta simpatía y ella ni siquiera se había planteado un avance de ningún tipo en esa relación.

— ¿Es que a Álvaro le cae mal Alicia?— inquirió casi sin voz.

Le pareció que vacilaba él, buscando la respuesta adecuada sin acabar de encontrarla.

—No, no, claro que no. Aunque es una chiquilla malcriada, no tendría formada una mala opinión sobre ella si no fuera porque pertenece al círculo de Diego y participó con él en la aventura que corrieron en el monasterio la noche en la que mataron al juez. Piensa que ejerce una mala influencia sobre su hermano.

— ¿Una mala influencia?— se enfadó Irina—. Es él el que ejerce una mala influencia sobre ella. Alicia no es especialmente miedosa, pero no ha sentido nunca el menor placer en allanar la propiedad ajena para pasearse de noche por una abadía solitaria y ruinosa en la que parecen estar acechando a los vivos los fantasmas de los frailes que la habitaron. La convenció Diego, que es un irresponsable. Ella no es más que una niña tonta, incapaz de no seguirle la corriente por miedo a desmerecer ante sus ojos.

—Bueno, bueno, no te pongas así— trató de contemporizar Carlos—. Y tienes razón. He hablado de más, porque Álvaro no me ha dado nunca su opinión sobre ella y probablemente me estoy pasando de listo. Lo único que hay de cierto en lo que te he comentado es que la policía sospecha de él y, por el momento, su situación es mucho más delicada que la de Alicia. Por eso no puedo en este preciso instante pedirle que se busque a otro abogado, ¿me comprendes?

—Perfectamente— murmuró secamente Irina.

—Pero yo quería proponerte algo— continuó Carlos en un tono más distendido— Supongo que te encontrarás muy sola dándole vueltas en la cabeza a la situación en la que se halla tu hermana, por lo que creo que deberías distraerte. Hace mucho calor y en mi casa no tengo piscina. Antes no tenía dinero para instalarla y después no he tenido ganas, pero podíamos ir a bañarnos esta mañana al pantano. ¿Qué te parece?

Le apetecía. Sin saber por qué y dentro de la intranquilidad que sentía y que parecía haberse convertido en un sentimiento habitual de su existencia del que solo conseguía librarse cuando dormía, le ilusionaba verle. Estuvo a punto de aceptar, pero recordó a tiempo que era otro el plan que se había propuesto esa mañana.

—Hoy me va a ser imposible— murmuró— No me encuentro en condiciones de hacer otra cosa que darle vueltas a lo mismo a la cabeza. Cuando Alicia quede libre será distinto, pero hasta entonces prefiero quedarme en casa e intentar estudiar.

Aunque lo disimuló, notó la decepción de él por el tono de su voz.

—De acuerdo, de acuerdo. Te llamaré en cuanto tenga nuevas noticias y en último término, si no nos vemos antes, te acompañaré al juzgado mañana o pasado mañana a mucho tardar.

Olvidó Irina que David le había hecho el mismo ofrecimiento y que había quedado con él, por lo que experimentó un inmenso el alivio que sentía al oírle y aceptó en el acto.

—Muchas gracias. No sabes lo que te lo agradezco. Con tu apoyo será un trago más llevadero.

Cortó la comunicación y fue a sentarse en el sofá con el móvil en la mano para arrellanarse en él con la cabeza apoyada en el respaldo y acumular energías para realizar la siguiente llamada. Y no porque Álvaro la intimidase. Creía que él la valoraba y que tenía en cuenta sus opiniones, porque la consideraba prudente y reflexiva. Lo que temía con la proposición que iba a hacerle era decepcionarle, se dijo. Que llegara a la conclusión de que era tan alocada como su hermana, a la que, por lo que acababa de insinuarle Carlos, no le tenía ninguna simpatía.

Se recriminó interiormente por anteponer la consideración en la que pudieran tenerla los demás a los intereses de Alicia. Debería traerle al fresco perder puntos en la estimación de él, al que unos días antes ni siquiera conocía. Y también debería importarle un ardite lo que pudiera pensar

Carlos si más adelante llegara a enterarse. Lo único trascendente era sacar a Alicia del atolladero en el que la había metido un desaprensivo que no había dudado en situarla en el punto de mira de la guardia civil para desviar las sospechas que en otro caso hubieran podido recaer sobre él.

Decidida marcó el número y aguardó con el pulso acelerado a que él contestase a la llamada. No llegó a saber cuánto tiempo transcurrió hasta que le oyó a través del hilo telefónico. Probablemente unos segundos, pero los computó en su interior como un lapso de tiempo interminable durante el que experimentó la sensación de que el corazón se le había desbocado. Pero tenía que aparentar serenidad, se dijo. No compartía en absoluto las sospechas de la guardia civil sobre Álvaro y era además la única persona que podía facilitarle una visita a la abadía. Tenía que conseguirlo sin despertar su recelo, de manera que fuera él el que se lo propusiera, ¿pero cómo podría conseguirlo?

— ¿Irina?

—Sí, soy yo. ¿Te llamo en un mal momento?— le preguntó, porque le dio la impresión de que le estaba importunando por el tono lacónico de su voz.

—No, no, todo lo contrario, ¿cómo estás?

Estuvo a punto de contestarle que en ese momento se encontraba fatal. Nerviosa, desazonada, buscando el modo de encauzar la conversación hacia el punto que le interesaba y sin que se le ocurriera cómo hacerlo.

—Bien, dentro de lo que cabe— logró articular—. ¿Y Diego? ¿Sigue con fiebre?

—Está mejor. Esta mañana se ha vuelto a presentar en esta casa la guardia civil a interrogarnos a los dos.

— ¿Y qué querían saber?

—Si teníamos coartada para el crimen de Toribio Rodríguez. Les hemos contestado que estábamos aquí los dos viendo la televisión.

— ¿Y nada más?

—Bueno, sí, también querían saber cuándo había sido la última vez que había estado yo en la abadía y les he contestado que en el mes de Abril, cuando fuimos todos los miembros de la asociación a ver el avance de las obras.

Intentó buscar Irina las palabras oportunas en el desorden mental que reinaba en su cabeza. Atolondradamente musitó con un hilo de voz:

—Tenía entendido que no se podía visitar aun el monasterio. ¿Cómo es que a ti te lo permitieron?

—Ya te lo he dicho. Nos dan la llave en esas ocasiones. No pudimos entrar en la iglesia por razones de seguridad, pero espero que pronto nos permitan verla, porque tengo entendido que es una auténtica joya.

Inspiró aire Irina luchando con encontrar la inspiración que le faltaba.

— ¿La iglesia?— consiguió emitir con voz de falsete— Yo también daría algo por poder admirarla. En realidad cumpliría un sueño si pudiera contemplar de cerca todo el complejo arquitectónico. Tengo entendido que es una auténtica joya, aunque se encuentre en un estado lamentable y, cómo puedes imaginar, disfrutaría inmensamente ante una obra maestra como lo es ese monasterio cisterciense.

Se produjo un silencio al otro lado de la línea. Le imaginó Irina con el ceño fruncido, reflexionando intensamente, pero sin acabar de decidirse.

— ¿No has estado nunca en la abadía? Hace años, cuando éramos niños, no estaba vallada la finca y solíamos jugar allí. Los que no eran niños también se presentaban cuando les venía en gana a saquearla, llevándose los sillares que se habían desprendido de los muros para construir sus propias casas.

Recordaba ella haberlo oído comentar con todo detalle, pero como no le convenía desviar la conversación por otros derroteros porque podría echar por tierra sus planes, repuso:

—Hace años mis padres alquilaron la casa en la que estamos veraneando Alicia y yo y pasábamos en la playa los meses de verano. Por eso no la he visitado nunca y ahora lo lamento hasta un extremo que no puedes ni imaginar. Daría algo pasearme por la sala capitular, por recorrer el claustro gótico, por lo que quede de la cocina, por el callejón de los conversos...

— ¡Caramba!— musitó admirado— Cualquiera diría que vas allí a diario y que tienes bien estudiadas todas las dependencias.

—Es que todos los monasterios cistercienses guardan la misma disposición arquitectónica— le aclaró—. Por mi profesión, la conozco bien y se la explico a mis alumnos con todo detalle.

— ¿Y te escuchan?— le preguntó interesado.

—Pues no demasiado. Son chiquillos de quince años, que están deseando salir al patio a darle patadas al balón. No distinguen ni les importa que en el período inicial, durante el románico, las bóvedas de las iglesias fueran de cañón apuntadas y durante el segundo período, con el gótico, ligeramente ojivales y con nervaduras y ventanas laterales. Aunque se lo repito hasta el aburrimiento, les tiene sin cuidado.

La voz de él denotó el entusiasmo con el que acogía su explicación.

—A mí en cambio me interesa muchísimo la arquitectura medieval. Los finales del románico y sobre todo el arte gótico. Espero que algún día podamos ir juntos a recorrer los antiguos aposentos de los frailes cistercienses de ese monasterio y que me sirvas de guía.

Volvió a tragar saliva Irina. Había llegado el momento de proponérselo, ¿pero cómo se lo tomaría?

—A mí también me encantaría— repuso tratando de que no le temblara la voz—. Si en alguna ocasión puedes disponer de la llave, me llamas, porque me gustaría mucho acompañarte.

Se produjo nuevamente otro silencio, más pesado si cabe que el anterior. Lo rompió él con una voz que no parecía la suya.

—Podría el próximo fin de semana, porque no trabajan los obreros.

—Pero es que estamos a miércoles y…

—Sí, ¿y qué?

—Que no sé lo que el próximo fin de semana nos deparará y donde estará Alicia. Si la han mandado a la cárcel, iré a visitarla, aunque la hayan mandado al otro extremo del país.

— ¿Tan mal están las cosas?— se preocupó él—. Sé que el rastro de la sangre que han hallado en la cabeza del palo era de Toribio Rodríguez, pero eso no significa necesariamente que lo haya utilizado tu hermana. ¿Qué opina Carlos?

— ¿Es que no has hablado con él?

—Sí, pero la guardia civil no nos ha permitido intercambiar impresiones. ¿Qué te ha dicho?

—Que supone que como mucho la acusarán de encubrimiento. No conocía a ese tipo, no tenía ningún motivo por tanto para matarle y el palo además está diseñado para ser utilizado por un hombre, aunque… Por lo visto acosaba a las chicas jóvenes, pero si hubiera pretendido abusar de Alicia, ella me lo habría dicho.

—Supone la guardia civil que está encubriendo a Diego, ¿verdad?— inquirió él con voz tensa.

—No lo sé, pero es lo más probable.

Le pareció que con el suspiro que dejó escapar él a continuación intentaba desahogar su frustración y la inquietud que apenas si lograba controlar.

—Creo que nos vendría bien a los dos distraernos por unas horas— dijo al fin como si estuviera reflexionando sobre la marcha—. Y… sí, esta tarde podría ser un buen momento. ¿Te apetecería que nos acercáramos al monasterio? Podrías ilustrarme con una sesuda conferencia sobre el arte cisterciense, conforme vamos recorriendo las distintas dependencias de los frailes.

Al oírle, estuvo a punto Irina de brincar en el sofá de pura satisfacción.

— ¿Me estás diciendo que podríamos visitar las ruinas esta tarde?

—Sí, pero únicamente nos pasearemos por los lugares que no corren riesgo de derrumbe. A la iglesia le echaremos una ojeada desde la puerta y nada más.

Por lo que tenía conocimiento, había sido el refectorio el escenario de los dos asesinatos. El del juez lo habían perpetrado en ese recinto y a Toribio Rodríguez le habían dejado tirado allí, después de trasladarle desde otro sitio. Sabía que el comedor de los frailes en todos los monasterios cistercienses estaba ubicado en el extremo opuesto al de la iglesia, por lo que por el momento podía prescindir de inspeccionar ésta. Consecuentemente le contestó:

—Me basta y me sobra con atisbarla desde la puerta. ¿A qué hora vas a venir a buscarme?

—Hace mucho calor y los obreros se marchan a las seis de la tarde. ¿Te parece bien a las siete? No se te ocurra ponerte tacones, porque el suelo está muy desempedrado.

—Descuida, no se me ocurrirá. Te espero a las siete.

# CAPÍTULO XVI

Las horas que transcurrieron hasta que él se presentó a recogerla se le hicieron a Irina interminables. Se arregló con tiempo más que suficiente y se sentó a esperarle en la butaca del pequeño vestíbulo. De vez en cuando se levantaba para contemplarse en el espejo que colgaba sobre él y sonreírle a la chica que veía reflejada en el cristal y atusarse su melena castaña, que enmarcaba un bonito semblante tostado por el sol en el que brillaban sus ojos color miel. Se había puesto un pantalón blanco y una blusa de florecitas de color rosa que le favorecía y esperaba ansiosamente su llegada contando los minutos.

Aunque en otra ocasión cualquiera hubiera disfrutado inmensamente con la perspectiva de visitar una obra de arte, como lo era la abadía, su interés estaba exclusivamente dirigido a encontrar esa tarde algún vestigio que denotara la identidad de la persona que había matado a los dos hombres, con lo que consecuentemente quedaría exculpada Alicia. Sabía que tenía pocas probabilidades de éxito. La guardia civil ya había examinado palmo a palmo el escenario del crimen y además los obreros habían iniciado nuevamente las tareas de reconstrucción del complejo arquitectónico, por lo que, de haber alguna huella del intruso que le delatase, la habrían encontrado ya unos u otros. No obstante, se sentía mejor al proponerse realizar una actividad que pudiera ayudar a su hermana, aunque el resultado fuese previsiblemente incierto. Cualquier cosa le parecía preferible a permanecer en su casa sin hacer nada, esperando tan solo a que transcurriese el tiempo máximo fijado por la ley para que el juez decidiese sobre el destino de la chica.

Al oír el sonido del timbre, se contuvo durante al menos un minuto sentada en la butaca para no abalanzarse sobre la puerta y finalmente le abrió parsimoniosamente. Esperaba verle llegar animado ante el plan que habían previsto, pero sorprendida comprobó que parecía cansado y que su semblante estaba ensombrecido. Vestía un pantalón vaquero y una camisa azul y unos mechones de cabello le resbalaban sobre la frente cuando, en lugar de entrar en el vestíbulo, se apoyó en el quicio de la puerta y esbozó un ademán de disculpa.

—Me temo que no vamos a poder realizar la visita que teníamos proyectada— le comunicó con expresión pesarosa.

Sintió Irina la impresión de que acababan de arrojarle un cubo de agua fría por la espalda.

— ¿Por qué? ¿No te han dado la llave?

Sin moverse de la puerta se encogió él de hombros.

—Sí, la llave sí, pero es que cuando venía hacia aquí me ha llamado Carlos al móvil.

— ¿Y qué?, ¿le pasa algo?

—No, a él no.

— ¿A quién entonces? ¿A Alicia? ¿Le han llamado del juzgado?

—No, tampoco. Le he comentado que había quedado contigo esta tarde para visitar el monasterio y me ha hecho ver lo improcedente de realizar esa visita en estos momentos en los que los dos estamos siendo investigados por la policía como posibles encubridores de nuestros hermanos.

—Eso es una tontería— adujo ella con suficiencia— Dada la situación en la que nos encontramos tú y yo, me he estado documentando y he averiguado que el encubrimiento del delito cometido por un hermano no está penado por la ley.

—Eso ya lo sé.

— ¿Entonces…?

—Lo que me ha dicho Carlos es que la policía puede pensar que nuestra intención es hacer desaparecer huellas que delaten su presencia allí en las noches de autos.

— ¿Las noches de autos son las noches en las que se cometieron los crímenes?— le preguntó tontamente, con la intención de ganar tiempo para idear algún argumento convincente que rebatiera la recomendación de Carlos.

—Sí.

— ¿Y qué pasa entonces? ¿Has pensado que es mejor que lo dejemos para otra ocasión?

—Sí. No se me había ocurrido esta mañana, pero al escucharle he llegado también a la conclusión de que el momento no puede ser más inoportuno.

Retrocedió Irina de espaldas para acabar dejándose caer en la butaca de la que acababa de levantarse.

—Me parece una estupidez— refunfuñó—. Alicia y Diego han reconocido que estuvieron en el monasterio la noche en la que mataron al juez, puesto que fueron ellos los que hallaron el cadáver. En cuanto a la muerte de Toribio Rodríguez, Diego estaba en la cama con fiebre y Alicia en el cine con sus amigas. ¿Qué podríamos querer ocultar tú y yo al realizar esa visita cultural al monasterio?

La expresión apesadumbrada de Álvaro se aclaró un tanto.

— ¿Te parece una tontería lo que opina él?

—Una completa tontería. Carlos, como todos los abogados, tiene una mente retorcida. ¿No te apetece a ti la excursión que teníamos en perspectiva?

—Sí, pero me temo que él tenga razón.

Coincidía también ella con el punto de vista de los dos, pero no estaba dispuesta a seguir en su casa sin hacer nada, viendo a través de la ventana como el sol ascendía por el horizonte durante la mañana para ir declinando paulatinamente después del mediodía, fenómeno natural que Alicia en el calabozo no podría ver. Consecuentemente su semblante se contrajo en una mueca desdeñosa dedicada al aludido.

—¡Bah! Me parece que os preocupáis  los dos en exceso por cosas que no lo merecen. Y no es que yo sea una insensata, pero hay soluciones para todo y lo que podemos hacer en este caso es llevar cuidado para que no nos vea nadie.

—¿Cómo?

—Con el calor que hace  a estas horas, dudo que nos encontremos con  alguien por el camino, si vamos en bicicleta. Luego podemos ocultarlas en  lo que antaño fue la portería del monasterio, con lo que, si algún despistado arrostra esta temperatura y se acerca por los alrededores, no las verá ni a nosotros tampoco, ¿qué te parece?

Meneó Álvaro dubitativamente la cabeza.

—No sé, creo que es un poco arriesgado. Podemos dejarlo para más adelante. Nos vendría bien esta tarde darnos un paseo para tranquilizar los nervios y cuando todo esto pase realizaremos  nuestra visita cultural sin sobresaltos.

Aunque en el fondo comprendió nuevamente Irina que Álvaro tenía razón, se resistió a reconocerlo. Quería ver con sus propios ojos dónde se habían producido los hechos y el lugar por donde vagaba el ente capaz de emitir aquel gemido de ultratumba tan lúgubre que había escuchado con Carlos unas noches antes para encontrarle una explicación, pero sobre todo quería buscar algún indicio de lo que había sucedido en realidad en aquel escenario. ¿Pero cómo podría conseguir convencerle?  Tras cerrar la puerta a su espalda se había apoyado él en la hoja de madera, como si le costara trabajo tenerse en pie. Parecía estar agotado, pero pensó ella que más que por haber realizado un ejercicio físico obedecería su estado de ánimo a la tensión que estaban viviendo en los últimos días.

—Yo creo en cambio que nos distraería de las preocupaciones que estamos padeciendo realizar esa visita— insistió tozuda—. ¿Tienes bicicleta?

—Sí, claro, pero la he dejado en casa. He venido en coche, porque la abadía está bastante alejada del pueblo y de esta urbanización.

—Sí, pero puedes volver a buscarla, porque en bici pasaremos inadvertidos. Te estaré esperando en la calle con la mía y nos dirigiremos hacia el monasterio procurando que no nos vea nadie. Tampoco imaginarán que estamos en el interior de la edificación, porque cerraremos la puerta de la valla con llave cuando entremos en la finca. Será emocionante y durante algunas horas dejaremos de darle vueltas en la cabeza al tema que nos tiene tan intranquilos, ¿no crees?

Conforme hablaba Irina, iba aclarándose también el gesto de él, que terminó por sonreír.

—Será como correr una aventura, ¿no? Hace mucho tiempo que no cometo ninguna insensatez.

Ella no las había cometido nunca, se dijo mientras le devolvía la sonrisa. Había sido siempre tan formalita… tan obsesionada con cumplir con su deber… Pero por ayudar a Alicia estaba dispuesta a hacer lo que hiciera falta, aunque supusiera tropezarse de frente entre las ruinas con el fantasma y llevarse un susto de muerte. Evocó nuevamente aquél tétrico gemido que había escuchado desde la valla de la finca varias noches antes, que le había erizado el vello de los brazos, y durante una décima de segundo experimentó la sensación de que su cuerpo se tambaleaba. Quizás tuviera razón Carlos y lo más prudente fuera que se olvidara ella de hacer pesquisas por su cuenta y dejara hacer su trabajo a la guardia civil.

Paradójicamente tradujo en palabras lo contrario a lo que pensaba en esos momentos.

—Lo mejor será que nos pongamos en marcha y que no le digamos nada a Carlos— decidió con una nueva sonrisa, copia exacta de las que prodigaba Alicia al sexo masculino—. Con toda seguridad nos aguaría el plan.

—De acuerdo, no le diremos nada por el momento— convino Álvaro súbitamente animado— Únicamente en el caso de que nos vea la guardia civil y que nos detenga en el monasterio como sospechosos, le avisaremos para que venga a rescatarnos. Voy a buscar mi bici y en unos minutos estaré de vuelta. Hasta ahora mismo.

Salió Irina al jardín detrás de él y se encaminó directamente al garaje a buscar la bicicleta de Alicia. Había olvidado por completo que la rueda de la suya estaba pinchada, por lo que no se había ocupado de arreglarla, pero como su hermana no la necesitaba por el momento se encaramó al sillín de la de ésta y pedaleando atravesó el exiguo tramo de césped que mediaba entre el edificio  y la calle. Sin desmontar le aguardó al otro lado de la valla. El calor era asfixiante y el sol relumbraba sobre su cabeza obligándola a guiñar los ojos para poder soportar su resplandor. Estaba a punto de regresar a la casa a buscar sus gafas oscuras cuando le vio enfilar la calle en una bicicleta de montaña con la que se le reunió en unos segundos. Le dio la impresión de que volvía a examinar con un interés que le pareció excesivo la de ella. Era barata y de paseo lo mismo que la azul y quizás le extrañase que lo fuera dado su superior nivel económico, pero no le hizo el menor comentario al respecto. Se limitó a preguntarle en un susurro:

— ¿En marcha?—. Y con guasa, inquirió luego bajando la voz como si fuesen compinches en una peligrosa conspiración—: ¿Vamos juntos como si paseáremos o crees preferible que nos adelantemos el uno al otro y quedemos en la puerta de la valla?

Parecía haber olvidado que instantes antes consideraba arriesgada la incursión que pretendían realizar y que adoptaba ahora la actitud de un chiquillo travieso que se estuviera divirtiendo con la diablura que habían ideado, por lo que Irina le siguió la broma.

—Iremos juntos y sonrientes, como si paseáramos. Así el que nos vea  pensará que no tenemos nada que ocultar.

—Y que somos unos dementes— apuntó él aparentando seriedad, aunque la risa se le escapaba por la comisura de los labios—. Solo transitarían por ese paseo con estos grados de temperatura algunos locos sueltos que se hubieran escapado de un manicomio.

— ¡Bah!— masculló Irina para quitarle importancia a lo que él acababa de decir, aunque notaba que el sudor le corría por la espalda—. A mí no me parece que sea para tanto. Vamos.

Puso su bicicleta en movimiento y él la siguió en silencio con una expresión que Irina no le conocía. Parecía haber rejuvenecido varios años como si la aventura que habían planeado le hubiera retrotraído a los años en los que era un chiquillo y quedaba con sus amigos para organizar batallas entre las ruinas del monasterio.

Ni un alma se veía por las cercanías cuando salieron al amplio paseo que nacía en el pueblo y finalizaba en la abadía. A esas horas la naturaleza entera sesteaba, achicharrada de calor, por lo que alcanzaron la valla de la finca de los frailes sin haberse cruzado con ningún ser viviente. Sin desmontar, contempló ella como Álvaro abría la puerta y seguidamente pedaleó para traspasar el umbral y tomar el sendero pedregoso que reverberaba blanquecino bajo los rayos del sol, desteñidos por el fulgor que despedían.

Soplaba una ligera brisa que les despeinó a los dos mientras recorrían el camino, orillado de altos árboles, por el que se accedía al monasterio y que olía a campo. Lo aspiró Irina preguntándose qué habrían sentido los frailes cuando realizaran ese mismo trayecto para acercarse a la aldea, que con los años se había convertido en el pueblo que era ahora, próximo a la presa sobre el río Alberche a la que debía su nombre. ¿Disfrutarían con la vida de eremitas que llevaban o por el contrario se sentirían oprimidos por la austera regla que debían cumplir?

Sin haber intercambiado una sola palabra alcanzaron el complejo arquitectónico y cuando se detuvieron ante la explanada que precedía a la puerta principal, sintió Irina un vacío en el estómago ante aquellos restos imponentes. Ante aquel añorante vestigio del pasado, tan silencioso. Solo el monótono cántico de las cigarras turbaba el sueño de los siglos en el que parecía dormir, pero no llegaba a oírse. Al menos Irina solo percibió la absoluta soledad que envolvía la fundación monacal, sin un ruido, sin una sola voz que la despertase del nostálgico recuerdo de unos tiempos en los que la habitaban los frailes de la orden del Císter.

— ¿Qué te parece?— le preguntó Álvaro que había detenido a su lado la bicicleta en la que montaba.

—Me parece… No sé cómo explicarlo.

—No, ni yo tampoco— reconoció él—. Prepárate, porque vamos a traspasar el hueco de esa puerta que ves enfrente, que era la principal, y tienes que comenzar con tu erudita conferencia. El fallo que he cometido es que no he traído papel y bolígrafo.

— ¿Y para qué los necesitas?

—Para tomar apuntes— replicó guiñándole un ojo—. Pretendo ser un alumno aplicado. Y por cierto, que he perdido el bolígrafo que llevo siempre encima y no lo encuentro por ninguna parte. No sé si la señora que viene a hacer las faenas domésticas lo habrá cambiado de lugar, aunque ella me ha dicho que no.

— ¿Eres muy desordenado?

Se encogió evasivamente de hombros.

—No más que la mayoría de los hombres. Al acostarme, suelo dejar sobre la mesita de noche todo lo que llevo en los bolsillos y, aunque para mi gusto es demasiado dorado ese bolígrafo, lo tengo en alto aprecio por ser un regalo de los empleados que trabajan conmigo en la empresa.

— ¿Y no tienes otro?

— ¿Otro qué?

—Otro bolígrafo.

Parpadeó como si le costara entender lo que decía y luego se echó a reír.

—Sí, claro, pero ya te he dicho que no he traído ninguno, así que tendrás que tener paciencia si te pregunto varias veces lo mismo.

Su risa la devolvió al presente y tirando de su bicicleta por el manillar entró detrás de él en un recinto de regulares dimensiones y paredones de piedra, cuya bóveda se había derrumbado sobre el pavimento tiempo atrás y sobre el que el sol caía de plano.

—Esto era la portería— le explicó Irina en un susurro como si se hallasen en un lugar sagrado que mereciera respeto—. Aquí un monje con hábitos blancos le abría el portón a los peregrinos que venían caminando, unos para continuar ruta hacia otros lugares y otros a pedir refugio. Esa otra puerta— le dijo indicándole otra más pequeña que se abría en el muro de su derecha— daba paso a la hospedería, porque la Orden estaba obligada a acogerles y a darles asilo. Y esa otra— le aclaró señalándole la del paredón del fondo— dará paso a un claustro que rodeará un patio y justamente enfrente estará ubicada la sala capitular—. Se volvió hacia él para comentarle—: Creo que lo mejor será que silenciemos los dos el móvil para que no pueda oírlo nadie que ande por las inmediaciones.

Con los ojos entornados para defenderse del resplandor del astro rey, que, aunque ya en declive, relumbraba sobre los sillares de granito, hizo Álvaro un gesto de asentimiento, al tiempo que procedía a realizar lo que le había recomendado.

—De acuerdo, pero ven. Tengo entendido que el claustro es una joya.

La precedió, caminando por un pavimento de grandes piedras desiguales y al acceder a una larga galería expuesta también a las inclemencias de la calígine estival se detuvo a esperarla. Irina contemplaba extasiada lo que las lluvias de muchos lustros habían dejado en pie: la arquería corrida, de la que subsistían los arcos ojivales, que se abrían interiormente a un patio central. Los restos de la bóveda de crucería que antaño la cubría habían desaparecido, aunque quedaba algún pedrusco disperso que ambos esquivaron con precaución.

—Este era el claustro y constituía el centro de la vida monástica— le explicó ella—Desde aquí se accedía a todas las dependencias de los monjes y daba paso a ese patio — le indicó, señalándole el gran espacio cuadrado que podía verse a través de los huecos de los arcos y en el que crecían varios abetos.

La siguió él cuando Irina lo atravesó con toda suerte de precauciones, para entrar en un recinto que recorrió emocionada con la vista. La pared del fondo se alzaba hasta una altura de dos plantas, pero sin que mediara cubierta alguna que cubriera la sala en la que se hallaban y que sirviera de piso a la superior. Durante unos segundos mantuvo fija su mirada en el firmamento que empezaba a poblarse ya de nubes grisáceas y que veía sobre su cabeza y luego la meneó pesarosamente

—No queda nada de la bóveda— susurró.

—No— admitió él—. El techo de las construcciones antiguas es lo primero que se suele caer, ¿por qué te extraña?

—No me extraña, pero lo siento. La bóveda de la sala capitular de estos monasterios solía ser digna de admirar. Por regla general era de crucería de medio punto, con nervaduras que nacían en cuatro pequeñas columnas centrales y en ménsulas distribuidas por las paredes laterales. Una bóveda clásica cisterciense que se repetía en otras estancias y que era una de las características de estas abadías, pero claro, aquí no queda nada.

Se quedó callada, retrocediendo con la mente al pasado para revivir episodios cotidianos que habrían tenido lugar entre esos muros. La lectura de la regla cada mañana cuando todos los monjes se reunirían con el abad en esa estancia. Allí cada monje podía reconocer personalmente sus incumplimientos de la misma o ser acusado de haber faltado a las normas en ella contenidas por otro monje. Imaginó la expresión de los rostros de cada uno de ellos, cuando el abad les comunicara que por la orden dictada por Mendizábal debían abandonar el monasterio, del que la mayoría no habrían salido en años y hasta en lustros, para dispersarse por el mundo con un futuro incierto.

— ¿En qué piensas?— le preguntó Álvaro al sentirla tan lejana, tan absorta.

—En los pobres frailes que tuvieron que marcharse de aquí en 1836, víctimas de la desamortización. Me pregunto qué pretendería ese señor. Si se hubiera ocupado de mantener estas edificaciones cuya construcción se inició en el Medievo... pero las dejó expuestas a todas las calamidades que el tiempo lleva consigo. Comenzó entonces un proceso de abandono, de expolio y de ruina que ha devenido en lo que vemos hoy.

Al oírla, Álvaro se echó a reír.

—Eres muy poética, pero no creo que a Mendizábal le interesara el arte tanto como a ti. Lo que le importaba, entre otras cosas, era amortizar los títulos de deuda pública que expedía el Estado para financiarse y para sanear la Hacienda expropió a decretazos los inmuebles pertenecientes al clero secular. Si te hubiera conocido a ti, estoy seguro de que no lo habría hecho.

—A mí me tiene sin cuidado que pudiera o no financiarse— replicó irritada—. Me importa que arruinara nuestro patrimonio histórico y cultural, cuya recuperación hoy día es tarea prácticamente imposible por el coste que supone.

— ¿Y no ha quedado nada de las obras de arte que contenía este monasterio?

—Tan solo la sillería del coro de la iglesia, que es una auténtica joya— le explicó ella pensativa—. En estos momentos puede admirarse en la catedral de Murcia, porque la reina Isabel II se la donó, tras varios años de permanecer arrumbada en los sótanos del edificio de la universidad, en Madrid, en la calle San Bernardo. Precisamente esa sillería la talló Rafael de León, del que se dice que gime aún por el claustro durante las noches.

— ¿El que estuvo casado con doña Elvira?

—Eso es, el fantasma de esta abadía. Ella canta en ocasiones y él se queja en otras. También se han librado de milagro algunos cuadros que ahora están en el museo del Prado. Si Mendizábal puede ver desde el  más allá las desastrosas consecuencias de sus decretazos comprenderá que se equivocó de medio a medio y que hay cosas más importantes que las finanzas.

—Vale, vale— contemporizó él levantando una mano para cortar sus protestas—Dejemos en paz a ese señor. ¿Qué más puedes decirme de esta sala capitular?

Levantó Irina nuevamente la cabeza hacia las alturas.

—Que encima de la bóveda que se ha derrumbado estaba el dormitorio de los frailes. Dormían todos juntos, vestidos y ceñidos con cintos o cuerdas, con una lámpara de aceite encendida hasta el amanecer.

Álvaro volvió a reír.

— ¿Por qué? ¿Tenían miedo del fantasma?

—Eso no lo sé— repuso ella siguiéndole la corriente— En el extremo de la larga sala donde dormían más cercano a la iglesia solía haber una escalera que llamaban de maitines y en el opuesto estaba el acceso a las letrinas y otra escalera por la que se bajaba al claustro.

Respingó al decirlo al percibir un ligerísimo sonido. Había creído oír algo que podía identificarse con el deslizarse de unos pasos cautelosos.

— ¿Qué ha sido eso?— le preguntó con voz temblona.

— ¿El qué?

—Ese ruido.

—Yo no he oído nada.

Se giró ella sobre sí misma, tratando de averiguar lo que pudiera justificar la impresión que acababa de recibir. Contigua a los restos de lo que había sido la sala capitular distinguió lo que quedaba de lo que en su día fuera la sacristía y a través del paredón lateral semi derruido, el muro de la iglesia.

—El sonido venía de allí— dijo señalándola.

— ¿De la iglesia? No he traído la llave, porque por razones de seguridad no permiten el paso a nadie hasta que la restauren. ¿Qué es lo que has oído?

—He oído pasos.

Por primera vez manifestó Álvaro cierta alarma.

— ¿De la guardia civil?

—No, no lo creo. La guardia civil lleva botas y las pisadas parecían proceder más bien de alguien que calzara sandalias.

La observó ahora con la cabeza ladeada y una sonrisa irónica.

— ¿Del fantasma?

—No lo sé, no creo en los fantasmas, aunque la otra noche, cuando salí a cenar con Carlos, le oímos los dos con toda claridad.

— ¿Qué es lo que oísteis? ¿A doña Elvira entonando su triste canción? Esa noche no había luna llena.

Entornó Irina los ojos para reproducir en su mente con mayor claridad aquel inhumano lamento.

—No, no. Oímos unos gemidos de ultratumba desde la valla de la finca. Cuando regresamos del restaurante, junto al pantano, pasamos por delante de la valla y nos apeteció dar un paseo. La puerta estaba cerrada, pero estuvimos atisbando a través de los barrotes de hierro lo poco que se veía del sendero que conduce hasta aquí. Entonces fue cuando lo oímos.

Disimuló Álvaro un gesto de escepticismo que no le pasó a ella desapercibido.

— ¿Carlos también lo oyó?

—Naturalmente— se enfadó Irina— No está sordo y yo no lo imaginé. A lo mejor crees que soy como esas comadres de pueblo que ven visiones.

—Bueno, bueno— la atajó condescendientemente—. No hace falta que te enfades, porque me parece que tienes muy mal genio.

— ¿Yo mal genio?— se indignó—. Te aseguro que lo oímos con toda claridad y Carlos dijo que iba a ponerlo en conocimiento de la policía local, por si se tratara de algún gracioso que hubiera elegido el monasterio para pasar la noche y se divirtiera gimiendo como un alma en pena.

—Pues no me ha comentado nada— murmuró él por lo bajo—. Pero dejemos ese asunto, porque no tardará en anochecer y aún no has terminado con tu docta conferencia. No se me ha ocurrido traer una linterna, así que tendremos que darnos prisa. ¿Dónde te parece que vayamos ahora?

Retrocedió Irina para salir al claustro y desde allí lo dobló en la esquina para acceder a los restos de lo que fuera la cocina, con sus paredones aun en pie, pero con el cielo por techumbre. Un cielo que empezaba a oscurecerse, salpicado a trechos por nubes algodonosas que presagiaban ya el crepúsculo. Saltando sobre los escombros pasaron al oficio y luego traspusieron la arcada que daba paso al refectorio, tenuemente iluminado por la luz del atardecer.

Recorrió Irina con la vista la dependencia rectangular que tenía ante sus ojos en la que subsistían aun trozos del poyete, adosado a la pared, que les servía de asiento a los frailes cuando se sentaban a la mesa. El paredón al que se ensamblaba se había derrumbado hasta media altura y sobresalía tan solo como metro y medio sobre aquél permitiendo ver el claustro que se hallaba al otro lado del muro y los restos de una ruinosa escalera. Examinó después atentamente el pavimento, que se conservaba en bastante buen estado con sus losas grandes y cuadradas. Allí habían hallado Diego y Alicia el cadáver de Eusebio Varas y no se les había ocurrido otra cosa mejor que fumarse un cigarrillo para calmar sus nervios.

Se volvió hacia Álvaro que continuaba en el umbral de la estancia, bajo la arcada, y le explicó:

—Esto era el comedor. Los frailes comían en absoluto silencio escuchando a otro monje que desde un púlpito leía textos sagrados. No ha quedado nada del púlpito si es que lo hubo—se lamentó, recorriendo la estancia con la vista, mientras intentaba reproducir en su mente la escena—. Comían dos veces al día y en algunos períodos también ayunaban. La carne no entraba en su dieta, aunque las aves y el pescado si les estaban permitidos.

—Pues pobrecillos— masculló él por lo bajo.

— ¿Qué has dicho?— inquirió recelosa.

—Nada, no he dicho nada.

—Me parece que sí, que has dicho algo.

Esbozó él un cómico gesto de desconcierto y terminó por inventar lo primero que se le ocurrió.

—He dicho que me gustaría saber dónde está el armarium. La primera vez que oí esa palabra creí que designaba el armario donde los monjes guardaban sus hábitos, pero ya sé que no, que era un pequeño recinto en el que se guardaban los libros del monasterio, los que copiaban los frailes de textos sagrados y latinos.

— ¿Habías pensado que los monjes tenían armarios para sus hábitos?— se burló ella—. Creo que solo tenían un hábito y que incluso dormían vestidos.

—Pues qué horror— volvió a mascullar él—. Se lavarían mucho entonces.

—Claro que no. En esa época la sala de baño se consideraba un lugar impúdico, pero si quieres ver el armarium, o lo que quede de él, te enseñaré el sitio donde solía estar. En el claustro, junto a la entrada de la iglesia.

—Pues vamos, antes de que se haga de noche— le propuso él.

—No, espera un momento. Antes quiero saber dónde encontraron los cuerpos de esos dos hombres.

—En el suelo— repuso él sin moverse de la entrada del recinto, indicándoselo con una mano.

—Sí, ¿pero dónde?

—No sé dónde, ¿pero por qué no vienes?

—Porque quiero hacerme una idea de cómo pudo suceder. Tampoco tardaré tanto.

Dejó escapar él un suspiro de resignación.

— ¿Te importa que mientras tanto vaya yo a echar una ojeada a ese armarium? Lo mismo encuentro dentro algún libro que olvidaran los monjes al marcharse.

—Seguramente—contestó irónicamente ella sin volverse y sin atender lo que le decía.

— ¿No te importa que te deje sola aquí? Será solo un momento.

—Claro que no me importa. A lo mejor piensas que no sabría regresar por el mismo camino por el que hemos venido. No es que mi sentido de la orientación sea extraordinario, pero la disposición de las dependencias de un monasterio cisterciense es para mí un asunto trillado. Que tengas suerte y que encuentres ese libro.

Sin volverse le oyó salir y continuó examinando atentamente el poyete donde a lo largo de los siglos se habrían sentado tantos monjes. ¿Se sentirían felices allí? Algunos, en la Edad Media, se habrían refugiado en el monasterio huyendo de las iras del señor feudal o como consecuencia de un amor desdichado, como el escultor que había originado la leyenda del fantasma, cuyos gemidos había escuchado ella, aunque éste había vivido en una época más tardía, concretamente en el siglo dieciséis. Otros quizá hubieran tomado los hábitos como solución, por ser los segundones de su familia, pero los más habrían sentido verdadera vocación y habrían envejecido entre esos muros cumpliendo a rajatabla la dura regla del cister. Cuántas historias podrían contar y hubieran podido escribir de habérseles permitido trasladar al papel o al pergamino sus ilusiones o cualquier otra cosa que no fuera la transcripción de los textos sagrados.

Pero se estaba haciendo de noche, se dijo, al levantar la cabeza y contemplar el aspecto del cielo en el que el sol se había batido ya en retirada. Lo mejor sería que regresara al claustro y localizara a Álvaro en el lugar en el que con seguridad se hallaría emplazado el armarium. Qué decepción se habría llevado cuando en lugar de una pequeña biblioteca hubiese encontrado un recinto abovedado con unos cuantos pedruscos mal ensamblados.

Entonces fue cuando lo vio. Brillaba en el suelo junto al poyete y extrañada lo recogió observándolo atentamente entre sus dedos. Era un bolígrafo dorado y ella recordaba haberlo visto antes, ¿pero dónde?

Se enderezó lentamente y se giró sobre sí misma con la intención de dirigirse hacia la salida de la sala, pero instintivamente se quedó inmóvil. Había oído algo que se aproximaba al lugar en el que se hallaba, que se deslizaba con unas pisadas casi inaudibles. Consiguió mover la mano en la que sostenía el bolígrafo y se lo guardó en el bolsillo del pantalón. ¿Sería Álvaro que regresaba a buscarla? Con la frente perlada de sudor aguardó unos segundos que se le antojaron siglos y en ese instante lo oyó. Un gemido escalofriante que se  expandió por el aire y repercutió contra los muros, repitiéndolo su eco en diapasón descendente.

Los pasos se acercaban. Creyó ubicarlos en lo que había sido la cocina. Atravesaban ya el oficio, contiguo a la dependencia en la que se hallaba, y esa era la única salida del refectorio.  Bruscamente recuperó el uso de sus miembros y aterrorizada se subió al poyete para encaramarse después a los restos del paredón que mediaba entre el refectorio y el claustro. Se desolló una rodilla, pero logró saltar al otro lado del muro y allí agazapada escuchó distintamente las tenues pisadas del intruso que había entrado ya en el comedor. Aguardó unos segundos con el corazón golpeteante. Los pasos se alejaban ahora, por lo que se enderezó silenciosamente y echó a correr por el claustro hasta que al llegar a la esquina del mismo tropezó con alguien que venía de frente y que masculló algo ininteligible.

—Álvaro, ¿eres tú?— le preguntó al bulto contra el que acababa de chocar y cuya voz creía haber identificado.

—Sí, claro que soy yo, ¿quién iba a ser?

—No sé, ¿no lo has oído?

— ¿Un alarido tremebundo? Claro que lo he oído y he pensado que te habías caído y que por eso gritabas, por lo que he vuelto corriendo. ¿Qué te ha sucedido?

Intentó escudriñar Irina la expresión de él, pero las sombras que lo envolvían no le permitieron distinguir sus facciones.

— ¿No has sido tú entonces?

— ¿El que se ha puesto a chillar de esa manera? No, claro que no.

—Vámonos— decidió ella asiéndole por un brazo y empujándole en dirección a la portería—. Vámonos ahora mismo.

Le obligó a correr por el claustro y no se detuvieron hasta que al llegar a la portería recuperaron sus bicicletas. En ellas desanduvieron el camino que discurría por la finca y solo cuando se encontraron al otro lado de la valla dejó escapar Irina un suspiro de alivio.

# CAPITULO XVII

Álvaro había pretendido que fueran juntos a cenar a orillas del pantano cuando dejaron atrás el monasterio, pero estaba demasiado asustada aún para desear otra cosa que sentirse segura en su casa e intentar paliar con una infusión de tila el pánico que todavía le hacía temblar las rodillas. Por esa razón se empeñó en que la dejara frente a la puertecilla del jardín y seguidamente se había precipitado dentro de su casa cerrando el portón con llave. Luego comprobó que todas las ventanas de la planta baja estuvieran bien cerradas y cuando se aseguró de que ningún intruso podría entrar, se encaminó hacia la sala de estar y tomó asiento en el sofá mirando recelosamente en derredor con los ojos bien abiertos.

Aún experimentaba la sensación de sentirse vigilada, pese a que el escenario en el que se hallaba no guardaba relación alguna con los agónicos restos del comedor de los monjes, pero aun así podía percibir en sus oídos el leve sonido de aquellas pisadas sobre el pavimento de lo que fuera la cocina. No parecían pertenecer a un hombre. Eran demasiado leves, demasiado ingrávidas,

Álvaro le había asegurado, cuando regresaban pedaleando en sus bicicletas por el interminable paseo, que se había dirigido directamente en busca del armarium cuando se habían separado y que estaba tanteando el muro del claustro contiguo a la iglesia cuando había escuchado aquel gemido tan desgarrador, lo que le había impulsado a dar media vuelta y a regresar corriendo al lugar donde la había dejado, temiendo que hubiera sufrido un tropezón con algún pedrusco y se hubiera caído al suelo. No había sido él, por tanto, el que había emergido de la oscuridad y se había aproximado al refectorio para emitir, antes de entrar en la sala, el lamento que había conmovido hasta los cimientos de los ruinosos paredones que se elevaban hacia el firmamento, sin techo alguno que los cubriese.

Pero si no había sido Álvaro, ¿quién podía ser el que se paseara de noche por las ruinas de lo que antaño fuera una próspera abadía? se preguntó cavilosa. Ella no creía en los fantasmas, sabía que no existían más que en la imaginación de algunas mentes calenturientas y sin embargo…

El timbre del teléfono la sobresaltó. Respingó en el sofá, a la par que se le desbocaba el pulso, pero trató de tranquilizarse pensando que sería Álvaro que no se habría resignado a regresar solo a Villa María y quería insistir en dar un paseo. Ante su sorpresa reconoció la voz de David.

—Irina, tengo que darte una noticia. Me han llamado del juzgado para comunicarme que mañana temprano debo asistir a la declaración de tu hermana Alicia ante el juez. Quedamos en que te recogería.

Había olvidado que hubiera llegado a ese acuerdo con él, porque prefería que fuese Carlos el que la acompañase en unos momentos en los que tendría que soportar en el pasillo la tensión de no saber lo que estaba sucediendo en la sala de vistas del juzgado, cuando el juez interrogase a Alicia. Por eso repuso:

— ¿A qué hora te han citado?

—A las nueve de la mañana.

—Pues nos encontraremos allí. Me ha surgido un imprevisto que no tengo más remedio que solucionar antes, pero llegaré a tiempo—. Reprimió como pudo el castañeteo de sus dientes por el susto que aún sentía, para preguntarle—: ¿Hay alguna novedad?

Tardó él unos segundos en responder:

—De tu hermana, no.

— ¿Y de lo demás? ¿Sabes si ha encontrado la policía alguna nueva pista?

También en esa ocasión tardó en contestarle. Le dio la impresión de que estaba reflexionando sobre la procedencia de decírselo.

—Podría ser— replicó con vaguedad—. Sé que esta tarde han estado interrogando a las amigas de Alicia con las que fue al cine y que ellas han corroborado la versión de tu hermana. También don Agustín, el médico, ha atestiguado que Diego estaba en la cama con anginas y bastante fiebre la noche en la que mataron a Toribio Rodríguez. Han intentado también tomarle declaración al hermano, a Álvaro Latorre, pero no han dado con él. Lo que les tiene confundidos es el motivo. En cambio yo sí he estado atando cabos y creo que he caído en la cuenta del porqué de todo esto.

— ¿Has averiguado el motivo?— inquirió Irina sin comprender a donde quería ir a parar.

—Sí, creo que sí. Me estoy refiriendo al motivo por el que les mataron a los dos. A Eusebio Varas en el monasterio y a Toribio Rodríguez en otro lugar que aún no ha sido identificado, aunque le llevaron también a la abadía para que fuera hallado en la misma dependencia, o sea, en el comedor. Me faltan por comprobar unos pormenores.

El susto que todavía experimentaba por lo que había vivido en el monasterio y que se le había localizado en las piernas se trocó ahora en una ansiedad aguda que le aceleró los latidos del corazón.

— ¿Sabes quién ha sido? ¿Cómo te has enterado?

—No sé quién ha sido— repuso David pausadamente— Solo he caído en la cuenta de lo que había de común entre los dos crímenes, aunque aún tengo que asegurarme.

— ¿Y que tenían en común?

—Pues… creo habértelo comentado ya. Eusebio Varas fue el ponente del tribunal que juzgó a Toribio Rodríguez por la violación de una chica y el que le absolvió de ese delito.

— ¿Y piensas que pudo haber sido esa chica la autora de su muerte?

—Cabe dentro de lo posible, ¿no crees? Ha debido de ser alguien del entorno de los Latorre, porque muchos de los indicios conducen hacia ellos.

Rememoró ella la espontaneidad de la risa de Álvaro y la franca expresión de su semblante y se resistió a dar por cierto lo que el otro estaba insinuando. Era demasiado agradable para ser un asesino por partida doble. Además, ¿qué motivo podría haberle inducido a cometer semejante barbaridad? Más probable le parecía a ella que hubiese sido el insensato de su hermano.

— ¿Lo dices por el palo de golf?— apuntó pasando a la defensiva—. Los Latorre son gente importante que reciben en Villa María muchas visitas y cualquiera podría habérselo llevado sin que nadie les hubiera visto. Incluso podría habérmelo llevado yo, porque en alguna ocasión me he quedado sola en la terraza— repuso rememorando la tarde en la que Álvaro subió con el médico al dormitorio de Diego para que aquel le reconociera y ella se quedó apoltronada en el sillón de mimbre, acompañada tan solo por las cigarras y su chirriante cántico.

—También lo digo por el palo de golf— replicó David— y por la chica con la que sale.

Le escuchó perpleja, a la par que las palabras de él penetraban lentamente en su cerebro para producirle una sensación extraña que en ese momento no fue capaz de analizar, pero que la contrarió en grado sumo.

— ¿Es que Álvaro sale con una chica?

—Sí, desde hace tiempo. ¿No la has visto por el pueblo? Es muy alta y más o menos de tu edad, rubia, con el pelo largo.

— ¿Y veranea aquí?

—Sí, arriba, en la urbanización de La Estación. Sus padres son muy amigos de los de Álvaro y ellos se conocen desde niños.

La recordó Irina en ese momento. La había visto salir de Villa María la tarde en la que conoció a Álvaro, cuando fue a su casa a buscarle para que le facilitara el teléfono de Carlos.

—Pero podemos comentar más adelante mis pesquisas— siguió él—. Tenía intención de acercarme mañana a Madrid para visitar a un abogado, que fue profesor mío, para preguntarle por ese juicio, pero tendré que posponerlo para otro momento.

— ¿Y qué es lo que le vas a preguntar?— insistió ella que, rememorando a aquella muchacha, había perdido el hilo de las elucubraciones de su interlocutor.

—Le voy a preguntar quién era la chica que presentó la denuncia contra Toribio Rodríguez y qué ha sido de ella. Sé que la que sale con Álvaro se llama Lorena y que tuvo un percance en este pueblo hace unos años. Por esa razón no había vuelto hasta este mismo verano.

— ¿A qué clase de percance te refieres?

—A que Toribio Rodríguez la perseguía, lo mismo que a mi hermana. Fue hace unos tres años, en los días próximos a la Navidad, y aunque no sé exactamente lo que ocurrió, a raíz de ese suceso tuvo ella una depresión muy fuerte. No había vuelto a aparecer por aquí hasta este verano.

Aunque David no podía verla, meneó Irina escépticamente la cabeza para manifestar que no estaba de acuerdo.

— ¿Y piensas que puede ser la chica que violó Toribio Rodríguez?

—Podría ser, sí.

—E imaginas que porque frecuenta Villa María ha podido sustraerle a Álvaro uno de sus palos para matar al ponente del tribunal que absolvió a Toribio y después a éste, para que en el otro mundo deje en paz a las mujeres, ¿verdad?

—A mí me parece que no es una idea descabellada.

Sin saber por qué le molestó lo que David sugería y se apresuró a rebatir esa posibilidad.

—No, no lo creo. No me parece a mí que un palo de golf sea un arma adecuada para una mujer, que, por las novelas policíacas que he leído, suelen preferir el veneno. Si Lorena es la muchacha que vi salir de Villa María no hace mucho, es muy alta, pero no me pareció que su complexión fuera la adecuada para manejar con la imprescindible soltura un palo de golf de hombre y utilizarlo contra esos dos tipos. Piensa que además el asesino se llevó a Toribio a cuestas hasta el refectorio, donde lo soltó en el suelo. Yo desde luego no habría podido cargar con él y dudo mucho que esa chica poseyera la fuerza suficiente como para hacerlo sola.

Se hizo un silencio al otro lado del hilo. Luego adivinó más que oyó las palabras que murmuró David en tono muy bajo:

—Sola no.

— ¿Quieres decir que pudo ayudarla alguien?

—Eso es.

Como un fogonazo penetró en su cerebro la idea que estaba barajando su interlocutor y de la sorpresa le pareció que se tambaleaba algo en su interior.

— ¿No estarás sugiriendo….?

—No sugiero nada, porque no lo sé. Creo que sería posible y por esa razón voy a averiguar cómo se llamaba la chica que denunció a Toribio por violación en aquella época y de cuya acusación salió absuelto. Ya lo comentaremos mañana, ¿Te parece?

Cortaron ambos la comunicación y, aturdida, se guardó ella el aparato en el bolsillo mientras se arrellanaba más cómodamente en el sofá. Estaba claro que David había insinuado que podía haber sido Álvaro el que se hubiera tomado la justicia por su mano y fuera consecuentemente el autor o el cooperante necesario de la muerte de los dos. La idea sobre la que reflexionaba le produjo una inmensa desazón al rememorar que media hora antes había estado a solas con él en el escenario del crimen. Le pareció verse a sí misma en el comedor de los frailes cuando Álvaro la dejó allí para ir a buscar el armarium, o esa al menos había sido la excusa que le había dado para ausentarse, porque casi inmediatamente había percibido el sonido de unos pasos cautelosos que se aproximaban atravesando lo que antaño fuera la cocina y después el recinto del oficio. Aunque lo había negado categóricamente cuando regresaban en bicicleta, podía haber sido él, pretendiendo vivificar al fantasma del monasterio. Le hubiera bastado con retroceder hasta el claustro, para luego desandar lo caminado volviendo sobre sus pasos y en la misma cocina exhalar aquel gemido que le había erizado el vello de los brazos, y seguir de puntillas hacia el lugar en el que se hallaba ella.

¿Pero para qué?, se preguntó. No podía haber sido él. No tenía ningún sentido que pretendiera asustarla para que no se acercara al monasterio. Le hubiera bastado con negarse a realizar la visita que habían llevado a cabo esa tarde, alegando que no había conseguido que le dieran la llave del complejo arquitectónico.

Con la cabeza apoyada en el respaldo del sofá repasó mentalmente cada uno de los pormenores de esa visita. En ningún momento había sentido que constituyera Álvaro una amenaza para ella, sino al contrario. Y había sido ella la que se había empeñado en quedarse en el refectorio, cuando él quería localizar el lugar donde se hallaba ubicado el armarium. Precisamente cuando Álvaro acababa de dejarla sola había sido cuando ella había encontrado el bolígrafo dorado que aún llevaba en el bolsillo y cuya existencia acababa de recordar. Respingó de nuevo en el sofá, al retroceder con la mente al refectorio y verlo brillar al pie del poyete. Con unos dedos torpes lo extrajo de su bolsillo y lo examinó girándolo entre ellos. Era un modelo exclusivo de una marca cara, por lo que no parecía probable que lo hubiera perdido allí alguno de los obreros que trabajaban en la restauración de la abadía. Además ella lo había visto anteriormente en alguna parte, aunque no lograba precisar quién pudiera ser su dueño. Debería habérselo comentado a David, ya que éste parecía estar al tanto de todo lo que ocurría en el pueblo y conocía al dedillo los aspectos más significativos de sus habitantes.

Se enderezó para consultar su reloj. Aún podía llamarle para preguntárselo. Luego tomaría algo y subiría a acostarse, ya que tendría que madrugar a la mañana siguiente, aunque presuponía que le costaría bastante conciliar el sueño. Aquel gemido escalofriante aún resonaba en sus oídos, confusamente entremezclado con el hallazgo del bolígrafo dorado y con la sensación de pánico que había experimentado en el refectorio cuando logró escapar de esa dependencia encaramándose al murete que mediaba con el claustro para saltar al otro lado. Sensación que aún perduraba junto con el escozor de la rodilla que se había desollado contra las piedras.

Estaba ya buscando en la agenda del teléfono el número de David, cuando la musiquilla que anunciaba una llamada se dejó oír  y comprobó en el visor que se trataba  precisamente de Carlos, por lo que apresuradamente se aprestó a atenderla.

—Irina, no sé si será demasiado tarde, espero que no te hayas acostado ya, pero te llamo porque es urgente.

—No, no me he acostado todavía. Dime.

—Mañana, a eso de las nueve, pondrá la guardia civil a Alicia a disposición del juez. Me ha llamado David para comunicármelo después de intentarlo contigo, pero al parecer tenías el móvil silenciado.

Recordó ella haber eliminado el sonido  del mismo en la portería del monasterio, lo mismo que Álvaro, para evitar que alguien pudiera oírlo y se extrañara al escucharlo, cuando se suponía que los obreros se habían marchado ya y que en la edificación no quedaba nadie.

—Sí, sí, he olvidado cargarlo esta tarde— mintió— pero hace unos minutos  he restablecido esa función y he hablado con David que me ha llamado para comunicármelo. ¿Recuerdas que quedaste en que me acompañarías al juzgado?

—Por supuesto— repuso rápidamente él— Y no te preocupes, porque todo va a salir bien. Sé que las amigas de Alicia han declarado que la noche de autos estaban con ella en el cine y que al finalizar la película la acompañaron a tu casa, por lo que no existe otra prueba incriminatoria contra ella que el hallazgo del arma homicida en su cuarto.

— ¿Del palo de golf?

—Eso es.

— ¿Y qué otra circunstancia se podría alegar para explicar de una forma convincente que ella no ha tenido nada que ver? Es imposible que llegue el juez a la conclusión de que llegó hasta su dormitorio volando por el aire.

Tardó él en contestarle unos segundos que se le antojaron siglos.

—Es posible, desde luego, que la consideren encubridora del autor del crimen, pero es ese un delito mucho menos grave y en ese caso conseguiremos que la dejen en libertad con fianza.

— ¿Con fianza?— se alarmó ella— ¿Y a cuánto podría ascender esa fianza? Mis padres regresarán a España en el próximo otoño y hemos reformado nuestra casa hace cosa de un mes para que no tengan queja de su estado. Mi padre es muy puntilloso y le gusta mantener las apariencias. El caso es que en esa obra me he gastado una fortuna y en este momento…

—No te preocupes— sonó tranquilizadora la voz de él—. Si la cuantía que fija el juez es demasiado alta, recurriremos.

—Pero no podemos esperar— protestó Irina con una ansiedad creciente—. Supongo que mientras se resuelve el recurso continuaría Alicia en el calabozo de la guardia civil o incluso que la habrían trasladado ya a la cárcel, ¿no es así?

—Sí, sí, claro, pero serían solo unos días.

— ¿Unos días?— protestó indignada—. Cómo se ve que tú no has estado nunca en chirona.

— ¡Ah!, ¿y tú sí?— replicó él sarcásticamente.

—No, yo tampoco, pero lo puedo imaginar sin realizar el menor esfuerzo y estoy segura de que cada segundo puede convertirse en una eternidad para el que se halle recluido entre sus cuatro paredes. No puedo permitir que Alicia esté en el calabozo o en prisión ni un segundo más de lo que sea imprescindible.

Se hizo un silencio al otro lado de la línea. Luego oyó nuevamente su voz.

—Recurriremos en ese caso, no te preocupes.

— ¿Y cuánto puede tardar el juez en resolver el recurso?

—Eso depende.

— ¿Depende?— se enfadó—. Además y para colmo has olvidado que tú no eres su abogado porque se te ha ocurrido una tremenda estupidez para renunciar a su defensa que a Alicia y a mí nos va a perjudicar enormemente. El recurso lo tendría que formalizar David, que no es más que un chiquillo sin ninguna experiencia.

—Ese recurso es bastante sencillo de argumentar— repuso pacientemente Carlos—. Comprendo que estés nerviosa e inquieta por el futuro de tu hermana, pero trata de ser objetiva. La incompatibilidad para defender al mismo tiempo a dos clientes no es ninguna tremenda estupidez. Es un principio elemental de ética y en cuanto a tu hermana...

— ¿Qué?— le animó desafiante a continuar.

—Que quizás lo que está sucediendo le sirva de lección.

— ¿Qué quieres decir?

Pese a que no podía verle, notó que él vacilaba y que finalmente se decidía a aclararle lo que pensaba.

—Irina, no es posible que el palo de golf de Álvaro apareciera debajo de la cama de Alicia por casualidad.

— ¿Quieres decir que...? ¿Quieres decir que crees que lo escondió ella en ese lugar?— le gritó iracunda—. ¿Y por qué habría de haber hecho semejante imbecilidad? ¿Para que lo descubriera la policía y la encerraran durante unos cuantos días? Verdaderamente es una idea brillante.

—Vamos a dejarlo— sugirió pacientemente él.

—No, no vamos a dejarlo hasta que me aclares lo que has querido decir.

—Solo te lo diré si te tranquilizas antes.

—Estoy tranquilísima— le aseguró, haciendo un esfuerzo por hablar en un tono normal.

—De acuerdo. Puedo estar equivocado, pero la única conclusión lógica que se me ocurre que pueda justificar el lugar donde la policía ha encontrado ese madero es que ella haya estado encubriendo a Diego. Si lo piensas fríamente advertirás que todas las piezas encajan.

— ¿Y a pesar de ello estás dispuesto a defender a ese inconsciente?— se enfureció nuevamente Irina.

Le contestó él con voz pausada, como si la respuesta fuera obvia:

—Únicamente tendré que defenderle en el caso de que se le acuse de ese homicidio. De momento no hay razón para calificarlo de asesinato.

— ¿A pesar de que estás convencido de que es culpable?— volvió a enfadarse Irina.

—Lo que yo pueda pensar o, mejor dicho, sospechar— puntualizó él— no hace al caso, porque no soy el juez.

—No claro—. Y con acritud añadió a continuación—: Pues me parece que tus conclusiones sobre Diego y sobre Alicia son bastante precipitadas.

— ¿Por qué lo dices?

—Porque esta tarde he encontrado algo que puede pertenecer al verdadero culpable y que probablemente demostraría que ha estado él en el escenario del crimen.

— ¿Qué has encontrado?— le preguntó Carlos con un tonillo indulgente, como si ella fuera una niña antojadiza, empeñada a toda costa en que le dieran la razón.

—Un bolígrafo. Un bolígrafo dorado.

— ¿Y cómo es ese bolígrafo?

Se lo describió ella con todo lujo de pormenores, detallándole incluso la marca.

—Es un bolígrafo muy caro, de esos que suelen utilizar los ejecutivos importantes, y que solo puede pertenecer a una persona de mucho nivel— insistió con suficiencia.

—Sí— admitió él— ¿Y dónde lo has encontrado?

Vaciló ahora Irina. Si se lo decía, reconocería asimismo que había estado en la abadía con Álvaro, haciendo caso omiso de lo que él les había recomendado esa misma tarde. Acalorada como estaba por la discusión que mantenía en defensa de su hermana, lo dejó escapar:

—En el refectorio del monasterio. Álvaro se ha empeñado en disuadirme por consejo tuyo después de haber hablado contigo, pero yo me he empeñado y le he convencido. El bolígrafo estaba en el suelo, al pie del poyete donde antaño se sentaban a la mesa los monjes. El pavimento de esa dependencia está en bastante buen estado, enlosado con unas baldosas grandes y cuadradas entre las que crece algún que otro hierbajo. El bolígrafo se hallaba precisamente en el intersticio entre una baldosa y el poyete y no lo hubiera visto yo si no fuera porque brillaba en la oscuridad. Creo que eso desmonta tu teoría, que por otra parte no es más que una suposición.

Tardó Carlos en contestar. Le imaginó confuso, buscando argumentos para rebatir lo que en su opinión era una prueba concluyente de que estaba equivocado.

—Eso no significa nada—replicó al fin—. Cualquier visitante ha podido perderlo en esa dependencia, ya que, como acabas de manifestar, no se veía a simple vista y no hubieras reparado tú en su existencia  de no haberlo visto brillar en la oscuridad.

—Desde que hallaron a Eusebio Varas en ese refectorio no se admiten las visitas— objetó ella.

— ¿No? Pues bien que os habéis paseado Álvaro y tú por ese complejo a pesar de mis advertencias— remachó con sorna—. Además, él habrá recorrido contigo todo el comedor esta tarde, ¿no ha sido así?

—No— repuso sin saber dónde quería él ir a parar—. ¿Por qué lo dices?

—Porque ese bolígrafo es de Álvaro. Se lo regalaron sus empleados con motivo de su cumpleaños el mes pasado. No tiene nada de extraño que se le cayera al suelo esta tarde y que después lo encontraras tú.

No llegó a escuchar sus últimas palabras. Con la mente retrocedió al instante en el que ambos habrían entrado en el refectorio. Le había precedido ella, que se había adelantado a examinar los trozos de poyete que aún permanecían ensamblados al muro semi derruido y Álvaro había quedado en el umbral, bajo la arcada de lo que antaño sería la puerta del recinto. Ni tan siquiera había llegado a aproximarse. Le pareció oír su voz y su respuesta cuándo ella le había preguntado cuando había sido la última vez que había visitado la abadía. Le había contestado que en el pasado mes de abril y por aquel entonces aún no le habían regalado los empleados de su empresa el bolígrafo dorado, por lo que no había podido perderlo con anterioridad a que se produjera el homicidio del juez.

Pero no tenía sentido lo que la respuesta de Carlos le había sugerido en un primer momento, Hablaría con Álvaro y averiguaría qué otra posible explicación podía tener la pérdida de su bolígrafo en el refectorio. Sin duda se lo habría cogido Diego sin que él se enterara para presumir ante sus amigos y se le habría caído allí la noche en la que Alicia y sus amigas le habían visto saltar la valla de la finca. La noche en la que habían matado a Toribio Rodríguez.

# CAPÍTULO XVIII

El interrogatorio de Alicia se prolongó durante lo que a Irina le parecieron siglos interminables. Sentada en el pasillo entre Carlos y Álvaro, que les había acompañado al enterarse por el primero de los dos de que el juez le tomaría declaración a la chica esa mañana, permanecía silenciosa con la sensación de que el corazón se le había desbocado dentro del pecho y de que le resultaba imposible respirar con normalidad. Al fin se abrió la puerta de dos hojas que tenían enfrente y por ella salió David que se les reunió en el acto con el semblante completamente inexpresivo.

—El juez ha decretado su libertad provisional con cargos y bajo fianza— les comunicó.

— ¿Bajo fianza?— inquirió Irina que se había puesto en pie y había corrido inquietísima hacia él—. ¿Y a cuánto asciende esa fianza?

Citó David una cantidad que la obligó a emitir un desafinado silbido.

—Pero eso es una barbaridad. No tengo ese dinero.

—Recurriremos la cuantía— intentó tranquilizarla David que, con la toga sobre su formal indumentaria, parecía otro muy distinto al chiquillo con el que se había tropezado en el supermercado dos días antes—. Presentaré el recurso mañana a primera hora— le aclaró solemnemente.

— ¿Y Alicia volverá al calabozo mientras tanto?

—Es posible, pero también lo es que la trasladen a una prisión esta misma tarde. Allí podrás visitarla mientras se resuelve el recurso.

—Pero no lo entiendo— protestó a punto de echarse a llorar—. ¿No han declarado sus amigas que estaba con ellas a la hora en la que se cometió el segundo crimen? ¿Por qué entonces no la dejan libre y, sobre todo, cómo puede el juez suponer que una chiquilla de dieciocho años puede disponer de esa cantidad?

Aturdida buscó un pañuelo en su bolso sin hallarlo. Sin decir palabra, Carlos le tendió uno, mientras ella increpaba a David.

—¿Y tú no le has dicho nada al juez? ¿No le has explicado que Alicia no había visto en su vida ese palo de golf y que ha aparecido debajo de su cama porque alguien le ha jugado una mala pasada?

—Tranquilízate, Irina— le recomendó Carlos con el semblante sin expresión— Diego no ha podido decirle nada al juez, porque en este trámite no se nos permite realizar ningún tipo de alegato. El recurso tendrá que formalizarlo por escrito.

—Pues sigo sin entenderlo— hipó—. ¿Cuántos días van a tener encerrada a Alicia como consecuencia de un formalismo legal completamente estúpido? Si nos dejaran hablar a todos en lugar de empeñarse en que escribamos tanto papelote…

—Pero Irina— intentó explicarle David—. Nuestro procedimiento penal es así. Pediremos la rebaja de una fianza tan desorbitada y seguramente el juez nos la concederá.

—¿Seguramente?— se indignó ella con los ojos relampagueantes—. ¿Quieres decir que ni siquiera podemos tener la seguridad de que el juez lo entienda?

—No, no podemos—admitió a su pesar David, que parecía haber menguado de estatura ante el furor que manifestaba ella.

—Y si no la rebaja, ¿estará recluida en la cárcel hasta que se vea el juicio?

Tomó aire el muchacho antes de responder.

—No. El juez ha considerado que puede ser responsable de un delito de encubrimiento, de modo que el tiempo máximo que podría permanecer recluida en prisión provisional sería de un año, prorrogable hasta seis meses.

—Un año y medio como máximo ¿Pero cómo es posible tamaña barbaridad?

Visiblemente cohibido, intentó David explicárselo.

—Es que la pena por encubrimiento, que, en el supuesto de que pudiera probarse podría caerle, oscilaría entre seis meses y tres años. Por esa razón esa sería la duración máxima de su prisión provisional.

Paseó ella alternativamente su mirada por los semblantes de los tres hombres.

— ¿Y no podemos hacer nada?

—Podríamos conseguir una rebaja de la pena si ella confesara quién mató a ese hombre— sugirió tímidamente David—. Si fuese inferior a dos años no la cumpliría, porque podríamos pedir la remisión condicional.

— ¿Confesar? ¿Y cómo va a confesarlo, si Alicia no lo sabe?— protestó nuevamente Irina—. Me parece que lo mejor será que entre yo en esa sala y se lo explique al juez.

La sujetó Carlos a tiempo reteniéndola por un brazo, mientras Álvaro, que hasta ese momento había permanecido en silencio, se adelantaba para intentar un aparte con David, lo que no llegó a conseguir, porque tanto Carlos como Irina se les reunieron en el acto.

—Yo pagaré esa fianza— le comunicó a David en un susurro— Dime qué es lo que tengo que hacer.

—Pero es una cantidad muy alta— objetó el otro— Puedes perderla además si Alicia se fuga o no se presenta al juicio cuando sea citada.

—Dime que es lo que tengo que hacer— repitió Álvaro secamente—. Será un préstamo— le aclaró a Irina volviéndose hacia ella—. Cuando dejen a tu hermana en paz y archiven los cargos de que se la acusan, lo recuperaré, así que no hay más que hablar. Iré al Banco ahora mismo.

Se sonó ella con el pañuelo que le había dejado Carlos, antes de levantar los ojos hacia él.

—Pero yo no puedo consentirlo. Alicia no es nada tuyo y no tienes por qué arriesgar ese dinero.

— ¿Prefieres entonces que la encierren de nuevo hasta que el juez se lea el recurso, lo entienda, y entre en razón?

Lo consideró ella con los ojos cuajados de lagrimones.

—No, pero…

No la dejó Álvaro terminar. Apartó a David cogiéndole del brazo y ambos cuchichearon durante unos segundos para alejarse después pasillo adelante, tras hacerles el primero una seña de que les esperaran.

No tardaron en regresar, pero sin embargo les entretuvieron en la secretaría del juzgado con mil trámites burocráticos hasta que cerca del medio día dejaron a Alicia en libertad y apareció ésta en el pasillo en compañía de David. Como la vez anterior, se abrazó llorando a su hermana.

—Yo no he hecho nada— sollozó—. Le he dicho al juez que no sabía cómo había aparecido el palo de golf debajo de mi cama, pero no me ha creído.

—No te preocupes. La policía no tardará en encontrar al verdadero culpable y nos dejarán en paz— la consoló Irina limpiándole con el pañuelo de Carlos los churretes que le corrían por las mejillas—. Ahora nos vamos a ir a casa y nos olvidaremos de lo que ha sucedido en las últimas horas.

Le pasó un brazo sobre los hombros antes de encaminarse hacia la salida. Los tres hombres las seguían en silencio por el pasillo y cuando llegaron a la calle se detuvieron indecisos. Fue David el primero en decidirse a ofrecerles su automóvil, un Seat Ibiza de color gris, de aspecto bastante deteriorado, que había estacionado allí mismo.

—Os llevaré a casa. Tengo además que hablar contigo, Irina.

Pensó ésta que pretendería con ello que le pagara su minuta, por lo que aceptó su ofrecimiento y los otros dos hombres se limitaron a despedirse y se marcharon juntos calle arriba en dirección al lugar donde Carlos había aparcado su coche.

Ellas siguieron a David y se introdujeron en el automóvil de éste. Durante el trayecto fue Alicia refiriéndoles entrecortadamente por los sollozos que le ascendían hasta la garganta y dificultaban sus palabras, los mil sinsabores que había padecido durante el lapso de tiempo que había permanecido en el calabozo, a la par que repetía que no tenía la menor idea de quién podía haber escondido el palo de golf en su cuarto.

En cuanto llegaron a su casa, subió la chica a la planta superior a ducharse e Irina le indicó a David que pasara a la sala de estar, dando por sentado que éste le diría en ese momento a cuánto ascendía el importe de su intervención, pero ante su sorpresa el chico no aludió a ese asunto cuando ambos tomaron asiento en el sofá, sino que se inclinó hacia ella para preguntarle en un susurro:

— ¿Te has dado cuenta?

— ¿De qué?— inquirió Irina sin comprender.

—De la reacción de Álvaro. No ha dicho una palabra ni ha movido un solo músculo hasta que te he comentado que el juez le rebajaría la pena a tu hermana si confesaba quién era la persona a la que estaba encubriendo.

Le observó perpleja sin acabar de entenderle.

— ¿Quieres decir que no ha actuado por generosidad al ofrecerse a pagar la fianza, sino que…?

—Que ha temido que Alicia se decidiera a confesarlo— terminó David, con un ademán con el que parecía querer expresar que esa conclusión era obvia.

— ¿Pero es que de verdad crees que mi hermana está encubriendo a alguien?— replicó ella envolviéndole en una mirada desdeñosa.

—Me temo que sí.

Lo consideró Irina con el ceño fruncido y terminó por menear negativamente la cabeza.

—¿A quién? ¿A Diego? Han perdido las amistades últimamente y además estaba él en la cama con anginas cuando mataron a Toribio Rodríguez.

—Sabes que eso no es verdad—objetó él con una risita sarcástica—. Yo sí me he dado cuenta de que Álvaro Latorre se ha quedado pálido cuando he sugerido que si declaraba Alicia a quien estaba encubriendo probablemente la dejarían en libertad sin fianza.

—Pero…

—Y tampoco he dicho que Álvaro haya pretendido proteger a Diego.

Volvió ella a parpadear, luchando por seguir el hilo de lo que estaba insinuando él.

—¿Qué quieres decir?

—Que también podría estar intentando protegerse a sí mismo. Si Toribio abusó de esa chica, de Lorena, y el tribunal le absolvió de ese delito, es posible que si se lo encontró por la calle o en otro lugar y ese tipo le provocó, le atizara un mandoble en la cabeza con el palo de golf en un arrebato de furor.

Lo consideró perpleja intentando visualizar en su mente la expresión de su rostro en el juzgado cuando se ofreció a pagar la fianza y terminó por menear negativamente la cabeza.

—Creo que te equivocas. Álvaro es un hombre generoso y muy controlado, incapaz de un arrebato de esas características. ¿Supones que mató a ese tal Toribio y que cargó a cuestas con él después para arrojar su cuerpo en la abadía?

—¿Por qué no? En el mismo lugar en el que había matado primero al juez.

—Por no haber condenado a ese tipo, cuando se le juzgó por ese delito, ¿no?

—Efectivamente.

Pensativa, intentó imaginar a Álvaro agrediendo a ese hombre al que nunca había visto ella, pero sobre el que David le había comentado que era de mediana edad y bajito, aunque muy fornido. No cabía duda de que Álvaro le aventajaría en estatura y en fuerza física, porque era alto y practicaba varios deportes. Disponía además de las llaves del monasterio por lo que de noche podía haber transportado el cuerpo para dejarlo caer en el refectorio de los frailes. Como si se le encendiera una luz en el cerebro vio de nuevo brillar el bolígrafo dorado al pie del poyete donde aquellos se sentaban a la mesa. ¿Habría sido él?, se preguntó. Si lo llevaba esa noche en el bolsillo de la camisa podría habérsele caído al agacharse. Un estremecimiento la recorrió entera al rememorar las horas que había pasado con él en la abadía, con el que podía ser el asesino que buscaba la guardia civil. Estaban los dos solos y nadie sabía que habían decidido realizar esa visita. Únicamente Carlos había tenido noticia de que lo proyectaban, pero seguramente creería haber convencido a su amigo de que era un disparate. ¿Qué habría ocurrido si le hubiera enseñado el bolígrafo que había encontrado y que claramente le inculpaba?

Al darse cuenta de que todas las piezas encajaban experimentó la frustrante sensación de que algo se le rompía por dentro. Había valorado tanto el rasgo que había tenido él esa mañana de ofrecerse a pagar la fianza de Alicia que ahora se sentía como una tonta a la que hubiera engañado él atacándola por su flanco más débil. Pero no podía haber sido él, decidió, al rememorar su sonrisa y al detectar casi inmediatamente varios fallos en el razonamiento de David.

—De haber sucedido todo como has supuesto, Alicia no hubiera encubierto a Álvaro. ¿Por qué habría de haberlo hecho? Apenas le conoce. Tan solo se ha tropezado con él en algunas ocasiones en Villa María, por lo que no se arriesgaría tontamente a que por ayudarle la detuviera la policía.

— ¿Si se lo hubiera pedido Diego tampoco?— adujo él.

Se lo preguntó a sí misma y aunque llegó a la conclusión de que en ese caso su hermana hubiera sido capaz de cometer cualquier estupidez, meneó negativamente la cabeza.

—No sé si en ese caso hubiera accedido, pero de lo que sí estoy segura es de que no se le hubiera ocurrido esconder el palo de golf debajo de su cama. No es tan tonta.

—Quizás no tuvo tiempo y lo ocultó allí para deshacerse de él más adelante— sugirió él.

—No lo creo. Hay además otro detalle que no has tenido en cuenta. Un palo de golf no es como una pistola o un cuchillo, que se pueden llevar en el bolsillo del pantalón, en el bolso o en la guantera del coche. Es un trasto enorme con el que no se sale a pasear por la calle, por lo que no se me ocurre la razón por la que el asesino lo llevara cuando le mató.

—Cuando les mató a los dos— puntualizó David—. El forense ha llegado a la conclusión de que fue también el arma homicida en el caso del juez. Y a mí sí se me ocurre como pudo suceder. Si fue Álvaro, pudo llevar el palo de golf en el maletero del coche, porque regresara de practicar ese deporte o porque tenía previsto participar en un partido.

— ¡Bah!— protestó ella—. Eso no tiene ni pies ni cabeza. ¿Qué supones? ¿Qué se citó con el juez en el monasterio y que cargado con el madero le invitó a visitar las ruinas, para al llegar al refectorio sacudirle un mamporro en la cabeza? Te repito que nadie se pasea con un palo de esos en la mano por unas ruinas. Lo que tienes que hacer en lugar de realizar tantas elucubraciones absurdas es averiguar cómo se llamaba la chica de  la que abusó Toribio. Una vez que sepamos la identidad de ella podremos seguir el hilo conductor, que estoy segura de que no nos llevará hasta Álvaro.

—Veo que le defiendes con mucha vehemencia— apuntó David con sorna.

— ¿Yo?— se extrañó ella, advirtiendo desconcertada que el otro tenía razón—. No sé por qué lo dices. Le estoy agradecida por haber pagado la fianza de Alicia. Le debo un gran favor, sobre todo porque no tenía ninguna obligación de hacerlo. Nos hemos conocido a raíz del asesinato del juez y si hemos entablado una cierta amistad ha sido por la similitud de la situación en la que nos hallamos los dos en relación a nuestros respectivos hermanos.

—¿Y solo por esa similitud de situaciones ha satisfecho la fianza de tu hermana?— se burló él—. No conozco a nadie tan generoso ni tan desprendido.

—¿No?

—No.

—Y porque ha reaccionado de una forma tan poco frecuente has decidido cargarle con esas muertes— le rebatió, acalorándose conforme hablaba—. Me parece que tienes una mente bastante calenturienta.

—Y a mí que tú estás en las batuecas. Serás una profesora estupenda y una extraordinaria empollona y seguramente ganarás tu oposición con el número uno, pero piensas menos que un mosquito.

Tenía Irina una alta opinión de su inteligencia, por lo que al oírle expresarse de ese modo estuvo a punto de enfadarse, diciéndose que él no era más que un chiquillo sin experiencia alguna de la vida ni de casi nada, pero reprimió a tiempo la seca respuesta que estuvo a punto de proferir, al reconocer que tampoco ella podía presumir de tenerla. Su día a día se reducía a intentar controlar a una treintena de adolescentes en el instituto y a otra adolescente más en su casa con escaso éxito en ambos casos. Con un incipiente resquemor trató de cortar el tema que discutían, retomando la conversación al punto en el que la habían iniciado.

—Bueno, vamos a puntualizar. Has quedado en ir a visitar a un profesor tuyo que es abogado y que puede averiguar la identidad de la chica que denunció a Toribio Rodríguez por haberla violado. ¿Cuándo vas a ir a Madrid a verle?

Sonrió David sarcásticamente, como si hubiera adivinado el motivo por el que ella se desviaba del asunto que discutían.

—Intentaré que sea mañana mismo— repuso recobrando el aire formal con el que solía expresarse—. Agosto es un mal mes para investigar cualquier dato en los juzgados, pero afortunadamente los penales funcionan todo el año, aunque sea a medio gas.

— ¿Y me lo comunicarás en cuanto te enteres de algo?

—Desde luego. Y si he acertado yo, me invitarás a cenar.

Desconcertada, se quedó sin habla preguntándose cuántos años podría tener él. Muchos menos que ella desde luego. Le hubiera parecido natural que pretendiera celebrar que había dado en el clavo con Alicia, ¿pero por qué con ella a la que debía considerar un vejestorio?

—Y si acierto yo… —se apresuró a empezar a articular dificultosamente.

—Si aciertas tú, te invitaré a cenar yo— terminó David poniéndose en pie con la evidente intención de marcharse.

Le imitó torpemente Irina tratando de retenerle con un gesto.

—Aún no me has dicho cuanto te debo.

Sin detenerse, volvió él la cabeza para contestarle desde la puerta.

—No me debes nada. Ha sido un placer poder echarte una mano. No dudes en llamarme siempre que lo necesites.

Se dejó caer Irina en el sofá cuando le oyó salir con la sensación de que le flojeaban los músculos de su cuerpo. No era habitual en ella que las emociones anulasen su raciocinio ni tan siquiera que enturbiaran su capacidad de analizar lo que sucedía a su alrededor, pero en ese momento además de agotada se sentía tan confusa… tan aturdida… Y no solo por las horas de inquietud que había vivido en el juzgado hasta que Alicia había sido puesta en libertad. Se preguntaba también qué habría de verdad en lo que David había sugerido y si solo por gratitud hacia Álvaro había omitido ella referirle al chico lo que había sospechado al descubrirle Carlos que el bolígrafo dorado le pertenecía a aquél. Y para colmo, las insinuaciones de David, que al menos contaría ocho años menos que ella le habían dado la puntilla y la habían dejado totalmente descolocada. Claro que quizás no hubiera pretendido nada significativo con la especie de apuesta que le había propuesto y quisiera tan solo seguir discutiendo sobre la información que le había proporcionado su amigo, se dijo para consolarse. También sus alumnos masculinos, con sus catorce o quince años, se salían en ocasiones del guion que les correspondía por su edad y se insinuaban a su profesora de una forma absolutamente improcedente, pero eran niños y fingía ella entonces no haberles oído. Quizás en el caso de David se tratara solo de una forma halagadora de comportarse con la hermana de su cliente, se dijo para animarse.

Ya bajaba Alicia por la escalera. Oía sus pasos a través de la puerta abierta de la sala de estar, por lo que procuró dar a su rostro una expresión distendida cuando la vio traspasar el umbral de la habitación. Se había cambiado de ropa y llevaba ahora un pantalón corto blanco y una camiseta amarilla con el anuncio de un conocido grupo musical en la espalda, sobre la que le resbalaba su melena húmeda. Antes de avanzar hacia ella recorrió con la mirada la habitación como si buscara con los ojos a David. Al no hallarlo, le preguntó a Irina:

— ¿Se ha marchado ya?

—Sí, tenía trabajo. ¿Cómo estás?

—Aturdida— repuso la otra tomando asiento a su lado—. Han ocurrido tantas cosas en los últimos días y todas tan absurdas… Las horas transcurren con tanta lentitud en el calabozo que me ha dado tiempo a darle mil vueltas a este asunto y no he llegado a ninguna conclusión.

— ¿A qué te refieres?— inquirió Irina con precaución, pues sabía que su hermana acostumbraba a irritarse desproporcionadamente cuando consideraba que invadían su intimidad.

—Al palo de golf— repuso con la mirada perdida en un punto que solo ella parecía ver—. No consigo explicarme qué fue lo que pasó.

— ¿Qué es lo que no consigues explicarte?

—Cómo llegó hasta mi dormitorio. Tú has estado casi siempre en casa. Cuando estos últimos días has salido al supermercado, yo no me había levantado aún de la cama, por lo que es imposible que el que lo escondió hubiera entrado en mi cuarto durante ese lapso de tiempo, porque le hubiera visto. Sabes que vagueo un rato despierta antes de levantarme. He estado haciendo memoria y he recordado haber oído cómo cerrabas la puerta con llave esas mañanas y ese mismo sonido de la cerradura al volver.

—Fui a cenar con Carlos hace tres noches— murmuró pensativamente Irina—. Quienquiera que haya sido pudo aprovechar las horas en las que estuve fuera para entrar en nuestra casa. Y también es posible que lo hiciera en cualquier otro momento por la puerta de la cocina, porque sabes que tengo por costumbre estudiar con tapones en los oídos para que no me desconcentren los ruidos de la calle. Porque supongo que tú no…

Se interrumpió sin saber cómo continuar. Podía provocar una explosión de ira en su hermana si aludía a Diego y a la posible implicación de Alicia en la ocultación del arma homicida por ayudarle a él.

— ¿Qué quieres decir?— insistió la otra observándola de hito en hito.

—Nada. Me preguntaba tan solo si Diego no te habría pedido que lo escondieras por alguna razón que inventara y que no tuviera nada que ver con la muerte de esos hombres, como, por ejemplo, que quería participar en un partido sin que Álvaro se enterara y te hubieras ofrecido tú a guardarlo hasta que lo necesitara.

Abrió desmesuradamente Alicia sus ojos color miel, muy similares a los de su hermana.

— ¿Yo? Creo haberte comentado que, desde que el juez nos dejó en libertad a los dos a raíz de la muerte de Eusebio Varas, no se ha dignado dirigirme la palabra. Bueno, sí, ya te lo conté. A la mañana siguiente de haber aparecido muerto en el monasterio Toribio Rodríguez nos hicimos las encontradizas con ellos en Villa María. Estaban bañándose en la piscina Jorge e Ismael y él estaba apoltronado en la terraza en una butaca porque parecía encontrarse mal. Los tres se comportaron bastante groseramente con nosotras y desde ese día no le he vuelto a ver.

— ¿Y dices que no se encontraba bien él?— inquirió Alicia con precaución.

—Sí estaba algo acatarrado y afónico. Tenía la cara enrojecida y llevaba una camiseta sobre el bañador. Era el único de los tres que no parecía haberse bañado porque su ropa estaba seca. ¿Por qué?

—Porque ha alegado como coartada que la noche en la que mataron a Toribio Rodríguez, o sea, la noche anterior, estaba en la cama con anginas y con fiebre alta, lo que ha corroborado el médico del pueblo, que es un vejete un poco simple. Supongo, por lo que me estás diciendo, que eso no es cierto.

—No, no lo es— admitió Alicia— Utilizaría para subir la temperatura cuando le visitó el médico alguno de los trucos de los que no valemos de cuando en cuando los estudiantes para no ir a clase. Son fáciles y muy efectivos. Es imposible además que esa noche estuviera enfermo porque…

Se detuvo sin acabar la frase e Irina permaneció aparentemente impasible y sin moverse, esperando que su hermana resolviera hacerle partícipe de lo que sabía. Tardó la chica en decidirse, pero la desagradable experiencia de los días que había pasado en el calabozo la animó a explayarse con su hermana.

—Yo le vi esa noche— susurró— Susana, Mariló y yo les distinguimos perfectamente cuando salimos del cine. Pasamos en bicicleta por delante de la puerta de la finca de los frailes y nos escondimos cuando escuchamos un gemido de ultratumba que parecía provenir de las ruinas. A los pocos segundos les vimos saltar la valla. Me refiero a Ismael, a Jorge y a Diego. La luna estaba ya en su fase menguante, pero iluminaba algo el lugar y escudriñaron los alrededores al distinguir nuestras bicis apoyadas en la cerca. Incluso comentó Diego que la roja era la mía y los tres se preguntaron qué podíamos estar haciendo allí. Luego se marcharon en la moto de Diego. Oímos el rugir del motor, aunque no llegamos a averiguar dónde la habían escondido.

— ¿Y eso  que me estás contando sucedió la misma noche en la que mataron a ese tal Toribio?

—Sí y sería la misma hora aproximadamente. He estado a punto de decírselo al juez, pero no me he atrevido. Diego no volvería a dirigirme la palabra y puede que se encontraran en esos momentos en el monasterio por otro motivo.

— ¿Cómo cuál?

—No lo sé. A Diego le gusta transgredir las normas por el mero placer de transgredirlas. Si no se encontraron los tres con el asesino en la abadía cuando fue éste a desembarazarse del cadáver en el comedor de los frailes, sería de pura casualidad.

Hizo un esfuerzo Irina por permanecer aparentemente imperturbable para no romper el clima de confianza que las envolvía a las dos en los últimos minutos, mientras buscaba las palabras oportunas para averiguar lo que le interesaba sin herir la susceptibilidad de Alicia.

— ¿Y tú… tú estás segura de que esos tres no han tenido nada que ver con la muerte de Toribio Rodríguez?

Aguardó temerosa la reacción de la chica que en cualquiera otra ocasión le habría respondido con un exabrupto, pero ante su sorpresa la vio clavar en su rostro unos ojos cuajados de lagrimones.

—Yo… no, no estoy segura y… y quiero que llames a Carlos para que le cuentes lo que vi y le preguntes qué es lo que debo hacer.

—Carlos es el abogado de Diego y no puede aconsejarte que hagas algo que pueda perjudicar a su cliente—

le recordó Irina, lamentando profundamente una vez más que fuera así—. ¿Por qué no le pides consejo a David?

Lo consideró Alicia mientras se limpiaba las lágrimas con el dorso de la mano.

—Me fío más de Carlos. Si no puede aconsejarnos, le pediremos entonces su opinión a David.

—Está bien—admitió ella extrayendo el móvil del bolsillo de su pantalón—. Llamaré ahora mismo a Carlos e iremos a verle las dos en cuanto comamos, aunque lo más probable es que nos diga que él es el abogado de Diego y que nos vayamos a buscar al otro, porque la defensa de los dos le resulta incompatible.

Marcó seguidamente el número de Carlos y tras varios timbrazos oyó lejano el sonido de su voz.

—Irina, ¿cómo está Alicia?

—Bien, está bien, pero necesito verte.

Había transcurrido tan solo un par de horas desde que se habían despedido a la salida del juzgado y notó la extrañeza que traslucían sus palabras.

— ¿Por qué? ¿Ocurre algo?

Inspiró aire Irina intentando ordenar las ideas en su mente para expresarlas con claridad.

—Sí, acaba de contarme ella lo que vio la noche en la que mataron a Toribio Rodríguez. Al salir del cine pasaron en bicicleta por delante de la puerta de la finca y…

Unos ríspidos silbidos del aparato le hirieron el tímpano, a la par que le llegaban hasta su oído las palabras entrecortadas de él.

—No te oigo. Estoy en Madrid, porque me ha surgido un asunto imprevisto y en estos momentos me encuentro en un bar.

—Pero tengo que verte— repitió Irina levantando la voz—. Es urgente. Me acabo de enterar de que Alicia vio a los que escaparon de la abadía la noche en la que mataron a Toribio Rodríguez. Pasaba por delante y les vio saltar la valla.

Si no puedes asesorarme como abogado, me veré obligada a llamar a David. ¿Me oyes?

Otro desagradable pitido se entremezcló con sus palabras, acallándolas.

—No, solo he entendido la mitad de lo que has dicho, pero regreso esta noche y a eso de las diez habré vuelto a casa. ¿Te viene bien?

— ¿Qué vayamos las dos a tu casa?

— ¿Me estás hablando de Alicia?

—Sí, claro.

—Pues sí, venid las dos, salvo que prefieras que quedemos en otro lugar. ¿Qué prefieres?

—No, no, está bien. Iremos a tu casa.

—Bien, prepararé entonces algo para cenar.

Unos extraños rugidos emitidos por el aparato la obligaron a apartarlo unos centímetros, pero volvió a acercarlo a su oído para responderle levantando la voz:

—No, no es necesario que te molestes.

— ¿Qué… qué dices…? No te oigo.

—Que está bien. Que hasta luego.

Cortó la comunicación y giró la cabeza hacia su hermana que permanecía sentada a su lado en el sofá con los ojos clavados en ella.

— ¿Qué te ha dicho?

—Que está en Madrid, pero que regresa esta noche y que nos espera a las dos en su casa. Que como no llegará antes de las diez, nos invita a cenar.

Dejó escapar Alicia un suspiro de alivio.

—Gracias. No sé qué haría sin ti. Así podré contárselo hoy mismo. No imaginas el peso que he tenido que soportar desde entonces y la de veces que he estado tentada de decírtelo. He pensado mucho sobre lo que sucedió esa noche y me parece que podría ser posible que fueran ellos los que por accidente se cargaran a ese tipo.

Esbozó Irina un gesto de incredulidad.

—¿Por accidente? Nadie va cargado con un palo de golf sin un motivo concreto y menos aún si ha planeado saltar una valla para pasearse por un edificio ruinoso.

Se ahuecó Alicia su húmeda melena que ya empezaba a secársele con un gesto muy suyo, al tiempo que le recordaba:

—A Toribio Rodríguez no le han matado en la abadía. Le trasladaron allí después de muerto. Puede que ese hombre se presentara en Villa María por alguna razón que no se me alcanza y que a esos tres que son unos inconscientes se les fuera la mano.

—Y que después lo transportaran a la abadía por la noche— continuó Irina—Y que cuando se largaban, coincidieron con vosotras que llegabais en ese momento, aunque solo vieron vuestras bicicletas ¿no?

—Sí, ¿no lo crees posible?

—Posible sí, pero tu teoría tiene varios puntos débiles. ¿En qué transportaron el cuerpo? Por lo que me has comentado en varias ocasiones, ninguno de los tres tiene permiso de conducir.

La envolvió su hermana en una mirada guasona.

—¿Y qué? Bastante les importaría eso. Utilizarían el coche de la familia de alguno de ellos sin que ésta se enterara. Lo han hecho otras veces.

—¿Y visteis ese coche?

Frunció el ceño Alicia intentando concentrarse.

—No, pero, como te he dicho, tampoco vimos la moto de Diego y tenía que estar escondida por allí, porque poco después de verles saltar la valla oímos el ruido del motor alejándose hacia el pueblo por el paseo.

—¿Se fueron los tres en la moto?

Volvió Alicia a entornar los ojos para revivir mejor la escena.

—Sí, creo que sí.

—Es obvio entonces que no fueron a la abadía a deshacerse del cadáver de ese hombre. Irían probablemente a contravenir las normas, como has dicho antes, porque en una moto no caben tres chicos y además un cadáver.

La había escuchado Alicia perpleja, pero conforme iba asimilando sus palabras fue distendiéndose su rostro como si se sintiera aligerada de un gran peso.

—No fueron ellos entonces. Había temido que... Incluso había llegado a pensar que pudiera haber sido Diego el que escondiera el palo de golf debajo de mi cama, porque es el tipo de broma que le cuadra y que suele gastar. No suele medir el alcance de lo que hace ni sus consecuencias.

Le sorprendió a Irina que su hermana fuera capaz de analizar tan fríamente las características de la personalidad del chico, porque hasta unos días antes en los que bebía los vientos por él hubiera calificado de audaz y de valerosa esa inconsciencia, en relación a cualquier acto irresponsable que hubiera cometido.

En ese momento sonó el timbre de la puerta y las dos intercambiaron una mirada interrogante.

— ¿Esperas a alguien?— le preguntó Alicia.

—No, yo no. ¿Y tú?

—No, tampoco. Puede que sea el cartero.

Se levantó Irina del sofá y atravesó la sala de estar para salir al pequeño vestíbulo y abrirle al muchacho que se apoyaba indolentemente en el quicio. Sorprendida reconoció a Diego.

—Hola— la saludó, envolviéndola en una mirada admirativa con una seguridad que resultaba ofensiva por lo jactanciosa—. ¿Está Alicia? Me he enterado por Álvaro de que el juez la ha dejado en libertad y venía a felicitarla.

Le observó Irina con disimulo y se vio obligada a reconocer a su pesar que el chico que tenía enfrente poseía un innegable atractivo. Se parecía mucho a su hermano y aunque vestía informalmente, su pantalón vaquero era de marca y el niqui blanco ostentaba el distintivo de una casa de modas masculina muy cara. Por encima de su hombro vio que había dejado aparcada frente a la puertecilla del jardín una moto de gran cilindrada que sin duda contribuiría a acrecentar su aureola de conquistador a los ojos de las chicas de su edad.

—¿Puedo pasar?— inquirió apartándola suavemente del umbral, ya que ella permanecía inmóvil en la puerta mirándole con la boca abierta.

—Sí, claro, pero…

Sin esperar a que terminara la frase, entró él en el pequeño vestíbulo y pasó directamente a la sala de estar. Parecía conocer perfectamente la casa, aunque no recordaba Irina que las hubiese visitado nunca y, aturdida, le siguió dentro de esa estancia. Alicia se había puesto en pie y le miraba con la extrañeza reflejada en sus pupilas.

—Veo que el juez te ha dejado libre al fin— empezó Diego avanzando hacia ella—. Te he echado mucho de menos estos días y en cuanto Álvaro me ha dicho que ya estarías en casa he venido a buscarte. ¿Sabes lo que vamos a hacer ahora mismo? Vamos a celebrarlo yendo a comer a orillas del pantano tú y yo. Pediremos una botella de cava o, mejor aún, de champagne francés, y brindaremos a nuestra salud y a la de todos los comensales que tengamos cerca. ¿Qué te parece?

Su vitalidad era contagiosa y el atractivo rostro de Alicia pareció transfigurarse para sonreír ahora como en éxtasis. No parecía recordar ya las sospechas que había albergado sobre él y sus amigos y de las que instantes antes había hecho partícipe a Irina. Esperaba y deseaba ésta que no se dejase influir por la seducción que emanaba de él y que se negara, pero la chica, como si estuviera en trance, se limitó a atusarse la melena que ya había perdido la humedad y le resbalaba por la espalda y a contemplarse reflejada en el cristal de la vitrina que contenía el juego de café chino, utilizándolo a modo de espejo.

—¿Voy bien así o subo a cambiarme?— le preguntó a él coquetonamente, mirándole de medio lado,

—Vas estupendamente, así que vámonos. Pediremos para empezar unas ostras.

Sabía Irina que a su hermana le horrorizaban las ostras, pero la vio asentir con los ojos brillantes como si fuera su plato predilecto. Se dirigían ya hacia la puerta por lo que ella, que aún no se había repuesto de la sorpresa, intentó cortarles el paso.

—Pero Alicia, no habíamos quedado en que…

La interrumpió la chica sin dejarla terminar.

—Ya hablaremos. No me esperes esta noche, porque volveré tarde.

— ¿Pero no recuerdas que… no recuerdas que Carlos nos ha invitado a cenar? Tienes que regresar a casa antes de las diez.

Se volvió Diego hacia ella con aire condescendiente.

—Pues vaya un plan que le habéis organizado entre los dos. Carlos entenderá que Alicia prefiera la compañía de la gente de su edad. Estoy seguro de que se pondrá en su caso, porque, aunque es un tío aburrido, es muy listo. ¡Ah! y salúdale de mi parte.

Salieron los dos al jardín cerrando la puerta a su espalda antes de que ella hubiera conseguido reaccionar. Vacilante y como desmadejada llegó hasta el sofá y se dejó caer sobre los cojines, preguntándose cómo habría conseguido Diego que Alicia olvidara en tan solo unos segundos las dudas sobre él que en los últimos días la habían ido asaltando y que le había  manifestado instantes antes de su llegada. Parecía sincera cuando se había referido a la insensatez de que hacía gala Diego y a sus temores de que hubiera tomado parte junto con sus amigos en la muerte de Toribio Rodríguez. Incluso había llegado a preguntarse si no habría sido el chico el autor de la broma, por llamarle de alguna manera, de haberla implicado en el crimen escondiéndole en su dormitorio el palo de golf, pero  había bastado con que él se presentara en su casa con su aire desenfadado de niño malcriado y la invitara a comer para que olvidara sus temores. Había desistido incluso de quedar con Carlos esa noche para exponérselos y que la aconsejara. Hasta era posible que hubiera decidido callar lo que sabía y que le pidiera a ella que le guardara el secreto y que  no le contara a Carlos que Diego y sus amigos habían estado en el monasterio a la hora en la que probablemente el autor de su muerte había trasladado el cuerpo de Toribio Rodríguez hasta el comedor de los frailes.

¿Y qué debería hacer ella?, se preguntó. Estaba tan cansada de no saber cómo acertar con su hermana... No recordaba que su adolescencia hubiera sido tan difícil ni que por aquel entonces se hubiera encandilado con alguno de los chicos más tontos del instituto solo porque fuera guapo, como Alicia. Claro que Diego no era precisamente tonto, era otra cosa distinta mucho más peligrosa.

Consultó su reloj y con un tremendo esfuerzo se puso en pie. Aún podía llegar a tiempo de comprar en el supermercado lo más imprescindible, porque esa mañana había salido de su casa para ir al juzgado antes de que lo abrieran. No se sentía con ánimos de sentarse a estudiar, por lo que pensó que un paseo en bicicleta hasta ese local la despejaría.

El sol estaba cubierto por negros nubarrones cuando salió a la calle pedaleando y la enfiló con una cierta sensación de liberación, inusual en su carácter, por haber arrinconado los temas de la oposición aunque fuera por unos minutos. De haber pospuesto para más adelante los problemas de Alicia e incluso por no tenerla delante y poder olvidar, si es que llegaba a conseguirlo, que su hermana estaba inculpada en dos asesinatos.

En el supermercado no había nadie. Los veraneantes estarían bañándose en el pantano o en las piscinas de sus casas, por lo que pudo recorrer rápidamente los pasillos del local empujando el carrito y regresar luego hasta la única caja que estaba abierta y en la que tan solo había una señora vaciando el suyo sobre la cinta transportadora. Se situó a su espalda sin fijarse en ella hasta que ésta se volvió a mirarla. Su rostro le pareció conocido, pero no llegó a saber dónde la había visto antes hasta que la otra se lo recordó.

— ¡Ah!, ¿es usted? ¿No se acuerda de mí?

—Sí... sí, claro— mintió cortésmente intentando traer a la memoria la identidad de la mujer rechoncha y coloradota que tenía delante.

—Soy Maruja— le aclaró—. La señora que le hacía las faenas domésticas a don Eusebio. Nos conocimos en el despacho de la policía local cuando interrogaron allí a su hermana. ¿Cómo está ella?

—Bien, está bien.

La cajera le alargaba ya a la mujer un papelito en el que se reseñaban los artículos que había comprado y la cantidad que debía pagar por ellos y mientras la mujer extraía el dinero de su bolsillo, giró la cabeza hacia Irina para susurrarle:

—Me gustaría hablar con usted. La espero ahí afuera.

Tirando de la bolsa en la que había guardado ella el pan y un kilo de tomates se reunió con la mujer en el exterior unos segundos más tarde y ésta la indicó un establecimiento anexo al local en el que servían bebidas.

—Podemos sentarnos ahí para charlar un ratito, a la sombra— le propuso—. En este momento está nublado, pero no tardará en salir el sol para achicharrarnos como todos los días. Soporto yo muy mal el calor, ¿y usted?

No sentía Irina el menor deseo de entretenerse con ella ni tenía ningún tema sobre el que charlar, pero la siguió en silencio hasta una mesa vacía, porque no se le ocurrió ninguna excusa que oponerle. El cielo se oscurecía por momentos y unas nubes negras como el carbón comenzaron a agolparse sobre sus cabezas, aunque la temperatura continuaba siendo muy elevada. Maruja lo observó con disgusto, mientras el único camarero les servía dos cafés.

—Me parece que me he equivocado antes cuando le he dicho que iba a salir el sol de inmediato, porque va a llover— comentó, cuando el chico se alejó camino de la barra—. Todos los años suele caer un chaparrón por estas fechas con gran fastidio de los veraneantes que disfrutan tumbados al sol como lagartos, pero a mí me gustaría que refrescase un poco.

—Sí, sí. Estoy de acuerdo.

Maruja clavó en ella sus ojillos acuosos.

—Tengo entendido que a su hermana la han vuelto a detener, en esta ocasión por el crimen del Toribio— empezó Maruja.

Le molestó a ella que los problemas de su hermana corrieran de boca en boca por el pueblo, pero hizo un esfuerzo por sonreír.

—Sí, pero ha sido un malentendido y ya la han puesto en libertad.

Maruja meneó pesarosamente la cabeza.

—No debería dejar usted que saliera con ese indeseable. Me refiero al Diego. Él es el único culpable de lo que está sucediendo en el pueblo, aunque algunas personas le estén agradecidas por haber mandado al Toribio al otro mundo.

Enarcó las cejas Irina con extrañeza.

— ¿A qué se refiere usted?

—A las mujeres que se han sentido liberadas al enterarse de lo que le han dado la boleta a ese desgraciado y que no podrá molestarlas más en adelante.

— ¿Y quiénes se han sentido liberadas?— inquirió ella sin comprender.

—Pues yo entre otras—se rió Maruja— aunque nunca se metió conmigo. Le gustaban jóvenes y cuando regresó al pueblo a primeros de este mes para instalarse aquí, sé que más de una se encerró en su casa y no se ha atrevido a volver a salir hasta que a ese hombre le han enterrado, porque era de cuidado.

Se sintió Irina súbitamente interesada, diciéndose que aquella mujer parecía estar al tanto de todo lo que había sucedido en el pueblo, por lo que quizás pudiera obtener de ella alguna información que le sirviera para poder ayudar a Alicia. Por si acertaba, le insinuó tímidamente:

— ¿Me está hablando de Lorena?

Clavó Maruja en ella sus ojillos, pequeños e inquisitivos.

— ¿La conoce? Una chica preciosa a la que perseguía ese tipo. Pero sí estaba pensando en ella, aunque también en la Lola.

— ¿Y quién es Lola?— le preguntó pacientemente.

—Una muchacha de aquí, también muy joven, que se casó hace un par de años. Usted conoce a su hermano. Es abogado y asistió a la hermana de usted cuando la detuvieron por el asesinato de don Eusebio y declaró ante el juez.

— ¿Se refiere a David Cervera?

—Sí, sí, a ese mismo.

— ¿Y qué le hizo a esa muchacha?

Esbozó la mujer un gesto evasivo.

—No lo sé a ciencia cierta. Creo que una noche en la que volvía de pasear con una amiga las asaltó a las dos.

— ¿Y qué le hizo?

—Eso no lo sé, porque la amiga echó a correr y llegó al pueblo llorando a gritos y pidiendo ayuda para la Lola. El David y unos amigos salieron a buscar a la chica, pero tengo entendido que cuando la encontraron, aunque parecía un alma en pena, no quiso decirles nada.

— ¡Qué horror!— murmuró Irina—. ¿Y entonces Toribio puso pies en polvorosa por miedo a recibir su merecido?

—Desapareció de la casa en la que vivía, sí, pero no se debió marchar muy lejos. Trabajaba en la restauración de la abadía, de donde le despidieron a raíz de ese suceso. Por aquel entonces la finca ya estaba vallada, pero el caso es que una chica que tuvo la ocurrencia de pasearse por las inmediaciones se lo tropezó. También se llamaba Lola.

— ¿Y qué fue lo que pasó?

—Pues ya se lo puede usted figurar. El lugar es muy solitario y ese tipo era un demente, un obseso que no respetaba a ninguna. Debió convencerla para que entrara con él a visitar el monasterio.

— ¿Y qué fue de ella?

—No lo sé, porque no volví a verla. Era guapa, rubia y con el pelo largo.

Rememoró Irina la tarde en la que había ido por primera vez a Villa María a pedirle a Álvaro que le diera la dirección de Carlos para que se ocupara de defender a Alicia en el caso de que llegara a ser necesario. Doblaba la esquina de la calle, cuando por la puertecilla del jardín había salido esa muchacha. Respondía a la descripción que acababa de hacerle Maruja, por lo que le preguntó:

— ¿Cómo Lorena?

Pestañeó la otra como si no la hubiera entendido.

—Sí, como Lorena. ¿Pero se llamaba Lorena esa muchacha o se llamaba Lola?

En el semblante de Irina se pintó la duda.

—Pues no lo sé, porque no la conozco. Me refiero a una chica muy amiga de los Latorre que salía con Álvaro.

Desvió Maruja su mirada a los lejos antes de vacilar con aire ausente.

— ¿Salía con el mayor de los Latorre? Puede que sí. Iba a menudo a Villa María, porque yo la veía muchas tardes sentada en el jardín. Le estoy hablando del invierno anterior a que sucediera lo que le he contado. Le hacía yo también las faenas domésticas al inquilino anterior a don Eusebio, porque el propietario de la casa me tiene en mucha estima y me recomendó a él para que se la limpiara. El seto que separa las dos vallas presenta algunos claros, porque se han secado dos o tres arizónicas y a través de esos claros se distingue bastante bien el jardín vecino. Les veía merendar bien abrigados en el jardín, porque en esa época hace mucho frio en este pueblo. Después no ha aparecido más por allí.

— ¿Sigue ocupándose  usted de limpiar la casa que había alquilado don Eusebio este verano?— inquirió Irina, suponiendo que la razón de que no la hubiera vuelto a ver radicaría en que no realizaba ya ese trabajo en el chalet contiguo a Villa María.

—Sí, pero ahora está desocupada y solo voy de cuando en cuando. Lo suficiente como para mantenerla en condiciones y para seguir comprobando que el chico menor, Diego, no se ha enmendado y que es de la piel del diablo.

Vaciló Irina antes de hacerle la siguiente pregunta, temiendo que la mujer la considerase una chismosa y reaccionara recogiendo velas o negando lo que ya le había dado por hecho.

— ¿Y por qué piensa usted que Diego ha tenido algo que ver con la muerte de Toribio? Me ha parecido entendérselo así. Es un malcriado y un prepotente, pero creo que no tenía relación alguna con ese hombre. Claro que yo le conozco poco. Pertenece a la pandilla de mi hermana, pero no he intercambiado con él más de dos palabras seguidas.

—Es algo más que un malcriado— replicó rencorosamente Maruja—. Y no, no creo que conociera a Toribio porque la familia Latorre solo viene a este pueblo en vacaciones, aunque no lo sé, porque lo que le contado sucedió en diciembre, unos días antes de la Navidad y acostumbran a celebrarla en Villa María. Pero es que les oí la tarde en la que le mataron. Estaba ese chico en el jardín de su casa con esos dos amigos que tiene, que también son de la piel del diablo, y estaban planeando saltar la valla de la abadía esa noche y hacer algo sonado que a los lugareños les iba a poner los pelos de punta. Cuando a la mañana siguiente me enteré de que habían matado al Toribio y que lo habían hallado en el monasterio até cabos, ¿comprende?

— ¿Y piensa que…?

—Que fueron ellos, sí. Empezarían agrediéndole como en broma. El hermano mayor, Álvaro, juega muy bien al golf y tiene un montón de palos en el vestíbulo metidos en un trasto metálico. Incluso vi esa tarde cómo cada uno de ellos había cogido uno y cómo los blandían en el aire entre risotadas. A saber dónde quedaron con el Toribio y dónde le aporrearon entre todos.

Reprimió Irina un estremecimiento al imaginar la escena.

—¿Lo cree posible?

—Desde luego que sí. Son los tres unos niños de papá que no han hecho nada útil en su vida y que se aburren con todo y de todo, por lo que buscan continuamente emociones nuevas.

—¿Y no ha puesto lo que sabe en conocimiento de la guardia civil?

Se limpió Maruja con el dorso de la mano el sudor que le corría por la frente.

—Pensé hacerlo, sí, pero entonces descubrió el palo de golf en casa de ustedes y detuvieron a su hermana. Supuse que me había equivocado, aunque es posible que ella participara también en la, llamémosla broma macabra, que le gastaron al Toribio.

Sintió Irina la impresión de que el aire se negaba a entrar en sus pulmones al imaginar que Alicia pudiera haber estado con esos tres la tarde a la que Maruja se estaba refiriendo y que no se hubiera atrevido a recriminarles por miedo a desmerecer a los ojos de Diego. Y lo que era aún peor ¿le habría dicho la verdad a ella respecto a que había ido al cine esta noche con Susana y Mariló? Esas dos lo habían corroborado ante la guardia civil, pero lo habrían testificado igualmente aunque no fuera cierto. Maruja la miraba fijamente esperando sus palabras, por lo que hizo un esfuerzo por sonreírle despreocupadamente

—Está equivocada. Alicia no haría nunca una cosa así. Le horroriza la violencia y tiene muy buen corazón.

La envolvió Maruja en una mirada condescendiente, como si pensara que su interlocutora era una infeliz sin el menor conocimiento del ser humano y mucho menos aún de su hermana menor.

—No digo que no—admitió indulgentemente— pero está mochales por el Diego. La he visto también a ella en el jardín de Villa María muy a menudo mirándole embobada, pese a que ensarta él una tontería con otra. Es un chico guapo, no lo niego, pero hay otros que también son guapos y tienen seso en la mollera, como su hermano Álvaro, por ejemplo. ¿No le parece?

Se encogió Irina evasivamente de hombros.

—Es demasiado mayor para ella, ¿no cree?

—Sí, puede que sí, aunque cuando yo era moza me gustaban los hombres que me llevaban muchos años. Por eso me casé con uno que me sacaba mucha edad y me quedé viuda cuando aún no había cumplido los treinta. Si pudiera volver para atrás me lo replantearía, porque la soledad es muy mala.

—Claro, claro— convino distraídamente ella buscando la manera de reconducir la conversación al punto que le interesaba— ¿Y qué va a hacer ahora? ¿Piensa ir a la guardia civil? Puede que Diego y sus amigos estuvieran esa tarde planeando otra gamberrada en el monasterio que no tuviera nada que ver con Toribio.

Se rascó pensativamente ella el cogote, mientras asentía.

—Es posible, sí. Sobre todo, porque hay varios hombres en este pueblo que desearían haber tenido oportunidad de vengarse del Toribio. El hermano de la Lola sin ir más lejos.

— ¿David Cervera?

—Sí. Es un buen chico, pero lo que le hizo a su hermana no tiene nombre. Han transcurrido ya por lo menos tres años desde entonces pero la Lola no ha vuelto a ser la que era, aunque ahora tiene dos niños preciosos y un marido que es un santo.

— ¿Y piensa que Diego Latorre ha tenido algo que ver también con la muerte de don Eusebio?

Asintió la mujer con un sorbetón.

—Sí, de eso sí que estoy completamente segura. Lo que no he conseguido explicarme todavía es el motivo de que don Eusebio se citara con esos tres en la abadía. Le oí esa tarde mascullar que había quedado con alguien y que con esa cita iba a solucionar un problema importante, pero no me cuadra que el pobre señor fuera a enfrentarse con ellos en el monasterio, que es un lugar solitario y sin luz eléctrica, y que además está vallado, porque entre otras razones él no disponía de la llave de la puerta y por su edad no estaba en condiciones de saltar la cerca.

—Esa puerta estaba abierta esa noche— replicó Irina recordando lo que le había contado Alicia—. Esa puerta y la que daba acceso a las dependencias que antaño ocupaba el abad.

—Sí, bueno, ¿pero a qué fue? No era propio de su carácter citarse allí con Diego, con Jorge y con Ismael para echarles un sermón. Conociéndole como le conocía yo, diría que más conforme con su manera de ser habría sido que les denunciara ante la policía local del pueblo o que cogiera el coche y se acercara a San Martín de Valdeiglesias para quejarse a la guardia civil de esos tres gamberros.

—Eso quizás no se averigüe nunca— murmuró pensativamente ella.

—Seguramente. Lo único que sabemos es que le mataron allí— reconoció Maruja desviando la mirada en dirección al lugar en el que se ubicaba el monasterio, aunque no podía divisarse desde el bar en el que se encontraban las dos—. Y espero que el que lo hizo pague por ello.

Una gota de agua le cayó a Irina en la nariz y levantó la cabeza hacia el amenazador aspecto del firmamento.

—Va a empezar a llover y he venido en bicicleta— le dijo poniéndose en pie y dejando unas monedas sobre la mesa—. Permítame que la invite.

—Gracias— murmuró la mujer imitándola—. Y... y si me admite un consejo, consiga que su hermana se busque otras amistades.

—Lo procuraré— replicó ella encaramándose al sillín de su bicicleta y poniéndola en movimiento, con la bolsa que contenía lo que había comprado en el supermercado pendiendo del manillar—. Hasta otro día.

Una lluvia fina comenzó a caer mientras atravesaba la plaza del burrito. Giró luego a su izquierda y tomó seguidamente el largo paseo que cruzaba las casas del pueblo para desviarse más tarde hacia la derecha y enfilar la colonia de los Ángeles. Recorrió apresuradamente varias calles al notar que el aguacero arreciaba y al distinguir al fondo de la vía por la que transitaba el inclinado tejado de Villa María pedaleó instintivamente con mayor rapidez, en parte porque el agua la estaba empapando y en parte también por miedo a encontrarse con Diego o con alguno de sus amigos. La puertecilla del jardín de la casa que pretendía evitar se abrió precisamente cuando estaba a punto de alcanzarla y por ella salió una chica rubia, de larga melena y andar cadencioso. Se detuvo en la acera y miró hacia el cielo cubriéndose la cabeza con las manos como si acabara de percatarse en ese momento de que estaba lloviendo. Sin que la idea hubiera llegado a ser analizada por su cerebro, frenó bruscamente Irina al llegar a su lado, manteniendo el equilibrio de la bicicleta con los pies que había apoyado en el suelo, y la chica, con los dos brazos en alto la envolvió en una sorprendida mirada con unos ojos de un azul clarísimo.

—Hola— la saludó Irina, que a continuación se quedó cortada, sin saber qué decir ni cómo justificar el haberse detenido frente a ella.

—Hola, ¿vienes a casa de los Latorre?— le preguntó la muchacha, mientras caminaba por la acera en dirección a un automóvil rojo, estacionado unos metros más allá.

—No, ¿pero sabes si está en la casa mi hermana Alicia?— improvisó sobre la marcha—. Se parece a mí, aunque es menor que yo.

La otra hizo intención de seguir su camino.

—No, no, solo está Álvaro. ¿Eres Irina?

¿Quién le habría hablado de ella?, se preguntó, pero en lugar de tratar de averiguarlo le hizo a su vez otra pregunta.

—Sí ¿Y tú eres…?

—Lorena. Pero voy a meterme en el coche, porque me estoy poniendo como una sopa. Otro día hablaremos.

Se introdujo en el vehículo y arrancó. Un segundo más tarde salió apresuradamente Álvaro por la misma puertecilla. Le dio a Irina la impresión de que pretendía decirle a la otra algo que acababa de recordar, pero el coche de la chica se alejaba ya calle arriba y frente a la valla solo se encontraba Irina chorreando agua. Enarcó él las cejas al reconocerla.

—Pasa si quieres. Te vas a empapar.

Ya estaba empapada. Imaginó el aspecto que tendría y se vio a sí misma con la apariencia de un náufrago al arribar a una playa al sentir como le goteaba la melena por la espalda. También se le pegaban a las piernas el pantalón, tan mojado como el resto, por lo que pensando que su imagen distaría mucho de resultar estética, meneó negativamente la cabeza.

—No, no, vuelvo del supermercado y…

— ¿Y tienes que preparar la comida para comer con tu hermana?

No debía saber que Diego había invitado a Alicia esa mañana al restaurante que se hallaba junto al embarcadero del pantano y se lo aclaró. La lluvia había cesado tan de repente como había comenzado y pudo levantar la mirada hacia él sin sentirse cegada por el agua que caía.

—No, para mí sola. Nuestros hermanos se han ido a celebrar que a Alicia la han dejado en libertad y, por lo que me ha dicho, no volverá hasta la noche.

—Pues, con mayor motivo, pasa entonces.

También a él le chorreaba el cabello, pero no parecía importarle. Se peinó hacia atrás con los dedos los mechones que le caían sobre la frente y le sonrió. Advirtió ella de improviso que poseía también algo del magnetismo que derrochaba su hermano. Como el otro, tenía un atractivo especial, aunque no había en éste nada de la fanfarronería jactanciosa de Diego ni parecía ser consciente de la atracción que ejercía, sino al contrario. Su gesto era espontáneo y natural y su oferta de entrar en el jardín y de tomar el aperitivo con él o de no tomar nada y limitarse a charlar un rato le pareció tentadora. Tenía que averiguar además algo sobre la chica que se acababa de marchar.

—Esa muchacha que ha salido de tu casa hace un instante…— empezó vacilante.

— ¿Quién? ¿Lorena?

—Sí, me ha dicho que se llamaba así. La conozco de algo, pero en este momento no caigo— inventó.

—Pues no sé de qué la puedes conocer. Vive en Madrid y es decoradora de interiores. ¿Te han decorado tu casa últimamente?

Rememoró Irina la interminable obra que había realizado en su piso un arquitecto, amigo de su padre durante el mes de junio. Era alto y corpulento, con una voz bronca y un genio temible. No se parecía en nada a la etérea Lorena que acababa de marcharse.

—He hecho obra, sí, pero se ha ocupado un hombretón que es arquitecto. Y la he hecho porque mis padres regresarán a Madrid este otoño para quedarse definitivamente. Disfrutan mucho los dos con las reuniones sociales y mi casa necesitaba reformas. No caigo en donde he podido encontrármela antes, ¿es familiar vuestro?

—No, es una amiga de la infancia. Ha venido esta tarde a interesarse por tu hermana y por el curso de las investigaciones de la policía sobre la muerte de Toribio Rodríguez.

Disimuló Irina la satisfacción que le producía el derrotero que había tomado la conversación, que no podía ser más propicio para lo que pretendía averiguar.

— ¿Por qué? ¿Es que conocía a Alicia?

—La ha visto por esta casa, sí. Le sorprendió que el palo de golf hubiera aparecido en el dormitorio de ella y como es natural se preocupó pensando que quizás ese hombre hubiera pretendido abusar de tu hermana y ella le hubiera dado su merecido.

Fingió Irina la perplejidad más absoluta abriendo desmesuradamente los ojos, a la par que pestañeaba como si no hubiera entendido lo que le decía.

— ¿Y por qué había pensado eso? Estoy segura de que Alicia no había visto en su vida a ese hombre.

—Pues esa suerte que ha tenido. Toribio Rodríguez era un indeseable. Un especie de obseso que no dejaba en paz a ninguna chica joven. El que le ha matado le ha hecho un favor a la humanidad.

Lo decía con un rencor sordo que no se compaginaba con el carácter apacible y controlado que ella le había atribuido, por lo que estudió atentamente su expresión. Había desviado su mirada hacia lo lejos con los músculos de su barbilla atirantados y el ceño fruncido. Parecía estar rememorando algo que le enfurecía hasta extremos insospechados y, aunque pensó ella que no debería insistir sobre el tema, las palabras se le escaparon antes de que lograra reprimirlas.

— ¿Y qué tiene que ver Lorena con ese hombre? ¿La molestó acaso mientras vivió?

Lentamente viró la cabeza para clavar los ojos en su rostro. Le dio a ella la impresión de que acababa de regresar de un largo viaje porque parpadeó para enfocarla como si le sorprendiera verla en la calle frente a él, encaramada a su bicicleta.

—La persiguió, sí. Tenía debilidad por las rubias.

La enconada furia con la que se expresó le ascendió a él hasta su rostro desde un lugar muy profundo y removió en Irina un sinfín de sensaciones olvidadas de las que no había llegado a entender su significado. Fue como si de pronto cobraran vida esos recuerdos y fueran colocándose ordenadamente en su lugar para dar respuesta a una pregunta que no había llegado a formularse. Como si hubiera retrocedido a la tarde anterior, vio refulgir el brillo dorado del bolígrafo que había hallado al pie del poyete del refectorio de los frailes y le pareció volver a oír la voz de Carlos, aclarándole que ese bolígrafo era de Álvaro. ¿Cómo había llegado hasta el comedor de los frailes en los últimos días si le había dicho él que la última visita a la abadía la había realizado en el mes de abril anterior?

Recuperó seguidamente en su mente su expresión cuando se ofreció a pagar la fianza de Alicia y le pareció contemplar esa escena bajo un nuevo prisma. Como David le había hecho notar, había palidecido cuando el chico le había aconsejado a su hermana que declarara lo que sabía respecto al asesinato de Toribio, pues de ese modo podría obtener una rebaja de la pena que en su caso le fuera impuesta.

Y por si faltaba algún detalle estaba también el asunto de la muchacha que había salido del jardín de Villa María instantes antes y que se había marchado en su Ferrari rojo. Según le había contado Maruja, Toribio había abusado de ella y Eusebio Varas, como ponente del tribunal que le juzgaba, le había absuelto por falta de pruebas, pese a que en las dependencias de la guardia civil se había declarado culpable y que los lugareños que fueron citados como testigos habían atestiguado en el juicio que ese hombre era un obseso que no respetaba a ninguna. Ciertamente no había testigos presenciales del delito por el que se le encausaba, por lo que el ponente resolvió que debía prevalecer la presunción de inocencia del acusado y los otros dos magistrados confirmaron ese pronunciamiento ¿Se habría tomado Álvaro la justicia por su mano y habría matado al juez en el monasterio y a Toribio en otro lugar, trasladándolo luego al comedor de los frailes como represalia por lo que le había hecho a la muchacha? Porque por lo que le había comentado Maruja, Lorena debía de ser su chica o al menos una amiga de la infancia, con la que seguía manteniendo una relación íntima.

De improviso sintió un escalofrío que no lo había motivado la ropa mojada que vestía. Se lo había producido su descubrimiento. Tenía que haber sido él el autor de la muerte de los dos hombres que habían hallado allí, se dijo, porque ella le había visto escribir con ese bolígrafo con anterioridad a que hallaran a Toribio en el refectorio, por lo que era incuestionable que tenía que haber estado en la abadía durante los últimos días y si le había mentido a ese respecto sería porque tenía algo importante que ocultar.

La conclusión a la que llegó le produjo una sensación extraña en la que se aunaba el miedo con una añoranza vaga de haber perdido ella también algo en lo que no había reparado, pero que la ilusionaba inconscientemente. ¿Cómo podía haber sido tan estúpida como para no haberse dado cuenta antes de que todas las piezas encajaban? Se había negado a admitirlo, pese a que todos los indicios le señalaban y para colmo le había pedido la tarde anterior que la acompañara a la abadía para buscar alguna pista que pudiera conducir a identificar al asesino de los dos hombres. Lo que se habría reído Álvaro de ella por lo inocentona que había demostrado ser.

Él seguía mirándola, ahora con curiosidad, cómo si se estuviera preguntando por qué permanecería inmóvil en su bicicleta, sin descender del sillín ni tampoco ponerla en movimiento para volver a su casa y le dio la impresión de pronto que adivinaba lo que estaba pasando por su mente, porque su mandíbula se atirantó al endurecerse su expresión.

—Lo siento, no puedo quedarme— musitó Irina cuando recuperó el uso de sus cuerdas vocales.

— ¿Por qué? ¿Tienes que estudiar?

Su voz le sonó rara, más ronca que de costumbre. Había avanzado además un paso hacia ella, que instintivamente retrocedió ayudándose con los pies.

—Eso es— repuso rápidamente, agarrándose a la idea salvadora que acababa de sugerirle y que le servía de excusa para negarse—. He perdido mucho tiempo estos días que ha pasado Alicia en el calabozo y…

Enarcó inquisitivamente Álvaro las cejas con un gesto que no supo interpretar.

— ¿Te refieres a la tarde de ayer? A mí no me parece que perdiéramos el tiempo en la abadía. Yo, al menos, lo pasé muy bien, ¿tú no?

¿Qué debería contestarle? También ella lo había pasado muy bien con él en aquel escenario grandioso en el que parecía oírse aún el eco de las pisadas de los frailes caminando por el claustro, pero es que entonces no había atado cabos. Como una boba había disfrutado de aquel entorno único respirando la misma atmósfera que los monjes desde el medievo, sin imaginar que el hombre que la acompañaba era un asesino. En ese instante y por primera vez comprendió a Alicia. Como su hermana, había sido incapaz de razonar con la cabeza fría desde que le había conocido, aunque todas las pistas apuntaban hacia Álvaro, por el único motivo de que, como Diego, poseía un atractivo indiscutible.

Aguardaba él su respuesta y se la dio procurando que su voz sonase firme.

—Sí, pero... ¿No recuerdas el quejido inhumano que oímos? Se me pusieron todos los pelos de punta.

Se echó Álvaro a reír, pero su risa no le sonó a ella como siempre.

— ¿Te refieres al berrido desafinado que escuchamos cuando estaba yo buscando el armarium?— bromeó.

¿Cómo podría tomarse a guasa aquel lamento de ultratumba que habían escuchado y que le produjo un pánico cerval del que había tardado en recuperarse?, se preguntó ella. Seguramente porque habría sido él su autor, cuando la dejó en el refectorio para, según le dijo, ir a buscar el lugar donde había estado el armarium en el que antaño guardaban los monjes los libros que copiaban.

—Sí, ¿no crees que fue espantoso?— inquirió, disimulando sus sospechas y reculando nuevamente con la bicicleta un par de pasos con la ayuda de sus pies para alejarse de él y del peligro que representaba.

—Pues no sé qué decirte. El dueño del aullido no habría ganado precisamente un premio en un concurso de alaridos. Yo creo que ese tipo estaba afónico. Pero no me has contestado—comentó con un aire intrascendente que le pareció fingido.

—¿A qué?

—A lo que te he preguntado. Te he preguntado si lo habías pasado bien.

—Y ya te he contestado que sí, pero que…

—Que sentías remordimientos por pasearte por las ruinas en lugar de estar estudiando cómo es tu obligación, ¿no?— terminó, interrumpiéndola con sorna mal disimulada.

Aunque su tono pretendía ser burlón, latía en el fondo algo que la alertó y que la impulsó a levantar los pies del suelo y a subirlos a los pedales de la bicicleta.

—Me tengo que ir— murmuró.

—Espera un momento—insistió él colocándose delante e impidiéndole el paso—. No te vayas tan deprisa. ¿No puedes perder un par de minutos más?— recalcó con guasa.

—Es que… — empezó angustiada, reculando otro par de pasos con la bicicleta.

—Solo quería proponerte algo. Nuestros hermanos están de juerga celebrando la libertad de ella, así que Alicia no te molestará y puedes aprovechar toda la tarde para estudiar. A eso de las nueve  podrías hacer un alto para que vayamos a cenar al pantano, al otro lado de la presa o donde más te guste. ¿Dónde quieres ir?

Del pánico que sintió le pareció que el corazón se le detenía de repente y que luego se le desbocaba dentro del pecho, pero permaneció aparentemente impasible mientras meneaba vigorosamente la cabeza en sentido negativo.

—No, no puedo ir.

— ¿Por qué? ¿Tienes que seguir estudiando en la cama?

—No, porque he quedado en salir esta noche con Carlos— repuso pensando que no debería decirle el verdadero motivo por el que había quedado con el otro para no ponerle sobre aviso. Le contaría a Carlos todo lo que había averiguado y le pediría consejo, aunque temía que, siendo el abogado de los dos hermanos Latorre, no se lo daría. En ese caso llamaría a David, aunque no estaba segura de seguir lo que le recomendaran ninguno de los dos, porque no se sentía capaz de denunciar a Álvaro ante la guardia civil por mucho que fuera culpable del asesinato de dos hombres. Le dolía demasiado. Quizás bastara con mantenerse alejada de él y no darle motivos para que llegara a saber lo que había descubierto.

—Carlos está en Madrid— manifestó Álvaro con el semblante sin expresión—. Se ha marchado a resolver los asuntos de un  cliente.

—Sí, pero volverá a eso de las diez.

— ¿Y has quedado con él?

—Eso es. Me ha dicho que es un gran cocinero y que me lo va a demostrar esta noche— inventó.

— ¿Carlos un gran cocinero?— Se rió él—. No creo que ni siquiera sepa freír un huevo.

—Pues él me ha asegurado…— empezó Irina.

—Olvida entonces lo que te he dicho— la interrumpió Álvaro retrocediendo de espaldas hacia la puertecilla del jardín—. Que os divirtáis.

Su tono no dejaba traslucir nada, pero notó Irina que le había molestado profundamente que se hubiera citado con el otro. No le importó, porque al fin le había dejado libre el paso y ahora estaba accionando la manilla de la puerta para volver a entrar en Villa María. Sin pensarlo dos veces acopló los pies en los pedales y se lanzó como una exhalación calle abajo. No se detuvo hasta que llegó frente a su casa y aun entonces, al bajarse de la bicicleta, entró apresuradamente en el jardín tirando de ella por el manillar. Estaba tan asustada que no se atrevió a llevarla hasta el garaje y la dejó bajo el porche. Luego abrió la puerta con la llave y una vez dentro del vestíbulo la introdujo en la cerradura y le dio dos vueltas. Ni aun así se sintió segura, por lo que se abalanzó a apartar con una mano los visillos para asegurarse de que él no la había seguido. En la calle no había un alma. Había comenzado nuevamente a chispear y los vecinos se habían guarecido de la lluvia dentro de sus casas, donde probablemente estarían preparando la comida.

El estornudo que se le escapó la ayudó a volver a la prosaica realidad. Tenía que cambiarse de ropa antes de que enganchara un catarro. Luego tomaría cualquier cosa en la cocina y seguidamente intentaría recuperar el tiempo perdido y se sentaría a estudiar frente a la mesa del comedor hasta que llegara la hora de arreglarse para salir a cenar.

Fue llevando a cabo cada uno de esos propósitos hasta que se vio frente a los temas de su oposición. Por más que se lo propuso no consiguió concentrarse en lo que leía y las letras terminaron por amontonársele ante los ojos, por lo que se acodó sobre la pulida superficie de madera con un creciente desasosiego. ¿Se habría dado cuenta Álvaro de lo que pasaba por su mente mientras hablaban en la puerta de su casa? Y si era así, ¿correría peligro ella? No podía imaginárselo agrediéndola ni tampoco arremetiendo contra los dos hombres asesinados, pero lo cierto era que el palo de golf era suyo, que había pagado la fianza de Alicia para que ésta no declarara lo que sabía y que había perdido el bolígrafo dorado en el refectorio de los frailes unos días antes, aunque le había comentado que hacía tiempo que no visitaba las ruinas.

¿Y qué debería de hacer ella?, se preguntó. Posiblemente Carlos se negaría a prestarle su cooperación, porque Álvaro era su amigo además de su cliente. Si fingía ignorar ella lo que había llegado a averiguar y procuraba no volverle a ver, se liberaría de lo que sin duda David consideraba que era su obligación como ciudadana. En ese momento no se sentía como una ciudadana responsable. Se sentía mal, con unas enormes ganas de llorar.

Intentó retomar el estudio de sus temas in conseguir otra cosa que una inquietud creciente, por lo que finalmente decidió subir a su dormitorio a arreglarse. Tenía tiempo de sobra, pero antes se prepararía una tila, luego se ducharía y finalmente elegiría la ropa que más le favoreciera, aunque en ese momento le tenía sin cuidado la opinión que pudiera forjarse Carlos sobre su aspecto.

# CAPÍTULO XIX

Las horas de la tarde se desgranaron lentas, con intervalos lluviosos que impregnaban el aire con el característico olor a tierra mojada, pero por fin, cuando ya había comenzado a oscurecer, sonó la cancioncilla de llamada de su móvil. Llevaba ya un buen rato arreglada, con su vestido floreado de tirantes y calzada con sus zapatos de tacón alto y lo atendió precipitadamente. Al otro lado de la línea oyó la voz profunda y bien timbrada de Carlos.

—Irina, ya he regresado. ¿Estás lista? En diez minutos puedo pasar a recogerte.

—Sí, cuando te venga bien. ¿Quieres que lleve algo?

—No, no es necesario. Bastará con que me eches una mano en la cocina. Hasta ahora.

Dejó escapar un suspiro de alivio al pensar que por fin iba a poder compartir con alguien el peso que llevaba dentro. ¿Pero qué debería hacer en el caso de que Carlos la aconsejara que se presentase en el puesto de la guardia civil a denunciar a Álvaro? De seguir ese consejo probablemente el juez retiraría los cargos que pesaban contra Alicia y podrían vivir las dos en paz en lo sucesivo. Cuando en septiembre regresaran a Madrid, su hermana se olvidaría de Diego y enseguida bebería los vientos por otro que quizás fuese algo menos estúpido. Ella se examinaría del último ejercicio de la oposición y podría desprenderse de la responsabilidad que había asumido en los últimos años, cuando unos meses más tarde volvieran sus padres del extranjero. Debería alegrarse, pensó, pero incomprensiblemente, de haber podido elegir, habría optado por buscar el rincón más escondido de la casa para llorar. No le parecía bien llorar a la vista de la gente, ni siquiera de Alicia. Había procurado dar siempre la imagen de una persona fuerte que podía con todo, pero estaba tan cansada y sobre todo, se sentía tan mal...

A través de los cristales de la ventana de la sala de estar vio llegar el coche de Carlos y detenerse frente a la puerta del jardín, por lo que recogió su bolso y salió de la casa taconeando sobre el empedrado caminito que atravesaba el césped para reunirse en la calle con él. Debía de haber resuelto satisfactoriamente el asunto que le había reclamado en Madrid ese día, porque parecía contento cuando le abrió la portezuela de su automóvil para que entrara. Dio luego la vuelta al vehículo y se introdujo en el asiento del conductor.

—Has sido muy puntual— le dijo a la par que arrancaba—. ¿Dónde está Alicia? ¿No iba a venir ella también?

—Sí, pero ha aparecido Diego en casa de improviso y la ha invitado a comer.

— ¡Ah!, pero...

—Ella ha dado por hecho que iban a pasar el día juntos y me ha dicho que no la esperara esta noche, porque volvería tarde. Ese chico la tiene trastornada y nada más verle se ha olvidado de lo que me acababa de contar, que versaba precisamente sobre lo que había descubierto sobre él y que era lo que quería que supieras para que nos aconsejaras. Ya sé que Diego es tu cliente— le interrumpió atajándole.

—Sí, sí lo es. Te escucharé, pero puede que tenga que limitarme a eso, a escucharte y, si acaso, a guardarte el secreto. ¿Quieres contarme ahora esa cosa tan terrible sobre Diego de la que has tenido conocimiento o prefieres esperar a que nos sentemos a cenar?

Lo consideró durante unos segundos, observando el firmamento que podía ver a través del cristal de la ventanilla. Se oscurecía por momentos y los negros nubarrones iban agolpándose sobre sus cabezas amenazando con un nuevo aguacero. El calor, cargado de humedad, seguía siendo bochornoso y a ambos lados de la calle que recorrían podía distinguir el vistoso colorido de las enredaderas que colgaban sobre las cercas de los jardines. Olía a rosas y a verano. Era un panorama tan apaciblemente estival, que se preguntó Irina si habría ocurrido de verdad lo que iba a referirle.

—Luego, cuando cenemos— repuso deseando posponer ese momento, sobre todo la parte del relato que se refería a Álvaro.

—Como quieras— aceptó él con una sonrisa que pretendió ser comprensiva— Pero estoy seguro de que no será tan grave como piensas. Casi todo en este mundo tiene solución y las estupideces de Diego podrían arreglarse si alguien se decidiese a darle un par de tortas de vez en cuando.

Quizás también las de Alicia, pensó ella, aunque desde luego no se merecía el mismo trato que el otro. Después de todo no era más que una adolescente con todas las características propias de una jovencita en esa etapa de la vida, a la que le había sorbido el seso un chico guapo, sin más mérito que su atractivo personal y el dinero de sus padres. Rememoró la expresión de su rostro al verle aparecer en la sala de estar de su casa ese mismo día. Se había transfigurado en ese mismo instante, pese a que apenas unos minutos antes le había estado refiriendo a ella su temor a que pudiese estar involucrado en la muerte de Toribio Rodríguez, ya que le había visto saltar la valla de la finca de los frailes esa misma noche.

Habían dejado atrás ya la plaza del burrito y ascendían ahora por la calle que con una cuesta pronunciada recalaba en la urbanización en la que se enclavaba la casa de él. Pasaron por delante de la estación del ferrocarril, que se erguía solitaria contra un firmamento cada vez más negro. Parecía aguardar algo que no llegaría nunca. Al pitido de un tren que anunciase su llegada y avanzase sobre los raíles que no existían ya. Era una visión nostálgica, a la par que absurda. Tan absurda como la existencia de un barco varado tierra adentro, a kilómetros de la costa. Trató de imaginarla con el barullo de los viajeros descendiendo de los vagones y empujándose dentro de aquel edificio, que por aquel entonces tendría puertas y ventanas y no estaría desmantelado ni con las paredes cubiertas de pintadas. ¿Dónde habría ido a parar la locomotora del tren que había realizado un único viaje? ¿A un museo quizás? Tal vez adornase ahora el parque de algún pueblo y los chiquillos jugaran a conducirla sentados en el asiento del maquinista, ignorando lo corta que había sido la única experiencia de su vida útil.

La voz de Carlos la sacó de su abstracción.

—Te noto muy ensimismada. ¿En qué estás pensando?

—En el tren— repuso mecánicamente—. En el tren que llegó en una sola ocasión a la estación que hemos dejado atrás. ¿No te parece que ese edificio debería utilizarse para algo? Es bonito y romántico, pero no tiene sentido que continúe ahí, tan solitario, tan abandonado. Es como una estación fantasma.

Le vio encogerse de hombros como si nada de lo que le estaba diciendo ella se le hubiera ocurrido antes.

—Por lo visto le quitaron los raíles y se los llevaron durante la guerra civil— le comentó—. Resultaría seguramente más caro volver a instalarlos que instaurar una línea de autobuses.

Acababan de doblar la esquina del paseo denominado igualmente como el edificio que habían dejado atrás y el coche enfiló la calle en la que se ubicaba su casa para detenerse ante la puerta por la que se entraba al garaje, que abrió con el mando. Descendió ella del vehículo antes de que lo introdujera en ese recinto y le aguardó junto al porche. Una hiedra mustia trepaba por la columna que sostenía el tejadillo y se la señaló cuando poco después él se le reunió.

— ¿No la riegas nunca? Las hiedras necesitan mucha agua.

Esbozó Carlos un gesto de desinterés.

—No me preocupan mucho las plantas y además no tengo tiempo. Por eso está el jardín tan descuidado.

— ¿No tienes tiempo? ¿Y qué es lo que haces durante todo el día? Apenas sales, no tienes piscina y no te relacionas con nadie, exceptuando a los Latorre. ¿Qué es lo que haces?

—Leo mucho— repuso evasivamente—. También pienso mucho.

— ¿En qué?— insistió Irina sin acabar de entenderlo— ¿En el pasado, en el presente? ¿En qué?

—En todo un poco— repuso él con una sonrisa pálida— Últimamente pienso sobre todo en una persona determinada.

No la miraba al decirlo, pero se sintió aludida y, desconcertada, buscó frenéticamente en su mente algún comentario intrascendente que desviara el curso de la conversación hacia un terreno menos resbaladizo.

— ¿Dónde vamos a cenar?— le preguntó con esa intención mientras entraban en un oscuro vestíbulo que olía a cerrado.

La única ventana, en la pared de su derecha y en primer término, tenía abiertos los postigos y a través de los cristales penetraba tan solo la luz macilenta del anochecer que le permitió distinguir el sofá de cretona floreada, ubicado bajo la misma con una mesita de cristal delante, y la escalera que al fondo de la habitación ascendía a la planta superior y estaba envuelta en sombras. Se respiraba allí un aire melancólico, añorante, como si a nadie le importara que el ambiente de la casa fuera o no acogedor y el escaso mobiliario hubiera sido dejado caer de cualquier forma en los lugares que ocupaba, sin un solo detalle femenino que denotara la presencia de una mujer. Sobre la mesita vio unos gruesos libros jurídicos descuidadamente amontonados.

— ¿Dónde te apetece?— inquirió él girando hacia Irina la cabeza—. Hace calor, pero puede empezar a llover en cualquier momento. ¿Ponemos la mesa en la terraza? Como está cubierta por una parra, no creo que nos mojemos, pero si diluvia trasladaremos el campo al comedor.

—De acuerdo— aprobó Irina siguiéndole hasta la anticuada cocina, cuya puerta se encontraba en la pared de la izquierda del vestíbulo y en la que vio unos cuantos paquetes aún envueltos—. ¿Tienes algo preparado? Si es así, yo pondré la mesa, mientras tú le das el último toque a la cena.

—Lo he comprado todo— replicó él—. No se me da muy bien guisar, por lo que suelo frecuentar un bar que está por aquí cerca. Hoy vamos a hacer una excepción.

Dirigió Irina una mirada al fregadero, donde se apilaban los platos sucios, pero no efectuó el menor comentario sobre el desorden reinante y se limitó a poner la mesa en la terraza siguiendo las indicaciones de él.

Poco después se sentaban los dos bajo el emparrado y atacaban la tortilla de patata y la ensalada que Carlos había comprado en Madrid. Había descorchado también él una botella de vino tinto y después de un par de sorbos se sintió Irina más animada, hasta el extremo de que los hechos que le había referido Alicia unas horas antes y que habían motivado que le llamara para consultarle lo que debía hacer no le parecieron en ese momento tan terribles.

—Bueno, ¿ha llegado ya el momento de que me cuentes lo que te preocupaba tanto esta mañana?— le preguntó él acodándose en la mesa.

Hizo Irina un gesto de asentimiento.

—Sí. Atañe a Diego y no sé si vas a decirme que prefieres no saberlo, pero es que no tengo con quien desahogarme. No puedo pedirle a Alicia su opinión, porque se supone que soy yo la que debo aconsejarla a ella y tampoco a Álvaro, porque es su hermano. Podría pedirle ayuda a David, pero no me apetece, porque no quiero oír lo que me contestaría.

—Vale, vale— la interrumpió él con una sonrisa irónica— Cuéntamelo. Si no puedo aconsejarte, no lo haré. ¿Qué nueva estupidez ha hecho ese chico?

Inspiró aire Irina antes de contestarle.

—Le vio Alicia saltar la valla de la finca de los frailes la noche en la que mataron a Toribio Rodríguez. Iba acompañado de sus dos amigos del alma, de Ismael y de Jorge. Regresaban ellas del cine de verano, Susana, Mariló y Alicia y…

—Para volver a tu casa, desde ese cine tenían que pasar por delante de esa cerca, pero tu hermana me había prometido que no se acercaría ni por los alrededores— le recordó acusadoramente Carlos, que la escuchaba impasible.

—Sí, pero al parecer sus amigas se empeñaron. Ya sabes que corre por el pueblo la historieta de que el fantasma que habita en el monasterio se lamenta por las noches y a sus amigas les apeteció comprobarlo. Habían ido al cine en bicicleta y las dejaron junto a la valla para atisbar el sendero que conduce al monasterio y que puede verse a través de los barrotes de la puerta de la finca. Exactamente lo mismo que hicimos tú y yo la noche en la que cenamos a la orilla del pantano.

—Sí, sí, lo recuerdo perfectamente.

—Pues esa noche sucedió lo mismo que cuando estábamos tú y yo en ese observatorio. Oyeron también un alarido de ultratumba que les heló la sangre en las venas, lo mismo que a mí. A continuación oyeron los pasos de alguien que corría por el sendero hacia la puerta tras la que estaban agazapadas y se escondieron detrás de unos árboles. Segundos más tarde les vieron saltar la cerca a los tres.

— ¿Te refieres a Diego, a Ismael y a Jorge?

—Sí. Les oyeron comentar algo sobre las bicicletas de ellas, que estaban a la vista porque no les había dado tiempo a ocultarlas y poco después se marcharon ellos en la moto de Diego.

Se lo había referido con la mirada fija en el mantel y cuando levantó la vista hacia él advirtió que su semblante estaba ensombrecido. Un mechón de cabello oscuro le resbalaba sobre la frente dejando en sombra sus ojos oscurísimos, que la escasa luz que proyectaba la lámpara que pendía del techo de la terraza no alcanzaba a disipar.

— ¿Y le vas a denunciar?— inquirió sin mirarla.

— ¿A Diego? No lo sé. No sé qué debo hacer. Por un lado pienso que si lo pongo en conocimiento de la guardia civil, dirigirían hacia él la investigación y quizás el juez dejara en paz a Alicia, pero por otro pienso que Álvaro no me lo perdonaría.

Ahora sí clavó en ella sus ojos con un interés que le pareció excesivo.

—Y eso es lo que te preocupa, lo que pueda pensar Álvaro, ¿no es así?

No se lo había planteado ella de esa forma y en ese momento no supo que contestar.

—Bueno, sí. Él se ha portado muy bien con nosotras. Ha pagado la fianza de Alicia y… Pero no es solo eso.

— ¿No? ¿Qué más hay?

—Muchas cosas más que me tienen desorientada. Ya te dije ayer que había encontrado el bolígrafo dorado de él en el refectorio del monasterio. Álvaro me había dicho que no lo había visitado desde el mes de abril anterior.

— ¿Y…?

— ¿No crees que eso parece indicar que ha estado allí en los últimos días, en los que han encontrado en ese lugar a dos hombres que han sido asesinados? David me ha hecho notar también que palideció Álvaro ostensiblemente cuando él le recomendó a Alicia que declarara ante el juez todo lo que sabía sobre las muertes de esos hombres, ya que en ese caso le rebajarían la pena en el supuesto de que la procesaran. Está también el asunto del palo de golf y…

— ¿Estás insinuando que ha sido Álvaro el autor de la muerte de esos dos hombres?— la interrumpió incrédulamente.

En ese momento le pareció a Irina completamente absurda esa posibilidad y experimentó cierto alivio, pero terminó por asentir.

—Lo he pensado, sí, sobre todo por el asunto de Lorena.

— ¿Qué tiene que ver Lorena con todo esto?

El tono de su voz le había sonado extraño, demasiado duro y levantó la mirada para fijarla en su rostro. No fue capaz de averiguar qué podía estar pensando tras la expresión que traslucían sus ojos, negros como el carbón, por lo que trató de explicarse.

—Me lo ha contado Maruja, la señora que se ocupaba de las faenas domésticas de Eusebio Varas— alegó a modo de defensa—. Me la he encontrado esta mañana en el supermercado y me ha contado que Toribio había abusado de esa chica y que sentía debilidad por las jóvenes rubias. Creo que Álvaro y Lorena han mantenido una relación durante muchos años.

—Una relación de amistad exclusivamente— objetó Carlos sarcásticamente— Supongo que has dado por hecho erróneamente que Álvaro se ha tomado la justicia por su mano en vista de que a Eusebio Varas no le dio la gana de aplicarla cuando debió hacerlo.

—Bueno, sí— admitió cohibida por el sarcasmo con el que se expresaba.

— ¿Y no se te ha ocurrido pensar que hay otra explicación mucho más lógica?— continuó él levantando el tono.

—No, ¿cuál?

—No debería decírtelo, porque podría perjudicar a Diego, pero Álvaro no se merece que vayas con ese cuento a la guardia civil. Bastante tiene él con cargar con el hermanito que le ha tocado en suerte.

— ¿Quieres decir que…?

—No quiero decir nada, porque no lo sé, pero de todo lo que me has contado puede deducirse algo que no favorece precisamente a Diego, como lo corrobora que Alicia y sus amigas le vieran saltar esa valla la noche en la que asesinaron a Toribio Rodríguez. Diego le coge a su hermano todo lo que le apetece cuando le apetece y no sería extraño que le hubiera quitado el bolígrafo dorado para fantasmear delante de sus amigos. Consecuentemente tampoco sería extraño que lo hubiera perdido en el comedor de los frailes. En cuanto a la preocupación de Álvaro por lo que Alicia pudiera declarar, obedece claramente a que lo que tu hermana pudiera decirle al juez perjudicara a Diego. Dudo mucho que se ofreciera a pagarle la fianza por esa razón, porque probablemente ni se le ocurrió.

—¿Y por qué habría de haber matado Diego a Toribio Rodríguez?— objetó Irina con una hilo de voz, porque la irritación que manifestaba Carlos la intimidaba.

—Eso no lo sé— reconoció éste—. No sé si se conocían, si Toribio le chantajeaba al haberle visto asesinar al juez o… no sé.

—O sea, que tú piensas que Diego puede ser el autor de los dos crímenes— resumió ella disimulando el inmenso paliativo a la frustración que había sentido al pensar que el culpable pudiera ser Álvaro, ya que le exculpaba por completo y probablemente también a Alicia, salvo en el caso de que se hubiera prestado a encubrir al otro.

—Yo no he dicho eso.

—No, pero lo has dado a entender.

—Lo único que he dado a entender es que las pistas que has seguido tú, y que has entendido que acusan a Álvaro, lo mismo podrían señalar a Diego o incluso a medio pueblo. Yo de ti me olvidaría de este asunto y me pondría a estudiar durante todas las horas del día que fuera capaz.

—Pero es que a Alicia la ha dejado el juez en libertad con cargos— le recordó Irina—. ¿Se te ha olvidado ya? Todo por un maldito palo de golf que incomprensiblemente apareció debajo de su cama—. Se acodó en la mesa y apoyó le mejilla en su mano al tiempo que comentaba como para sí—: Respecto a ese asunto, ya sé cómo pudo suceder.

— ¿El qué?

—He averiguado cómo pudo el asesino ocultar ese palo en el dormitorio de ella.

El moreno semblante de él se contrajo en un gesto de sorpresa.

— ¿Sí? Quizás entrara en tu casa la noche en la que tú y yo salimos a cenar aprovechando que no había nadie.

—Es posible— admitió ella— Pero pudo también introducirse a cualquier hora del día por la puerta de la cocina que suelo dejar abierta, valiéndose de que estudio con tapones en los oídos para que no me distraigan los ruidos que se producen alrededor. Con seguridad no me habría enterado si un intruso se hubiera aprovechado de esa circunstancia.

Meneó él incrédulamente la cabeza.

—No lo creo. Se hubiera arriesgado demasiado. Pienso además que has desechado la conclusión más lógica.

— ¿Y cuál es esa conclusión?

—Que fuera la propia Alicia.

— ¿Para encubrir a Diego?

—Sí.

— ¿Y que no me lo haya querido reconocer a mí después?

—Efectivamente. ¿Acaso suele decirte la verdad?

En su fuero interno se vio obligada a admitir que podía haber sucedido así. De haberse prestado su hermana a encubrir a Diego, en ningún caso le hubiera hecho partícipe a ella de esa decisión, porque se hubiera ganado algo más grave que una regañina. La idea de que fuera esa la conclusión acorde con la realidad volvió a angustiarla. De improviso se sintió mal. Experimentó algo que se asemejaba mucho a un nudo en el estómago y que le impedía acabar con la tortilla de patata que tenía en el plato. De haber estado sola hubiera intentado llorar hasta quedarse seca para amortiguar así la desazón que la invadía, estrujándole algo en su interior que le impedía respirar con normalidad. Y por si lo que experimentaba fuera poco, se veía obligada además a seguir fingiendo que afrontaba con serenidad la posibilidad que él había sugerido.

—Tengo que ir al baño— consiguió articular con aire aparentemente tranquilo— ¿Me dices dónde está?

—Claro—murmuró él poniéndose en pie—. Lo malo es que tendrás que subir a la planta de arriba, porque el de aquí abajo está estropeado. He llamado al fontanero y ha quedado en venir mañana a arreglarlo. No te importa, ¿verdad?

Le sonrió Irina con cierta indulgencia condescendiente. Por lo desarreglado que tenía el jardín, el vestíbulo y la cocina, podía imaginar perfectamente el desorden que reinaría en el resto de la casa.

—Desde luego que no— repuso al tiempo que entraba con él en el vestíbulo.

Al fondo de esa destartalada estancia, que se hallaba semi a oscuras, comenzaba una escalera de peldaños de terrazo veteado, adosada a la pared de la derecha y con una barandilla de hierro, que Carlos le indicó.

—Arriba, la primera puerta a la izquierda. ¿Necesitas que suba contigo?

—No, no, no es necesario.

—Como quieras. Mientras tanto recogeré los platos y llevaré el postre a la mesa.

Se encaminó él hacia la cocina e Irina comenzó a ascender apresuradamente los escalones deseando alcanzar cuanto antes el baño para refrescarse el cuello y el rostro con el agua del grifo. Al recalar en el rellano de la planta superior pulsó el conmutador de la luz y a la pálida luz que esparcía una lámpara que colgaba del techo distinguió un largo y amplio corredor con un único mueble junto a la pared. Un pesado taquillón sobre el que pendía un espejo con el marco dorado al que se aproximó para asegurarse de que no asomaba a su rostro la inquietante preocupación que experimentaba. El cristal le devolvió la imagen de una bonita muchacha de grandes ojos castaños, que la miraban bordeados de unas ojeras que no tenía cuando se había arreglado en su casa para salir, por lo que intentó sonreírse a sí misma, aunque tan solo consiguió esbozar una mueca.

Fue entonces, al bajar la mirada hacia el taquillón, cuando lo vio. Una estatuilla de bronce ocupaba uno de los extremos del tablero del mueble y en el centro del mismo una ennegrecida fuente de plata pedía a gritos ser sumergida en un limpiador de metales, pero lo que llamó su atención fue un retrato de mesa. En un primer momento creyó que era Lorena la que aparecía sonriente en la fotografía, apoyada en la columna que sostenía el tejadillo del porche de la terraza en la que estaban cenando. A su espalda, la hiedra que trepaba hasta el tejado y que ahora crecía marchita y desmadejada, relucía de verdor bajo el sol de la tarde, pero al fijarse mejor se dio cuenta de que esa chica se le parecía, pero que no era la misma. Como Lorena, poseía un aire ingrávido y una melena rubia que le resbalaba por la espalda, pero ahí terminaba el parecido. Al pie de la fotografía distinguió la dedicatoria, escrita a mano: "A Carlos en nuestro aniversario" y firmaba Lola.

Con los ojos muy abiertos releyó esa dedicatoria intentando ordenar los retazos de información que vagaban deshilvanados por su memoria y que deberían tener un significado propio si conseguía colocarlos en su lugar. ¿Dónde había oído antes ese nombre? Había sido Maruja, estaba segura de ello, la que había aludido a una muchacha que se llamaba así, lo mismo que la hermana de David.

De improviso las piezas encajaron en su cerebro y sintió un vuelco en su interior. ¿No se llamaba así la muchacha de la que Toribio Rodríguez había abusado? Eso al menos le había dicho Maruja cuando se encontraron las dos en el supermercado, aunque ella la había corregido creyendo que estaba aludiendo a Lorena. Sintió que retrocedía al bar cercano al supermercado en cuya terraza se habían sentado las dos y que oía de nuevo la voz de la mujer diciéndole:

*"Por aquel entonces la finca del monasterio ya estaba vallada. El caso es que la chica tuvo la ocurrencia de pasearse por las inmediaciones de las ruinas y se tropezó con el Toribio. También se llamaba Lola. Era guapa, rubia y con el pelo largo".*

Había dado ella por hecho que le estaba hablando de Lorena que respondía también a esa descripción, pero sin duda se había equivocado y Maruja se estaba refiriendo a la chica de la fotografía enmarcada que tenía en la mano, de la que Carlos le había dicho que había muerto de pulmonía tres años antes. ¿Sería posible que hubiera sido esa chica la víctima de aquel hombre? ¿La misma que le había denunciado, iniciando así el procedimiento judicial del que él había salido absuelto?

Había subido Carlos la escalera tan silenciosamente que se sobresaltó cuando se dio cuenta de que la miraba desde el inicio de la galería en la que se hallaba. Su rostro quedaba en sombra, pero le dio la impresión de que la observaba con el semblante crispado.

—Perdona— articuló apenas depositando nuevamente el retrato sobre el taquillón—. Me había parecido que la chica era Lorena y le estaba echando una ojeada. He cometido una imperdonable falta de discreción y espero que me disculpes.

—No tiene importancia— murmuró él en un tono que le sonó raro, asido aún al pasamanos de la escalera.

Una imprecisa sensación de peligro fue adueñándose de ella, aunque no llegó a discernir con claridad el motivo que la provocaba. Lo importante era salir de aquella casa sin que él hubiera intuido siquiera la inquietante sospecha que le había suscitado la visión de la fotografía. Carlos le había dicho la noche en la que salieron a cenar que esa muchacha había muerto de pulmonía y el médico del pueblo lo había confirmado. ¿Pero y si no había sido así? Sintió que un sudor frio le corría por la espalda cuando se oyó a sí misma decir en tono intrascendente:

—Me parece que está arreciando la lluvia.

Efectivamente se escuchaba con intensidad creciente el repiqueteo del agua sobre sus cabezas, lo que le sirvió de excusa para iniciar la retirada.

—Debería marcharme. Seguramente Alicia no se habrá llevado esta mañana la llave de la casa y con este tiempo tan malo habrá regresado ya o estará a punto de regresar.

La voz de él le llegó lejana y casi inaudible, pese a que tan solo les separaban una docena de pasos.

—Aún no hemos tomado el postre.

—No, pero podemos repetir esta cena otro día— replicó atropelladamente—No soy especialmente miedosa, pero no me gustan las tormentas si no estoy bajo techado.

—Tan solo está lloviendo y no estamos al aire libre— objetó pausadamente Carlos— ¿Por qué te ha entrado de pronto tanta prisa?

— ¿A mí?— protestó Irina, con lo que quiso ser una risita y no pasó de ser un lamentable remedo, que sonó a falso—. Ya te he contado todo lo que me preocupaba y me has dado tu opinión. No quiero hacerte perder más el tiempo.

—No me lo estás haciendo perder, al contrario— replicó en un tono que, aunque no tenía nada de particular, le sonó a ella intimidatorio—. Aún tenemos unas cuantas cosas que aclarar.

En su última frase sí le pareció intuir una velada amenaza. ¿La dejaría marchar si insistía en la excusa que acababa de aducir y avanzaba resueltamente hacia la escalera?

Instintivamente levantó la cabeza para mirarse nuevamente en el espejo que colgaba sobre el taquillón. El miedo le asomaba a los ojos. Al aproximarse a él, Carlos se daría cuenta, si es que no se había dado cuenta ya, de que estaba asustada y ataría cabos inmediatamente. Tenía que aparentar que no sospechaba nada, que ni siquiera le había pasado por la cabeza la idea de que él hubiera matado a Eusebio Varas como venganza por no haber castigado cómo debía la fechoría que había cometido Toribio Rodríguez con su novia y a éste último por haber sido el autor de tamaña vileza.

En el fondo casi le comprendía. Lo que no comprendía era que hubiera pretendido implicar a su hermana en unos delitos de los que era inocente.

Como si le hubiera leído el pensamiento, le oyó decir:

—No lo entiendes, ¿verdad?

Continuaba inmóvil junto al inicio de la escalera, proyectando su sombra contra la pared del descansillo y notó Irina las palmas de las manos húmedas de sudor.

— ¿A qué te refieres?

— ¿A qué crees tú? Eres más lista de lo que suponía.

— ¿Por qué lo dices? Siempre he sido una empollona, pero...

—Sabes perfectamente a qué me refiero— la interrumpió—. Hubiera preferido dejarte al margen, pero tú te has empeñado en meter las narices en este asunto y ahora no voy a tener más remedio, en contra de lo que me gustaría, de tomar unas medidas poco gratas.

Había avanzado un paso hacia ella, por lo que Irina retrocedió otro de espaldas.

—No sé de qué me estás hablando— balbuceó, notando la mente espesa, como si la hubiera invadido una nube de algodón.

— ¿No? Yo creo que sí. Te voy a conceder unos minutos, porque preferiría justificar antes mi comportamiento, que por otra parte no es tan difícil de entender. Estoy dispuesto a contestar la verdad a cualquier pregunta que me hagas.

Vaciló ella. ¿Y si continuaba fingiendo que no sabía de qué le estaba hablando? Carlos se adelantó nuevamente a lo que dilucidaba en su mente como si poseyera un sexto sentido que le permitiera adivinar lo que pensaba.

—Te estás preguntando por el motivo por el que he tratado de implicar a tu hermana en todo esto, ¿verdad?

—Bueno... sí— reconoció, diciéndose que era inútil seguir negándolo.

Se echó a reír, pero no era la risa de  él. Era otra distinta que le hirió el oído y le erizó el vello de los brazos.

—Voy a satisfacer tu curiosidad con otra pregunta. ¿Y por qué no? Desviaba así las sospechas de la guardia civil para dirigirlas hacia Diego, que no es más que un imbécil y un inútil, que se ha divertido de lo lindo asustando a todo el que tenía la ocurrencia de acercarse a la finca del monasterio. ¿Recuerdas el lamento fantasmal que escuchamos la noche en la que salimos a cenar?

—Sí, pero…

—Era él. Reconocí su voz, pero no quise decirte nada. Por los retazos de las conversaciones que he escuchado en el pueblo, he deducido que saltaba con sus amigos todas las noches la valla de la finca y cuando creían cercana la presencia de alguien emitían sus quejidos de ultratumba para hacerle creer a la gente que el fantasma del que tanto se habla en el pueblo existía de verdad. Ha sido su entretenimiento preferido este verano.

— ¿Y… y la mujer que entonaba una canción y que oyó Alicia la noche en la que acompañó a Diego a la abadía?—inquirió ella casi sin voz.

— ¿Te refieres a doña Elvira?— repuso burlonamente— Esa fue la broma que Diego quiso gastarle a tu hermana, muy en su estilo. Convenció a Lorena para que cantara esa canción en Villa María y ella aceptó con la intención de congraciarse con Álvaro, al que ha perseguido desde que dejaron de ser niños sin que él se haya enterado. Diego la grabó.

— ¿Para asustar a Alicia en el monasterio cuando oyera esa grabación?

—Sí, claro, ya te he dicho que pretendía gastarle una broma. Encontré el aparatito en su cuarto cuando subí a convencerle de que debía declarar ante la guardia civil que había fumado un cigarrillo en el refectorio para calmar sus nervios, cuando por casualidad había hallado el cuerpo de Eusebio Varas, Lo puse en marcha durante un segundo, pero fue más que suficiente. Él estaba en ese momento en el cuarto de baño y cuando entró en su dormitorio ya había detenido yo la grabación. ¿No crees que merece un escarmiento?

—Bueno, no lo sé, me parece excesivo. ¿Pero por qué has querido perjudicar a Alicia? Ella no te ha hecho nada ni le ha hecho daño a nadie. No es más que una muchacha romántica a la que ha embobado Diego.

—Pues precisamente por esa razón me pareció que podía ser la perfecta cooperadora necesaria o encubridora de él. Dejo la calificación de ese delito al arbitrio del tribunal que le toque en suerte. Ella es también una estúpida que te está amargando la vida desde hace años y que se lo merece.

— ¿Y por eso escondiste el palo de golf debajo de su cama?

—Sí, claro. Tal y como has averiguado tú solita, introducirse dentro de tu casa por la puerta de la cocina es lo más sencillo del mundo, porque durante el día no la cierras con llave. Basta por consiguiente con entrar en el jardín, cuya puertecilla puede abrirse desde la calle, para bordear luego el edificio y entrar por detrás. Te había visto ya estudiando por la ventana de la sala de estar y sabía que lo haces con tapones en los oídos, por lo que a la mañana siguiente de haber puesto fin a la vida de Toribio aproveché un momento en el que Alicia había salido para introducirme en tu casa por esa puerta. Estabas estudiando en la sala de estar dándome la espalda y subí apresuradamente la escalera.

— ¿Y cómo supiste cuál era el dormitorio de Alicia?

Ahora sí que se rió con ganas.

—Eso fue de lo más sencillo. Tu cuarto estaba en orden, pero el de ella era un auténtico desastre, con la cama sin hacer, un muñeco de peluche rodando por el suelo y un cerro de ropa sobre la única butaca de la habitación.

—Y entonces lo escondiste debajo de la cama para que lo encontrara allí la policía.

—Efectivamente. Utilicé ese palo de golf en las dos ocasiones sin que Álvaro se enterara. A Eusebio Vara le había recomendado el médico que paseara mucho. Me lo contó una tarde en la que me lo encontré a la salida del supermercado y le animé a que jugara al golf, ya que es un deporte que requiere dar largas caminatas. Le dije también que yo no lo practicaba ya, por lo que podía regalarle el madero que tenía y que me estaba estorbando en casa.

—Y el pobre hombre se lo creyó.

—Sí.

—Y entonces le citaste en la abadía. ¿Por qué en la abadía?

—Porque quería él que le indicara cómo debía utilizar el palo y yo le dije que podía probarlo en la finca que la circunda con una pelota que le llevaría yo.

—Pero la puerta está siempre cerrada.

—Sí, pero eso él no lo sabía. Me había hecho yo con una ganzúa y estuve ensayándola en otras cerraduras. Ni tan siquiera me vio forzar la de esa puerta ni la que años atrás daba acceso a las dependencias del abad.

—Y te siguió él hasta el refectorio de los frailes sin imaginar lo que pretendías hacerle. ¿No son esas unas agravantes del homicidio que cometiste que se llaman premeditación y alevosía y lo elevan a la categoría de asesinato?

—Efectivamente, se llaman así. Te veo muy bien informada.

Se mordió Irina los labios luchando por controlar la expresión de su semblante y no dejar que trasluciera la aversión que le inspiraba. Imperturbable, inquirió:

— ¿Y a Toribio?

—A Toribio me lo cargué en esta casa. Me lo tropecé en la plaza del burrito y le invité a que viniera para proponerle un trabajo. Como estaba en paro en ese momento aceptó inmediatamente y en cuanto entró en el jardín y cerré la puerta tras él, le mandé al otro mundo. Después, en cuanto anocheció le llevé al monasterio y tiré su cuerpo en el refectorio, en el mismo sitio en el que forzó a Lola. ¿No crees que se lo merecía?

No le contestó Irina a esa pregunta. En su lugar, le formuló otra.

— ¿Y entonces decidiste deshacerte del palo de golf?

—Claro, y el dormitorio de Alicia me pareció el escondite perfecto. Luego le sugerí a mi amigo, a ese guardia civil del que te he hablado y como quien no quiere la cosa, que deberían registrar la casa de los Latorre y la tuya.

Los ojos de Irina centellearon iracundos.

—Y hubieras permitido que la condenaran, ¿verdad'

— ¿Y por qué no?— repitió—. Les hubiera servido de lección a los dos. Él se cree el ombligo del mundo y ella es una mema que está embobada por él.

— ¿Y por eso merecen ir a la cárcel, condenados por dos delitos que has cometido tú?

Se encogió petulantemente de hombros.

—Alguien tiene que pagar por ello y yo me he limitado a hacer justicia. En nuestro Derecho solo se admite como prueba lo que se acredita en el juicio oral, aunque Toribio había reconocido ante la guardia civil haber abusado de Lola y había firmado su declaración admitiendo su culpabilidad. Los testigos que aportaron el fiscal y la acusación particular corroboraron también que era un obseso sexual que había sido encausado con anterioridad por ese mismo delito, aunque en todos esos casos salió absuelto, porque aquellas chicas no presentaron inmediatamente la denuncia. Lo mismo que Lola.

— ¿No le denunció ella inmediatamente?

—No, transcurrió al menos una semana hasta que me contó lo que le había ocurrido en la abadía con ese hombre. Noté yo que estaba muy rara, como deprimida a raíz del suceso, pero no conseguí que me lo refiriera  hasta unos ocho días después en los que los análisis no podían ya detectar los restos de la agresión de que había sido objeto por parte de ese hombre, por lo que el tribunal le absolvió. Eusebio Varas pronunciaba siempre sus veredictos acogiéndose al sentido literal de la norma, sin utilizar en ningún caso el sentido común.

— ¿Y por esa razón merecía morir?

Aunque el rostro de él quedaba en la sombra, le pareció que su semblante se endurecía con un rictus amargo.

—La que desde luego no lo merecía era Lola. Se suicidó al día siguiente de conocer la sentencia del tribunal.

— ¿Se suicidó?

—Sí, fue en los días próximos a la Navidad. Me había marchado yo esa mañana a Madrid a asistir a un juicio y cuando regresé la encontré en la cama de nuestra habitación. Había enganchado unos días antes un catarro y el médico del pueblo había venido a verla y le había recetado unos cuantos medicamentos, todos ellos inofensivos. Cuando volví y entré en nuestro cuarto, seguía acostada con la cara blanca como la pared y no respiraba ya. Sobre la mesilla encontré un frasco de anfetaminas y una nota en la que me pedía perdón por lo que iba a hacer. Decía que no quería ya seguir viviendo. ¿Acaso estuvo mal que le diera al juez lo que se había ganado a pulso?

Pasó Irina una mano por su frente y la retiró húmeda de sudor.

—Todos nos podemos equivocar— musitó débilmente.

Le pareció que la estaba mirando con fijeza antes de menear negativamente la cabeza.

—Según en qué— la rebatió—. Toribio tenía antecedentes policiales, aunque, como te he dicho, no había sido nunca condenado por la comisión de un delito de violación. El tribunal debería haberlo tenido en cuenta.

—Pero tú mismo me has dicho que solo se consideran pruebas las que se practican en la vista oral— objetó ella con un hilo de voz—. No sé nada de Derecho, pero probablemente Eusebio Varas, como ponente, se limitó a dar cumplimiento a esa norma.

Continuaron inmóviles los dos y se quedaron en silencio como si no tuviesen ya nada más que decir. En la semi penumbra del pasillo tan solo se percibía el repiqueteo de la lluvia sobre el tejado, pero a Irina le dio la impresión de que algo más iba adueñándose del aire que respiraba, contaminándolo. Quizás se tratase del miedo que sentía lo que podía palpar a su alrededor, como si se hubiera materializado adquiriendo consistencia tangible. ¿Se daría cuenta él de lo asustada que estaba?

Pero tenía que hacer algo, se dijo. Tenía que salir como fuera de aquella casa a la que había acudido como una estúpida para pedirle consejo a Carlos, creyendo que había sido Álvaro el que había liquidado al juez y al desequilibrado de Toribio por lo que éste último le había hecho a Lorena. Había confundido a esa chica con Lola, pese a que Maruja le había referido el suceso denominándola correctamente por su nombre y para colmo había ido a contárselo a Carlos. ¿Cómo podría haberle dicho éste unos segundos antes que era ella más lista de lo que había supuesto? En ese momento se consideraba rematadamente idiota.

Levantó la cabeza para escudriñar entre las sombras la figura que tenía delante, de la que apenas distinguía los detalles y consiguió reunir la energía necesaria para preguntarle con una voz sin inflexiones:

— ¿Y qué vas a hacer ahora?

— ¿Contigo?

—Sí, conmigo.

Le dio la impresión de que esbozaba un ademán vago.

—Lo siento. De verdad que lo siento, pero no me has dejado otra opción. Iremos al pantano.

— ¿Ahora?

—Sí, claro. Mañana o pasado mañana a más tardar te encontrarán flotando sobre el agua, pero antes escribirás una nota para el juez reconociéndote culpable de los dos asesinatos.

Le escuchó atónita sintiendo que un sudor frío le corría por la espalda.

— ¿Que escriba yo una nota? Nadie creería esa patraña. ¿Por qué había de querer matar a dos hombres a los que ni siquiera conocía?

—A Toribio por haberse introducido en tu casa mientras estudiabas y haberte agredido sexualmente. Le descargarte en la cabeza el palo de golf que Álvaro había olvidado en el vestíbulo y luego le transportaste hasta la abadía en tu coche.

— ¿Y salté la valla cargando con ese hombre, recorrí luego el camino que lleva hasta el monasterio con ese tipo a cuestas y  solté después su cuerpo en el refectorio de los frailes?— farfulló desdeñosamente—. Me parece que me has confundido con Supermán.

Dejó escapar él una risita sarcástica.

—Bueno, tienes razón. Te dejaré que elijas como cómplice al que más  te guste. Puedes optar entre Álvaro y tu hermana. Uno de los dos o los dos te ayudaron. Creo que Álvaro es más creíble que Alicia, porque hace mucho deporte y está en forma. Además le sorbiste el seso el mismo día en el que te conoció, así que todo el mundo considerará natural que te ayudara en esas circunstancias.

Desconcertada, abrió desmesuradamente los ojos al oírle.

— ¿Que a Álvaro…?

Ahora sí que se rió con ganas.

— ¿Ni siquiera te habías dado cuenta? Retiro lo que te he dicho antes, porque eres más tonta de lo que creía. Si incluso me ha llamado hace unas horas a preguntarme si era cierto que te había invitado a cenar y en el caso de que la respuesta fuera afirmativa, si admitía un nuevo comensal, o sea, a él. Cómo puedes suponer, le he dicho que no.

Había avanzado un par de pasos hacia ella y la lámpara del techo iluminó sus facciones y la rigidez de los músculos de su cuello. De improviso le pareció un desconocido.

— ¿Y si me niego a escribir esa nota?—objetó, levantando retadoramente la barbilla.

—En ese caso sería tu hermana la que realizara esa confesión, antes de reunirse contigo en el pantano.

La indignación que experimentó al oírle disipó en parte el pánico que sentía, a la par que despejaba su mente de la neblina de incomprensión que la invadía, de no entender lo que le estaba sucediendo. Se había apoyado de medio lado en el taquillón y sintió el roce en el brazo del fresco contacto de la estatuilla de bronce que reposaba sobre el tablero.

— ¿Serías capaz?— masculló mordiendo las palabras mientras disimuladamente deslizaba la mano detrás de su cuerpo para asir la figura y esconderla a su espalda.

— ¿Por qué no? Como dice el refrán, en algunas lides todo es empezar.

Hizo intención de abalanzarse sobre ella, pero en ese instante sonó el timbre de la puerta del jardín y se detuvo en seco, al tiempo que Irina experimentaba un repentino alivio y retrocedía un paso sin soltar la estatuilla que mantenía oculta tras su cuerpo.

—Han llamado— musitó.

—Sí— admitió Carlos girando la cabeza hacia la escalera que tenía a su espalda—. No espero a nadie, así que no te hagas ilusiones. No pienso abrir.

Un nuevo timbrazo resonó en el silencio de la casa, acompañado tan solo por el monótono repiquetear del aguacero que aumentaba por momentos de intensidad y él vaciló durante una décima de segundo volviéndose a medias como si estuviera dudando en atender esa llamada. El tiempo suficiente para que Irina arremetiera contra él y descargara con todas sus fuerzas la figurilla sobre su cabeza.

Se tambaleó él llevándose ambas manos al lugar donde había recibido el golpe y luego se desplomó como un fardo sobre el suelo del pasillo.

Tardó Irina en reaccionar. Le horrorizaba la violencia y contempló espantada, con los ojos desmesuradamente abiertos, al hombre que tenía a sus pies por cuyo rostro corría un hilillo de sangre. Pero seguía consciente y estaba intentando incorporarse apoyándose con los codos sobre el pavimento para sentarse. Esa visión la ayudó a salir de la especie de trance en la que se hallaba y saltó sobre el cuerpo de él que le obstaculizaba por completo el paso. Corrió luego por el pasillo y se lanzó después escaleras abajo atravesando el desabrido vestíbulo para abalanzarse sobre la puerta por la que se salía al jardín. Estaba cerrada, aunque recordaba con toda claridad que cuando había subido ella al baño estaba de par en par.

Accionó histéricamente la manilla para abrirla, pero no cedió. Angustiada levantó la cabeza al escuchar en la planta superior el sonido de unos pasos vacilantes que se aproximaban ya a la escalera. Carlos se había recobrado del golpe que le había dado y no tardaría en descender al vestíbulo para obligarla a escribir la nota que le había anunciado, antes de enviarla al otro mundo. Tenía que escapar de allí, ¿pero cómo? La puerta estaba cerrada con llave y seguramente se la habría guardado él en el bolsillo antes de subir tras ella a la planta superior.

Sus ojos se dirigieron a la ventana de la pared de su derecha, sobre el sofá. Carecía de reja y febrilmente echó a correr hacia ella. La lluvia enturbiaba los cristales por los que corrían regueros que le impedían distinguir el exterior, pero no lo dudó. Se subió al sofá aplastando los cojines con sus tacones y la abrió con unas manos torpes por el nerviosismo que no lograba controlar. Pasó luego una pierna sobre el antepecho y luego la otra y se dejó caer al suelo fuera sin haber averiguado previamente a qué distancia pudiera encontrarse éste. Afortunadamente cayó en un paño de césped menos deteriorado que el del resto del jardín, que no mediaba además más de metro y medio del alféizar de la ventana por la que había escapado, por lo que no se hizo daño. Una tromba de agua le cayó encima, pero no llegó a notar que la había empapado de arriba a abajo ni tampoco se dio cuenta de que al caer al suelo se le había partido un tacón. Se limitó a apartar de sus ojos de un manotazo sus chorreantes greñas y a ponerse en pie para echar a correr como pudo, cojeando sobre la diferente altura de sus zapatos hacia la puerta del jardín.

Con un suspiro de alivio comprobó que no estaba cerrada con llave y que podía abrirse desde el interior accionando el picaporte, por lo que no perdió ni un segundo. La silueta de Carlos se perfilaba ya vacilante a contraluz en el umbral de la puerta de la casa y salió a la calle como una exhalación. Los faros de un coche estacionado en la acera de enfrente la deslumbraron durante una décima de segundo, pero a ciegas echó a correr por la calle cuesta abajo hasta que al doblar la esquina alcanzó la avenida de El Ferrocarril, por donde antaño transitara el tren y que en el presente se había transformado en un amplio paseo, orillado en uno de sus márgenes por una espesa vegetación y sin rastro alguno de los raíles que en otro tiempo discurrieran por lo que en el presente era una de sus aceras.

Al enfilarla oyó los pasos de alguien que corría tras ella. Carlos, sin duda, que ya se habría repuesto del golpe que había recibido y que la alcanzaría de un momento a otro, por lo que aceleró como pudo el ritmo de su carrera. La lluvia arreciaba por momentos y el pingo en el que había quedado convertido su chorreante vestido de tirantes floreado se le pegaba a las piernas dificultándole el avance, a la par que el agua le penetraba también por el escote para deslizársele en regueros por todo el cuerpo y acabar cayéndole sobre sus maltrechos zapatos.

Resbaló en un charco en el que perdió el otro tacón, aunque tampoco se dio cuenta. Vagamente advirtió que ahora podía correr sin cojear por lo que aligeró su marcha. El incesante restallar del aguacero acallaba cualquier otro sonido hasta convertirlo en inaudible. ¿Estaría Carlos pisándole los talones y en unas décimas de segundo la agarraría por detrás?

Nunca aquel apacible paseo le había parecido tan interminable. Se alargaba hasta el infinito con el pavimento reluciente por el chaparrón que caía del cielo y que resonaba al caer sobre la acera salpicándole las piernas. A lo lejos y borrosa tras una cortina de agua divisó el desmantelado edificio de la estación, absurdo y solitario bajo una lluvia torrencial. Una farola cercana esparcía una luz distorsionada que permitía distinguir difusamente los trazos de la vieja edificación y jadeante se abalanzó hacia lo que le pareció en ese instante un refugio surgido de la nada en el que podría guarecerse. El ruido de la catarata que se resbalaba de las nubes seguía impidiéndole percibir con claridad la distancia a la que pudiera encontrarse su perseguidor. Incluso le pareció que podía haberse alejado de él en los últimos segundos y cuando alcanzó el edificio que había sido destinado antaño a recibir a los viajeros que acudían al pueblo  no consiguió oír otra  cosa que el continuo restallar de la lluvia contra el suelo fuera de sus muros. Avanzó a tientas por el pavimento de cemento. Aunque ya sin tacones, cojeaba de nuevo como si hubiera cumplido cien años de repente, le chorreaba la melena y el floreado traje de tirantes que vestía y, aunque hacía calor, sintió frío. Un frío espantoso que la obligó a tiritar y a abrazarse el cuerpo con los brazos intentando reprimir el castañeteo de sus dientes.

Pero no obedecía esa reacción únicamente a la humedad reinante ni a lo empapada que estaba por la lluvia. Obedecía sobre todo al pánico  que sentía y del que no estaba segura que pudiera liberarse algún día si conseguía salir con bien de la situación en la que se hallaba.

De improviso escuchó algo. Era sí, el ruido de unos pasos que se aproximaban corriendo al lugar en el que se había escondido. La oscuridad en el interior del edificio  era casi total, si se exceptuaba la incierta claridad que esparcía una farola en la acera de enfrente del paseo. La lluvia deformaba sus perfiles, convirtiendo en sombras huidizas la oscuridad que la envolvía, pero le permitió no obstante distinguir las pintadas de colores de las paredes, así como el hueco ovalado en la pared de la taquilla por la que antaño el encargado de la estación vendería los billetes a los viajeros. Las pisadas se acercaban y angustiada buscó un lugar donde esconderse. A tientas y caminando de puntillas fue tanteando la pared hasta que dio con la abertura en la que se abría el hueco que antaño ocuparía la puerta que daba acceso al recinto en el que el encargado desempeñaría ese cometido. Entonces ese hombre dispondría de un asiento y atendería cómodamente a los que pretendieran trasladarse a los pueblos vecinos, pero ahora no era más que un lóbrego antro sin ventana, que olía mal. No reparó Irina en la humedad reinante ni en la fetidez del lugar. Con el corazón desbocado se agazapó bajo la taquilla y aguardó a que el dueño de esas pisadas entrara también en la estación, confiando en que la oscuridad le impidiera distinguirla.

Acababa de introducirse ese alguien en el edificio y se había detenido a pocos pasos, frente a la ventanilla, escudriñando las tinieblas, por lo que contuvo la respiración. Si ella no podía verle, tampoco lo conseguiría él, se dijo luchando por controlar el imperioso deseo de echar a correr. Dejó transcurrir unos minutos sin mover un solo músculo. Se había detenido él junto al hueco de la puerta por la que había entrado ella en el recinto y aunque solo era capaz de distinguir una silueta en negro, le pareció que estaba intentando orientarse en la oscuridad.

¿Transcurrieron unos minutos o una eternidad? Quizás la aguja del reloj de pulsera que llevaba en la muñeca siguiera avanzando, pero, si lo hacía, se movía a un ritmo tan lento que se preguntó si se habría olvidado de computar el avance inexorable de las horas.

Por el sonido de los pasos de él se dio cuenta de que se había apartado del hueco de la puerta para dirigirse hacia lo que quedaba de la escalera por la que antaño se subía a la planta superior. Quizás se aventurara a intentar esa escalada para buscarla arriba y en ese caso saldría ella como una exhalación del edificio y echaría a correr hacia su casa aprovechando esos minutos de ventaja.

Silenciosamente se puso en pie y extremando las precauciones se encaminó de puntillas hacia la salida del recinto. Entonces oyó su voz.

—Irina, ¿eres tú? ¿Estás ahí?

No era Carlos como había temido. Era Álvaro que incomprensiblemente se hallaba también en el interior del edificio de la estación y que se le aproximó a tientas hasta tropezar con ella. Al notar su contacto comprobó que también estaba chorreando agua.

—¿Qué haces aquí?— le preguntó él en un tono que denotaba su absoluta estupefacción—. Me he acercado a casa de Carlos para que, en vista de que no ha tenido a bien admitirme como comensal a vuestra cena, al menos me invitara a un café, y te he visto salir como una loca, corriendo bajo la lluvia. ¿Qué te ha sucedido?

Intentó explicárselo, pero las palabras se le agolpaban desordenadamente en los labios impidiéndole expresarse con claridad. A duras penas balbuceó:

—He visto el retrato… el retrato del taquillón… Quería ir al baño y lo he visto.

Procuró él tranquilizarla atrayéndola hacia sí y acariciando su empapada melena, al tiempo que luchaba por descifrar lo que le decía.

—Sí, sí. Lo has visto. ¿Qué es lo que dices que has visto?

—El retrato. Una fotografía… he creído que era Lorena… pero no, no era ella.

Pese a la oscuridad que les envolvía, le pareció que enarcaba Álvaro las cejas y que parpadeaba confuso. Pacientemente repitió él:

—Sí, has creído que era una fotografía de Lorena, pero no era de Lorena, ¿De quién era?

Un sollozo le ascendió a la garganta y algo que se asemejaba a un manantial de agua salada se le desbordó por los ojos.

—De Lola…, de la chica que vivía con Carlos.

Por el momentáneo silencio que con el que acogió su explicación se dio cuenta de que él seguía sin entender nada, lo que corroboró con las palabras que pronunció a continuación:

—Ya, de Lola. Y por eso has salido corriendo de su casa, aunque estaba cayendo el diluvio universal—. E incongruentemente añadió—: Pues era una chica mona, no lo entiendo.

La invadió una sensación de absoluta impotencia. Si al menos pudiera controlarse, si consiguiera dejar de llorar, podría explicarse y él entendería que se hallaban en peligro, que Carlos podía estar acechándoles en el exterior y que no dudaría en atacarles si les alcanzaba ni en mandarles al otro mundo.

—Es que Lola se suicidó, ¿comprendes?... Por eso Carlos quería arrojarme al pantano para que me ahogara— balbuceó incoherentemente.

La apartó él unos centímetros de su cuerpo con la intención de escudriñar la expresión de su rostro, pero desistió al comprobar que apenas si se distinguían el uno al otro. Con una voz que denotaba su desconcierto, le preguntó:

— ¿Has bebido?

Irritada, dejó Irina en el acto de llorar. ¿Cómo podía ser tan obtuso en unos momentos tan peliagudos, cuando se lo estaba refiriendo con toda claridad?

—No, no he bebido. Bueno, sí, pero solo una copa. Lo que estoy pretendiendo decirte es que ha sido Carlos quien asesinó al juez y a ese tal Toribio, porque por culpa de los dos Lola se suicidó.

— ¿Qué Lola se suicidó? Creo que estás confundida. Murió de una pulmonía.

Meneó ella vigorosamente la cabeza en sentido negativo.

—No. Se suicidó a raíz de conocer la sentencia por la que el tribunal del que Eusebio Varas era ponente absolvía a Toribio, por lo que Carlos, al reencontrarse con los dos este verano aquí, en Pelayos de la Presa, decidió tomarse la justicia por su mano y les mató.

— ¿Qué Carlos…? Eso es imposible.

—No lo es. Ha subido detrás de mí cuando me dirigía al baño y me ha visto con la fotografía de Lola en la mano. Estaba sobre el taquillón del pasillo, ya te lo he dicho. He atado cabos en el acto, porque Maruja, la señora que le hacía las faenas domésticas al juez, me había contado que Toribio había abusado de una chica, aquí, en la abadía y lo que pasó después cuando le juzgaron. David había deducido que ese podía ser el móvil de los dos crímenes y tenía previsto ir mañana a Madrid para averiguar por medio de un amigo que es abogado el nombre de la chica.

—El nombre de la chica...— repitió Álvaro mecánicamente— ¿Y cómo se llamaba la chica?

—Se llamaba Lola, ya te lo he dicho. ¿Es que no comprendes nada?

Le costó entenderlo y más aún creer que hubiera sido Carlos el autor de la muerte de los dos. Solo cuando ella le refirió de nuevo la escena que se había desarrollado en el pasillo de la planta superior de la casa y cómo se había defendido de él atizándole un golpe en la cabeza con una estatuilla de bronce que casualmente había encontrado sobre el mismo taquillón que el retrato de Lola, pareció empezar a encontrar verosímil lo que le decía y a preocuparse por salir de la situación en la que se hallaban.

—He dejado el coche aparcado frente a la casa de Carlos— le comunicó preocupado—. Está lloviendo a mares, así que volveré a buscarlo y te llevaré a tu casa para que te cambies de ropa antes de que enganches una pulmonía—. Después llamaremos a la guardia civil.

—Ni hablar—protestó ella empinándose sobre sus talones para intentar escudriñar sobre el hombro de él el exterior por el hueco de lo que antaño fuera una ventana. La cortina de agua que caía no le permitió distinguir otra cosa que la oscuridad más absoluta—. Yo no me quedo sola aquí— añadió—. Carlos puede estar acechándonos fuera.

Por primera vez pareció inquietarse seriamente él y también se giró sobre sí mismo para atisbar las borrosas inmediaciones del edificio a través del desarbolado espacio que años atrás fuera la puerta.

—Tienes razón, pero nuestras casas están muy lejos de aquí y no podemos seguir en este antro más tiempo dando diente con diente— Y aunque la situación no se prestaba precisamente a tomársela a broma, añadió con la intención de desdramatizarla—: Es seguro que el tren no va a venir por mucho que le esperemos, así que será mejor que nos larguemos cuanto antes.

— ¿Corriendo?

—No, llamaremos a la policía local.

— ¿Llevas encima el móvil? El mío se ha quedado dentro de mi bolso en la terraza de la casa de Carlos.

—Sí, lo tengo en el bolsillo.

No tardó la policía local más de diez minutos en presentarse en el edificio de la estación y en recogerles. Les llevó a los dos directamente a casa de Irina donde ésta se cambió de ropa y él se lió en una toalla de baño a la espera de que la secadora cumpliera su cometido con la que había llevado puesta. Durante el trayecto, se había esforzado ella en explicarles a los dos agentes el motivo por el que debían detener inmediatamente a Carlos y no perdieron éstos un segundo en ponerse en contacto con la guardia civil, con la que quedaron en la misma puerta de la casa de aquél. Les había pedido Álvaro que le llamaran en cuanto pudieran darle noticias y acababa de vestirse nuevamente y estaba a punto de entrar en la sala de estar donde ella le esperaba, cuando sonó su móvil y se lo llevó al oído. La voz del policía jovencito le llegó claramente a través de la línea telefónica.

—Buenas noches. Quiero comunicarle que le hemos encontrado y que se encuentra en muy mal estado. Estaba caído de bruces en el jardín en un charco enorme y milagrosamente no se ha ahogado. Le hemos llevado al hospital de Brunete, donde le han ingresado con dos guardias civiles en la puerta de la habitación. Mañana le pediremos al juez una orden de registro. Si encontramos alguna prueba que le incrimine solicitaremos entonces una orden de detención. ¿Me ha comprendido?

—Perfectamente— repuso Álvaro muy serio—. ¿Y… cómo está él?— inquirió con el semblante sin expresión.

Aunque su rostro no traslucía lo que pudiera estar pensando y no había oído ella más que una parte de la conversación, adivinó que se debatía entre el deseo de que recibiera Carlos su merecido y la amistad que les había unido a los dos desde la infancia. Le vio enarcar una ceja al escuchar la contestación del agente.

—Ya le he dicho que se encuentra en mal estado. Ha debido tropezar al bajar de la terraza al jardín y al caerse se ha abierto una brecha en la cabeza. Aunque está consciente, de momento no recuerda su nombre ni nada de lo que le ha sucedido, por lo que no vamos a poder interrogarle. Tal vez mañana se encuentre en condiciones de que le demos a usted más noticias.

—De acuerdo, muchas gracias.

Cortó Álvaro la comunicación y se volvió preocupado hacia Irina.

—Parece que te has defendido con mucha contundencia— la informó, mientras tomaba asiento en el sofá a su lado—. Cuando ha intentado perseguirte, se ha caído en el jardín y al parecer no recuerda nada.

— ¿Y qué va a pasar ahora?— se preocupó ella.

—Dependerá de que localicen en su casa alguna prueba que le incrimine. Investigarán dentro del coche. Si encuentran rastros de la sangre de Toribio Rodríguez, le procesarán por asesinato. Lo malo es que…

— ¿Qué?

—Que si recupera la memoria y declara que esa brecha que se ha abierto en la cabeza se la has producido tú…

— ¿Qué?— insistió Irina inquieta.

—Que te juzgarán también a ti.

— ¿A mí?, ¿por qué?— se enfureció ella—. Me he limitado a defenderme. Quería Carlos que escribiera una confesión reconociéndome culpable de los dos asesinatos y luego tenía intención de ahogarme en el pantano. ¿Qué es lo que considera la policía que debería haber hecho? ¿Convencerle con un sermoncito de que está muy mal matar al prójimo? A estas horas estaría en el otro mundo mirando desde arriba a los mortales y condoliéndome por lo tontos que son, ¿no crees?

—No es a la policía a la que tendrías que hacerla entrar en razón, es a la justicia, que, por lo que tengo entendido, rara vez aprecia la legítima defensa como eximente completa.

Le escuchó con la boca abierta y a continuación sus ojos ambarinos relampaguearon indignados.

—Es lo que me faltaba por oír. Si Carlos recobra sus facultades mentales y como consecuencia me acusan de la lesión que le he causado por defenderme y me juzgan por esa razón, me oirán.

A su pesar, se echó Álvaro a reír.

— ¿Quién te oirá?

—El juez, el tribunal, quien sea. El que opine que hice mal en sacudirle con la estatuilla en la cabeza y consecuentemente en impedir que me matara. Esa norma que me has comentado no puede ser tan estúpida.

# EPÍLOGO

No había llegado Álvaro a responder a su pregunta esa noche y tampoco pudieron comprobar después lo que pudiera haber sucedido en el caso de que Carlos recuperara la memoria, porque no volvió a ser el que había sido ni recuperó más tarde la plenitud de sus facultades mentales. En el maletero de su coche la policía científica encontró rastros de la sangre de Toribio Rodríguez y unos chiquillos del pueblo que solían jugar por las inmediaciones de la finca de los frailes admitieron haberle visto en compañía de Eusebio Varas la noche en la que mataron a éste trasteando en la puerta de la valla y entrando después con él en el camino que llevaba a las ruinas. Consecuentemente, el juez retiró los cargos que pesaban contra Diego y contra Alicia y dictó auto de procesamiento contra Carlos.

Al parecer, y según les comunicó David, la policía pensaba que aquél había resbalado en la terraza y que se había golpeado en la cabeza con el escalón de bajada al jardín, al pie del cual le encontraron. A Irina, cuando la citaron a declarar en las dependencias de la guardia civil, ni tan siquiera le preguntaron cómo había tenido lugar ese accidente, sino que centraron su interés en tratar de averiguar qué motivos le había dado Carlos para que llegara a sospechar de él y saliera huyendo de su casa.

El verano anunciaba ya su retirada y a mediados de septiembre Alicia e Irina regresaron a Madrid. Para finales de ese mes estaba convocado el último ejercicio de la oposición de ésta última, que, en cuanto se instalaron, trató de recuperar el tiempo perdido encerrándose en su cuarto con sus libros y sus papeles desde que volvía del instituto.

Los Latorre habían abandonado también Villa María y Diego volvió con sus padres a su casa de la capital y se presentó a la recuperación de todas las asignaturas de primero de carrera de Derecho que le habían quedado en junio. Dado que no había estudiado absolutamente nada durante el verano, le suspendieron en las cuatro y sus padres decidieron darle un correctivo y le enviaron interno a un colegio de Londres para que al menos aprendiera inglés.

Alicia lo sintió durante unos días, pero luego, con la inconstancia propia de la primera juventud, le olvidó en cuanto conoció a un joven médico que les deba clase de anatomía en la escuela de enfermeras a la que había empezado a asistir. Ahora bebía los vientos por ese profesor e interrumpía en cuanto volvía a casa los estudios de su hermana para describirle pormenorizadamente su fisonomía, el vibrante tono de su voz y hasta cómo accionaba con las manos. Fingía Irina escucharla, aunque la verdad era que, como seguía estudiando con tapones en los oídos, podía continuar recitando in mente sus temas mientras tanto. En el fondo sentía no poder dedicarle mayor atención, porque la relación entre las dos había mejorado ostensiblemente desde la noche aciaga en la que la policía les había rescatado empapados del edificio de la estación a Álvaro y a ella. Como antaño, Alicia pretendía hacerle partícipe de sus confidencias, pero la fecha del último examen se acercaba a pasos agigantados y con su creciente proximidad a Irina se le iban atirantando los nervios.

Álvaro la había llamado un par de veces para charlar con ella, pero no había manifestado intención alguna de verla, por lo que había dado Irina por supuesto que el interés que Carlos le había atribuido solo existía en la imaginación de éste o que, en el mejor de los casos, lo había perdido tras los últimos acontecimientos. Pese al examen que se avecinaba, pensaba constantemente en él. A menudo se quedaba ensimismada en su cuarto, acodada en la mesa en la que estudiaba, contemplando como el atardecer iba poblando de sombras la calle de Zurbarán, a la que daba la fachada de su casa. Abstraída, veía caer las hojas de los árboles, ahora amarillas, y arremolinarse en círculos en la acera a impulsos de la brisa otoñal. Los días iban acortándose paulatinamente y ya el calor asfixiante del verano había ido dejando paso a un ambiente fresco y melancólico. Tan tristón como se sentía ella, que añoraba algo que creía haber perdido aquella noche en la que tiritaba de frío y de miedo en el abandonado edificio de la estación de Pelayos de la Presa. ¿Imaginarían los viajeros que descendieran del tren en su viaje inaugural que ese viaje sería único y que no habría ningún otro? Probablemente no, pero mucho menos se les ocurriría que años más tarde esa estación, convertida ya en una reliquia del pasado, le serviría de refugio a una chica que huía de un hombre que pretendía matarla. Algo se le había tambaleado dentro desde entonces, que todavía no había llegado a asumir y que aparecía en sus pesadillas, porque tenía miedo. La imagen de Carlos abalanzándose hacia ella en el pasillo de la planta superior de su casa y su loca carrera por la Avenida del Ferrocarril volvían una y otra vez a su retina como si se le hubiera convertido en una idea fija que le impedía asimilar lo que estudiaba. Quizás si consiguiera borrarlo de su mente, podría retener los temas de la oposición que preparaba, pero sobre todo lograría analizar sus emociones. Se consideraba una persona cerebral, pero desde aquella noche luchaba por ordenar en su mente un sinfín de sentimientos confusos en los que Álvaro, entremezclado con el recuerdo del frío y el miedo que la obligaba a tiritar en el edificio de la estación, representaba siempre un papel primordial.

Alicia, que presumía ahora de psicóloga, le decía que debería visitar a un especialista, ya que lo que padecía se denominaba estrés postraumático y quedaría curada con unas cuantas sesiones de psicoanálisis, pero consideraba Irina que no podía perder el tiempo en unos momentos en los que estaba a punto de presentarse a la última de las pruebas que preparaba desde varios meses antes y que le permitirían acceder al puesto del instituto que desempeñaba como interina. Cuando las superase, si es que lo conseguía, se plantearía asistir a un psicólogo que la ayudase a recuperar la confianza en sí misma que había perdido.

Ante su sorpresa, la noche anterior al último ejercicio la llamó Álvaro pretendiendo ir a recogerla cuando terminase el examen a la facultad de Filosofía y Letras de la Complutense donde iba a celebrarse. Se había instalado nuevamente él en el piso de Madrid donde vivía solo y quedó Irina en llamarle por el móvil en cuanto terminara la prueba, pero no tuvo necesidad de hacerlo. Cuando finalizó el ejercicio y salió al inmenso vestíbulo de la facultad en unión de los restantes aspirantes que se habían presentado a la vez que ella, le vio paseando a grandes zancadas por la estancia y en cuanto la divisó entre el enjambre que la rodeaba, se le reunió en el acto.

— ¿Qué?, ¿cómo te ha salido?

Reprimió ella las ganas de saltar, por la alegría que experimentó al verle y por lo que le enorgullecía darle la buena noticia.

—Fenomenal. ¿A que no sabes cuál ha sido uno de los tres temas que me han tocado en suerte? Nada menos que el arte cisterciense.

— ¿De veras? ¿Le has contado al tribunal cómo era la bóveda de la sala capitular y lo poco que se levaban los frailes? Te habrás lucido entonces.

—Pues… sí, creo que sí. Me ha interesado siempre el arte de esa orden monástica, pero después de nuestra visita a la abadía de este verano, creo que me he convertido en una experta.

Lo decía con guasa para disimular la sensación de triunfo que experimentaba y por miedo a parecer una pedante. Él no debía considerarlo así, porque la contemplaba con algo que se asemejaba mucho a la admiración.

—Ya eras una experta antes de esa visita, que tenemos que repetir y vamos a ir ahora mismo a celebrarlo. ¿Dónde quieres que vayamos a comer? He aparcado el coche por aquí cerca.

Vaciló Irina. No conocía sus gustos y suponía que estaría acostumbrado a restaurantes que por su precio ella no se podía permitir.

—No sé.

Como si hubiera adivinado lo que estaba pensando, Álvaro se echó a reír.

—¿Qué te parece si vamos a una tasca en la Moncloa?— le preguntó—. Está cerca y la frecuentábamos mucho mis amigos y yo en mis años de estudiante.

—¿Te gustan las tascas?— le preguntó Irina sin acabarle de creer.

—Me encantan. Y los pinchos de tortilla de patata y los de chorizo, todos los pinchos del mundo. A lo mejor supones que por haber tenido la suerte de haber nacido en una familia acomodada soy un pijo.

—¿Y no?

—Y no. Lo que tengo lo he conseguido a fuerza de trabajar de la mañana a la noche, no vayas a creer que me lo ha regalado nadie.

—También he nacido yo en una familia acomodada y no tengo ese coche que conduces tú— objetó ella.

—Probablemente porque no te gustan los coches y porque no has heredado como yo el negocio familiar, pero el haber sido tan afortunado como yo no lleva aparejado necesariamente ser un tontaina malcriado, así que vamos a buscar esa tasca ahora mismo.

Tomaban asiento poco después en una mesa del establecimiento al que él se había referido en el que se agolpaban estudiantes de las facultades vecinas, que habían reanudado las clases tras el lapso vacacional del verano. Parecía sentirse a gusto en aquel ambiente y sonriente se inclinó hacia Irina para preguntarle:

— ¿Te gusta la sidra?

—Sí, claro, pero bebo poco porque enseguida me mareo.

—De acuerdo, pediremos sidra y beberemos poco. Solo dos copas. ¿Y qué más? ¿Sardinas, tortilla de patata, morcillas…?

—Vale, pero yo como poco también.

—Yo, en cambio, como mucho, lo que es una suerte para mí por aquello de la ley de las compensaciones.

El camarero les trajo la bebida y las raciones por las que habían optado y con el primer sorbo de sidra se sintió Irina más animada. Por primera vez desde aquella noche fatídica se olvidó de las desagradables experiencias que había vivido entonces y disfrutó de la bebida, de los pinchos y de la compañía de Álvaro sin la angustia a la que asociaba su existencia desde aquella fecha.

—No he querido importunarte demasiado últimamente para que no me mandaras a un sitio feo con cajas destempladas— empezó él, a la par que se servía la última sardina del plato que tenían delante—. Sé que interrumpir tus estudios, aunque fuera por unos minutos, te producía unos remordimientos terribles.

—Bueno… sí— admitió Irina— Pero afortunadamente ya ha pasado todo y a partir de hoy voy a poder darme la gran vida.

— ¿Y para cuándo se prevé que salga la lista con el resultado de los que habéis aprobado esa espantosa oposición a la que te has presentado?— le preguntó él con la mirada fija en el platito de mejillones, en el que aún campeaban tres nadando en una salsa anaranjada y oscura.

—Calculo que dentro de diez días, más o menos, pero no lo sé con exactitud. Si consiguiera aprobarla…

—¿Qué?

—En el caso de que accediese como funcionaria a la plaza que ocupo interinamente, había pensado independizarme. Mis padres regresarán a finales de octubre para quedarse definitivamente y se harán cargo de Alicia, que, aunque haya alcanzado la mayoría de edad, no es más que una chiquilla, por lo que yo podría alquilar un piso y organizar mi vida a mi gusto.

—Me parece muy bien— aprobó muy serio sin levantar los ojos hacia ella—. ¿Y cuál es tu gusto?

—Pues… pues no lo sé, porque hasta la fecha no he tenido ocasión de planteármelo. Me gustaría viajar en vacaciones, bañarme en el mar… y sí, sobre todo no estudiar en una temporada larga.

Le pareció a Irina que el mantel de papel que cubría la mesa llamaba poderosamente la atención de él, porque iba recorriendo con un dedo uno de sus cuadros. Sin levantar la cabeza hacia ella, le comentó con una voz sin inflexiones:

—Coincido plenamente contigo, por lo que he pensado proponerte que nos emancipemos juntos.

Sorprendida, se le quedó mirando con la boca abierta.

—¿Qué nos emancipemos juntos? Tú ya te has emancipado.

—Precisamente por eso. Lo que te estoy diciendo es que podrías emanciparte conmigo. Yo ya tengo un piso.

Se acodó Irina en la mesa para escrutar su expresión y no llegó a averiguar si se lo estaba diciendo en serio.

—¿Me estás proponiendo que me vaya a vivir contigo?

Esbozó él un gesto vago.

—Bueno, sí, más o menos sí.

—¿Qué quiere decir eso de más o menos sí? ¿Quieres que compartamos gastos?

Se echó a reír Álvaro y cambió repentinamente de conversación.

—Ayer fui a visitar a Carlos— le comunicó con el ceño fruncido y sin mirarla.

—Sí, ¿y cómo está?— le preguntó sintiendo nuevamente que una mano de hierro parecía oprimirle la boca del estómago al rememorar su oscura figura y su expresión en el momento en el que pretendió agredirla en el pasillo de su casa—. ¿Te reconoció?

—No. Se encuentra ingresado en un centro para enfermos mentales y su aspecto no puede ser más lamentable. Está ido, como ausente. No sabe quién es él y mucho menos quién soy yo.

— ¿Y qué opina el médico que le atiende?

—Que no puede hacer un diagnóstico sobre si alguna vez logrará recuperarse. Que en ocasiones el daño cerebral es irreparable.

Estudió Irina su semblante ensombrecido. Parecía lamentar verdaderamente la situación en la que se hallaba él.

—Lo sientes, ¿verdad?

Esbozó él un gesto ambiguo.

—Siento que le haya pasado esto al amigo que tuve y con el que compartí tantos buenos momentos, no a la persona que ha resultado ser en realidad. Que escondiera el palo de golf en tu casa para incriminar a tu hermana es imperdonable, aunque no tanto como que tratara de mandarte a ti al otro mundo para que no pudieras denunciarle. ¿Cómo estás?

Se lo preguntó a sí misma Irina. En ese momento, acodada en la mesa de la tasca entre el barullo de los estudiantes y con Álvaro sentado enfrente, le pareció que aquello pertenecía a un pasado muy lejano y que no había sido ella la protagonista, pero como no era esa la sensación que experimentaba cuando se quedaba sola, se limitó a encogerse de hombros al tiempo que musitaba:

—Todavía tengo pesadillas por las noches. Sueño que corre detrás de mí y que de improviso recupera la memoria. Que como consecuencia, me denuncia por las lesiones que le he producido con la estatuilla con la que le sacudí en la cabeza, por lo que me condenan y me recluyen en la misma celda que a él. Me despierto siempre dando gritos.

La observó en silencio unos segundos con una expresión extraña.

—Eso no va a suceder.

— ¿Qué me recluyan en la misma celda? Ya lo sé. Ya sé que en las escasas cárceles mixtas que existen en España hay módulos para hombres y otros para mujeres, pero me despierto siempre empapada en sudor.

—No, lo que digo es que no va a suceder que te condenen por haberle sacudido con un cachivache en la cabeza. Aunque recuperara la memoria, lo que es harto improbable, y te denunciara, tendría que probar que fuiste tú la que le lesionaste.

—También lo sé, pero es posible que dejara yo alguna huella en ese chisme.

—A estas alturas la habría encontrado ya la guardia civil, ¿no crees?

—No lo sé. Me consideraba antes una persona fuerte, capaz de afrontar los problemas con entereza y de resolverlos, pero ahora…

— ¿Qué te sucede ahora?

—Que me he convertido en otra chica, miedosa y asustadiza. Incluso Alicia que vivía a mi sombra, se ha crecido y me da consejos como si fuera ella la hermana mayor. ¿No me notas tú muy distinta?

La miraba él en silencio con un mechón resbalándole sobre la frente y cuando se cansó de esperar su respuesta, insistió:

— ¿No me contestas? ¿Me notas o no me notas distinta?

—No lo sé— repuso él en voz muy baja. A mí me gustas de todas maneras.

Tardó Irina en entender lo que le había dicho y cuando lo consiguió se removió inquieta en su silla.

— ¡Ah!, pues gracias.

—No hay por qué darlas. Me gustaste cuando te conocí y parecía que te ibas a comer el mundo y me sigues gustando ahora en que das la impresión de no ser capaz de comer nada. Ni tan siquiera una ración completa de mejillones.

Se reía al decirlo indicándole el platito, por lo que pensó que le estaba tomando el pelo.

—Estoy hablando en serio— se enfadó.

—Y yo. Yo también estoy hablando en serio. Lo que ocurre es que no se me da muy bien decir cursilerías, propias de las novelas rosas que seguramente lees tú.

—Hace siglos que no leo novelas rosas ni de ninguna clase— le interrumpió—. Desde hace meses lo único que he hecho es estudiar, procurar que Alicia no haga una tontería demasiado gorda de la que tenga que arrepentirse toda la vida y más recientemente luchar durante una noche espantosa que no consigo olvidar por salvar el pellejo, así que me parece que debes explicarte mejor. Como te he dicho, todavía me cuesta dormir. Tengo pesadillas y me despierto a veces creyendo que estoy corriendo bajo la lluvia por la avenida del Ferrocarril. No he conseguido superar aquello, ¿entiendes? Ni razonarlo fríamente ni deslindar el presente con lo que pasó.

—Vale, vale— la atajó—. ¿Qué es lo que quieres que te diga exactamente?

Pensó Irina que era obvio lo que quería que le dijera, pero como no podía expresarlo con claridad balbuceó lo primero que se le ocurrió.

—Me gustaría… me gustaría saber qué significa Lorena para ti.

— ¿Lorena?— se sorprendió.

—Sí, quiero saber si es tu novia si es tu chica o qué es lo que es.

—Pues es una amiga de mi familia. Sus padres y los míos se conocen desde hace años y nosotros también. Se llevaba Lorena muy bien con Lola, la novia de Carlos, y mientras ésta vivió procuraba coincidir con ella por las tardes en Villa María, tanto en verano como en Navidad. Comprenderás que si fuera algo más no te estaría proponiendo que te emancipes conmigo.

Acodada en la mesa, le escuchó en silencio, a la par que rememoraba la lluviosa tarde de invierno en la que Tomás le dijo algo parecido. Parecido en cuanto al fondo, porque, a diferencia de Álvaro, se expresó con una fraseología solemne y complicada, a la que solamente le faltó la rodilla en tierra para asemejarse a las que estaban en boga a principios del siglo veinte. No sentía el menor deseo de que Álvaro le imitara, ¿pero por qué no le decía algo más romántico?

Como si le hubiera leído el pensamiento, se echó a reír él.

—De acuerdo. ¿Por qué sois las mujeres tan absurdas? Aunque os demostremos de mil maneras que os queremos, no os dais por aludidas si no os dedicamos unas palabritas, cuanto más sensibleras, mejor. No me siento muy inspirado y ya te he pedido que te vengas a vivir conmigo o que nos casemos, lo que prefieras. ¿Te gustaría más que te dijera que me flechaste la misma tarde en la que te conocí en Villa María? Es la verdad, pero había dado por supuesto que ya lo sabías.

Reprimió Irina un resoplido, preguntándose cómo podría él ser tan obtuso.

—Y yo tengo que decirte que necesito oírlo, ¿te enteras? Por lo menos una vez todos los días.

Fingió él asustarse.

— ¿Todos los días de nuestra vida?

—Eso es, por lo menos una vez todos los días…

—… hasta que la muerte nos separe— remachó muy serio.

www.ingramcontent.com/pod-product-compliance
Lightning Source LLC
Chambersburg PA
CBHW060809030726
47503CB00002B/407